DAS VERMÄCHTNIS DER HÜTERIN

Impressum

1. Auflage, 2023
© D.S.B. Schneider – alle Rechte vorbehalten
Diana Schneider
Maderspergergasse 44
8020 Graz
Österreich

dsb_schneider@gmx.net
https://dsbschneider.com

ISBN: 9-783-757-9-66164

Lektorat: Fritzi van Ribbeck von Fritzgewitzt & Fritzverliebt
(www.fritzi-van-ribbeck.de)

Korrektorat: Monika Schulze (https://suechtignachbuechern.de)

Buchsatz und E-Book-Formatierung: Loredana Bursch
(http://www.loredanaarts.de/)

Cover- und Umschlaggestaltung: Natalina Rennet
(https://www.onceuponacover.de/) unter Verwendung von Bildmaterial von
Adobe Stock @robin_ph und Midjourney.

Herstellung und Druck über tolino media GmbH & Co. KG,
Albrechtstr. 14, 80636 München. Printed in Germany.
Fragen zu Produktsicherheit an: gpsr@tolino.media.

Das Vermächtnis der Hüterin

Roman

Fortsetzung zu
Das Amulett des Nordens
von
D.S.B. Schneider

HINWEIS TRIGGERWARNUNG

Liebe(r) Leser*in!

Es ist mir wichtig, darauf aufmerksam zu machen, dass mein Roman einige Themen zum Inhalt hat, die womöglich schmerzhafte Gefühle, Erinnerungen oder Flashbacks auslösen könnten.

Bitte sei achtsam, wenn das bei dir der Fall ist.

Weiter hinten im Buch findest du eine ausführlichere Triggerwarnung und kannst selbst entscheiden, ob du mein Buch lesen möchtest oder nicht.

—

HINWEIS GLOSSAR

Die im Text mit einem Stern* gekennzeichneten Wörter kannst du weiter hinten im Glossar nachschlagen.

WIDMUNG

Für all die großartigen Frauen.

Sowie alle meine weiblichen Vorfahrinnen und
Verwandten.

Und für die stärksten und mutigsten Frauen, die
ich kenne und kannte:
Bix, Bobby, Ewa, Janja, Kazia, Koro, Margit,
Nikki, Zofia,
Eva und Irmi .

Unsere wahre Stärke offenbart sich oft erst in
den schwierigsten Momenten, wenn wir strau-
cheln und denken, wir wären mit unseren Kräften am Ende.

Würden alle Frauen der Welt zusammenhalten,
wir wären unschlagbar.

✧

Inhalt

PROLOG

Tief durchatmen. *Alles wird gut.* Egal wie oft Sigrid sich dieses Mantra vorsagte, es half nicht. Ihr Herz pochte so laut, dass es nahezu alle Geräusche um sie herum übertönte. Einzig ihre Schritte auf dem strahlend weißen Boden hallten in ihren Ohren. Blinzelnd lief sie über den alabasternen* Flur. Nur einige haarfeine graue Äderchen trübten den nahezu perfekt schneeweißen Untergrund. Die auf Hochglanz polierten Fliesen schimmerten im Schein der Fackeln wie Schnee in der Sonne. Sigrid meinte, über einen gefrorenen See zu gleiten. Die seidenen Vorhänge zu beiden Seiten des Flurs verstärkten den Eindruck einer Winterlandschaft. Das Auditorium war sorgsam der Natur nachempfunden. Ein Anblick, der sie jedes Mal zum Staunen brachte. Egal wie oft sie schon hier gewesen war. Alles wirkte täuschend echt. Die Hexen hatten auf nahezu jedes Detail geachtet. Dennoch entging keinem magiebegabten Wesen das Wabern und Pulsieren dieser ungeheuren Kräfte, die hier am Werk waren. Riesige Säulen aus Serpentin säumten den Aufgang zum Versammlungssaal und muteten wie versteinerte Bäume an. Die gewaltigen Kronleuchter aus Salzkristallen ließen die Gemäuer erstrahlen. Ausnahmslos jeder Kristall war perfekt in Form geschliffen. Sie erinnerten an Schneeflocken, die im Herabfallen erstarrt waren. Ihre Umrisse spiegelten sich am Boden und auf der Oberfläche des kreisrunden Teichbeckens im Zentrum. Das Becken wurde von einem goldenen Mosaik in Form eines fünfzackigen Sternes gesäumt. Alles hier war bis ins kleinste Detail durchdacht und strotzte nur so vor Symbolkraft und Magie. Nichts wirkte aufdringlich oder protzig, sondern sorgfältig ausgesucht. Alles war nach dem Vorbild der Natur gestaltet und von vollendeter Einfachheit und Eleganz. Dennoch war es künstlich. *Vielleicht wäre eine reine magische Illusion die bessere Wahl gewesen als eine Kombination aus Realität und Schein?* Wie aufs Stichwort wehte Sigrid eine leichte Brise entgegen. Sie schmeckte Salz auf ihrer Zunge. Der Geruch von Fisch, Algen und Strand lag in der Luft. Einzig die fehlenden Schreie der Möwen verrieten die Täuschung. Die strahlende Schönheit des Auditoriums vermochte Sigrid nicht zu blenden. Ihre innere Unruhe, die drohende Ungewissheit, was gleich passieren würde, war nahezu unerträglich. Ihr Magen fühlte sich an, als ob ihr jemand einen Schlag verpasst hätte, und ihr Herzschlag pochte in ihren Schläfen. Als sie vor den Rat trat, spürte sie die Blicke der anderen Hexen auf sich ruhen. Sie konnte förmlich hören, was sie dachten. Endlich wurde deren Unmut und Missgunst belohnt, die die Älteste jahrelang genährt hatte. Denn auch wenn sie einen Nichtmagier geheiratet und ein normales Leben führte, so hatte Sigrid etwas, das die anderen nicht hatten: eine Familie und ein Leben abseits der Magie. Und die eine oder andere Hexe im Auditorium träumte im Grunde von genau dem, auch wenn sie es vermutlich nie zugeben würde. Schließlich fand der Unmut der Schwesternschaft über Sigrids Lebenswahl nun ihre Bestätigung. Drei in weiße Kapuzenmäntel gekleidete Frauen blickten sie mit ernsten Mienen an. Außer der Vorsitzenden kannte sie niemanden persönlich. Sie stach nicht nur durch ihre Größe hervor. Alles an dieser Frau strahlte Autorität aus. Ihre aufrechte Haltung, ihr stolzer Blick, der ernste Zug um ihre Mundwinkel. Aber auch der goldene Saum ihres Mantels und die Stickereien hoben sich von der Kleidung der anderen ab und verrieten ihre besondere Stellung. *Der Rat wird mich bestrafen, so viel ist klar, aber ich habe keine Ahnung wie. Das letzte Mal, dass sich eine Hexe vor dem Hexenrat zu verantworten hatte, ist mehr als hundert Jahre her. Zumindest soweit ich darüber im Bilde bin. Womöglich gab es streng geheime Verhandlungen, über deren Abhaltung keine Details nach außen drangen oder es wurde prompt gehandelt und direkt vollstreckt. Wenn diese Frauen keine Mittel und Wege kannten, um jemanden ohne Umschweife verschwinden zu lassen, wer dann? Bestimmt bestrafen sie mich. Die Frage ist nur, wie?* Eine Bleikugel rollte in ihrem Magen hin und her und rief Übelkeit hervor. Trotz aller Aufregung und Unsicherheit keimte Wut in ihr hoch und stieg ihr hitzig in die Wangen. *Warum um alles in der Welt soll ich mich für etwas verantworten, das zum einen aus bestem Wissen und Gewissen heraus geschehen war? Zum Schutz meines Kindes. Und zum anderen war ich ja nicht die Einzige, die die Regeln umgangen hat. Immerhin hatte Valpu ja auch ihre Finger im Spiel gehabt. Ohne Valpu wäre ich vermutlich nicht so mühelos in meine Zeit und zu meiner Familie zurückgekehrt. Und hätte ich auch keinen Plan entwickelt, wie ich Sarah weiterhin schützen könnte.* Gleichwohl nagte an Sigrid das schlechte Gewissen. Valpu mochte ebenso schuldig und eine nahezu Fremde für sie sein, trotzdem hatte sie ihr geholfen. *Wäre es unfair, Valpu in mein Schlamassel hineinzuziehen?*

Eine in einen schwarzen Kapuzenmantel gehüllte Gestalt erschien. Ihre fließenden Bewegungen und der sanfte Schein der Kristallluster verliehen dem samtenen Stoff einen opaleszierenden Glanz. Lautlos trat sie auf das Podium und ergriff einen riesigen hölzernen Schlegel. Der Klang des Gongs brachte das Gebäude zum Beben und hallte in Sigrids Brustkorb nach. Erneut hob die Gestalt den Arm. Wie auf ein Zeichen ertönten Trommelschläge und nach und nach stiegen weitere Schlaginstrumente in den Rhythmus mit ein. Das Dröhnen der Pauken und Trommeln fegte wie grollender Donner über das Auditorium hinweg und ließ Sigrids Körper vibrieren. Der Klang war gleichsam anregend und bedrohlich. Die anwesenden Frauen erhoben sich, summten, klatschten und bewegten sich zum Rhythmus der Musik. Der Saal fungierte als riesiger Resonanzkörper. Nach und nach verstummten die einzelnen Instrumente wieder. Erneut hallte ein Gongschlag durch das Auditorium. Die Gestalt im schwarzen Mantel war ebenso lautlos verschwunden, wie sie erschienen war. Als das Grollen abflaute, herrschte im gesamten Raum eine Totenstille. Sigrid fühlte sich wie eine Sklavin in einer römischen Arena, kurz bevor die ausgehungerten Raubkatzen losgelassen wurden. Begleitet vom Rascheln ihres Umhangs erhob sich die Vorsitzende des Hexenrats und streckte ihre Arme zum Zeichen, dass die Verhandlung nun offiziell begann. Zwischen ihren Augen zeichnete sich eine steile Furche ab. Sie ergriff ohne Umschweife das Wort.

»Setzt euch, Schwestern. Innerhalb unserer Schwesternschaft herrschen Missgunst und Neid. Zwiespalt anstatt Einigkeit, obwohl es nur mehr wenige von uns gibt. Einige erachten sich wichtiger als andere. Die Liste der Verfehlungen nimmt zu, die Verstöße gegen unsere Richtlinien ebenso.« Die Hexe musterte Sigrid eindringlich, ehe sie fortfuhr. »Die Grenze zwischen dem Erlaubten und dem Verbotenen verschwimmt zusehends. Aus unseren Reihen verbünden sich einige mit Anhängern der dunklen Mächte. Die Erinnerung an unsere Pflichten verblasst.« Erneut machte sie eine kurze Pause. Hatte sie auf eine Reaktion Sigrids gehofft, so hatte sie sich getäuscht. Sigrid tat ihr nicht den Gefallen. Sie würdigte Norae Skjaldborg keines Blickes, sondern hielt ihre Augen starr auf ihre Schuhe gerichtet. Die Älteste tat einen tiefen Atemzug und führte ihre Rede fort. »Genau aus diesem Grunde ist es von größter Wichtigkeit, sich an unsere Regeln zu halten und unsere Traditionen hochzuhalten. Das zunehmende Auseinanderbrechen unseres Bundes besorgt mich zutiefst. Speziell in Zeiten wie diesen sind wir auf unseren Zusammenhalt angewiesen. Die Tragweite dessen, was passieren könnte, wenn unsere Schwesternschaft auseinanderbricht, scheint leider nur wenigen klar zu sein. Viele von uns bekleiden hohe Ämter oder sind mit wichtigen Aufgaben betraut. Egal in welcher Welt und welcher Zeit. Auch in der Welt der Menschen.« Noraes Augen waren von schwarzen Schatten umrahmt. Es wirkte beinahe so, als ob sie jedes Wort nur mit Mühe über ihre Lippen brachte.

Sigrid warf einen flüchtigen Blick in die Runde. Einige Gesichter kannte sie noch aus Kindheitstagen, andere waren ihr unbekannt. Die Vorsitzende des Hexenrats blickte stirnrunzelnd durch die lichten Reihen des Auditoriums. Ihre Gedanken waren nicht schwer zu erraten. Früher saßen hier alle dicht gedrängt, man bekam kaum Luft zum Atmen. Viele der Anwesenden mussten sich mit Stehplätzen zufriedengeben oder auf Sitzkissen am Boden Platz nehmen. Aber die spärliche Teilnehmerzahl der heutigen Versammlung schien sie mehr als nur zu beunruhigen. Weitere Falten gesellten sich zu der tiefen Furche auf ihrer Stirn. Sie machte eine wegwerfende Geste mit ihrer Hand.

»Wie dem auch sei, ich schweife ab. Ich nehme die mir auferlegten Pflichten nach wie vor ernst. Es ist an der Zeit, zur Tagesordnung zurückzukehren. Heute beschäftigt uns eine Verfehlung unserer Schwester Sigrid. Sigrid, Tochter der Inga, tritt in die Mitte des Kreises.« Sigrid hatte das Gefühl, sich selbst bei einem Schauspiel zu beobachten, als sie über die schmale Holzbrücke des Teichbeckens schritt. Sie konnte es kaum fassen, dass sie tatsächlich hier war. Noch dazu freiwillig. *Was in aller Welt hat mich geritten, mich zu stellen? Ob Norae es jemals erfahren hätte?* Es war ein Strohhalm, an den Sigrid sich klammerte. Oder eher ein Hälmchen. Es war müßig, sich jetzt noch darüber den Kopf zu zerbrechen. Ihre Gedanken suchten nach einem Fluchtweg, der ihr körperlich versperrt war. Als Sigrid die Mitte des innersten Kreises erreicht hatte, eine steinerne kleine Insel im Zentrum des künstlich angelegten Teichbeckens, ergriff die Älteste erneut das Wort. »Du bist hiermit angeklagt, gegen unsere Regeln verstoßen zu haben.«

Sigrid musterte konzentriert den prächtigen Steinboden. Umgeben vom blau-schimmerndem Wasser wirkte die kleine Plattform wie ein wachendes Auge, das sie beobachtete. Stumm harrte sie der Ereignisse, die da kämen. Die anderen waren ihr egal. Doch sie schaffte es nicht, der

Obersten in die Augen zu blicken, war sie doch für so viele Jahre ihre Mentorin gewesen. Die Vorsitzende des Hexenrats hatte große Hoffnungen in Sigrid gesetzt. Sie hatte fest damit gerechnet, dass Sigrid eines Tages in ihre Fußstapfen treten würde. Als Sigrid ihr eröffnet hatte, dass sie heiraten würde, noch dazu einen Menschen ohne einen Funken Magie in sich, war für sie eine Welt zusammengebrochen. Sie würde es nie zugeben, dazu war sie zu stolz. Emotionen sah sie als Schwäche an, die Hexen im Gegensatz zu den meisten Menschen kontrollieren konnten. Die Oberste hatte Sigrids Entscheidung als offenen Verrat an der Schwesternschaft gedeutet und es ihr nie verziehen.

Sigrid wehrte sich gegen die aufkeimenden Selbstzweifel. *Es ist nicht meine Aufgabe, jemandes Erwartungen zu erfüllen.* Es machte sie wütend, dass Norae ihr nicht einmal in Ruhe zugehört, und die Gelegenheit gegeben hatte sich bei einer Aussprache zu erklären. Nichts. Sie hatte kaum einen Fuß in die Räumlichkeiten der Schwesternschaft gesetzt, da wurde sie auch schon in Gewahrsam genommen. Diese Wut aktivierte ungeahnte Kraftreserven in ihr. Die Stimme der Ältesten riss sie aus ihren Gedanken. »Sprich, Sigrid, Tochter der Inga.« Selbstbewusst hob sie den Kopf, blickte in die Runde und war erstaunt, wie fest ihre Stimme klang. »Ich bin gekommen, um mich zu verteidigen.«

Die Vorsitzende des Hexenrates erwiderte kühl: »Du hast dich unseren Regeln widersetzt und läufst damit Gefahr deinen Status als anerkannte Hexe zu verlieren. Was hast du zu deiner Verteidigung vorzubringen? Die Fakten sprechen allesamt gegen dich. Eine Rechtfertigung steht dir zu, scheint mir jedoch völlig zwecklos.«

»Ich hatte meine Gründe«, antwortete Sigrid ruhig. »Und ich glaube nicht, dass ich mich falsch verhalten habe.«

Die Vorsitzende runzelte die Stirn. »Beantworte mir folgende Frage: Wie lautet die oberste Regel unserer Schwesternschaft?«

Mit zusammengezogenen Augenbrauen beantwortete sie die Frage der Ältesten. »Ehre deine Fähigkeiten, denn du erhieltest sie von deiner Mutter und allen Müttern davor.«

Die oberste Hexe nickte zustimmend. Ihre nächsten Worte kamen ihr nur mühevoll über die Lippen. Offenbar eine bittere Medizin für sie. Mit einer finsteren Miene murmelte sie: »Wie lautet die zweite Regel?«

Widerwillig zitierte Sigrid auch diese Regel.

»Wird dir die Ehre zuteil eine Tochter mit denselben Fähigkeiten zu gebären, so hast du die Pflicht, sie nach bestem Wissen und Gewissen in der Kunst der Magie zu unterweisen.« In den Augen der Obersten blitzte es auf. Es war Sigrid durchaus bewusst, dass viele Hexen sich gegen Kinder entschieden oder gar nicht erst lange genug lebten, um eine Familie zu gründen. Das Erbe der Magie brachte große Verantwortung und noch größere Gefahren mit sich. Umso mehr war sie von der Richtigkeit ihrer Entschlüsse überzeugt.

Wieder nickte die oberste Hexe stoisch und fuhr mit ernster Miene fort. »Möchtest du den Hexenrat und deine anwesenden Schwestern selbst über deine Verfehlungen in Kenntnis setzen oder soll ich die Anklagepunkte vortragen?«

Dieses Mal blickte Sigrid ihr direkt in die Augen. »Was spielt das jetzt noch für eine Rolle? Ich werde so oder so verurteilt.«

Die Oberin presste, sichtlich um Fassung bemüht, ihre Lippen zusammen. »Also gut.«

Sigrid wandte den Blick wieder auf die polierten Mosaikfliesen. Seufzend führte die Oberste des Hexenrats ihren Bericht fort. »Wie du willst.« Sie machte eine kurze Pause, um Luft zu holen, und knüpfte, an die Zuschauer gerichtet, an ihre vorherigen Worte an. »Ich habe Sigrid aus einem bestimmten Grund nach den Regeln unserer Schwesternschaft befragt. Unsere Schwester, Sigrid, steht heute vor dem Hexenrat, da sie gegen einige grundlegende Hexenregeln verstoßen hat.« Erneut wandte sie sich Sigrid zu. Ihr Blick bohrte sich in Sigrids Stirn. »Dir Sigrid, wird vorgeworfen, deiner Tochter wissentlich verschwiegen zu haben, dass sie eine Hexe ist und sie nicht in ihren Fähigkeiten unterwiesen zu haben, wie es deine Pflicht gewesen wäre. Überdies hast du einen Zauber angewandt, um das Aufblühen ihrer Fähigkeiten zu unterdrücken. Du hast somit nicht nur einen Zauber gegen eine der unseren gewirkt, sondern auch gegen dein eigenes Fleisch und Blut.« Der Obersten stand die Enttäuschung ins Gesicht geschrieben. *Sie spielt diese Rolle perfekt. An ihr ist eine Schauspielerin verloren gegangen.* Sigrid atmete laut aus. Die Stimmung im Auditorium war zum Bersten angespannt. Die Anwesenden hingen förmlich an den Lippen der Vorsitzenden. Seufzend fuhr diese fort. »Zudem hast du ohne Erlaubnis und ausreichende Kenntnis einen Zeitzauber angewandt. Du bist in die Vergangenheit gereist und hast dich mit einer Schwarzmagierin verbündet, um deiner Tochter ihr Erbe langfristig vorzuenthalten und sie dadurch in Lebensgefahr gebracht. Unvorstellbar welche Konsequenzen das hätte haben können. Nicht nur für deine Tochter, sondern auch für die Zeitlinie. Was, wenn dieser Zauber missglückt wäre? Was, wenn du deine ganze Blutlinie in Gefahr gebracht hättest? Oder uns alle?« Durch die Menge ging ein empörtes Raunen. Die Hexe zur Rechten der Vorsitzenden rutschte nervös auf ihrem Stuhl hin und her.

Obwohl sie sich vorgenommen hatte, vernünftig zu bleiben, platzte Sigrid der Kragen. »So ein Unsinn! Ich wollte mein Kind schützen. Das ist alles. Und Valpu ist keine Schwarzmagierin. Sie mag sich nicht unbedingt an eure, ich meine unsere, Regeln halten, dennoch ist sie keine Gefahr.«

»Valpu? Sagtest du Valpu?« Dieses Mal gelang es der Obersten nicht ihre Überraschung und Unruhe zu verbergen. Ihre Lippen zuckten nervös.

Sigrid nickte. »Ja.« Offenbar war Valpus Name kein unbekannter, denn durch die Reihen ging ein aufgeregtes Raunen. Aber die Oberste schien nicht gewusst zu haben, wer ihr geholfen hatte. *So ein Mist. Jetzt habe ich sie tatsächlich verraten.*

Die Vorsitzende nickte betrübt. »Nun ist mir einiges klar. Valpu ist kein unbeschriebenes Blatt. Auch sie hält es mit den Regeln nicht so genau.«

»Und was willst du mir damit sagen? Dass sie offenbar einen schlechten Einfluss auf mich hat und ich nicht mehr mit ihr spielen darf?« Aus den Reihen kam verhaltenes Gekicher.

Die Älteste zog eine Augenbraue nach oben. »Vergiss nicht, mit wem du sprichst.« Norae Skjaldborg war nicht gerade für ihre Geduld bekannt. Wohl aber für ihr enormes Wissen, ihre außerordentlich vielseitigen Talente und dafür, ihre Günstlinge zu bevorzugen. Sigrid kam sich aber alles andere als bevorteilt oder gerecht behandelt vor. Sie hielt dem stechenden Blick der obersten Hexe stand. »Ich weiß, mit wem ich spreche. Ich bringe dir lediglich denselben Respekt entgegen, wie du mir. Wenn du mich wie ein kleines Kind maßregeln willst, dann sei darauf gefasst, dass ich mich wie eines verhalte. Ich wollte mich gestern erklären, aber du hast mir nicht zugehört. Warum ziehst du das alles so theatralisch auf?«

Die Älteste schnaufte verächtlich. »Theatralisch? Du nennst unsere Traditionen aufgesetzt? Was ist das hier alles für dich? Ein Witz?« Sigrid ignorierte Noraes Einwände. Sie wusste, es hatte keinen Sinn, mit ihr zu diskutieren. Alles würde so ablaufen, wie sie das wollte. Bestimmt stand auch schon das Ergebnis fest.

»Na schön. Dann lasst uns jetzt zur Abstimmung kommen. Wer von euch findet, dass das Verhalten von Sigrid falsch war und sie bestraft werden sollte?« Die Vorsitzende des Hexenrats ließ ihren ernsten Blick durch die Reihen der Schwesternschaft schweifen.

Viele der Anwesenden schienen hin- und hergerissen zu sein. Zögerlich hoben einige ihre Hand. Andere blickten sich nach allen Seiten um, ehe sie entschieden. Einige rutschten nervös auf ihren Plätzen hin und her und wieder andere tuschelten mit ihren Sitznachbarinnen. Aber letztlich schien der Zwang der Gruppe zu überwiegen, denn nach und nach wanderten immer mehr Hände in die Höhe.

»Wie lautet das Ergebnis?« Die Älteste blickte ihre Bedienstete fragend an. Wie aus dem Nichts war wieder die in schwarz gekleidete Kapuzengestalt aufgetaucht.

»Zweiunddreißig sind dafür, Herrin.« Meldete sich diese flüsternd zu Wort.

»Von wie vielen? Wie viele unserer Schwestern sind heute hier?« Die Vorsitzende hob fragend eine Augenbraue.

»Sechzig, Herrin.«

Norae verzog säuerlich das Gesicht und richtete erneut das Wort an die Schwesternschaft. »Auch wenn wir heute weniger sind, als erwartet, so gibt es dennoch ein valides Ergebnis. Die knappe Mehrheit hat für eine Bestrafung Sigrids gestimmt.« Mit ernster Miene richtete sie das Wort nun wieder an Sigrid. »Sigrid, du wirst bis zur Verkündung deiner Strafe in Gewahrsam bleiben.«

Sigrids Herzschlag hatte sich im Laufe der Verhandlung beruhigt. Mit jedem Wort wurde sie gefasster. Es war ihr klar, dass es keinen Sinn hatte, mit der Ältesten zu diskutieren, und ihr niemand beistehen würde. Die Oberste des Hexenrats würde an ihr ein Exempel statuieren. Die Schwesternschaft war tief gespalten. Die geringe Anzahl der Anwesenden machte das nur zu deutlich. Aber Norae würde alles dafür tun, um ihre Traditionen zu verteidigen und eine endgültige Spaltung zu verhindern. Sigrid war sich allerdings nicht sicher, ob das der richtige Weg war. Die meisten Hexen lebten ein scheinbar völlig normales, menschliches Leben. Aber nur wenige waren verheiratet und noch weniger bekamen Kinder. Einige, so wie Valpu, hatten sich fast komplett in ihre eigene Welt zurückgezogen. Diejenigen, die Vollbluthexen waren und über großes Können verfügten, scherten sich nicht sonderlich um die anderen Spezies und Welten. Ausnahmen bestätigten die Regel. Sie lebten in den Tag hinein und fühlten sich für nichts verantwortlich außer sich selbst. Sie wähnten sich den Göttern näher als jeder anderen Lebensform. Ganz egal, aus welchem Jahrhundert sie stammten, sie verschwendeten ihre Zeit nicht mit Mittelmäßigkeit. Sigrid war sich dessen bewusst. Sie verstand die Notwendigkeit der Regeln und Gebräuche der Schwesternschaft und die Bewegründe der Ältesten, aber ihre Familie ging für sie vor. Sie hielt einige Regeln für überholt. Auch, wenn niemand Sigrids Entscheidung verstehen wollte und vermutlich sogar ihre eigene Tochter sie später einmal dafür hassen würde.

Die Wartezeit in der kleinen Kammer kam Sigrid vor wie eine Ewigkeit. Wie ein eingesperrtes Tier schritt sie diese immer wieder ab, setzte sich hin, nur um einige Sekunden später wieder aufzustehen und erneut herumzulaufen. Die Zeit schien stillzustehen. Die Schatten der Sonne an der Wand schienen regungslos zu verharren. Sigrids Gedanken drehten sich im Kreis. Sie war kurz davor zu fliehen, obwohl sie bereits ahnte, dass der Raum vermutlich magisch gesichert war. Gerade als sie zur Türklinke greifen wollte, öffnete sich quietschend die kleine Holztür. Sigrids Hand schnellte vom Türgriff zurück, als ob sie sich die Finger verbrannt hätte. Schweigend bedeutete die schwarze Kapuzengestalt Sigrid, sie möge ihr folgen. Ebenso wortlos nickte sie und ergab sich ihrem Schicksal. Nachdenklich lief sie der Dienerin der Obersten hinterher, zurück in das Auditorium. Der Saal war erfüllt vom Gemurmel der Anwesenden. Die Vorsitzende des Ältestenrats trat vor und erhob gebietend die Hand. Augenblicklich herrschte Stille und alle Blicke waren auf sie gerichtet. Norae Skjaldborg kam direkt zur Sache.

»Der Rat hat entschieden, dass du deinen Status als Hexe behalten darfst. Wir haben eine Aufgabe für dich gefunden, die deinen Fähigkeiten entspricht. Diese wirst du ab sofort ausfüllen. Da diese Position deiner vollen Aufmerksamkeit bedarf, wirst du hier im Sitz des Ältestenrats bleiben. Es stehen genug freie Zimmer zur Verfügung. Der Kontakt zu deiner Familie wird dir untersagt.« Sigrids anfängliche Erleichterung war binnen Sekunden wie eine Seifenblase zerplatzt. Nach und nach sickerten die Worte Noraes in ihren Verstand.

Erneut ertönte der Gong. Das Triumvirat erhob sich und verließ nach der Reihe den Saal. Sigrid war wie vom Blitz getroffen. Die Worte der Obersten hallten in ihren Ohren nach. Doch erfasste sie erst jetzt den Sinn. »Was? Warte! Willst du damit sagen, dass ich meine Familie nicht mehr sehen darf? Kann ich mich wenigstens von ihnen verabschieden?«

Die Vorsitzende war bereits verschwunden. Sigrid fing den mitleidigen Blick der Dienerin auf. Sanft, aber bestimmt ergriff sie Sigrids Unterarm, um sie in ihre neue Unterkunft zu bringen. Sigrid riss sich aus ihrer Umklammerung und stieß sie von sich. »Lass mich in Ruhe!« Hilfesuchend blickte sie dem Ältestenrat nach und durch die Reihen des Auditoriums. »Das könnt ihr nicht machen! Ich habe Kinder! Ich habe eine Familie. Ich kann sie doch nicht von einem Tag auf den anderen wortlos im Stich lassen. Sogar Gefangene dürfen Besuch von ihren Angehörigen empfangen.« Die Dienerin zuckte entschuldigend mit den Schultern.

KAPITEL 1
-
DAS NEUE LEBEN

Es war dumpf und trüb. Unmöglich zu sagen, ob es Morgen oder Abend war. Dicke Nebelschwaden zogen von den Hügeln herunter ins Tal und hüllten Bäume und Ragnars Haus in einen dichten Schleier. Vereinzelt knackte ein Ast unter der Last des Schnees. Nur das beständige Schlagen von Metall auf Holz und der dumpfe Aufprall auf dem schneebedeckten Boden durchbrachen die gespenstische Stille. Alle anderen Geräusche schienen vom Nebel ebenso verschluckt zu werden wie das Abendlicht.

Sarah saß mit Arv auf dem Schoß vor dem Feuer in der Wohnstube und nähte an einem neuen Kleid für Sunna. Das Holz knackte in der Glut der zügelnden Flammen. Glucksend versuchte Arv den vor seiner Nase tanzenden Faden zu erhaschen. »Lass den Quatsch, mein Schatz.« Lachend küsste Sarah ihn auf den Kopf und setzte ihn vor sich auf den Boden. Nachdenklich sah sie aus dem Fenster. Der erste Schnee war in diesem Jahr ungewöhnlich früh gefallen. Eine dünne weiße Decke hatte sich über die Landschaft gelegt und bedeckte das sandige Stück Land, das Sarah in den letzten Jahren so liebgewonnen hatte. Der Duft des Meeres vermischte sich mit dem klaren, frischen Geruch von Schnee.

In all den Jahren ihrer rastlosen Suche hatte Sarah nie einen Ort gefunden, an dem sie sich wirklich zuhause fühlte. Immer hatte sie das Gefühl gehabt, etwas zu vermissen.

Doch hier, an der Seite von Ragnar, im tiefsten Mittelalter, an dem Ort, der Ragnar bereits seit seiner Kindheit in den Bann gezogen hatte, hatte auch sie schließlich Wurzeln geschlagen. Die sanften Hügel neigten sich dem Meer entgegen und enthüllten einen malerischen Ausblick, der Sarah bei ihrem ersten Ausflug hierher sofort verzaubert hatte. Von den sonnengeküssten Wiesen erstreckte sich unter dem Hang ein Meer aus satten Blau- und Grüntönen. Die Wellen kräuselten sich sanft beim Treffen auf die Felsen und dem Murmeln des Windes. Die Wälder, die ihr Haus umgaben, boten ein ganz besonderes Grün. Es war ein lebendiges, intensives Grün, das die Augen erfreute und die Seele berührte. Über Nacht hatten sich die Schneeflocken zart wie eine Schicht Zucker auf die Blätter und Grashalme gelegt. Ein eisiger Windhauch strich durch den Raum, der die hauchdünne Schneeschicht aufwirbelte und mit sich in den Raum trug. Fröstelnd schloss Sarah die Fensterläden.

Ragnar war draußen und hackte Holz. Sein Atem blies kleine Wölkchen in die Luft, die kurz darauf mit dem Nebel verschmolzen. Der Holzhaufen war bereits zu beträchtlicher Größe angewachsen. Sarah war dankbar diese Arbeit nicht machen zu müssen. Sie hatte Glück gehabt. Wäre ihr Leben anders verlaufen, würde sie jetzt womöglich da draußen stehen und sich mit den Holzscheiten plagen und es gäbe keinen warmen Platz hier am Feuer für sie.

Sunna hatte sich zurückgezogen, um zu spielen. Sarah hatte also ein wenig Zeit, um sich in ihren Gedanken zu verlieren. Sie und Ragnar liebten Sunna wie ihr eigenes Kind, aber in letzter Zeit machte sie den beiden das Leben oft schwer. Sie hatte ihren eigenen Kopf und Ragnar fragte Sarah oft scherzhaft, ob sie sicher wäre, dass Sunna nicht ihr leibliches Kind sei.

Die letzten, nun fast drei, Jahre waren Sarah und Ragnar sehr glücklich gewesen, aber manchmal quälte Sarah noch immer die Sehnsucht nach ihrer Familie und ihrem Leben in der modernen Welt. Sie vermisste ihre Katzen, Bücher, Konzertbesuche und die Annehmlichkeiten von elektrischem Strom und fließendem Wasser aus der Leitung, das große Angebot an saisonalen Nahrungsmitteln und Kleidern. Technische Errungenschaften, die ihr bisher als selbstverständlich erschienen waren. Vor allem jetzt, wo wieder der Winter Einzug hielt. Aber am meisten fehlten ihr ihre Freunde und die Freiheit und Unabhängigkeit, die sie in ihrem früheren Leben gehabt hatte. Zu kommen und zu gehen, wann und wohin auch immer sie wollte. Und sie hatte das dumpfe Gefühl, dass es Ragnar manchmal ähnlich erging. Sie bereute, ihre Entscheidung zu bleiben, keine Sekunde lang. Auch nicht, dass sie nun Familie hatte. Aber den Umstand hier in dieser Zeit nicht einmal die Wahl zu haben, ob man abends gerne mal zum Essen ausgehen würde, ein Museum besuchen oder in den Urlaub fahren möchte, fand sie manchmal sehr frustrierend.

Ragnar erschien in der Eingangstür und klopfte sich den Schneeregen von seinem Umhang. Pfeifend stellte er das

Holz ab und trat zur Waschschüssel, um sich die Hände zu säubern. Der Holzboden knarzte, als er sich neben Sarah niederließ und Arv über den Kopf streichelte. »Ich bin froh, dass du hier bist«, sagte er leise. »Ich weiß, es ist manchmal schwer für dich - aber ich hoffe, du bist trotzdem glücklich?«

Sarah lächelte überrascht. Sie fühlte sich beinahe ein wenig ertappt, so als ob Ragnar ihre Gedanken gelesen hätte. »Nanu, wie kommst du jetzt darauf? Immerhin bin ich schon seit fast drei Jahren hier. Aber ja. Es gibt Tage, da vermisse ich mein altes Leben - aber dann sehe ich dich oder die Kinder an und weiß, dass ich genau hierher gehöre.« Sie nahm Ragnars Hand und drückte sie fest. »Ich liebe dich«, flüsterte sie. »Und ich danke dir von ganzem Herzen für alles, was du für mich und unsere Kinder geschaffen hast.«

Sarah stand auf, um das Feuer am Herd neu zu schüren. Als sie sich nach unten beugte, drückte sie Arv einen Kuss auf die Stirn und hob ihren lachenden Sohn in Ragnars Arme.

»Wo ist Sunna?«, erkundigte sich Ragnar.

Sarahs Augenbrauen schossen in die Höhe. »Sie spielt in ihrem Zimmer, warum? Was hat sie schon wieder angestellt?«

»Meinst du die Ziege auf dem Dach?«

Sarah fiel vor Schreck fast der Schürhaken aus der Hand. »Was???«

Ragnars Augen blitzten belustigt auf. »Keine Sorge, das war nur ein Scherz. Heute bis jetzt noch nichts, von dem ich weiß.«

Sarah schüttelte entgeistert den Kopf und widmete sich seufzend wieder ihrer Arbeit. »Lass die blöden Witze. Es ist derzeit schwierig genug mit ihr. Ich kann nur hoffen, dass sie das nicht gehört hat. Du musst sie nicht auch noch auf törichte Ideen bringen. Sie macht mich fertig. Dabei ist sie gerade mal etwa fünf Jahre alt. Was wird erst, wenn sie älter ist?« Entmutigt ließ sie dabei den Schürhaken zu Boden sinken. Sie vergrub ihr Gesicht in ihren Händen und ließ sich neben Ragnar auf die Knie nieder.

Erneut lachte Ragnar auf und bedachte Sarah mit einem Kuss auf die Stirn. »Ich weiß. Das wird schon wieder. Sie sieht dich so gut wie jeden Tag üben. Egal, ob im Kampf oder beim Zaubern mit Ida und Frode. Sie eifert dir nach.«

»Ja, wenn es nur das wäre. Seit sie weiß, dass sie uns mit Hilfe ihrer Kräfte an der Nase herumführen kann, nutzt sie jede sich bietende Gelegenheit. Als ob die Trotzphase allein nicht schon schlimm genug wäre.« Ragnar schlang seinen freien Arm um Sarah. Arv gluckste freudig und kuschelte sich an die beiden.

»Ich gehe in den Wald und wollte fragen, ob ich die Kinder mitnehmen soll?« Schmunzelnd setzte er Arv vor sich auf den Boden.

»Jetzt noch? Ist es dafür nicht schon zu spät? Um diese Jahreszeit wird es so früh dunkel. Und dann noch der Nebel und der Schneeregen.«

»Das ist bei dem trüben Wetter heute ohnehin nicht von Belang. Ich dachte, du willst etwas Zeit für dich oder in Ruhe mit Ida plaudern.« Ragnar benutzte seine Hände, um Gänsefüßchen in die Luft zu malen, wie er es so gerne tat, wenn er Sarah necken wollte.

»Du kommst aber mit den Kindern wieder, oder?«

»Was?« Ragnar riss erstaunt die Augen auf.

»Hänsel und Gretel.«

»Sarah, du sprichst wieder einmal in Rätseln.«

Lachend küsste Sarah ihren Mann. »Das sollte ein Scherz sein, wenn auch kein sehr guter. Ich erkläre es dir später. Aber im Ernst, das ist sehr aufmerksam von dir. Ja, es wäre wirklich schön, ein bisschen Zeit für mich zu haben.« Sarah gab Ragnar einen weiteren Kuss und rief nach Sunna.

Winzige Lachfältchen zeichneten sich in seinen Augenwinkeln ab. Schmunzelnd ergriff er Sarahs Handgelenk und zog sie zurück zu sich. »Wann hatten wir beide das letzte Mal Zeit, um in Ruhe zu plaudern oder Ähnliches?« Er schloss seine Arme um ihre Hüften und drehte sie sanft zu sich herum.

Sarah kicherte. »Hey, nicht kitzeln!«

»Das hatte ich auch nicht im Sinn.« Ragnars leidenschaftlicher Kuss weckte in Sarah den Wunsch nach mehr, aber die beiden waren so gut wie nie für sich allein. Ständig scharwenzelte irgendjemand um sie herum: das Personal, Ida, Frode, die Kinder, Boten aus Silfrhaf oder von anderen Sippen und Jarls. Ragnars Amt als Jarl brachte sowohl Vor- als auch Nachteile mit sich.

Seufzend lösten sie sich aus ihrer Umarmung, als Sunna herein hüpfte.

»Ja, Mama?«

»Niemand hat gesagt, dass es mit zwei Kindern leichter werden würde.«

»Stimmt.« Sarah schenkte Ragnar ein Lächeln. »Sunna, Papa geht mit dir und Arv in den Wald.«

»Ich möchte aber lieber hier bei dir bleiben, Mama.«

»Und ich möchte gerne Zeit mit meinen Kindern verbringen. Ich sehe euch ohnehin weniger, als mir lieb ist.«

Ragnar zog einen Schmollmund. Lächelnd fiel Sunna ihm um den Hals. »Ist gut, Papa.«

»Schön. Los, geh dich anziehen. Und hilf auch Arv, ja?«

Singend hüpfte Sunna davon und holte ihren Umhang und ihre Stiefel.

»Wie wäre es mit einem Date, wenn die Kinder schlafen? Nur du, ich und das Feuer im Kamin?«

Sarah musste immer noch lachen, wenn Ragnar Worte benutzte, die so gar nicht zu einem Wikinger passten. »Klingt gut.«

»Also, abgemacht. Ich mache mich jetzt auf den Weg und versuche Sunna etwas zu zügeln.«

»Viel Glück dabei.« Sarah gab Ragnar einen Kuss. Ragnars Erwiderung war mehr ein Versprechen als ein simpler Kuss.

Sarah machte sich sogleich auf die Suche nach Ida. Sie und Frode wohnten mittlerweile zwar so gut wie bei Sarah und Ragnar, dennoch hatten die beiden auch Aufgaben zu erfüllen und es blieb meist kaum Zeit für private Gespräche. Ständig galt es sich um Haus, Hof und Kinder zu kümmern, Ragnar nach Silfrhaf zu begleiten oder sich mit Ida und Frode rund ums Thema Magie auszutauschen oder an ihren Fähigkeiten zu arbeiten. Jetzt galt es nur, Ida zu finden und zu hoffen, dass sie ein bisschen Zeit hätte. Doch Sarah hatte kein Glück. Ida war wie vom Erdboden verschluckt. Weder konnte sie Ida in den Unterkünften für die Bediensteten und Besucher finden noch im Stall oder am Anlegeplatz. Enttäuscht suchte sie das gesamte Gehöft nach ihrer Freundin ab. Rasch war sie während ihrer Suche wieder in ihren Gedankengängen versunken.

Alles in allem hatte sie sich schnell an ihren neuen Alltag gewöhnt. So gesehen hatte sie, seit ihrer Ankunft in Silfrhaf so gut wie nichts anderes getan, als sich an die Begebenheiten im Mittelalter anzupassen. Inzwischen kam das tägliche Training ihrer Zauberkräfte hinzu. Das Leben in ihrem neuen Haus mit etwas mehr Abstand zum Dorf machte ihr aber auch vieles leichter. Die Tatsache, dass sie die Frau des amtierenden Jarls war, brachte für sie ein klein wenig mehr Unabhängigkeit. Sie musste zumindest in ihrem Zuhause nicht mehr ständig darauf achten, was sie sagte oder tat. Sie war keine Sklavin mehr. Sie war nun Mutter und die Herrin des Hauses. Sie hatte das Haus ein wenig ihrem Jahrhundert und ihrem gewohnten Lebensstil angepasst, was ab und an für Verwirrung bei Bediensteten und Besuchern sorgte. Das klassische Einraumhaus hatte sie im Grundriss belassen, aber die einzelnen Wohnbereiche aufgeteilt. Sarah hatte keine Lust darauf, dass ständig Besucher in ihrer Küche herumscharwenzelten. Der Schlafbereich und das kleine Bad waren durch Wände abgetrennt. Auf dieses Minimum an Privatsphäre hatte sie bestanden. Sie brannte nicht darauf, sich im Freien zu waschen, wenn es nicht sein musste, noch dass ihr jemand dabei zusah. Aber auch die Tatsache, dass die Außenwände ihres Hauses große Löcher aufwiesen, sorgte das eine oder andere Mal für Stirnrunzeln und erstaunte Blicke. Klassische Wikingerhäuser hatten keine Fenster. Sarah wollte diesem prachtvollen Ausblick aber einen Rahmen geben und das Tageslicht nutzen. Auch, wenn ihnen keine Glasscheiben zur Verfügung standen, so hatte sie anstatt der üblichen Windaugen auf Fenster mit Fensterläden bestanden, die bei Bedarf geschlossen werden konnten. Sie hatte sogar daran gedacht, diese innen und außen anbringen zu lassen. Im Winter wurden sie geschlossen und Felle als Dämmmaterial in den Zwischenräumen verstaut. Damit war leider in dieser Jahreszeit der Ausblick dahin, aber der Zweck heiligte die Mittel. Es warm zu haben, war wichtiger als ein ansprechender Ausblick. Ragnar war Feuer und Flamme für diese Ideen gewesen. Er hatte ihr viele Freiheiten gelassen und das Haus nach Sarahs Wünschen gestaltet. Er hatte es sich nicht nehmen lassen, so gut wie alles selbst zu bauen. Obwohl er in seiner Position als Jarl durchaus hätte Leute dafür einstellen können. Aber Sarah hatte es entworfen und Ragnar brannte immer darauf, »etwas Sinnvolles« zu tun. Endlich ein Haus auf dem Fleckchen Erde zu besitzen, das ihm seit seiner Kindheit so viel bedeutete, war die Erfüllung eines Traumes.

Ihr Zuhause war spärlich und einfach eingerichtet, aber es war ihr Heim. Ein Kamin spendete Wärme. Die Wände waren mit selbst gewobenen Stoffen geschmückt, die den Raum mit den Farben und Mustern belebten, die sich draußen vor der Tür wiederfanden. Hier, in dieser bescheidenen aber liebevoll gestalteten Bleibe, konnten sie endlich zur Ruhe kommen.

Sarah hätte es nie für möglich gehalten, aber hier, in der Vergangenheit, hatte sie ihr wahres Zuhause gefunden. Die Schönheit von Silfrhaf und die Liebe, die sie mit Ragnar teilte, erfüllten sie mit einer inneren Zufriedenheit, die sie nie zuvor erlebt hatte. Das Leben mochte einfach und manchmal sogar schwierig sein, doch es war erfüllend und reich an Bedeutung.

Gerade als Sarah schon aufgeben und zurück ins Haus gehen wollte, entdeckte sie plötzlich eine Gestalt am Rande des Waldes.

»Ida? Bist du das?« Die Art wie Ida dort stand, komplett reglos und angespannt wie eine Katze kurz vor dem Sprung, ließ Sarah stutzen.

»Pssst. Leise.« Ida legte ihren Zeigefinger an ihre Lippen.

»Warum?« Von Neugierde angestachelt ging Sarah weiter auf sie zu.

»Du bist die neugierigste Person, die ich kenne.«

»Das sollte dir mittlerweile ja wohl klar sein. Also. Wieso flüsterst du? Hast du etwas gehört oder gesehen?«

»Ja, eigentlich schon. Ich muss zugeben, ich bin sogar ein wenig erleichtert, dass du jetzt da bist.«

»Was ist denn los?« Sarah blickte Ida prüfend an. Sie war kreidebleich. »Du siehst ja aus, als hättest du ein Gespenst gesehen.«

»Das ist es ja. Ich habe nichts gesehen. Und ich weiß nicht genau, was ich da vorhin gehört habe. Ich konnte nur Schemen erkennen, aber die Geräusche haben mich ein wenig aus der Fassung gebracht.«

»Ah, bestimmt wieder einer von Sunnas Streichen.«

»Meinst du? Ist sie draußen?« Ida schüttelte verneinend den Kopf. »Also ich weiß nicht, das sah mir nicht unbedingt nach einer von Sunnas optischen Täuschungen aus. Ich kenne die Auren der Kinder.«

»Komm, das war bestimmt nichts«, beschwichtigte Sarah ihre Freundin. »Ragnar ist mit den Kindern spazieren gegangen. Lass uns nach drinnen gehen und eine Tasse Tee trinken. Es kommt ohnehin selten genug vor, dass ich das Haus für mich allein habe. Was auch immer das war, darum können sich die Männer später kümmern.«

Schweigend folgte Ida Sarah ins Haus. »Sunna macht euch ganz schön zu schaffen, nicht wahr?«

»Die Untertreibung des Jahrhunderts.« Seufzend holte Sarah den Kessel vom Herdfeuer und goss heißen Tee in zwei Holzschalen. »Bitte versteh mich nicht falsch, ich liebe sie genauso wie Arv, aber momentan zieht sie uns den letzten Nerv.«

»Kann es ein, dass du, oder vielmehr Valpu, mit Sunnas Erbe etwas hinter dem Berg gehalten hast?«

»Wie meinst du das?« Sarah blickte Ida überrascht an.

»Sunna zeigt jetzt schon ein außerordentliches Talent für Zauberei.«

»Ich weiß. Aber was heißt hinter dem Berg gehalten? Sie ist mit Valpu verwandt, also hätte ich mir denken können, dass da bestimmt noch einige Überraschungen auf uns zukommen werden. Aber ich weiß genauso viel wie du.«

Ida legte ihre Hände um ihre Teeschale und setzte sich mit Sarah an den Esstisch. »Sie hat dasselbe Problem wie du.«

Sarah sah Ida fragend an.

»Dass sie ihre Emotionen noch nicht so kontrollieren kann und diese ihre Zauberkräfte beeinflussen. Allerdings ist Sunna auch noch klein. Vermutlich etwa fünf Jahre? Bei ihr besteht also noch Hoffnung.«

»Ha ha. Sehr witzig. Danke für die Blumen.«

Ida gluckste. »Ja, ist doch wahr. Sei nicht gleich eingeschnappt.« Ida pikste Sarah in die Rippen. »Aber mal im Ernst, Sunna zeigt jetzt schon ein beachtliches Potenzial.«

Sarah nickte zustimmend. »Sie wird mich bald in die Tasche stecken. Und das nicht nur in Sachen Zauberei. Was können wir tun, damit sie nicht so endet wie ich? Bei aller Freundschaft, aber auch du wirst ihr bald nichts mehr beibringen können.«

»Ich weiß.«

»Gibt es so etwas wie eine Zauberschule?«

Ida schüttelte den Kopf. »Ich habe keine Ahnung, ob es so etwas gibt. Ich denke, da wirst du eine Hexe fragen müssen.«

»Na toll. Die einzige andere Hexe, die ich kenne, ist genau die, vor der ich Sunna möglichst fernhalten will. Aber im Grunde wollte ich mich nicht über die Kinder mit dir unterhalten. Was war das also, das du vorhin gehört oder gesehen hast? Oder vielmehr nicht gesehen hast? Du wirktest ziemlich verstört.«

»Ich weiß es nicht. Das, was mir Angst gemacht hat, war die Tatsache, dass ich so gut wie nichts sehen oder spüren konnte.«

»Wie meinst du das?«

»Keine Aura. Oder vielmehr keine gute. Da war nichts als Dunkelheit. Und damit meine ich nicht die Dämmerung.«

Sarah sah Ida überrascht an. »War das ein Tier?«

Ida schüttelte verneinend den Kopf. »Nein. Nichts und niemand ist von Grund auf böse. Auch kein Tier.«

»Und das, was du gespürt hast, war bösartig?«

Ida zuckte mit den Schultern. »Jedenfalls nicht gerade wohlwollend. Bestenfalls zwiespältig. Es fühlte sich an, als ob ich in einen Abgrund stürzen würde.«

»Jetzt machst du mir Angst.«

Ida lachte. »Das lag mir fern. Wir alle werden weder gut noch schlecht in diese Welt hineingeboren. Wir folgen unserem Schicksal, unseren Familien und Freunden und erblühen, lernen und wachsen in die eine oder andere Richtung. Aber dennoch haben wir alle eine spürbare Aura und Gefühle. Das, was auch immer das war, hatte das nicht.«

Bei Idas Worten lief Sarah ein eisiger Schauer über den Rücken.

»Was war es dann?«

Ida zuckte mit den Schultern. »Ich glaube, das möchte ich lieber nicht herausfinden.«

»Sollen wir Ragnar davon erzählen?«

Ida winkte ab. »Ich möchte die Leute nicht grundlos beunruhigen. Bestimmt hast du recht und es war nichts. Womöglich habe ich es mir nur eingebildet.«

»Wie du meinst.« Sarah zuckte mit den Schultern. Gänzlich überzeugend hatte Ida jedoch nicht geklungen.

KAPITEL 2
-
EINE SELTSAME BEGEGNUNG

Schweigend stapfte Ragnar mit Sunna und Arv durch das von Reif bedeckte Laub. Arvs Beine trommelten gegen seinen Rücken. Er hatte sich den Kleinen wie einen Rucksack herumgeschnürt. Der Regen hatte endlich aufgehört und eine erfrischende Kühle legte sich spürbar über die Landschaft. Schneeflocken fielen ebenso unsichtbar wie lautlos vor der weißen Nebelwand herab. Wie durch Zauberhand wurden sie erst auf ihrer Kleidung sichtbar, ehe sie im nächsten Augenblick schon wieder verschwanden oder als kleiner Tropfen zurückblieben. Arv kicherte jedes Mal, wenn eine Flocke auf seiner Nase landete. Ragnar war gerne mit den Kindern hier draußen, auch wenn seine Verpflichtungen es nur selten zuließen. Seine Aufgaben als Jarl nahmen eine Menge Zeit in Anspruch. Er nahm sie sehr ernst, aber es fiel ihm schwer, in diese Rolle hineinzuwachsen. Er fühlte sich weder besser, noch schlechter, als jeder andere Dorfbewohner und er fand es immer noch seltsam, als Jarl angesprochen zu werden. Arbeit mit seinen Händen, war immer noch das, was ihn am meisten mit Zufriedenheit erfüllte. Außer einen Kampf zu gewinnen. Aber auch dafür hatte er kaum die Zeit. Aber das stand auf einem anderen Blatt. Er hatte es mehr als falsch gefunden, Sklaven oder Angestellte aus dem Dorf das neue Haus für sich und seine Familie bauen

zu lassen. Abgesehen davon hätte der, für ihre Zeit unge-
wöhnliche, Entwurf vermutlich zu unerwünschten Fragen
geführt. Die Leute tratschten ohnehin zu viel. Sarah war
jetzt die Frau des Jarls, dennoch war sie immer noch eine
Fremde. Sie bemühte sich nach Kräften und kümmerte
sich gemeinsam mit Ida um alle Schwachen und Kranken
und jene, die nicht für sich selbst sorgen konnten. Aber es
gab immer noch viele Spekulationen über ihre wahre Herkunft. Sie hatten viele Freunde, die Sarahs offene und
selbstlose Art liebten und schätzten. Trotzdem war es offensichtlich. Zumindest für ihn, aber solange Sarah sich
darüber nicht grämte, würde er sich nicht einmischen. Sie
hatte in Ida eine Freundin gefunden und auch Frode gehörte mittlerweile so gut wie zur Familie.

Seine Gedanken waren heute wieder besonders rastlos.
Ständig schweiften sie von einer Frage zur nächsten. Es
erinnerte ihn daran, wie er sich an dem Tag gefühlt hatte,
als er Sarah zum ersten Mal begegnet war. *Ob dies ein Zeichen war? Ob heute wieder etwas Seltsames passieren würde?
Hoffentlich nicht noch eine Zeitreisende, die aus heiterem Himmel hier landen würde. Obwohl Sarah sich als ein Geschenk der
Götter erwiesen hatte.* Bei dem Gedanken an seine Frau
musste er unweigerlich lächeln.

Mit jedem Schritt drängten sich neue Gedanken in seinen Kopf. Erinnerungen aus längst vergessenen Tagen,
aber auch neue wie die ersten Schritte seines Sohnes. Un-
ablässige Fragen und ständige Überlegungen, die seine
Aufgabe als Jarl mit sich brachten. Ragnar hatte das Gefühl, sein Kopf würde jeden Moment zerbersten. *Ob es
Verwandte gab, die immer noch nach ihr suchten? Oder andere*

Hexen, die Sarahs Magie ebenfalls spüren und ihnen gefährlich werden konnten? Ein Gedanke jagte den nächsten. Keine Spur von Erholung wie sonst, wenn Spaziergänge oder Jagdausflüge in den Wald ihn beruhigten.

Er haderte immer noch damit, was er mit seinem leerstehenden Hof anfangen sollte. Er hatte überlegt, ob er Sven das Land anbieten oder lieber darauf warten sollte, bis Arv alt genug war, um es zu übernehmen. Den Grund und Boden so lange brach liegen und unbewohnt zu lassen, erschien ihm als Verschwendung und in jeder Hinsicht falsch. Oft machte er einen Abstecher dorthin, um nach dem Rechten zu sehen, wenn er von Versammlungen in Silfrhaf nach Hause zurückkehrte. Sarah hatte vorgeschlagen, das Land zu verpachten. Aber auch das fühlte sich falsch an. Manchmal wäre er lieber ‚Ragnar der Bauer und Krieger' geblieben. Aber der tägliche Umgang mit den Menschen des Dorfs hatte etwas Gutes. Sie sahen Ragnar jetzt teilweise anders. Er hatte nie einen schlechten Ruf gehabt, das nicht, aber er galt aus vielerlei Gründen als eigenbrötlerisch. Er nahm wahr, wie die Menschen ihn jetzt ansahen. Auch, wenn es viele der Bewohner Silfrhafs vermutlich nicht zugeben würden, so war er sich sicher, dass die Mehrheit dankbar dafür war, dass Jarl Knud abgesetzt worden war. Ragnar bemühte sich stets ein gerechtes Urteil zu fällen, und packte an, wo es anzupacken galt. Er war sich für nichts zu Schade. Die meisten Menschen seiner Zeit waren, ganz im Gegensatz zu Sarah, keine Menschen vieler Worte. Sie drückten ihr Wohlwollen und ihre Dankbarkeit durch ihre Taten aus. Ragnar erhielt vielerlei Geschenke als Dank. Immer wieder wurden ihnen

Essbares oder andere Waren vor die Halle des Jarls gelegt. Aber auch hierfür hatten Sarah und Ragnar eine Lösung gefunden und gaben zuallererst denjenigen davon, die es am nötigsten hatten. Denn auch, wenn sich durch Ragnars Amt einiges geändert hatte, so waren das Klassensystem und die Sklaverei dadurch nicht verschwunden. Ganz im Gegenteil. Der Handel mit Sklaven nahm immer mehr zu. Er florierte regelrecht und brachte zunehmenden Reichtum für die einzelnen Sippen. Es war kein Geheimnis, dass Ragnar und vor allem Sarah, das nicht guthießen, aber in dem Punkt waren sie nahezu machtlos. Die Krieger und Bewohner von Silfrhaf wollten auch ein Stück von diesem üppigen Mahl abhaben und mehr Wohlstand für ihre Familien erreichen. Ragnar hatte zwar seinen Wunsch durchgesetzt, dass seine Männer mittlerweile auch andere Länder ansteuerten, aber das hatte mitunter dazu geführt, dass die Bewohner sich nun nach anderen Heimathäfen und deren fruchtbaren Böden sehnten. Hätte Ragnar sich komplett gegen den Sklavenhandel gestellt, so hätte er, trotz aller Beliebtheit, sogar um sein Leben oder das seiner Familie fürchten müssen. Den Wunsch, sich neu anzusiedeln, konnte er nachvollziehen, denn das Leben in Silfrhaf war, besonders im Winter, hart. Selbst er war mit Sarah und den Kindern nun außerhalb des Dorfes zuhause. Dennoch wollte er die geschützte Lage des Hafens nicht aufgeben. Das Leben von Sarah und ihm war geprägt von Mühen und Pflichten, aber sie waren stets bemüht, das Beste daraus zu machen. Seit Sarah in sein Leben getreten war, hatte sich viel zum Besseren gewendet. Mehr als einmal hatten sie von Sarahs Wissen profitiert. Er hatte Änderungen bei der Bewirtschaftung der Felder vorgeschlagen, den Ausbau der Brunnen und vieles mehr. Auch wenn Sarah immer noch damit haderte, ob zu viele dieser Informationen eine negative Auswirkung auf das künftige Weltgeschehen haben könnten. Nicht alle Bewohner hatten seine Vorschläge befolgt. Das war für ihn in Ordnung. Er wusste, dass viele der Meinung waren, dass Ragnar in mancherlei Hinsicht zu gutherzig und experimentierfreudig war. Trotzdem wollte er bei der nächsten Dorfversammlung das Thema Sklavenhandel noch einmal ansprechen. Auch auf die Gefahr hin, dass er Schwierigkeiten bekommen und Anhänger verlieren könnte. Er sah auch die Schattenseiten, nicht nur den Profit. Abseits dessen, dass er Sarahs Meinung war, dass es falsch war, andere Menschen wie Waren zu verkaufen, brachte der Handel auch sichtbare Nachteile mit. Sofern sie auf ihrer Heimreise keinen Händlern begegneten, mussten sie andere Häfen ansteuern, ehe sie nach Hause zurückkehren konnten oder die Sklaven vorübergehend mitnehmen. Ragnars Männer und die Bewohner des Dorfes sahen sich schlagartig damit konfrontiert, zusätzliche Mäuler zu stopfen und gegen unbekannte Krankheiten anzukämpfen. Die Zahl derer, die arbeitsunfähig waren und medizinisch versorgt werden mussten, war so hoch wie noch nie. Trotz der harten Winter in dieser Gegend war so etwas noch nie der Fall gewesen. Und der Großteil derer waren nicht einmal Angehörige ihrer Sippe, sondern Sklaven. Knud hätte sich solcher Unannehmlichkeiten sicher auf andere Weise entledigt. Aber tot nutzten ihnen die Sklaven nichts, das sahen sogar die uneinsichtigsten und unbarmherzigsten Verfechter des Sklavenhandels ein. Gewiss, er hatte von Sarah vieles über Viren und Bakterien erfahren, das die Dorfbewohner nicht wussten, aber der Zusammenhang war unbestreitbar. Krankheiten und Seuchen nahmen zu, nicht nur unter den ärmeren Leuten und den Sklaven. Und die Vorratskammern leerten sich innerhalb eines Wimpernschlags. Das mussten die Leute doch erkennen, oder nicht?

Ragnar schüttelte die Gedanken aus seinem Kopf. Die Zeit war wie im Flug vergangen und es drohte bereits dunkel zu werden, weshalb er kehrtmachte und den Heimweg einschlug. Sie waren aufgrund seines Grübelns weiter in den Wald hineinmarschiert, als er beabsichtigt hatte. Das trübe Tageslicht war beinahe zu Gänze geschwunden und frische, dicke Nebelschwaden zogen über die Hügel und Wälder. Die kühle, feuchte Luft nagte mehr als sonst an seinen Gliedern. Das seit seiner Kindheit vertraute Gehölz erschien ihm heute sonderbar und fremd. Zudem hatte er das Gefühl beobachtet zu werden. Höchste Zeit die Kinder nach Hause zu bringen. Wäre er allein unterwegs gewesen, wäre er der Sache auf den Grund gegangen, aber nicht mit einer Fünf- und einem Zweijährigen im Schlepptau. Ein Knacken im Dickicht ließ ihn innehalten. Ragnar schaute sich mit wachen Sinnen um, konnte aber nichts entdecken. Nur der Wind, der durch die Äste strich und das Rascheln des Laubes waren zu hören.

»Hast du das auch gehört?«

Sunnas Stimme riss Ragnar aus seiner Starre.

»Vermutlich irgendein Tier. Nichts gegen das Essen eurer Mutter, aber ich hätte auch nichts gegen einen saftigen Braten einzuwenden. Was meinst du?«

Sunna grinste und zog an Ragnars Bogen. Sanft, aber bestimmt zog Ragnar ihre Hand von seiner Waffe.

»Finger weg, hörst du! Du bist noch nicht soweit, um im Halbdunkel zu schießen. Du könntest jemanden verletzen.« Sunna verzog missmutig das Gesicht. Vorsichtig löste er Arv von seinem Rücken und stellte ihn und Sunna hinter sich in den Schutz eines Buschs. Ragnar legte einen Pfeil auf die Sehne und spannte seinen Bogen. Irgendetwas war da. Er konnte es spüren. Wenn er die Beute erlegen wollte, musste er weiterlaufen. »Haltet euch dicht bei mir«, sagte er mit leiser Stimme zu den Kindern, ohne den Blick von dem dunklen Gehölz abzuwenden. Sunna fasste Arvs Hand. Es war schwierig, geräuschlos und ohne zu stolpern im Wald herumzulaufen, da der Boden mit Schnee bedeckt war und man nicht sehen konnte, was sich darunter verbarg. Besorgt warf er einen Blick zurück auf die Kinder. Jede unbedachte Bewegung konnte seine Beute zunichtemachen oder sie sogar in Gefahr bringen, solange er nicht wusste, welches Tier hier herumschlich. Langsam ging Ragnar voran, den Bogen im Anschlag, bereit jeden Moment seine Finger von der Sehne zu lösen. Schritt für Schritt trat er vorsichtig vor und suchte mit seinen Augen die Umgebung ab. Aber da war nichts. Keinerlei Tiere waren zu sehen oder zu hören. Nichts rührte sich, alles war still - bis auf das leise Rascheln des Windes in den Bäumen. Er lauschte angestrengt, aber das seltsame Geräusch war verschwunden. Was immer es gewesen sein mochte - es hatte sich offensichtlich in Luft aufgelöst. Geistesabwesend steckte er den Pfeil wieder zurück in den Köcher. Trotzdem kam es ihm vor, als ob die Bäume ihn beobachteten und hinter den Nebelschwaden eine Bedrohung lauerte. Ragnar überkam eine Mischung aus Neugierde und dem Bedürfnis, seine Kinder in Sicherheit zu bringen. »Wir sollten weiter«, sagte er zu Sunna und Arv, die sich noch immer hinter ihm im Dickicht hielten und ihn voller Neugier beobachtet hatten. »Der Tag neigt sich dem Ende zu.«

Er würde morgen noch einmal zurückkommen und sich das Ganze in Ruhe ansehen. Er würde seine Leute anweisen, sich vorerst von dem Waldstück fernzuhalten, für den Fall, dass sich hier ein krankes Tier herumtreiben sollte, bis er oder ein geübter Jäger sich der Sache angenommen hätte. Nun aber galt es, sich um wichtigere Angelegenheiten zu kümmern. Morgen früh stand zuerst ein Gespräch mit den Kriegern und den anderen Dorfbewohnern auf der Tagesordnung. Der Inhalt der Besprechung bereitete ihm ein wenig Magenschmerzen.

Die Aufregung der Kinder war spürbar, als die drei das Haus betraten. Sunna preschte in ihrer üblichen Art gleich mal vor. »Mama, Mama, stell dir vor! Wir haben einen Bären gesehen!«

Sarahs linke Augenbraue wanderte nach oben. Aufmerksam musterte sie Sunna und ihren Ehemann. »Ich dachte, hier gäbe es keine Bären?«

Ragnar lachte sein tiefes Lachen. »Tut es auch nicht«, antwortete er schmunzelnd über Sarahs Anspielung auf ihre erste Liebesvereinigung. »Aus unserer kleinen Plaudertasche spricht mal wieder die Fantasie.« Ragnar übergab Arv in Sarahs Arme und kitzelte Sunna. »Na, los, sag deiner Mutter, was wir gesehen haben.«

Sunna brummte enttäuscht. »Ah, Papa. Du bist so langweilig.« Schmollend ließ sie sich auf die Sitzbank neben dem Esstisch plumpsen. Ragnar lächelte gelassen.

»Nichts, wir haben gar nichts gesehen. Aber etwas gehört. Papa hat mit dem Bogen gezielt, aber es war nichts zu sehen.«

Sarah runzelte besorgt die Stirn. Ragnar lächelte aufheiternd und nahm Sarah und Arv in den Arm. »Du hast es gehört. Wir haben nichts gesehen. Nur gehört. Ich dachte, ich würde eine gute Beute nach Hause bringen, aber nichts dergleichen.«

Ragnar bedachte Sarah mit einem Kuss auf die Stirn. »Beruhigt?«

Sarah schüttelte den Kopf. »Nein, ich bin keineswegs beruhigt. Ida hat heute auch schon seltsame Geräusche gehört. Vielleicht solltest du ein paar Männer in den Wald schicken, um nachzusehen, was da los ist.«

Ragnar ballte unbewusst die Hände zu Fäusten. Sein Gesichtsausdruck verriet wie üblich nichts von den Gedanken und Sorgen, die in seinem Kopf kreisten. »Wir sollten später darüber reden, wenn die Kinder im Bett sind.«

Sarah nickte, aber Ragnar kannte seine Frau mittlerweile gut genug, um zu wissen, wann ein Thema noch nicht beendet war. Sarah würde ihn so lange mit Fragen löchern, bis er alles haarklein erzählt hätte oder er ihr das Zugeständnis machen würde, tagsüber nochmal nachzusehen.

Schweigend saßen sie beim Abendessen. Nur die Kinder lachten, brabbelten und plapperten vergnügt vor sich hin. Danach machte Sarah die beiden bettfertig.

Es dauerte fast eine Stunde, bis die beiden endlich eingeschlafen waren. Als Sarah nicht zurückkam, war Ragnar ins Schlafzimmer geschlichen. Sarah waren noch vor Arv die Augen zugefallen. Die Erschöpfung stand ihr ins Gesicht geschrieben, als sie plötzlich doch noch in der Stube erschien. Er wusste es zu schätzen, dass sie sich noch einmal aufgerafft hatte, um ihrem Mann noch ein wenig Gesellschaft zu leisten.

»Na, ich dachte, du wärst zusammen mit den Kindern eingeschlafen?«

»Nein, obwohl ich ehrlich gesagt ziemlich geschafft bin. Das war heute richtig schwierig die beiden schlafen zu legen. Ist aber auch kein Wunder nach der ganzen Aufregung. Willst du mir noch irgendwas sagen über diesen vermeintlichen Bären?«

Und da war sie schon, die unvermeidliche Frage.

»Nein.« Ragnar schüttelte vehement den Kopf. »Ich dachte, ich hätte etwas gehört und freute mich schon auf ein deftiges Abendessen, aber da war nichts.«

Sarahs Blick ließ keinen Zweifel daran, dass sie ihm seine Geschichte nicht abkaufte. Dennoch ließ die erwartete Diskussion auf sich warten, denn beide waren viel zu müde, um sich noch lange zu unterhalten. Erschöpft fielen die beiden kurze Zeit später ins Bett.

Kapitel 3

–
Von Fantasien, Tagträumen und Vorstellungen im Geist

Trotz Müdigkeit konnte Ragnar keinen Schlaf finden. Ungeduldig wälzte er sich hin und her. Er wollte Sarah und die Kinder nicht wecken und beschloss, draußen ein wenig frische Luft zu schnappen. Er schlüpfte aus dem Bett und schnappte sich seinen Mantel. Dann öffnete er die Tür und trat hinaus in die Nacht. Aber auch die kalte Herbstluft brachte nicht die ersehnte Müdigkeit. Im Grunde log er sich selbst an. Er wusste genau, was die Quelle seiner Schlaflosigkeit war. Dieses seltsame Geräusch im Wald. Er schüttelte den Kopf, um diese unheimlichen Gedanken zu vertreiben. Aber es half nicht. Wäre es nur das allein gewesen, hätte ihm das nicht eine Sekunde seines Schlafs geraubt. Er war seit seiner Kindheit auf der Jagd und er kannte sich hier bestens aus. Die Luft war nasskalt und Ragnar fröstelte leicht. Auch dieser Umstand ließ ihn erschaudern. Er hatte schon viele Tage und Nächte unter freiem Himmel verbracht, auf hoher See, unterwegs auf der Jagd oder auf dem Weg zum Thing in andere Dörfer und Gegenden. Die Kälte störte ihn für gewöhnlich nicht, auch nicht im Winter. Erneut atmete er einige Male tief ein und blickte sich um. Alles lag ruhig da, so wie es sein sollte. Nur der Wind rauschte sanft in den Bäumen des nahegelegenen Waldes.

Doch plötzlich vernahm Ragnar wieder jenes Geräusch. Diesmal konnte er es deutlich hören: Es war ein Schrei! Er glich dem gequälten Heulen eines hungrigen Wolfs, der mit dem Kreischen eines verletzten Raubvogels verschmolz. Dieser Laut entsprang den tiefsten Abgründen Hels* und schwang in der Luft, erfüllt von wilder und unbeherrschter Grausamkeit. Er legte sich über die Landschaft, kalt und unheimlich, und ließ eine Spur von Unbehagen in Ragnars Herzen zurück. Irgendjemand oder etwas litt unendliche Qualen. *Nein das ist nicht möglich, es muss ein Vieh sein.* Auch wenn er sich beim besten Willen nicht vorstellen konnte, welches Tier solche Laute von sich gab. Er war seit seiner Kindheit auf der Jagd und so etwas hatte er noch nie zuvor gehört. Ragnar war hin- und hergerissen, ob er seiner Neugierde nachgeben oder hier bei seiner Familie bleiben sollte. Was, wenn sie in Gefahr waren?

Nach einem kurzen Augenblick des Zögerns war seine Entscheidung gefallen. Rasch schlich er zurück ins Haus. Alle schliefen tief und fest. Er nahm seinen Bogen, sein Schwert und sein Messer von der Wand neben der Tür und zog warme Kleidung an, immerhin konnte es sein, dass er einige Stunden auf der Pirsch sein würde. Ehe er zur Tür hinaus schritt, drehte er sich noch einmal um und ging ins Schlafzimmer. Er wollte nicht wortlos gehen. Er und Sarah hatten sich versprochen, dass es keine Geheimnisse mehr zwischen ihnen geben würde. Sanft strich er über Sarahs Wange.

Schlaftrunken blickte sie ihn an. »Was ist los? Ist etwas passiert?«

»Ich weiß es nicht. Ich habe etwas gehört und werde nachsehen gehen. Bitte mach dir keine Sorgen, ich bin gleich wieder da.«

Mit einem Mal war Sarah hellwach und saß kerzengerade im Bett. »Jetzt, mitten in der Nacht? Was hast du gehört?«

»Ein verletztes Tier, einen Kampf. Ich weiß es nicht.«

»Dasselbe, das du heute schon einmal gehört hast?«

Ragnar zuckte mit den Schultern. »Möglich.«

»Willst du nicht lieber warten, bis es hell ist?«

»Dann könnte es womöglich zu spät sein.«

»Du machst mir Angst.«

»Genau das wollte ich verhindern. Aber ich befürchtete, dass du dich sorgen würdest, wenn du wach wirst und mich nirgends vorfindest.«

»Gut erkannt.« Sarah lächelte besänftigend. »Aber in dieser Angelegenheit kannst du es deiner Frau ohnehin nicht recht machen, egal was du tust.« Sarah seufzte. »Du weißt, dass ich dir voll und ganz vertraue. Du weißt, was du tust. Trotzdem kannst du mich nicht davon abhalten, mir Sorgen um dich zu machen.«

»Ich weiß.« Ragnar küsste Sarah sanft zurück in den Schlaf und verließ das Haus, ohne sich ein weiteres Mal umzudrehen. Womöglich würde er es sich ansonsten anders überlegen.

Vorsichtig suchte Ragnar nach Spuren im Schnee, aber da war nichts, außer den Fußabdrücken, die er selbst hinterlassen hatte. Es hatte abends wieder geschneit. Der Boden unter seinen Füßen und das Gehölz wurden von einer fingerbreiten Schicht Schnee bedeckt. Je weiter Ragnar in den Wald vordrang, desto stiller wurde es. Nur das Knarzen des gefrorenen Schnees unter seinen Stiefeln war zu hören. Und selbst das drang nur gedämpft an seine Ohren, als ob der Schnee alle Geräusche verschlucken würde. Dabei war es noch nicht einmal Winter. Je ruhiger es wurde, desto beklemmender wurde ihm zumute. Im Wald war es nie so geräuschlos. Nicht einmal nachts. Urplötzlich durchbrach ein grunzendes, schmatzendes Geräusch die Totenstille. Ragnar schätzte die Entfernung ab und passte die Richtung an. Der Geruch von Eisen stieg ihm in die Nase. Was auch immer das für ein Tier sein mochte, es labte sich offenbar gerade an seiner Beute. Mit jedem Schritt wurde das Schmatzen lauter und die Gefahr größer entdeckt zu werden. Aber zu Ragnars Freude am Jagen kam erschwerend hinzu, dass Sarahs Neugierde offenbar bereits auf ihn abgefärbt hatte. Auch wenn ihn seine Sinne zur Vorsicht rieten, so überwog der Drang weiterzugehen. Das Tier befand sich auf einer kleinen Lichtung, die vom Mondlicht erhellt wurde. Aber Ragnars Sicht wurde durch einige kahle Äste und Sträucher eingeschränkt. Er konnte nur einen riesigen schwarzen Schatten erkennen. *Es sieht beinahe so aus ...* Ragnar schüttelte ungläubig den Kopf. *Nein, das ist völlig unmöglich. Welches Tier bewegt sich auf zwei Beinen?* Ragnars Nackenhaare sträubten sich. Unvermittelt hielt das Tier inne. Es schien Ragnars Witterung aufgenommen zu haben, denn es hob den Kopf und drehte sich schnuppernd in seine Richtung. Mit einem Satz war es auf den Beinen. Die Bewegung seines muskulösen Körpers wirbelte kleine Wölkchen aus Schnee und Erde auf. Äste knackten. Ragnars Augen weiteten sich, denn es rannte los und geradewegs auf ihn zu. Ehe Ragnar reagieren konnte, überrannte ihn die Kreatur. Eine Kollision mit Thrudgelmir* hätte nicht schmerzhafter sein können. Ragnar spürte das immense Gewicht der Kreatur auf seinem Körper. Scharfe Krallen bohrten sich durch seine Kleidung und ein fauliger Geruch stieg ihm in die Nase. Er wurde mit voller Wucht auf den Boden geschleudert. Ächzend stieß er die Luft aus seiner Lunge. Sie fühlte sich mit einem Mal viel zu eng an, als ob kein Platz für einen neuerlichen Atemzug wäre. Ein stechender Schmerz durchfuhr seinen Rücken und in seinen Ohren ertönte ein Pfeifen. Vor seinen Augen blitzte es kurz auf, dann wurde es dunkel.

Ragnar hatte keine Ahnung, wie lange er im Wald gelegen hatte. Benommen schüttelte er seinen Kopf. Seine Glieder waren steif vor Kälte. Stöhnend rappelte er sich hoch und klopfte sich den Schnee von seiner Kleidung, die sich so hart wie ein Brett anfühlte. Seine Knöchel schmerzten beim Versuch, die Finger zu bewegen. Abermals erinnerte sein Körper ihn mit einem qualvollen Stechen an die Begegnung mit der seltsamen Kreatur. Womöglich hatte er sich bei dem Zusammenstoß eine Rippe gebrochen. Um ihn herum herrschte immer noch diese unnatürliche Totenstille. Er hoffte, nicht allzu lange bewusstlos gewesen zu sein. Bestimmt würde Sarah bereits auf ihn warten. Schlimmstenfalls hatte sie schon einen Suchtrupp nach ihm ausgeschickt. Auch wenn sie es nur selten zugab, aber in Sachen Beschützerinstinkt, wie sie es nannte, stand sie ihm in nichts nach. *Was sollte er ihr sagen? Er wollte sie keinesfalls verängstigen. Er wusste ja nicht einmal zu sagen, was das gewesen war. Es hatte ihn am Leben gelassen.* Ragnar war darüber gleichermaßen froh wie verwundert. Schlagartig fiel ihm auch noch das heutige Treffen im Dorf ein. Er musste schleunigst nach Hause.

✧

Kaum hatte Ragnar die Tür geöffnet, stürmte auch schon Sarah in seine Arme. »Ragnar, geht es dir gut, Liebster?« Es war offenkundig, dass sie nicht viel geschlafen hatte. Dunkle Schatten säumten ihre geröteten Augen.

»Es ist alles in Ordnung. Irgendein Tier hat mich überrannt und ich muss wohl für einen Moment besinnungslos gewesen sein. Mach dir keine Sorgen. Ich bin unverletzt.«

»Keine Sorgen machen? Du hast gut reden, du warst Stunden weg!«

»Stunden?«

Sarah blickte Ragnar mit einer Mischung aus Besorgnis und Verwunderung an. »Bist du sicher, dass du keine Gehirnerschütterung hast?«

»Was?«

»Ist dir schwindlig oder übel? Hast du Kopfschmerzen? Was ist das Letzte, woran du dich erinnerst? Es war kurz nach Mitternacht, als du weg bist, und nun bricht schon das erste Licht des Tages an.«

Ragnar schüttelte den Kopf. »Ja, schon gut. Du hast recht. Das sagte ich schon. Ich lag auf der Lauer. Ich konnte nur schemenhafte Schatten erkennen. Das, was ich sah, hat mich verwirrt. Ich fragte mich, ob es Mensch oder Tier war, denn es kam mir so vor, als ob es sich auf zwei Beinen bewegen würde. Dann schien es meine Witterung aufgenommen zu haben und stürmte auf mich los. Ehe ich ausweichen konnte, stieß es mich um. Es hat mich ganz schön erwischt, aber ich denke nicht, dass etwas gebrochen ist.«

Sarahs Augen weiteten sich schreckerfüllt. »Und da sagst du, ich solle mir keine Sorgen machen? Los lass mich sehen!«

Ragnar tat wie ihm geheißen. Langsam legte er seine Kleidung ab und ließ sich von Sarah untersuchen.

»Als ich aufwachte, bin ich sofort zurück nach Hause. Meine Glieder sind etwas steif, aber sonst scheint alles in Ordnung zu sein. Und das, obwohl es sich anfühlte, als ob ich mit einem Berg zusammengestoßen wäre.«

Kopfschüttelnd holte Sarah eine Waschschüssel und einige Tücher. Auf Ragnars linker Körperseite prangte ein riesiger rotblauer Fleck, aber es schien nichts gebrochen zu sein.

»Ragnar, das ist nicht witzig! Was, wenn dieses Ding nicht einfach davongerannt wäre? Was, wenn es dich ernsthaft verletzt hätte? Was, wenn es jemand anderen erwischt hätte, der nicht so hart im Nehmen ist, wie du? Oder, gar nicht auszudenken, eines der Kinder!«

Ragnars Augenbrauen zogen sich zu einem bedrohlich wirkenden Balken zusammen. »Ja glaubst du, das weiß ich nicht! Ich weiß ja nicht einmal, was es war! So etwas ist mir in meinem ganzen Leben noch nicht begegnet! Und ich gehe seit meiner Kindheit auf die Jagd. Ich werde später ein paar Männer zusammentrommeln und mich auf die Suche nach der Kreatur machen. Aber jetzt muss ich mich erst einmal anderen Verpflichtungen widmen.«

Auf Sarahs Stirn bildeten sich tiefe Furchen. »Du sagst, es war kein Tier. Was war es dann? Meinst du, da ist irgendwas Übernatürliches im Gange?«

»Was meinst du?«

»Magie. Hexen. Womöglich sogar diese Valpu.« Sarah hob die Augenbrauen und sah Ragnar auffordernd an. Offenbar erwartete sie eine sofortige Aufklärung.

»Ich weiß es nicht. Das ist möglich. Wie gesagt, ich konnte es nur schemenhaft erkennen.«

»Ach, Schatz!« Seufzend knüllte Sarah die Tücher zusammen und warf sie auf den Boden. »Meinst du nicht, es wäre besser, wenn du dich etwas ausruhen würdest? Können wir nicht einfach mal ein ganz stinknormales Leben führen ohne irgendwelche Abenteuer?«

»Du wolltest doch, dass ich Jarl werde.« Einen weiteren Seufzer ausstoßend ließ sich Sarah in Ragnars Arme fallen.

»Das meinte ich eigentlich nicht.« Sarah blickte Ragnar schuldbewusst an. »Wenn es dir so zuwider ist, dann solltest du den Job vielleicht jemand anderem überlassen.«

»Es ist mir nicht zuwider.« Ragnar nahm einen tiefen Atemzug, ehe er weitersprach. »Meine Aufgaben als Jarl nehmen Zeit in Anspruch, die ich lieber hier mit euch, mit dir, verbringen würde.«

»Ich weiß. Aber du schätzt die Leute aus dem Dorf und sie vergöttern dich geradezu.«

Ragnar nickte lächelnd. Aber das Lächeln erreichte seine Augen nicht. »Nein, das tun sie nicht. Aber ihre Meinung über mich, hat sich zweifellos verbessert. Ich frage mich trotzdem manches Mal, was ich da eigentlich mache.«

»Du machst das sehr gut. Denk doch mal nach. Was hat Jarl Knud für die Leute getan, außer seine Männer auf Fahrt zu schicken und Handel zu treiben? Du teilst mit den Menschen zu gleichen Teilen. Du erachtest dich nicht als besser als sie.«

Sarah ergriff Ragnars Gesicht und sah ihm ihn die Augen. »Dir fehlt es, auf Fahrt zu gehen, nicht wahr?«

»Ja.«

»Du fürchtest um deinen Platz in Walhall*?«

Ragnar gab keine Antwort. Aber das war auch nicht notwendig. Sarah kannte die Antwort. Sie stieß einen langgedehnten Seufzer aus. »Niemand sagt, dass ein Jarl nicht mit auf Vikingfahrten gehen darf, oder nicht?«

»Nein, das sagt in der Tat niemand. In meinem Alter gehen die Jarls für gewöhnlich mit auf Fahrt. Aber dann wären du und die Kinder allein. Es wäre niemand da, um euch zu beschützen. Und es gäbe keine Garantie, dass ich zurückkehre.«

»Ich habe dich nie gebeten zu bleiben.«

»Ich weiß.« Ragnar blickte Sarah tief in die Augen. »Was nun meine geliebte Ehefrau? Forderst du mich auf zu gehen, oder zu bleiben?«

»Ich weiß es ja selbst nicht. Ich habe nie und würde dir auch nie sagen, dass du nicht gehen sollst. Aber du weißt auch, dass ich deinen Standpunkt, diesen tief verwurzelten Glauben, dass du kein Mann von Ehre wärst, wenn du mit 90 friedlich in deinem Bett einschläfst, nicht teile. Mir persönlich wäre es lieber, mit dir gemeinsam alt und runzlig zu werden, als zuhause zu sitzen und zu bangen, ob unsere Kinder nun womöglich Halbwaisen sind, oder nicht.«

»Ich weiß das alles. Es sollte kein Vorwurf sein. Ich hadere ja selbst mit meinem Streben nach Ruhm und Ehre und dem Wunsch, bei euch zu sein. Ich habe schon einmal meine Familie verloren.«

»Du sagtest einmal, dass du immer zurückkehrtest und immer die vorteilhafteste Beute für deinen Jarl mitbrachtest.«

Ragnar schaute sie aufmerksam an, nickte zustimmend.

»Was hat sich geändert? Zweifelst du plötzlich an deinen Fähigkeiten als Krieger? Oder als Jarl? Meinst du, dass du nun ein schlechterer Anführer wärst als früher?«

»Es hat sich nichts an meinen Fähigkeiten geändert.«

»Was ist es also dann? Fürchtest du, ich käme nicht allein zurecht? Oder ich würde dich verlassen?«

»Womöglich beides.«

»Also zweifelst du im Grunde nicht an dir, sondern an mir?«

Ragnar riss erstaunt die Augen auf. »Brichst du gerade einen Streit vom Zaun? Ich hatte eigentlich etwas anderes im Sinn.« Ragnar zwinkerte Sarah besänftigend zu.

»Ich breche gar nichts vom Zaun. Ich versuche nur herauszufinden, was mit dir los ist.« Sarah streichelte sanft Ragnars Haar. Sie legte ihre Hand an seine Wange und blickte ihn eindringlich an. »Du scherzt und lachst und tust alles fast wie sonst. Aber eben nur fast. Deine Augen strahlen nicht, wenn du dich über etwas freust und du wirkst ständig in Gedanken versunken. Ich frage mich, ob du glücklich bist. Ob du deine Entscheidung womöglich bereust.«

»Es geht mir gut.«

Sarah verdrehte die Augen. »Ja, ich höre die Worte, die deinen Mund verlassen, aber deine Augen sagen etwas anderes.« Sarah ging in die Küche, um sich einen Tee zu machen. Ragnar folgte ihr schweigend.

Er hob Sarah hoch und setzte sie mit Schwung vor sich auf den Küchentresen. »Diese seltsame Einrichtung, auf die du bestanden hast, erweist sich manches Mal als durchaus praktisch.« Ragnar zwinkerte Sarah keck zu.

»Ach, was du nicht sagst.« Antwortete Sarah kichernd. Ragnar fasste Sarahs Hände und ließ seine Finger zwischen ihre gleiten. Sanft drückte er ihre Hände und legte seine Arme um ihre Taille. Langsam schob er sich zwischen Sarahs Beine und presste seinen Körper an ihren. Nach außen hin war er ruhig. Sein Atem, seine Berührungen erfolgten langsam und bedacht. Aber sein Herz schlug unweigerlich schneller, wenn er und Sarah sich so nahe waren.

»Es geht mir gut. Hörst du? Ich bin nicht verletzt und ich bereue nur wenige Entscheidungen in meinem Leben. Du gehörst nicht dazu. Ich bin müde. Ich vermisse euch. Ich vermisse Dich. Heute nehmen wir uns Zeit für uns.« Er presste seinen Körper noch enger an Sarahs und schlang seine Arme fest um sie. »Ich bin glücklich und froh, euch zu haben. Mir wurde eine zweite Familie geschenkt. Es gibt nur wenige, denen ein solches Glück zuteilwird.« Ragnar bedachte Sarah mit einem seiner »Mehr«-Küsse, wie sie sie nannte. »Was sagen meine Augen denn jetzt, geliebte Ehefrau?« Ragnar wackelte auffordernd mit den Augenbrauen.

»Lass den Quatsch.« Sarah gab Ragnar lachend einen Schubs.

»Nein, im Ernst. Was siehst du? Glaubst du wirklich, ich würde es bereuen, mit dir zusammen zu sein? Ich habe uns ein Haus gebaut, ganz nach deinen Wünschen. Damit du dich wohl fühlst. Damit du dein eigenes Reich hast. Und du hast daraus ein Heim für uns gemacht.«

Ragnar wiederholte seinen Kuss. Dieses Mal etwas intensiver.

»Wie wäre es mit einem Date, wenn die Kinder schlafen? Nur du, ich und das Feuer im Kamin?«

Sarah schüttelte sich benommen. Ragnars Kuss brachte sie ins Schwanken.

»Du versuchst, schon wieder vom Thema abzulenken. Aber ich muss zugeben, das klingt gut. Was genau schwebt dir vor?«

»Du und ich nackt vor dem Feuer.« Ragnar wackelte erneut auffordernd mit den Augenbrauen. Sarah prustete los. »Romantik war noch nie deine Stärke.«

Ragnar grinste Sarah nur noch breiter an. »Darüber hast du dich aber noch nie beschwert.« Wieder musste Sarah lauthals lachen. »Stimmt. Na dann, küss endlich deine Ehefrau.«

KAPITEL 4
-
DÜSTERE VORZEICHEN

Ragnar stand auf dem Podest in der Halle des Jarls und blickte auf die versammelten Wikinger hinab. Er spürte, wie sich in ihm etwas regte, eine unbestimmte Wut, die er nicht genau definieren konnte. Vielleicht war es die Situation, in der er und seine Leute sich befanden - oder vielleicht lag es auch an den Geschäften, die sie trieben. Jedenfalls fühlte er sich zunehmend unwohler und wollte nicht mehr weiterhin tatenlos zusehen.

»Ihr wisst«, sagte er mit lauter Stimme, »dass der Sklavenhandel blüht. Und ich weiß, dass viele von euch dieses Geschäft für gewinnbringend halten und großen Nutzen daraus ziehen. Aber ich sage euch: Es ist falsch! Wir sollten uns von diesem Handel abwenden und stattdessen unsere Kräfte darauf verwenden, neues Land zu bestellen, unsere Güter zu verkaufen und anderen zu helfen.«

Seine Worte hallten durch den Raum und Ragnar sah, wie sich die Mienen der Wikinger veränderten. Einige schienen überrascht von seiner Rede zu sein, andere runzelten misstrauisch die Stirn - offensichtlich fragten sie sich, ob Ragnar den Verstand verloren hatte. Doch er ließ sich nicht beirren und fuhr fort. »Ich weiß natürlich«, sagte er ruhig, »dass diese Entscheidung nicht ohne Folgen bleibt.« Sein Blick wanderte über die Köpfe der Anwesenden hinweg und blieb an jemandem hängen - Frode.

Sein Pokerface, wie Sarah es nannte, geriet gehörig ins Wanken. Mit Ausnahme des Tages, an dem er Sarah zum ersten Mal gesehen hatte, entglitt ihm dieses nur selten. Frode nahm nie an den Versammlungen teil. Nur, wenn seine Dienste als Seher oder Heiler benötigt wurden, ließ er sich blicken. Jedenfalls schien Frode ihn jetzt genau zu mustern und als hätte er Ragnars unausgesprochene Frage vernommen, nickte er leicht mit dem Kopf. Es gab ohnehin kein Zurück mehr. Entweder würden seine Männer ihm folgen oder ihn als Jarl absetzen. Oder Schlimmeres. Er hatte nur eine Chance: Improvisieren oder bluffen, wie Sarah es nannte. Wenn sich die Götter auf seine Seite schlagen würden, würde er die Bewohner überzeugen können.

»Seher!« Er nickte Frode zu und deutete ihm nach vorne zu kommen. »Es freut mich, dass du uns die seltene Ehre deines Besuchs erweist. Bitte, setz dich.«

Frode schritt langsam auf Ragnar zu und betrat das Podest des Jarls. Ragnar verbeugte sich vor Frode und wartete darauf, dass der Seher ihm die Hand auf das Haupt legte. Respektvoll ergriff er den Arm des Sehers und führte ihn zu seinem Stuhl. Den Sitz des Jarls zu benutzen war eine große Ehre, selbst für einen angesehenen Seher wie Frode. Nachdem Frode Platz genommen hatte, fuhr Ragnar mit seinen Ausführungen fort. »Es lässt sich nicht leugnen, dass wir seit dem vermehrten Menschenhandel auch mehrere Mäuler zu stopfen und Kranke zu versorgen haben. Oder ist das etwa noch niemandem von euch aufgefallen? Ihr mögt über diese Menschen denken, wie ihr wollt, dennoch brauchen sie Nahrung. Insbesondere, wenn sie für euch arbeiten oder gewinnbringend weiterverkauft werden sollen. Es sind aber Menschen wie wir. Auch sie hatten ein Leben und Familien, denen sie entrissen wurden, durch unsere Schuld. Sie werden hierhergebracht und sollen unsere Arbeit verrichten. Dazu benötigen sie Essen. Doch stattdessen lasst ihr sie hungern und in erbärmlichen Baracken hausen. Krankheiten häufen und verbreiten sich in Windeseile. Wir wissen zum Teil noch nicht einmal, wie wir diese behandeln sollen, auch weil wir nicht wissen, um was für Erkrankungen es sich handelt. Das kann niemand von euch leugnen.« Ragnar blickte zu Boden und atmete tief durch. Er musste sich besinnen, bei den Gegebenheiten bleiben und sein Temperament zügeln. Es war an der Zeit Frode zu befragen, wenn er schon da war. Er war nicht nur der Seher, sondern auch einer der Dorfältesten. Auf ihn würden sie hören. Ohne auf eine Reaktion der Sippe zu warten, drehte er sich zu Frode um.

»Frode, sei so gut und berichte uns, was die Götter zu all dem zu sagen haben.«, wandte er sich an seinen langjährigen Freund und Mentor. Frode blickte Ragnar etwas säuerlich an. Auch, wenn er vorausgeahnt haben mochte, was kommen würde, war es ihm offenkundig unangenehm. In der Halle des Jarls hätte man eine Stecknadel fallen hören können. Alle hingen gebannt an den Lippen des Sehers. »Die Götter preisen das Kampfgeschick und den Ruhm der Menschen unseres Dorfes. Sie sehen dem Tag ihres Einzugs in Walhall voller Stolz entgegen.« Schallender Jubel brach los und brachte die Halle zum Beben. Ragnar hatte alle Mühe, die Menge zu beruhigen. Beschwichtigend hob er die Hände.

»Das ist wahrlich ein Grund zum Feiern! Lasst uns im Anschluss darauf anstoßen, Männer! Was haben die Götter noch zu sagen, Frode? Die letzten beiden Winter waren hart. Die Menschen sehnen sich nach Wohlstand. Sie streben andere Heimathäfen mit besserer Witterung und fruchtbaren Böden an. Was meinen die Götter? Sollen sie gehen oder bleiben? Ich möchte die Lage Silfrhafs ungern aufgeben.«

Frode antwortete: »Die Götter haben mir gesagt, dass ihr bleiben sollt. Sie können niemanden aufhalten, ebenso wenig wie du Jarl Ragnar. Aber es betrübt sie zu sehen, dass ihr so wenig an der Heimat zu hängen scheint, die sie euch geschenkt haben.« Der Seher blickte vorwurfsvoll durch die Reihen der Bewohner.

Ragnar nickte entschlossen. »Dann werden wir bleiben, wie die Götter es wünschen. Jeder, der uns verlassen möchte, kann das tun. Er steht aber von dem Zeitpunkt an allein, ohne den Schutz der Sippe.« In der Menge brach aufgeregtes Raunen los. Er sah angespannt zu Frode. Er wusste, die Frage, die nun folgen würde, würde dem Seher am wenigsten gefallen. Es war eine Sache, ein klein wenig bei der Deutung der Runen zu flunkern, aber das, was Ragnar von ihm verlangte, grenzte für den Seher vermutlich an Verrat, sofern Frode überhaupt mitspielte. Es konnte genauso gut sein, dass das, was er sich wünschte, auch dem Willen der Götter entsprach. »Aber was ist mit dem Sklavenhandel? Viele unserer Leute wollen an diesem profitablen Geschäft festhalten.«

»Ragnar, die Leute sind auf ihn angewiesen. Sie brauchen das Geld, wir brauchen es«, schaltete Björn sich ein. »Die Leute sind besorgt. Sie haben Angst um ihr Überleben.«

Björn war Ragnars bester Freund seit Kindheitstagen und beinahe wie ein Bruder, als sich seine Familie nach dem Tod von Ragnars Eltern um ihn und seinen Bruder Sven kümmerten. Er wusste, dass Björn ihn nicht bloßstellen wollte, dennoch gab es ihm einen Stich, dass ausgerechnet er seine Meinung nicht teilte. Die letzten beiden Winter waren hart gewesen und die Vorräte gingen langsam zur Neige. Viele Familien hatten, trotz Hilfe und Zusammenhalt, hungern müssen und nun fürchteten sie, dass es in diesem Winter nicht besser werden würde, denn auch die diesjährige Ernte war spärlich ausgefallen.

»Ich weiß«, antwortete Ragnar seufzend. »Aber das gibt uns nicht das Recht andere Menschen wie Waren zu behandeln. Sie sind Fremde für uns. Doch auch sie haben Freunde und Familien. Sind Väter, Mütter, Söhne und Töchter. Auch sie haben ein Recht auf ein freies Leben. Wer sind wir, dass wir sie dessen berauben?«

»Wer sind wir, dass wir diese Tradition ändern?« Rief einer von Ragnars Kriegern.

»Ja. Wir lebten schon immer so.« Stimmte ihm ein anderer zu. Ragnar schloss die Augen und tat einen tiefen Atemzug. Er hatte gewusst, dass es schwer werden würde.

»Das ist gutes Geld, das für unsere Familien sorgt. Das ist unsere einzige Chance«, beharrte Björn. »Wenn wir mit Sklaven handeln, können wir genug Vorräte kaufen, um die Bewohner von Silfrhaf den Winter überstehen zu lassen.«

Ragnar seufzte. »In Wahrheit bringt es uns nichts. Gold kann man nicht essen.«

»Getreide und andere Waren müssen auch erst angebaut, gekauft oder getauscht werden«, entgegnete Björn.

Es war das erste Mal, dass einer seiner Freunde öffentlich gegen ihn Stellung bezog. Gegen ihn als Freund und gegen ihn als Jarl. Hilfesuchend wandte er sich an den Seher. »Also Frode, was sagen die Götter?«

Frode atmete schwer aus und ein. Ächzend erhob er sich von seinem Platz und trat nach vorne zu Ragnar. »Das ist eine schwierige Frage. Die Götter sind nicht eindeutig in dieser Angelegenheit.«

Die Anwesenden tuschelten aufgeregt miteinander. Es war nichts Neues, dass die Auslegungen der Seher oftmals uneindeutig waren. Aber in diesem Fall, hatte offenkundig nicht nur Ragnar auf eine konkrete Antwort gehofft.

»Die Götter sind uneins«, fuhr dieser fort. »Sie sehen sowohl das Gute als auch das Böse in diesem Handel. Sie wollen die Kinder Midgards* nicht leiden sehen. Derlei Geschäfte beschaffen uns Geld und Nahrung. Sie bringen aber auch fremden Glauben und Gebräuche. Zudem Krankheiten und Leid. Die Götter raten uns zur Vorsicht.« Der Seher hatte den Satz kaum beendet, als er überrascht nach Luft schnappte und nach hinten taumelte. Ragnar ergriff gerade noch rechtzeitig seinen Arm, ehe der Seher zu Boden sank. Ragnar ließ sich mit ihm auf die Knie sinken. Frode versuchte zu sprechen, aber seine Worte waren unverständlich. Es klang, als ob er betrunken wäre. »Bei den Göttern, Frode!« Ragnar wurde augenblicklich von Schuldgefühlen gepackt. Der Seher hatte fast genau das gesagt, was Ragnar von ihm hören wollte. Aber, ob das dem Willen der Götter entsprach? Oder straften sie den Seher nun für seine Lügen. »Schickt nach Ida und meiner Frau, sofort!«

Drei von Ragnars Männern stürmten, wie befohlen, nach draußen. Zwei davon bestiegen ein Ruderboot in Richtung Ragnars Haus, während einer den Weg zu Idas Hütte einschlug. In Ragnars Gesicht spiegelten sich bloßes Entsetzen und Bestürzung. Sein Freund und Mentor lag hilflos wie ein kleines Kind in seinen Armen.

Erneut versuchte der Seher zu sprechen. Er war immer noch kaum zu verstehen. Angestrengt schloss er die Augen und begann leise vor sich hin zu murmeln. Ragnar legte sein Gesicht ganz nah an das seines Freundes, dennoch konnte er Frodes Worten keinen Sinn entnehmen. Er beobachtete ihn mit einer Mischung aus Sorge und Neugier.

Plötzlich öffnete Frode die Augen und blickte Ragnar ernst an. »Die Götter sind geteilter Meinung«, flüsterte er. »Manche von ihnen finden es gut, andere halten es für falsch. Die Götter wollen Gutes für die Menschen aus Midgard. Wir sollen unsere Traditionen hochhalten, aber Sklavenhandel ist kein ruhmreiches Geschäft. Sie raten uns zur Vorsicht. Aber sie können und werden nicht in unsere Geschicke eingreifen - deshalb müssen wir unseren Teil dazu beitragen und entscheiden, welchen Weg wir gehen wollen.« *Ob er die Wahrheit sprach? Das sah nicht danach aus, als ob er sich verstellte.* Wieder schien der Seher von einer Art Krampf gebeutelt zu werden. Schmerz breitete sich über sein Gesicht aus. Er stöhnte. »Aber da ist noch mehr. Ich vermag es nicht zu erkennen. Etwas Dunkles und Niederträchtiges.« Mit einem Mal änderte sich Frodes Gesichtsausdruck. Sein Blick war starr und sein linker Mundwinkel sank nach unten. Dann sackte der Seher in sich zusammen und blieb reglos liegen. Ragnar riss den

Seher an sich. »Frode, was ist dir? Was soll ich tun?« Wenn bisher noch einigermaßen Ordnung geherrscht hatte, so brach jetzt endgültig das Chaos los. Alle riefen aufgeregt durcheinander, drängten in alle Richtungen. Einige preschten vor und wollten zu Frode, andere stürmten entsetzt Richtung Ausgang. Den Seher in solch einem furchtbaren Zustand zu sehen, brachte selbst die stärksten und mutigsten Krieger aus der Fassung.

So, wie er es bei Sarah bereits gesehen hatte, fühlte Ragnar nach Frodes Puls und legte sein Ohr an seine Brust. »Er atmet. Sein Herz schlägt.« Ragnar riss an Frodes Kleidung, um ihm Platz zum Atmen zu verschaffen, und drehte ihn auf die Seite. Ida war als Erste zur Stelle. Leichenblass erschien sie in der Halle des Jarls. Hätte Ragnar sie nicht von seinem Platz aus gesehen, sie wäre inmitten des Tumults untergegangen. »Lasst die Heilerin durch!« Ragnars Brüllen klang wie ein Donnerschlag. Erschrocken fuhren die Menschen zurück. Die Menge teilte sich und ließ Ida hindurch. Als Ida Frode auf dem Podest liegen sah, rannte sie los. »Um Himmels willen, Frode! Ragnar, was ist passiert? Du musst mir alles genau sagen!« Ragnar schilderte Ida Frodes Symptome. »Gut, das hast du gut gemacht. Er braucht Luft. Er muss atmen. Schick alle, die nicht gebraucht werden nach draußen.« Ragnar ließ die Leute nach draußen bringen, während Ida Frode gewissenhaft untersuchte. Die Verzweiflung stand ihr ins Gesicht geschrieben. »Als ob es nicht schon genug wäre, dass es so viele Kranke im Dorf gibt. Nun auch noch das.« In der Halle herrschte bedrückendes Schweigen. Kurz darauf traf Sarah ein. Auch sie war völlig außer Atem und schien von Ragnars Männern nicht vollständig informiert worden zu sein. Ihr Blick huschte unsicher von einem zum nächsten. Frode lag am Boden. Ida kniete über ihm. Nur Ragnar und ein paar seiner engsten Vertrauten waren noch hier. Im Gegensatz zu Idas Eintreffen, herrschte nun eine bedrückende Stille. Ragnar eilte ihr entgegen.

»Sarah! Frode, er…«

»Um Himmels willen. Was ist geschehen?« Sarah stürmte in Ragnars Arme. Ragnar ergriff ihre Hand und führte sie zum Podest. Gemeinsam mit Ida schilderte er seiner Frau alles in knappen Worten.

»Oh mein Gott! Ich bin zwar kein Arzt, aber für mich hört sich das nach einem Schlaganfall an. Was sollen wir tun?« Bestürzt blickte sie zwischen Ida und ihrem Ehemann hin und her.

Ida nickte zustimmend. »Ich weiß nicht, was das ist. Aber wenn es das ist, wofür ich es halte, droht ihm das Ende.«

»Nicht in meiner Welt.«

»Wir sind aber nicht in deiner Welt.«

»Ich weiß, daran werde ich tagtäglich erinnert.« Erwiderte Sarah seufzend.

»Dann eben mit unseren Mitteln. Komm schon.«

»Ich habe nicht viele Möglichkeiten.«

»Doch, die hast du.«

»Ja, ein paar schon. Aber du musst mir helfen. Allein schaffe ich das nicht.«

Ida atmete hörbar entnervt aus. »Wie lange willst du noch so tun, als ob du keine vollwertige Hexe wärst. Du hast viele Talente und deine Heilkräfte sind um Welten besser als meine. Wir müssen Frode helfen, komme was da wolle.«

»Ja, natürlich. Gut, dass die Dorfbewohner nach draußen geschickt wurden. Es gibt ohnehin schon genug Gerede über uns.«

Ida legte ihre Hände auf Frodes Brust. Sarah folgte Idas Beispiel. Sie atmete tief aus und ein und versuchte, sich an alles zu erinnern, was sie bisher von Ida gelernt hatte. Sie konzentrierte sich ganz darauf, Idas Heilkräfte zu unterstützen, und spürte sogleich eine wohlige Wärme in ihrem Körper aufsteigen. Ihre Hände vibrierten. Es fühlte sich an, als ob ein ganzer Ameisenstaat über sie hinweg krabbelte. Dem Seher schien es augenblicklich etwas besser zu gehen. Er blinzelte und sein Gesichtsausdruck entspannte sich merklich. Die Erleichterung stand allen ins Gesicht geschrieben.

»Sarah, kannst du Wasser und Knoblauch besorgen? Der Knoblauch sollte zu einer Paste verrieben werden. Hilft er nicht, so kann er jedenfalls nicht schaden.«

Sarah nickte und eilte zur Tür hinaus. Den Weg zu den Unterkünften der Bediensteten und der Vorratskammer des Jarls musste sie sich aber zuerst durch die Dorfbewohner erkämpfen, die sich vor der Jarlshalle scharten. Sarah blickte in bestürzte, aber auch erzürnte Gesichter. Weinende Frauen und Kinder. Sogar die hartgesottensten Krieger unter ihnen standen offenbar unter Schock. Den Seher so hilflos zu sehen, hatte sie aus der Fassung gebracht. Alle schienen bereits von Frodes Tod auszugehen. Das konnte nur ein schlechtes Vorzeichen bedeuten. Ringsum entbrannten hitzige Diskussionen über die Bedeutung seiner Worte. Spekulationen über den Willen der Götter und Mutmaßungen über das Schicksal von Silfrhaf.

»Er lebt. Der Seher lebt!« Versuchte Sarah die Menschen zu beruhigen. Aber ihre Worte blieben ungehört. Kopfschüttelnd rannte sie weiter. Sie hatte Wichtigeres zu tun, als den Dorfbewohnern den Kopf zu waschen.

✧

Sein Blick schweifte eifrig umher. Verweilte hier und da jeweils nur für den Bruchteil einer Sekunde. Seine Finger folgten seinem Blick, streiften vorsichtig, beinahe zärtlich über diverse Bücher, Fläschchen, Waffen und Schmuckstücke.

Das Öffnen der Türe zauberte ein zufriedenes Lächeln auf sein Gesicht.

»Na sieh einer an. Ich dachte schon, du würdest überhaupt nicht mehr nach Hause kommen. Aber so seid ihr Zauberer wohl. Ihr habt alle Zeit der Welt, nicht wahr?«

Visra riss erstaunt die Augen auf. Sein Gesicht war zu einer Maske der Überraschung erstarrt, sein Mund stand offen. »Wer seid ihr? Was habt ihr hier zu schaffen?«

»Namen sind nur Schall und Rauch. Manchmal werden sie dir einfach genommen.«

Visras Gegenüber sah aus, wie sein alter Magister an der Zauberschule. Langer schwarzer Mantel, langer weißer Bart und Haare. Unter der Haarpracht blitzen zwei grüne Augen hervor. »Du scheinst eine Vorliebe für derlei magisches Spielzeug zu haben.«

Die Anmerkung saß und traf Visra genau bei seiner Selbstverliebtheit und Eitelkeit. Lächelnd erwiderte er: »Ja, ich gebe zu, ich mag diese Art von Trophäen. Ich liebe meine Sammlung. Ist sie nicht wundervoll?« Visras Augen glänzten. Der Fremde betrachtete ihn lange schweigend und intensiv. Ein unbehagliches Gefühl überkam Visra. Er spürte, dass dieser Mann etwas Geheimnisvolles und potenziell Gefährliches an sich hatte. »Zu dumm, dass einige dieser Trophäen nicht greifbar für dich sind. Was wäre, wenn du sie alle erhalten könntest und noch viel mehr?«, fuhr der Fremde fort und Visras Augen blitzten auf. Ein Hauch von Neugierde und Verlockung lag in der Luft. Obwohl Visra dem Unbekannten nicht im Geringsten traute, faszinierte ihn das Angebot. Die Vorstellung, noch mehr dieser exklusiven Trophäen sein Eigen zu nennen, lockte ihn ungemein. Visra rang innerlich mit sich selbst. Einerseits war da die Warnung in seinem Kopf, die ihm sagte, dass es gefährlich sein könnte, diesem Fremden zu vertrauen. Doch andererseits konnte er nicht leugnen, dass die Worte des Mannes ihn anzogen.

KAPITEL 5
–
DAMALS WIE HEUTE

➤➤ Wie geht es Frode?« Ragnar hatte sich zwar von Sarah überreden lassen, sich etwas auszuruhen, aber ihm war deutlich anzusehen, dass er kaum geschlafen hatte.

»Guten Morgen! Es geht ihm gut. Ida ist bei ihm.« Sarah drückte Ragnar einen Kuss auf die Stirn. »Er hat lange geschlafen. Was man von dir nicht behaupten kann. Du siehst furchtbar aus.«

»Und das erstaunt dich? Immerhin bin ich schuld, dass ihn die Götter gestraft haben. Ich habe ihn mehr oder minder gezwungen, die Männer anzulügen.«

»So ein Quatsch! Das glaubst du doch nicht wirklich, oder?« Ragnars bekümmerter Gesichtsausdruck war Antwort genug.

»Frode lässt sich zu nichts überreden, wenn er nicht will. Das weißt du besser als ich und jeder andere. Frode hatte eine plötzliche Durchblutungsstörung im Hirn. Das ist alles. Und zum Glück war Ida rechtzeitig da, um ihm zu helfen. Du wirst sehen, er ist im Nu wieder auf den Beinen. Nicht alles ist der Wille der Götter.« Ehe Ragnar etwas erwidern konnte, hob Sarah beschwichtigend die Arme. »Ich weiß, dass wir dahingehend unterschiedliche Meinungen haben.«

Ragnar wirkte nicht überzeugt, aber die Tatsache, dass Frode auf dem Weg der Besserung war, zauberte zumindest ein kleines Lächeln der Erleichterung in sein Gesicht.

»Das war aber nicht allein Idas Verdienst. Ihr beide habt ihm geholfen. Gäbe es dich, dein Wissen aus der Zukunft und deine Magie nicht, wer weiß, was passiert wäre.«

»Danke, aber was hilft mir mein Wissen, wenn ich es so gut wie gar nicht anwenden kann oder mir die notwendigen Mittel oder Geräte fehlen.«

»Du hast mich gefragt, ob es mir fehlt auf Fahrt zu gehen, aber ich glaube, dass dir deine Zeit doch mehr fehlt, als du zugibst.«

»Manchmal schon, aber nicht immer. So etwas wie der Vorfall mit Frode frustriert mich einfach. In meiner Zeit hätte man ihn auf schnellstem Wege ins Krankenhaus gebracht und medizinisch versorgt. Auch die vielen Kranken aus dem Dorf. Sie wären deshalb zwar nicht weniger, aber wenigstens könnte ihnen schnell geholfen werden. Und man könnte die weitere Verbreitung etwas eindämmen.«

»Aber du hast etwas viel Besseres als Medizin, deine Kräfte.«

»Wie helfen mir meine Kräfte, wenn ich nach wie vor nicht genau weiß, wozu ich überhaupt in der Lage bin oder wie ich sie anwenden kann? Oder wenn meine Zauberkräfte wieder mal ein Eigenleben entwickeln. Ich habe sie noch immer nicht richtig im Griff.«

»Jetzt hörst du dich beinahe an wie Sunna.«

»Du vergleichst mich mit einer Fünfjährigen?«

Ragnar lachte lauthals auf. »In manchen Belangen, ja, aber sicher nicht in allen.« Ragnar nahm Sarah in seine Arme. »Aber du bringst mich da auf eine Idee. Wie wäre es, wenn wir so etwas wie ein Krankenhaus bauen würden? Dann hätten wir einen Platz für all die Kranken.«

»Und wer soll sich um sie kümmern?«

»Ida und du natürlich. Ihr seid Freundinnen und du hilfst ihr ohnehin schon bei der Versorgung von den Alten, den Kranken und den schwangeren Frauen.«

»Ida würde das nicht allein schaffen. Dazu würde es fast ein ganzes Dorf brauchen. Sie würde die Hilfe von anderen Heilerinnen benötigen. Jemand müsste für die Patienten kochen, sie waschen, ihre Wäsche sauber machen. Ihre Betten machen und und und ... Wer sollte das tun und vor allem wer sollte die Leute dafür bezahlen? Denkst du, dass die Menschen das alles freiwillig machen würden? In unserer Welt werden Menschen dafür entlohnt. Sie zahlen Steuern und Sozialversicherung. Es werden Spenden gesammelt. Das notwendige Geld dafür fällt nicht vom Himmel. Die Idee ist großartig, aber ich fürchte, das wäre nicht machbar. Oder kennst du jemanden, der das alles bezahlen würde?«

Ragnar schüttelte den Kopf. »Da wird uns bestimmt eine Lösung einfallen.«

»Manchmal verstehe ich dich nicht. Da beklagst du dich, dass du so wenig Zeit für uns und die Kinder hast, und dann möchtest du dir noch mehr Arbeit und Verantwortung aufbürden.«

»Ich will den Leuten helfen, auch wenn sie nicht auf mich hören. Es soll allen gut gehen, soweit ich es ihnen ermöglichen kann. Wer bin ich, dass ich versuche, unsere Traditionen zu brechen. Das steht mir nicht zu. Also tue ich das, was ich am besten kann, mir Dinge ausdenken, die uns das Leben wenigstens etwas leichter machen und den Leuten helfen. Und was das Aufbürden anbelangt – da magst du sicher recht haben. Ich mag nicht in die Rolle des Jarls hineingeboren worden sein, dennoch möchte ich diese Aufgabe nach bestem Wissen und Gewissen erfüllen. Ich bin glücklich und froh, euch zu haben. Immerhin bin ich hier und nicht wochenlang auf Fahrt. So kann ich, trotz Verpflichtungen, wenigstens ein bisschen am Familienleben teilhaben. Lass uns die Zeit nutzen, die wir haben, auch wenn sie nur kurz ist. Heute nehmen wir uns endlich Zeit für uns.« Ragnar gab Sarah einen Kuss.

Sarah rang nach Atem. »Du schaffst, es immer wieder, mich zu verblüffen. Aber so ganz nehme ich dir deine plötzliche Stimmungsänderung nicht ab.«

Ragnar gab Sarah noch einen Kuss, diesmal einen sehr leidenschaftlichen. Langsam ließ er dabei seine Hände über ihren Körper gleiten. Seine Berührungen entfachten kleine Brände überall an Sarahs Körper. Sie wollten gelöscht werden und Ragnar war der Einzige, der dies zu tun vermochte. Mit einem Ruck hob er sie hoch und trug sie zum Kamin. Atemlos begann Sarah sein Hemd und seine Hose aufzuschnüren. Ungeduldig drängte Ragnar sich zwischen Sarahs Beine. Es fiel ihm schwer, seine Ungeduld zu zügeln. Die Anspannung der letzten Tage, seine Sorgen, Ängste und Freuden brachen alle auf einmal aus ihm heraus. Nur mit Mühe löste er sich von Sarah und zwang sich diesen Augenblick zu genießen. Viel zu selten hatten sie Zeit für sich.

»Zieh dich aus! Ganz gemächlich.«

Sarah tat wie ihr geheißen. Mit zittrigen Knien stand sie auf und stellte sich vor Ragnar. Seine Stimme klang rau. Aber auch Sarah schien nervös und unter Druck zu stehen. Sie zitterte und ihr Atem ging schnell. Auch sie bemühte sich offenkundig, nicht zu hektisch und ungeduldig zu sein. Langsam öffnete sie die Schnüre an ihrem Kleid, während Ragnar sich ebenfalls entkleidete. Er streckte den Arm nach ihr aus. Seine Augen loderten vor Verlangen.

»Leg dich hin.« Ragnar deutete auf das Fell neben dem Kamin. Sarah folgte seiner Aufforderung und ließ ihn dabei nicht aus den Augen. Seine Finger zeichneten das Muster ihres Tattoos nach. Eine Berührung, so vertraut und aufregend zugleich. Sarahs Blick glitt über Ragnars Körper. Ein Stromschlag durchfuhr sie. Ihre Lippen öffneten sich leicht, aber kein einziger Ton entkam. Die Schönheit ihres Gegenübers raubte ihr schlichtweg die Worte. Es war kaum zu glauben, wie schön dieser Mann war. Seine blauen Augen schimmerten wie der tiefste Ozean und seine sehnigen Muskeln formten einen wahrhaft göttlichen Anblick. Ragnar ließ sich neben Sarah auf das Fell sinken. Behutsam legte er seine Hand auf Sarahs schwarzes Haar, seine Finger sanft durch die seidigen Strähnen gleitend. Ein Lächeln huschte über sein Gesicht. Sarah tat es ihm gleich und malte mit ihren Fingerspitzen die Konturen der feinen blauen und schwarzen Linien nach, die seinen Körper zierten. Im Laufe der Jahre waren noch einige Symbole hinzugekommen, die von seiner Tapferkeit und seinen ruhmreichen Taten zeugten. Sein Atem ging schwer. Sarahs Herz pochte. Ihr Körper war angespannt wie die Sehne seines Bogens. Dann ließ er seine Finger über die Konturen ihres Körpers wandern, als ob er jede Kurve und jeden Winkel mit seinen Sinnen erfassen wollte. Die Anziehungskraft zwischen ihnen war unwiderstehlich, und als ihre Blicke sich trafen, fanden ihre Lippen von selbst zueinander. Ihre Küsse waren leidenschaftlich, voller Sehnsucht und Verlangen und ließen Sarahs Körper erbeben. Ausgiebig erkundete er ihren Körper, wie er es schon so oft getan hatte, bis ihre Körper endlich Erlösung forderten. Die haarfeine Grenze zwischen Schmerz und Genuss verschwamm nach und nach. Sarahs Körper hatte sich nach der Geburt Arvs ein wenig verändert, sie empfand auch bei ihren Liebesspielen vieles anders als früher. Manches war angenehm, manches weniger. Es galt jedes Mal erneut herauszufinden, was ihr gefiel und was sie zum Höhepunkt brachte. Obwohl bereits bekanntes Terrain, erkundete er ihren Körper wie eine unbekannte Landschaft, die es zu erforschen galt. Erneut ließ er sich in sie hineingleiten. Sarah reagierte so heftig, dass sie beide unweigerlich zusammenzuckten. Ragnar hielt einen Moment inne und lauschte. Aber alles um sie herum lag in friedlicher Stille. Einzig das Knistern des Feuers und ihr Atem waren zu hören. »Geht es dir gut, Liebste? Soll ich aufhören?«

»Bloß nicht, nein! Was denkst du dir? Erlös mich endlich von dieser Qual.«

»Qual?«

»Ragnar!«

Lächelnd küsste er Sarah. Die beiden gaben sich diesem intimen Moment hin. Es existierte nichts anderes mehr als sie beide und ihre Lust. Ineinander verschlungen blieben sie neben dem Feuer liegen, bis ihr Atem und ihr Herzschlag sich wieder beruhigt hatten.

KAPITEL 6
-
WIE SCHALL UND RAUCH

Letzte Nacht hatte Sarah nicht viel Schlaf abbekommen und es lag nicht an den Kindern. Ragnar war unersättlich gewesen und sie hatten ihr Liebesspiel noch ein weiteres Mal wiederholt. Es war wie zu ihren Anfängen gewesen, als sie sich gerade kennengelernt hatten. Eine Zeit in der sie hin- und hergerissen gewesen waren zwischen Verlangen und Unsicherheit. Sarah war völlig übermüdet, aber sie bereute keine einzige Sekunde. Sie beide hatten diese Nacht dringend gebraucht. Sie hatte sie daran erinnert, dass ihr Leben nicht nur aus Pflichten bestand. Nicht, dass sie schon lange keinen Sex mehr gehabt hätten, aber trotzdem waren diese Nacht und das Aufwachen in Ragnars Armen etwas Besonderes gewesen. Eine Bestätigung, eine Erneuerung ihrer Verbindung. Schlaftrunken stand sie in der Küche und bereitete das Frühstück zu. Ragnar trat an sie heran und umarmte sie von hinten. Aber anstatt sich wie erwartet an sie zu schmiegen, ließ er abrupt die Arme fallen und drehte sich um. Er stieß Sarah regelrecht von sich. Erstaunt drehte sie sich um. »Was ist los? Hast du etwas gehört? Sind die Kinder schon wach?« Sarah bekam keine Antwort. Ragnars Blick war glasig und ging ins Leere. Sie merkte sofort, dass etwas nicht stimmte. Seine Bewegungen wirkten mechanisch, als ob er schlafwandeln würde. Sarah berührte ihn vorsichtig am Arm, da sie einmal gehört hatte, dass man Schlafwandelnde nicht unsanft aufwecken sollte. Letzte Nacht hatte er sein Verlangen und seine Zuneigung mehr als deutlich zum Ausdruck gebracht und nun war er mit einem Mal kühl und distanziert. Er reagierte nicht auf sie. Es konnte keine andere Erklärung dafür geben. Obwohl sie noch nie erlebt hatte, dass Ragnar schlafgewandelt war. Sie ergriff seinen Arm und versuchte, ihn zurück ins Schlafzimmer zu führen, aber Sarah hatte keine Chance. Er ging einfach weiter. Lediglich sein Blick verriet für einen kurzen Augenblick, dass er womöglich doch nicht ganz abwesend war. Es war, als ob er gegen irgendetwas ankämpfte. Er schien Sarahs Worte gar nicht mehr zu hören, ihren Sinn nicht zu erfassen. Wie von einer fremden Macht gesteuert drehte er sich um und ging zur Tür. Sarah taumelte überrascht zurück. »Okay, das nenne ich einen abrupten Stimmungswechsel.« Ihre Worte sollten cool klingen, aber Sarahs Herz pochte. Wieder antwortete Ragnar nicht. Sarah kannte den schweigsamen Ragnar nur zu gut, aber er hatte sich schon lange nicht mehr gezeigt. Sie konnte es nicht genau sagen, aber irgendetwas an seinem Verhalten ließ sie misstrauisch werden. *Was ist mit ihm los?* »Fährst du ins Dorf? Oder gehst du zuerst nochmal zu Frode?«

Wieder erhielt Sarah keine Reaktion. Gar keine Antwort zu geben, entsprach nicht seiner Natur, egal wie verärgert oder schweigsam Ragnar auch sein mochte. Ohne lange darüber nachzudenken, schnappte sie sich ihren Umhang und folgte ihm hinaus ins Freie. Ragnar hatte auch hier neben ihrem neuen Zuhause ein kleines Feld angelegt.

Nichtstun lag ihm nicht und seine Tätigkeit als Jarl empfand er nicht als Arbeit. Ragnar war ein furchtloser Krieger. Aber er war auch ein Bauer. Nichts erfüllte ihn mehr, als dabei zuzusehen, wie das, was er säte, zu wachsen begann, Früchte trug und seine Familie ernährte. Sarah wusste das. Und hier stand er nun inmitten seines Feldes. Regungslos. Starrte Löcher in die Luft. Vorsichtig näherte sie sich ihm. Schritt für Schritt. Er schien in eine Art Trance verfallen zu sein. Sein Blick fixierte einen unsichtbaren Punkt in der Ferne, trotzdem wirkte er vollkommen ruhig und entspannt. Sie rief ihn beim Namen, aber er nahm Sarah überhaupt nicht wahr. Unvermittelt sackte Ragnar zusammen, richte sich kurz darauf wieder auf. Sein Körper wurde in die Luft gezogen. Wie eine Marionette, die an unsichtbaren Fäden hing, zappelte er in der Luft. Für einen Moment schien er das Bewusstsein wiederzuerlangen, blickte verwirrt um sich. Sarah war nur mehr ein paar Schritte von ihm entfernt. Sie rannte los, wollte zu ihm. Versuchte ihn festzuhalten. Ragnar riss überrascht die Augen auf. Die Luft flirrte, als würde die Welt hinter einem Hitzeschleier verschwinden. Doch als sie ihn berührte, verschwand er spurlos. Sarah schnappte nach Luft. Sie blinzelte in der Hoffnung, das alles wäre nicht real. Doch als sie die Augen wieder öffnete, war er immer noch verschwunden. Sie stand wie betäubt da und starrte auf die Stelle, an der er gerade noch gestanden hatte. *Was ist hier bloß los?* Sarah konnte kaum glauben, was sie soeben miterlebte. Er hatte sich vor ihren Augen einfach in Luft aufgelöst. Er war spurlos verschwunden, gerade so, als hätte er nie existiert. Sarahs Herz pochte unkontrolliert in ihrer

Brust. Verzweifelt sank sie auf die Knie. Sie hatte versagt, und das war unverzeihlich. *Wozu zum Teufel habe ich Zauberkräfte, wenn sie im entscheidenden Moment versagen? Wenn ich überhaupt nicht auf die Idee komme sie einzusetzen, um ihm zu helfen?* Eine Träne rollte ihre Wange hinunter und dann noch eine. Schließlich ließ sie ihren Tränen freien Lauf. Sie konnte es ohnehin nicht stoppen. Es überkam sie das unbestimmte Gefühl, dass Ragnars Verschwinden etwas mit Heddas Amulett oder Valpu zu tun haben musste. Wie von der Tarantel gestochen sprang Sarah auf und hastete zurück zum Haus. Krachend schlug die Tür gegen die Wand, als sie hineinstürmte. Staubpartikel und Holzspäne stoben auf und tanzten im einfallenden Strahl der Sonne. Mit zwei Sätzen war sie am Esstisch. Das Amulett hing an derselben Stelle wie immer. Alles schien vollkommen normal zu sein. Nichts deutete auch nur ansatzweise darauf hin, dass das Amulett aktiviert worden und sich ein Portal geöffnet hätte. *Aber wie um alles in der Welt war Ragnar sonst verschwunden? Oder vielmehr, wer steckte dahinter?* Es konnte nur eine einzige Antwort auf diese Frage geben: Valpu. *Wer sonst? War diesem Weibsstück mal wieder langweilig geworden?* Wut bahnte sich ihren Weg aus Sarahs Bauch, brannte ihr die Speiseröhre nach oben und entlud sich in einem Verzweiflungsschrei. Sarahs Magen krampfte sich bei dem Gedanken an diese verfluchte Hexe zu einem Knoten zusammen. Sie musste auf der Stelle Ida und Frode zu Rate ziehen. Vielleicht konnten die beiden etwas aufspüren, das ihr verborgen blieb. Noch ehe sie den Gedanken fertig gedacht hatte, drehte sie um und wollte bereits zur Tür hinauslaufen, als ihr einfiel, dass sie unmöglich die Kinder allein lassen konnte. Die wenigen Angestellten, zu denen sie sich aufgrund Ragnars Stellung überreden hatten lassen, waren noch im Dorf oder erst auf dem Weg hier her. Es war noch früher Morgen. Die Kinder brauchten etwas zu essen und jemanden, der auf sie aufpasste. *Wie soll ich den beiden erklären, dass ihr Vater nicht da ist? Gut, Arv ist noch zu klein. Trotzdem wird ihm auffallen, dass Ragnar weg ist.* Seit der Geburt ihres Sohnes war er kein einziges Mal länger von zuhause weg gewesen, als es unbedingt notwendig war. Zu den Treffen beim Thing, zu formalen Anlässen im Dorf und auf Besuch bei Sven. Und bei diesen Gelegenheiten hatte er Sarah und die Kinder so gut wie immer mitgenommen oder war schnellstmöglich nach Hause zurückgekehrt. Verzweifelt raufte sie sich die Haare. *Zu irgendetwas müssen meine verdammten Zauberkräfte doch gut sein?* Wie aufs Stichwort kamen die beiden Kinder auch schon aus ihren Kojen. Schlaftrunken blickten sie Sarah an.

»Mama, was ist denn los?«, verlangte Sunna zu wissen.

»Es tut mir leid. Ich wollte euch nicht aufwecken, mein Schatz.« Sarah küsste Sunna auf die Stirn und nahm den kleinen Arv auf den Arm.

»Ist Papa schon weg?« Sunna blickte sich fragend um.

»Ach, mein Schatz.« Seufzend ließ sich Sarah auf den Boden sinken. »Lass uns erst einmal Frühstück machen, dann erzähle ich dir alles. Danach gehen wir zu Frode. Ich muss wissen, wie er darüber denkt.«

Das Frühstück war alles andere als ruhig verlaufen. Ständig verlangte Sunna zu wissen, was geschehen war. Sie war noch klein, trotzdem konnte man ihr kein X für ein U vormachen. Aber die Wahrheit wäre ein Schock für sie. Sarah konnte nur mutmaßen, ob Sunna einfach generell ein sehr aufgewecktes und kluges Mädchen war oder es an ihrem magischen Erbe lag. Einige Charakterzüge ordnete sie definitiv Valpu zu. Bei dem Gedanken an die Hexe überlief Sarah ein eiskalter Schauer. Immer öfter erwischte sie sich bei dem Gedanken daran, was wohl wäre, wenn Valpu eines Tages hier auftauchen und sagen würde, dass sie es sich anders überlegt habe und Sunna für sich beanspruchen würde. Dass sie nun doch selbst ihre Urahnin großziehen wollte. Sarah hatte vom ersten Augenblick ihrer Begegnung keine Sekunde in Erwägung gezogen, das kleine Mädchen einfach ihrem Schicksal zu überlassen und Valpu auch deutlich gesagt, was sie von ihr und ihrem Plan Sarah in die Vergangenheit zu holen hielt. Immerhin hatte sie nicht davon ausgehen können, dass Sarah Sunna finden und sich um sie kümmern würde. Sunna hatte Glück gehabt. Sie gehörte von der ersten Sekunde an zu Sarah und nun zu ihrer Familie. Ragnar und sie waren in diesem Punkt völlig einer Meinung.

Frode hatte einen Schlaganfall erlitten und vermutlich einzig und allein aufgrund ihrer magischen Intervention überlebt. Dennoch war Sarah über seinen Zustand entsetzt. Sie hatte gehofft, dass er bereits ansprechbar sein würde, aber als sie sein Zimmer betraten, lag er in einem unruhigen Schlaf. Seine Miene war so verzerrt, als würde er Schmerzen durchleiden. Sein Gesicht war eingefallen. Es war offensichtlich, dass er etwas durchmachte, das ihm große emotionale oder körperliche Qualen bereitete. Sarah strich ihm vorsichtig über die Stirn und deutete den Kindern leise zu sein. Sie schnappte sich die beiden und machte auf dem Absatz kehrt. Auf dem Weg zurück zum Haus suchte sie nach den passenden Worten, um Sunna zu erklären, was passiert war und dass sie vorhatte sich auf die Suche nach Ragnar zu begeben. Sie beschloss Sunna vorerst im Glauben zu lassen, Ragnar wäre im Dorf, um sich um einige wichtige Angelegenheiten zu kümmern. Sie selbst wollte später folgen, um ihm zur Hand zu gehen. Ida würde sich um die beiden kümmern. Später würde sie sich überlegen, wie nah sie sich an die Wahrheit heranwagen konnte, ohne Sunna damit in Panik zu versetzen. Sunna tat ihren Unmut darüber, dass sie nicht mit ins Dorf fahren durfte, lautstark kund. Sarah lenkte die beiden Kinder ab, indem sie vorgab, unbedingt die Hilfe der beiden bei den Tieren im Stall zu brauchen. Als die beiden damit beschäftigt waren die Ziegen zu füttern und zu streicheln, nutzte Sarah die Gelegenheit, um sich kurz zurückzuziehen und ihre Magie heraufzubeschwören.

Mit einem Klirren zerbarst der Tonkrug in dutzende Scherben, den Ida gerade noch in den Händen gehalten hatte. Ungläubig betrachtete sie das Abbild, das urplötzlich vor ihr aufgetaucht war. »Sarah! Was?«

»Ich habe keine Zeit für lange Erklärungen. Ich habe keine Ahnung, wie lange ich diese Projektion stabil halten kann. Ragnar ist verschwunden, ich muss ihn suchen. Kannst du kommen und bei den Kindern bleiben?«

Ida nickte mechanisch. »Super! Danke! Na, dann los. Ich warte.«

»Na, du hast aber einen Befehlston drauf!«

»Ida!«

»Ja, schon gut, ich komme ja schon.« Hastig packte sie ein paar Sachen zusammen und löschte das Feuer im Kamin, ehe sie ihre Hütte verließ. Eine dreiviertel Stunde später stand Ida vor Sarahs Haustür. In aller Eile schnappte Sarah sie beim Handgelenk und zog sie herein. »Jetzt komm schon rein, es gilt keine Zeit zu verlieren.«

»Wozu die Eile? Weißt du, wo Ragnar ist?«

»Nein. Aber ich habe da so eine Ahnung.«

»Was ist denn passiert?«

Sarah schilderte Ida in knappen Worten den Vorfall. Fragend blickte diese zu Sarahs Esstisch hinüber. »Das Amulett?«

Sarah zuckte mit den Schultern. »Ich denke nicht. Wie du siehst, hängt es an genau derselben Stelle wie immer. Hätte es etwas mit Ragnars Verschwinden zu tun, wäre es ja vermutlich auch weg.«

»Das ist anzunehmen. Konntest du irgendeine Veränderung daran wahrnehmen?«

»Nein, du?«

»Nein, es sieht aus wie immer.«

»Wer steckt also dahinter?«

»Na, wer schon? Bestimmt diese vermaledeite Valpu.«

»Wie kommst du darauf?«

»Fällt dir sonst jemand ein, der zum einen die entsprechenden Fähigkeiten besitzt und zum anderen offenbar ein besonderes Interesse an mir und meiner Familie zeigt?«

Ida schüttelte betreten den Kopf. »Nein, im Moment nicht.«

»Siehst du, also muss ich sie suchen.«

»Ja, aber du weißt ja noch nicht einmal, wo du deine Suche beginnen musst, oder? Und was, wenn sie gar nichts damit zu tun hat?«

»Und was wenn doch?«

Ida zuckte mit den Schultern. »Und was, wenn du dabei womöglich auf dieses unheimliche Etwas stößt, das wir letzte Nacht gehört haben?«

»Was soll dann sein?«

»Sarah, im Ernst. Ich weiß schon, dass du dich im Moment gerade um nichts und niemanden sorgst, außer um Ragnar. Aber findest du nicht, dass etwas mehr Planung und Vorsicht angebracht wären? Immerhin geht es dieses Mal nicht nur um dich.« Ida deutete demonstrativ auf die Tür zu den Schlafkammern.

»Meinst du, das weiß ich nicht? Aber was soll ich deiner Meinung nach machen? Zuhause rumsitzen und darauf warten, dass sich alles von selbst erledigt? Das wird erstens kaum passieren und zweitens bin ich nun wirklich nicht der Typ dafür, das weißt du genauso gut wie ich.«

Ida lachte. »Nur zu gut. Ich meine ja nur, dass du nicht überstürzt losrennen sollst. Wo willst du hin? Wo willst du nach Valpu suchen? Was machst du, wenn du sie nicht findest? Oder sie es gar nicht gewesen ist?«

Sarah schüttelte genervt den Kopf. »Alles gute Fragen, über die ich mir Gedanken machen werde, wenn es soweit ist.«

»Aha. Wo fängst du also mit deiner Suche an?«

»Vor der Haustür, wenn du so willst. Da wo Ragnar verschwand und nicht weit von der Stelle, wo Ragnar und ich Valpu das erste Mal sahen, als sie nach meiner Ankunft hier aufgekreuzt ist. Du hast sie ja auch schon einmal gesucht. Wo war das?«

»Ich? Ich bin tief in die Wälder, dorthin wo es hieß, dass diese Völva* einst lebte. Aber wie du weißt, habe ich sie damals nicht gefunden. Wo also willst du hin?«

»Woher soll ich das denn wissen? Du kannst mir glauben, wenn ich dir sage, dass ich gerne so etwas wie einen magischen Kompass hätte, der mich einfach zu anderen Hexen oder Ragnar führt. Habe ich aber leider nicht.«

»Du hast das Amulett.«

Sarah blickte Ida stirnrunzelnd an. »Und wie bitte schön sollte mir das helfen?«

»Wir könnten versuchen, das Portal zu öffnen. Es hat dich immerhin schon einmal zu Ragnar gebracht. Wir haben in den vergangenen Monaten so viel geübt und ausprobiert. Warum nicht auch das? Was kann schon Schlimmes geschehen?«

»Was geschehen kann? Ist die Frage dein Ernst? Das letzte Mal, als ich es unbeabsichtigt aktiviert habe, bin ich, ohne es zu wissen etwa tausend Jahre in die Vergangenheit gereist.«

»Ja, aber da war doch auch Valpus Zauber mit im Spiel. Und es hat doch genau das gemacht, was es sollte. Oder etwa nicht?«

»Ja schon. Doch wir haben keine Ahnung, ob es dieses Mal auch so ist.«

»Aber du hast selbst gesagt, dass du an dem Amulett keine Veränderung wahrnehmen konntest?«

»Und das soll ein Indiz dafür sein, dass hier kein Zauber von Valpu am Werk ist?«

»Was hätte sie denn für einen Grund dazu? Sie hat versprochen dich und deine Familie in Ruhe zu lassen.«

»Ich glaube nicht, dass ihre Versprechen allzu viel Wert sind. Außerdem...«

»Außerdem was?« Ida blickte Sarah fragend an.

Sarahs Blick wanderte zur Schlafzimmertür.

»Außerdem gibt es da noch jemanden, an dem sie ein besonderes Interesse hat. Und wenn sie die Magie in mir, einer Fremden spüren konnte, was meinst du wohl, wird sie bei einer ihrer Blutsverwandten spüren? Sunnas Kräfte sind meinen beinahe jetzt schon überlegen. Erinnerst du dich an unser Gespräch über eine Zauberschule. Was, wenn Valpu sie nun doch für sich beansprucht? Wenn sie sie selbst unterrichten will? Immerhin sind Valpus Fähigkeiten den unseren haushoch überlegen.«

»Hast du mit Sunna darüber gesprochen?«

Sarah schüttelte den Kopf. »Nein, noch nicht. Sie ist ziemlich klug für ihr Alter, trotzdem bin ich unsicher, ob sie das alles schon begreifen würde.«

»Und meinst du nicht, dass Valpu einfach hier auftauchen und ihre Ansprüche geltend machen würde? Sie hätte solcherlei Spielchen doch gar nicht nötig, oder?«

»Sicher nicht. Aber diese Frau hat einen Hang zu Theatralik und Selbstinszenierung.«

Ida schaute Sarah verwundert an. Sarah konnte die schwebenden Fragezeichen über ihrem Kopf förmlich sehen. Seufzend fuhr sie fort.

»Ich will damit sagen, dass man bei dieser Hexe einfach mit allem rechnen muss. Sie ist selbstverliebt und wankelmütig.«

Ida nickte. »Wo und wie willst du also nach ihr suchen? Wenn nicht mit dem Amulett?«

»Woher zum Teufel soll ich das wissen? Mir wäre auch lieber, ich könnte einfach zum Telefon greifen, um sie anzurufen oder drei Mal ihren Namen laut aussprechen, in der Hoffnung, sie würde dann einfach vor mir auftauchen.«

Ida blickte Sarah aus großen Augen an. »Hast du das schon versucht?«

»Dein Ernst? Äh, nein. Das sollte eigentlich ein Witz sein.«

Ida zuckte mit den Schultern. »Ich habe kein Wissen darüber, wie dieses Gerät funktioniert. Warum nicht versuchen, wenn du es noch hast.«

»Also schön. Soll ich dazu noch einen Kreis aus Kerzen aufstellen oder Ähnliches.«

»Sarah.«

»Ja, schon gut, schon gut. Hexenerbe hin oder her, du kennst mich gut genug, um zu wissen, dass ich gewissen magischen Dingen immer noch skeptisch gegenüberstehe.«

»Wenn es dich beruhigt. Ja, weiß ich. Aber, ob du willst oder nicht: Du bist eine Hexe. Na los, mach schon.«

»Na, wer hat da jetzt einen Befehlston drauf?«, zwinkerte Sarah Ida lachend zu. »Und wie genau sollen wir das anstellen?«

»Dein Hologramm hat mich vorhin aus meinem Haus gescheucht. Ich denke, dir wird schon etwas einfallen. Ich unterstütze dich, so gut ich kann.«

»Also gut. Dann lass uns loslegen.« Sarah ging also auf ihre übliche Weise an die Sache heran. Vorsichtig nahm sie das Amulett von seinem Platz an der Wand und hielt es einen Moment unschlüssig in ihrer Hand.

»Warte! Was, wenn wir es tatsächlich schaffen sollten, das Amulett zu aktivieren, und es mich fortbringt. Sollte ich nicht eine Ausrüstung vorbereiten?«

»Oh. Siehst du! Das meinte ich, als ich sagte, wir sollten da nicht planlos herangehen.« Kopfschüttelnd half Ida Sarah, dabei ein paar Sachen zusammenzusuchen. Ida warf ein Tuch auf den Boden und legte Sarahs Umhang hinein, während Sarah Ragnars Trinkschlauch füllte und auf den Haufen warf.

»Noch etwas?«, wandte sich Sarah fragend an Ida.

»Ich weiß nicht, wie lange du weg sein wirst, falls es funktioniert. Etwas Proviant könnte nicht schaden.« Sarah wickelte etwas Brot in ein Tuch und legte es dazu. Außerdem Ragnars Jagdmesser. Dann band sie das Tuch zu einem Bündel zusammen und schnallte es sich wie eine Art Rucksack um. Ida holte inzwischen einige Felle und platzierte sie am Boden neben der Feuerstelle, während Sarah sich im Schneidersitz darauf platzierte und einige Kerzen anzündete. Sie hatte die Erfahrung gemacht, dass es ihr meist half, Dinge zu berühren und sich auf eine bestimmte Sache, Ziel, Ort oder was auch immer, zu konzentrieren. Sie hatte auch gelernt einige Dinge als gegeben hinzunehmen, nicht alles logisch zu hinterfragen und vielmehr dankbar zu sein für die Kräfte, die ihr zur Verfügung standen. Also begann sie jeden ihrer Zauber mit einer kurzen Atemübung und Danksagung. Einer Art Meditation. Es fiel ihr hin und wieder schwer, ihre Zweifel hinter sich zu lassen. Aber es hatte sich als unbestreitbar erwiesen, dass es eindeutig half, mit einer positiven Einstellung an jede Lektion heranzugehen. Je optimistischer sie war, desto stärker war die Wirkung des entsprechenden Zaubers. Negative Gedanken führten meist zu keinem Ergebnis oder sogar zu einem gegenteiligen Effekt. Diese Beobachtung ließ sich nicht abstreiten, ebenso wenig, dass Emotionen wie Wut oder Trauer auch einen Einfluss auf ihre Kräfte hatten. Auch wenn ihr Verstand und ihre Erfahrungen hier nach wie vor einen inneren Kampf ausfochten.

Zögerlich nahm sie das Amulett und bedeckte es mit ihren Handflächen. Bevor sie hierhergekommen war, hatte sie das Amulett oft getragen. Nun fühlte es sich fremd und sogar ein bisschen bedrohlich an. Sarah fokussierte sich darauf, Valpu zu finden. Ida nahm gegenüber von Sarah Platz und versuchte, ihre ganze Kraft und positiven Gedanken auf Sarah zu übertragen. Auch das war etwas, das die beiden während ihrer Übungsstunden bereits erfolgreich versucht hatten. Es dauerte nicht allzu lange, bis Sarah das vertraute Kribbeln wahrnahm, das sich nach und nach über ihren gesamten Körper ausbreitete und immer dann einsetzte, wenn sie das Erwachen ihrer Magie spürte. Mittlerweile machte es ihr keine Angst mehr und auch die Übelkeit war verschwunden. Offenbar hatte sich ihr Körper inzwischen daran gewöhnt. Eine gewisse Unsicherheit aber blieb. Sarah war weit davon entfernt zu sagen, dass sie ihre Kräfte steuerte. Sie hatte den Eindruck, dass es vielmehr so war, dass sie etwas von außen zugesandt bekam und als Kanal diente. Dass sie gesteuert wurde, und sie fragte sich, ob sich das jemals ändern würde. *Ob alle Hexen das so empfinden?* Sie konnte sich nicht vorstellen, dass es Frauen wie Valpu ebenso erging.

Mit einem Mal veränderte sich etwas. Sarah überkam ein Gefühl der Beklommenheit. Aber die Veränderung fand nicht nur innerlich statt. Sarah öffnete panisch die Augen. Die Luft um sie herum begann sich zu verdichten. Wie elektrisch aufzuladen und sie hatte das Gefühl, in ein Sommergewitter geraten zu sein, mitten im Vorwinter. Mitten in ihrem Haus. Alles um sie herum schien sich zu komprimieren. Sarah rang nach Atem und kämpfte gegen das Empfinden erdrückt zu werden an. Imaginäre Wolken brauten sich zu bedrohlich schwarzen Türmen zusammen. Wind frischte auf. Blitze zuckten durch die Wolkentürme und erhellten das Zimmer. Donner grollte. Der Wind wehte Sarahs Haare in ihr Gesicht und versperrte ihr die Sicht.

KAPITEL 7
-
EINE NEUE HERAUSFORDERUNG

Sarah streckte ihre Hände nach Ida aus und rief nach ihr. Aber Ida war nirgends zu sehen. Der Wind tobte immer stärker. Sarah kniff die Augen zu und hielt ihre Hände schützend vors Gesicht. Als sie die Augen wieder öffnete war alles verschwunden. Kein Sturm, kein Gewitter, kein Haus. Wieder einmal befand sie sich an einem unbekannten Ort. Im Freien. Fröstelnd löste sie ihren improvisierten Rucksack von den Schultern und holte ihren Umhang aus dem Bündel. *Na toll, hätte ich nicht wenigstens einmal in einem warmen Zimmer landen können? Muss es immer irgendwo draußen in der Wildnis sein?* Sarah sah sich um, konnte aber im trüben Licht des Waldes nur wenig erkennen. Das Licht der wolkenverhangenen Sonne vermochte nicht zu ihr durchzudringen. Seufzend riss sie ein Stück von ihrem Umhang ab und schnappte sich den nächstbesten Ast, den sie finden konnte. Rasch wickelte sie das Stück Stoff darum und flüsterte die Formel, die sie mittlerweile im Schlaf aufsagen konnte. Aber auch im Schein des Feuers kam ihr nichts bekannt vor. Schritt für Schritt tastete sie sich vorwärts, ehe sie wie angewurzelt stehen blieb. Erst jetzt war ihr aufgefallen, dass das Amulett verschwunden war.

»Mist! Habe ich es etwa vorhin verloren, als ich die Fackel gebastelt habe? Hatte ich es überhaupt in der Hand, als ich hier angekommen bin?« Panisch drehte sie sich um und suchte nochmal alles bis zu der Stelle ab, an der sie gelandet war. Vergebens. Angestrengt versuchte sie, sich zu erinnern, und kam zu dem Schluss, dass es bereits bei ihrer Ankunft verschwunden sein musste. Es hatte aber keinen Sinn, jetzt weiter darüber nachzugrübeln. Sie musste herausfinden, ob der Zauber funktioniert hatte und sie an dem gewünschten Ort gelandet war. Falls ja, dann musste sie bald auf irgendein Haus oder zumindest eine magische Barriere stoßen, die Valpus Haus vor neugierigen Besuchern schützte. Sarah ging nicht davon aus, dass jedermann einfach so bei Valpu hineinspazieren konnte und Ida hatte ja bereits vor ein paar Jahren einmal erfolglos danach gesucht. Angestrengt durchforstete Sarah ihr Gedächtnis nach einer Zauberformel, die ihr beim Auffinden helfen würde. Aber Sarahs Hirn war wie blockiert. Ihr wollte kein passender Spruch einfallen. Sarah rollte die Augen. Im entscheidenden Moment schien sie ihre Magie immer im Stich zu lassen. Also war wohl wieder einmal improvisieren angesagt. Egal wie kalt es auch war, es galt einen halbwegs geschützten Platz zu finden und zur Ruhe zu kommen. Sie wusste, dass Zorn oder Ungeduld sie nicht weiterbringen würden. Aber ihre Gedanken schweiften ständig ab. *Ist es besser, weiter nach Valpu zu suchen, oder doch lieber nach Ragnar? Was, wenn Ida recht hat und Valpu doch nichts mit der Sache zu tun hat? Dann hätte ich nur Zeit verschwendet. Andererseits bin ich so oder so auf Valpus Hilfe angewiesen.* Sie glaubte nicht, dass sie Ragnar jemals allein finden würde. *Und was steckt hinter diesen mysteriösen Geräuschen im Wald? Noch ein Grund mehr Valpu aufzusuchen. Vielleicht kann sie Licht ins Dunkel bringen.*

Sarah schüttelte genervt den Kopf. *Meine Gedanken machen mir immer in den unpassendsten Momenten Scherereien.* Sie wurde ungeduldiger und ärgerlicher, aber auch ängstlich. Bei jedem Schritt machten sich mehr Zweifel in ihrem Kopf breit, ob das wirklich eine gute Idee gewesen war. *Was, wenn das Amulett mich wieder in eine andere Zeit gebracht hat? Was, wenn Valpu sich weigert, mir zu helfen?* Mit einem Mal stellten sich ihr die Haare im Nacken auf. Sarah wollte um jeden Preis weg von hier und wieder zurück nach Hause. Plötzlich war Sarah, als würden ihre Synapsen ein blendendes Leuchtfeuer zünden. »Sehr clever die Frau. Das muss man ihr wirklich lassen. Nicht nur ein Zauber, um ihr Heim zu verbergen und unerwünschte Besucher fernzuhalten, sondern ein Zauber, der Menschen dazu bringt auf der Stelle das Weite zu suchen.« Sie blieb stehen, um einige Male tief durchzuatmen, ehe sie sich Schritt für Schritt der unsichtbaren Barriere näherte. Der Widerstand war unsichtbar, aber man konnte ihn spüren. Der zunehmende Widerwille hierzubleiben machte es nur allzu deutlich. *Wer weiß, Ida könnte diese Barriere vermutlich sehen.* Als Sarahs Wunsch wegzulaufen, schon beinahe unerträglich wurde, ahnte sie, dass sie ihrem Ziel bereits ganz nahe war. Sie musste einen Weg finden, in Valpus Haus zu gelangen. Aber es wollte ihr kein Zauber einfallen, der unsichtbare Dinge sichtbar machte. Sie probierte es zuerst mit Blättern, Schnee und Erde. Beherzt nahm sie eine Hand voll vom Boden auf und warf den Dreck in den Wald. *Tatsächlich!* Klatschend traf der Haufen auf eine unsichtbare Wand und rieselte zu Boden. *Die einfachsten Dinge sind meist eben auch die effektivsten.* Vermutlich rechnete Valpu nicht damit, dass jemand trotz dieses beklemmenden Gefühls weiterging und mit Schmutz um sich warf. *Ich habe also zumindest eine Mauer oder Ähnliches entdeckt.* Jetzt galt es einen Eingang zu finden. Schmunzelnd dachte sie an eine Szene aus einem bekannten Buch, in der ein Zauberer über die richtige Grußformel sinnierte, um ein Eingangsportal zu öffnen. »Vielleicht sollte ich auch einfach mal Freund in verschiedenen Sprachen sagen?« Wie so oft murmelte sie gedankenverloren vor sich hin, während sie systematisch die unsichtbaren Außenmauern abschritt, als sich plötzlich ein hölzernes Tor vor ihr materialisierte. Sie hatte keine Ahnung, was sie gesagt oder getan hatte, aber immerhin hatte es den erwünschten Erfolg gebracht. Und selbst, wenn sie nichts damit zu tun hatte, so war es ihr egal. Hauptsache sie konnte hinein. Vorsichtig berührte sie die eisernen Beschläge und die Klinke, aus Angst, sie könnten womöglich gleich wieder verschwinden, wenn sie sich zu schnell oder sorglos bewegte. Behutsam legte sie ihre Finger auf die Klinke und drückte sie nach unten. Aber nichts geschah. Weder hatte sich die Tür wieder in Luft aufgelöst, noch hatte sie sich bewegt. Erneut drückte sie die Klinke nach unten und lehnte sich mit ihrem gesamten Körpergewicht gegen das große Holztor. Ächzend gab das Tor nach und ruckelte geräuschvoll nach innen, ehe es mit einem Poltern an eine Wand schlug. Erschrocken blickte Sarah sich um. Aber wieder geschah nichts. Niemand kam herangelaufen oder schrie sie an, dass sie gefälligst wieder verschwinden sollte. Kein Alarm schrillte los und keine magischen Fallen legten sie in Ketten. Erstaunt blickte sie sich um. Die große Halle, in der sie stand, lag vollkommen verlassen da. Mit pochendem Herzen trat sie weiter nach vorne. Das war keinesfalls das Heim einer mittellosen Person. Alles war prunkvoll, aber geschmackvoll eingerichtet. Die Möbel waren elegant und die Fliesen und Stoffe von ausgesuchter Qualität. Den Boden zierte ein Schachbrettmuster. Es schien Sarah, als ob hier Einrichtungsstücke aus den verschiedensten Epochen zusammengewürfelt worden waren. Dennoch wirkte es nicht überladen. *Das muss Valpus Haus sein. Wer sonst hätte Zugang zu solch prachtvollen Möbeln und Dekorationsgegenständen, noch dazu solchen, die zum Teil noch gar nicht erfunden wurden?*

»Hallo! Valpu, bist du da? Ich bin es, Sigrids Tochter. Aber das weißt du vermutlich schon.« Sarahs Echo erklang in der riesigen Eingangshalle. Antwort bekam sie keine. Vorsichtig schritt sie weiter in die Halle hinein. Vor ihr ragte eine große geschwungene Treppe in das obere Stockwerk und zu beiden Seiten führten Flure in weitere Räume.

Nach wie vor nichts. Niemand antwortete. Nichts regte sich. Kein einziges Geräusch, außer Sarahs eigenen Schritten und ihrer Stimme, war zu hören. Langsam ging sie weiter auf die Treppe zu. Sie stieg ein paar der marmornen Stufen hinauf und rief erneut nach der vermeintlichen Hausherrin. »Valpu, ich bin es. Sarah. Die nichtswürdige Hexe, die dank Heddas Amulett in der Zeit zurückgereist ist und deine Urenkelin aufgenommen hat.« Abermals erhielt Sarah keine Reaktion. *Ich kann mir ehrlich gesagt nicht vorstellen, dass Valpu das Haus unbewacht zurücklassen würde, trotz des Schutzzaubers. Wo würde sie wohl jemanden gefangen halten? Im Keller?* Sarah verdrehte die Augen. Klischee hin oder her, sie beschloss, zuerst nach einem Weg nach unten zu suchen, sofern das Haus tatsächlich über einen Keller verfügte. Erst dann wollte sie sich gegebenenfalls nach oben vorarbeiten. Vorsichtig suchte sie nach einem Kellerzugang, immer darauf bedacht, nicht in eine Falle zu tappen. Nach einer gefühlten Ewigkeit gab sie auf. Sollte das Haus über einen Keller verfügen, so blieb ihr der Eingang verborgen. Erschöpft ließ sie sich auf einen Stuhl fallen. Die aufregenden Ereignisse des Tages hinterließen ihre Spuren. Sarah war müde und hungrig. Da es ohnehin schon Abend war, beschloss sie, in Valpus Haus zu übernachten und morgen von Neuem mit der Suche zu beginnen.

Sarah fühlte sich wie zerschlagen. Obwohl sie nicht im Freien hatte übernachten müssen und sogar in einem sehr bequemen Bett geschlafen hatte, war sie die halbe Nacht wach gelegen und hatte mit ihren Gefühlen gerungen. Ein Gefühl der Unsicherheit nagte hartnäckig an ihr. Zweifel breiteten sich wie Ranken in ihrem Geist aus und umschlangen jeden Funken Rationalität. Sie versuchte das Gefühl der Nutzlosigkeit beiseitezuschieben. Fassungslos starrte sie durch die Eingangstür in den Wald hinaus. Fast eine Stunde lang hatte sie ein weiteres Mal immer wieder das Haus durchsucht, war von Raum zu Raum gelaufen, hatte Türen geöffnet, in Zimmer und Schränke gespäht, hinter Vorhänge und Bücherregale gelinst und durch die Flure gerufen. Vergebens. Das Haus war menschenleer. Nichts und niemand war zu sehen oder zu hören gewesen. Sie hatte kein Verlies oder Gefängnis gefunden. Auch keine weiteren magischen Barrieren waren zu spüren gewesen. Hätte Sarah nicht ein paar Gemälde bemerkt, wäre sie nicht einmal sicher gewesen, ob sie sich im richtigen Haus befunden hatte. *Aber so?* Es hatte funktioniert. Das Amulett hatte sie an den richtigen Ort gebracht. Sie hatte die magische Schutzbarriere aufgespürt und durchbrochen. Es musste zumindest irgendwann einmal Valpus Haus gewesen sein. Sarah konnte sich nicht vorstellen, dass die Hexe verreist oder plötzlich umgezogen war. *Ach, wer weiß das schon? Valpu kann sich von einem Moment auf den anderen an jeden x-beliebigen Ort zu jeder denkbaren Zeit zaubern. Womöglich hat sie auch so etwas wie eine Sommerresidenz oder ein Plätzchen im Süden, wo sie es sich in kalten Wintern gemütlich macht. Trotzdem. Alles wirkt so, als ob bis vor kurzem noch jemand hier gewesen ist. Aber es ist auch nichts durchwühlt worden oder zeugt vom gewaltsamen Eindringen eines Fremden.* Das alles gab Sarah nur noch mehr Rätsel auf. Sie hatte sich ihrem Ziel bereits so nah gefühlt. Enttäuscht verließ sie das Haus und suchte den Weg zurück an den Punkt, wo das Amulett sie hingebracht hatte. Sofern Ida und sie keinen Fehler gemacht hatten, und sie nicht in einer falschen Zeit gelandet war, konnte das Haus Valpus nicht allzu weit von Silfrhaf entfernt sein. Ida hatte ihr gesagt, wo sie danach gesucht hatte. Sie musste also nur einen Aussichtspunkt oder Bachlauf finden, um sich zu orientieren. Der Ärger darüber, das Amulett verloren zu haben, lähmte ihre Gedanken. Ansonsten wäre ihr womöglich eingefallen, dass sie es vielleicht mit einem Suchzauber aufspüren könnte.

Sarah war todmüde und gereizt nach der stundenlangen Herumlauferei. Zudem hatte sie ein wenig die Orientierung verloren. Oder vielmehr noch gar nicht gefunden. Der Wald wurde immer dichter, anstatt sich an einer Stelle zu lichten und den Blick auf einen Hügel oder Fluss freizugeben. *Wo zum Teufel ist der Fluss? Wenn ich ihn finden würde, wäre der Weg nach Hause nicht schwer.* Sarah wischte sich mit dem Handrücken über die Stirn. Trotz der nassen Kälte war sie schweißgebadet. Nach einer gefühlten Ewigkeit hörte Sarah endlich das leise Rauschen und Plätschern des Wassers und schlug die entsprechende Richtung ein. Bei dem Bachlauf angekommen ließ sie sich auf die Knie fallen und spritze sich eine Ladung Wasser ins Gesicht. »Ah, tut das gut.«

»Jetzt schon? Und das, obwohl ich dich noch nicht einmal berührt habe. Meine Gegenwart ist offenbar umwerfend.«

Sarah fuhr wie von der Tarantel gestochen herum und landete unsanft auf ihrem Po.

»Was?« Sie hatte nicht das Geringste gehört. Es machte sie nicht stolz, dass sich offenbar jemand so kinderleicht an sie heranschleichen konnte. Ragnar hätte inzwischen bestimmt schon hinter irgendeinem Baum Stellung bezogen und würde mit seinem Bogen auf den Kerl zielen. Oder wäre von hinten an ihn herangeschlichen und würde ihm seine Messerklinge an die Kehle halten.

Aus dem Dickicht grinste sie ein junger Mann unverhohlen an.

»Sag mal, gehts noch? Du hast mich beinahe zu Tode erschreckt. Schleichst du dich immer so an andere heran und gibst freche Kommentare von dir? Oder gilt das nur für Frauen ohne Begleitung?«

Gereizt sprang sie auf und machte ein paar Schritte auf den Kerl zu. Er war groß, aber geradezu schmächtig im Vergleich zu Ragnar. Mit der halben Portion würde sie notfalls auch allein fertig werden. Erneut raschelte es im Dickicht. Sarah blieb wie angewurzelt stehen, als sich aus dem morgendlichen Nebelschleier eine weitere Gestalt löste und auf sie zukam. Die Gesichter, die unter den schwarzen Kapuzen hervorblickten, sahen sich ähnlich. Offenbar waren die beiden verwandt. Ihre Haut war so durchscheinend blass, dass Sarah fast glaubte, sie seien Geister. Aber etwas an ihren Augen - ein lebendiger Funke in dem hellblauen Leuchten - sagte ihr, dass sie real waren.

Je länger Sarah die beiden anblickte, desto mehr Ähnlichkeiten entdeckte sie. Die lange gerade Nase, die wasserblauen Augen, deren Iris beinahe das gesamte Auge einzunehmen schien. Beide hatten lange dunkle Haare und glatte, weiß schimmernde Haut, die im starken Kontrast zu ihren Augen stand.

»Und? Sind das jetzt alle oder verstecken sich noch ein paar von euch im Gebüsch?« Der junge Kerl guckte Sarah verdutzt an. Der Ältere musterte Sarah von Kopf bis Fuß.

»Ja, schon klar. Du hast vermutlich nicht mal die Hälfte von dem verstanden, was ich gesagt habe. Blöde Sprüche ablassen und dann, nicht bis drei zählen können.«

Nun war dem jüngeren Mann vollends das Grinsen vergangen. Seine Mundwinkel sanken nach unten und seine Augenbrauen zogen sich bedrohlich zusammen. Früher hätte Sarah in so einer Situation vermutlich keinen Ton herausgebracht, aber jetzt kam sie gerade erst so richtig in Fahrt.

»Offenbar habt ihr es bis jetzt immer nur mit Sklavinnen zu tun gehabt, die ihren Mund nicht aufmachen dürfen oder jungen Frauen, die es nicht wagen, euch zu sagen, dass ihr euch zum Teufel scheren sollt.«

Die Gesichtsfarbe des jüngeren Mannes war inzwischen von leichenblass über grün bis hin zu tomatenrot gewechselt. Seine Lippen bebten vor Zorn. Gereizt zog er seinen Arm nach oben. »Dir muss offenbar erst einmal eine Lektion erteilt werden, wie man mit einem Krieger spricht.« Der Junge hatte seinen Satz noch nicht beendet, als die zweite Gestalt hinter ihm seinen gerade zum Schlag ausholenden Arm abfing. Mit der anderen Hand verpasster er ihm einen Klaps auf den Hinterkopf.

»Autsch, was soll denn das?« Der junge Mann blickte den älteren mit einer Mischung aus Fassungslosigkeit und Wut an.

»Du bist hier der Einzige, dem eine Lektion erteilt werden muss.«

Sarah verbiss sich ein Lachen, war aber auch ein wenig erschrocken. »Redet der immer so einen Schwachsinn?«

»Ich fürchte, das kommt öfter vor, ja.« Antwortete der Mann schmunzelnd. Er deutete eine Verbeugung an. »Bitte verzeiht, wir wollten Euch nicht erschrecken.«

Die beiden umgab eine Aura, die Sarah ins Grübeln brachte. Aber sie konnte nicht sagen, was es war. Jeder ihrer Sinne sprang sofort an. Sie vermutete zwei magiebegabte Wesen vor sich zu haben, konnte aber keine Magie spüren. Auch ihre Aura verriet nichts. Aber das war ohnehin Idas Spezialgebiet und nicht ihres. Der Mann streifte seine Kapuze nach hinten und gab nun vollends den Blick auf sein Gesicht frei. »Mein Name ist Naefir Itham Eilvalur und das ist mein Sohn Naenan.« Ohne den Blick von Sarah abzuwenden, deutete er auf seinen jüngeren Begleiter. Hinter den pechschwarzen Strähnen seines langen seidigen Haars lugten zwei spitze Ohren hervor. Sarah hatte so jemanden noch nie zuvor gesehen. Aber zumindest wurde ihre dumpfe Ahnung, dass die beiden keine Menschen waren, nun bestätigt. Seine Haut war übersät mit hellen, fein geschwungenen Linien, die Sarah zunächst für Narben hielt. Wie Spinnweben überzogen sie seine milchige Haut. Bei genauer Betrachtung entpuppten sie sich jedoch als ein symmetrisches Muster. Sie wirkten unheimlich, und doch auf eine gewisse Art kunstvoll und schön anzusehen. *Ob sie absichtlich zugefügt wurden? So etwas wie Körperschmuck?* Sein Anblick war beängstigend und faszinierend zugleich. Nach ein paar Sekunden des Staunens erinnerte sie sich wieder an ihre Manieren. Sie verbeugte sich ebenfalls.

»Seid gegrüßt. Mein Name ist Sarah.«

Naefir warf einen naserümpfenden Blick auf seinen Sohn. »Ihr müsst ihm bitte verzeihen. Er ist noch grün hinter den Ohren. Sobald er einem weiblichen Wesen begegnet, scheint sein letztes bisschen Verstand vollends auszusetzen.«

»Ich fürchte, dafür ist es jetzt zu spät.« Sarahs Herz pochte immer noch wie ein Schlagzeugsolo, trotzdem bemühte, sie sich weiterhin ruhig zu wirken. »Das ist offenbar ein generationsübergreifendes Phänomen und hat sich bei einigen eures Geschlechts über Jahrhunderte hinweg nicht geändert.«

»Wie bitte?« Der Mann sah Sarah verwirrt an.

»Ach, nicht so wichtig. Ihr habt mich überrascht. Seid Ihr auf der Suche nach jemandem?«

»Nein, wie kommt ihr zu der Annahme?«

»Ihr seid nicht von hier. Entweder seid ihr Angehörige eines Dorfbewohners aus der Umgebung, was ich eher ausschließe.« Sarah machte eine kurze Pause und warf einen vielsagenden Blick auf seine Ohren. »Oder nur auf Durchreise. Ich kann mich nicht entsinnen, euch schon einmal begegnet zu sein.« Sarah war zwar noch nicht in dieser Gegend gewesen, zumindest erinnerte sie sich nicht daran, aber sie würde das den beiden unter keinen Umständen auf die Nase binden.

»Nun, da habt ihr recht. Wir sind nur auf der Durchreise. Was hat uns verraten?«

Ist das eine Fangfrage? Beinahe wäre Sarah das tatsächlich laut herausgerutscht. Offenbar hatte Naefir ihre Anspielung nicht verstanden. Aber er hatte ihr, im Gegensatz zu seinem Sohn, bisher keinen Anlass gegeben unhöflich zu sein. Also biss sie sich auf ihre vorlaute Zunge. »Die Kleidung, wie ihr sprecht, das ganze Auftreten. Außerdem vergesse ich niemals ein Gesicht.«

»Ich könnte dasselbe über Euch sagen. Ihr sprecht ebenfalls nicht wie eine Frau von hier. Man könnte also annehmen, dass ihr auch eine Fremde seid.«

»Ich stamme nicht von hier, da habt ihr recht. Aber ich wohne jetzt schon eine Zeit lang hier und kenne so gut wie jeden der umliegenden Sippen.«

»Da hätte ich wohl schon früher einmal in diese Gegend kommen sollen, dann hätte ich das Vergnügen eurer Bekanntschaft bereits gemacht.«

Der Jüngere der beiden grinste Sarah frech an. Sarahs Augenbraue wanderte nach oben. Ebenso spöttisch, erwiderte sie Naenans Blick. »Ah, auch noch lernresistent. Offenbar bist du auf noch eine Kopfnuss deines Vaters aus.«

Seine strahlend weißen Zähne blitzen im Sonnenlicht. Ein weiteres Indiz dafür, dass das kein Mensch war. Niemand hier hatte solch blitzblanke und strahlende Zähne. Sarah war überrascht gewesen, dass das Bild des dreckigen und ungepflegten Wikingers ein Klischee gewesen war, dem sie doch tatsächlich aufgesessen war. Denn Frauen wie Männer legten, nach ihren Maßstäben, einen Grad an Körperhygiene an den Tag, den sie ihnen gar nicht zugetraut hätte. Allerdings gab es hier noch keine Zahnpasta und deshalb blieben die Zähne der Menschen nicht so strahlend rein. Die Leute dieser Zeit behalfen sich mit dem Kauen von Birkenzweigen und verwendeten Zahnstocher aus Holz oder Knochensplittern. Sarah hätte schwören können, dass sein Blick in diesem Moment dem von Ragnar bis aufs Kleinste ähnelte. Jedoch waren seine Augen mit einem Mal beinahe so schwarz wie sein Haar. Sarah merkte unwillkürlich, wie ihr die Farbe aus dem Gesicht wich. Die unverfrorene Art, wie er sie so offensichtlich anbaggerte und gleichzeitig niedermachte, machte sie verlegen und wütend zugleich. Es war an der Zeit dem Kerl eine kalte Dusche zu verpassen. Sie war schließlich nicht auf den Mund gefallen. Andererseits jagte ihr sein Aussehen einen Schauer über den Rücken.

»Mein Mann wird höchst erfreut sein, zu hören, dass zwei neue Gesichter im Dorf sind. Er hört gerne die Geschichten der Kaufleute, Reisenden und fahrenden Seher, die durch die Lande ziehen.« *Ja, sehr schlagfertig, Sarah. Sprechen wir über den verschwundenen Ehemann.* Sarah hätte sich am liebsten selbst geohrfeigt.

»Dein Mann?« Ein Schatten huschte über Naenans Gesicht.

»Hat er denn nichts Besseres zu tun, als sich Geschichten vom fahrenden Volk anzuhören?«

»Als Jarl zählt es ebenfalls zu seinen Aufgaben immer über alle Neuigkeiten informiert zu sein. Egal, ob durch seine Untergebenen oder persönlich. Außerdem macht er gerne neue Bekanntschaften.«

Das hatte gesessen. Dem jungen Kerl war alle Farbe aus dem Gesicht gewichen. »Bitte verzeiht mir meine Dreistigkeit. Ich wollte Euch nicht beleidigen.«

Am liebsten hätte sie ihm geantwortet, dass er sich seine Entschuldigung sonst wohin stecken könne. Sarah weigerte sich selbst nach etwas mehr als drei Jahren, die sie nun hier war, zu akzeptieren, dass sie sich als Frau per se solche Anspielungen und Bemerkung gefallen lassen musste, wenn sie allein unterwegs war. Zumindest wagte es keiner der Dorfbewohner mehr, seit Ragnar Jarl geworden war. Selbst Einar hatte sie in Ruhe gelassen, nachdem Ragnar ihm gedroht hatte, ihn aus der Gemeinschaft auszuschließen. Das war zumindest die offizielle Version. Inoffiziell war eine Kastration die netteste Bestrafung, die Ragnar ihm angedroht hatte, wenn er sich noch ein einziges Mal in Sarahs Nähe blicken lassen würde. *Aber was würde das schon bringen, einen Fremden anzuschnauzen oder ihm zu drohen?* Er war Teil dieser Welt und Zeit. Sie hingegen würde immer eine Frau aus der Zukunft bleiben. Und Ragnar war verschwunden. Trotzdem würde sie nicht aufgeben zu versuchen, die Gedanken der Menschen für Neues zu öffnen. Außerdem hatte sie das unbestimmte Gefühl, dass hinter seiner überraschten Miene noch etwas anderes steckte.

»Naenan, es reicht«, wies ihn sein Vater erneut zurecht. Schmollend drehte Naenan sich um und ließ sich neben einem Baum ins Gras fallen. Die dünne Schicht aus Schnee und Matsch schien ihn nicht im Geringsten zu stören.

»Der nächste Vollmond steht bald an und somit bestimmt eine größere oder kleinere Versammlung, wer weiß. So gut sind uns die Bräuche in Midgard nicht bekannt. In jedem Fall lassen sich immer gute Geschäfte machen und man muss keine großen Wege auf sich nehmen.«

»Sehr clever. Ja, es ist das letzte Thing in diesem Jahr, da werden bestimmt viele Männer anwesend sein.«

Der Ältere beäugte Sarah ebenso argwöhnisch wie sie ihn. »Clever?«

»Geschäftstüchtig.« Entgegnete Sarah knapp. Ihr war klar, dass sie immer noch viele Ausdrücke benutzte, deren Gebrauch für sie selbstverständlich war, aber für die Menschen hier nicht.

»Ihr seht gar nicht so viel älter aus als er. Ihr könntet genauso gut sein Bruder sein.« Sarah deutete mit einem Nicken in Naenans Richtung.

Sarahs abrupter Themenwechsel schien den Mann zu verwirren. Der nächste Satz kam etwas stotternd über seine Lippen. »Nun, ja. Das ist unserem Erbe geschuldet. Wir haben eine höhere Lebenserwartung, als ihr Menschen und altern zudem langsamer.«

»Als wir Menschen?« Sarah zuckte erneut zusammen. *Also sind die spitzen Ohren doch nicht nur ein hervorstechendes Famili-*

enmerkmal. Nicht nur, dass ich die beiden nicht gehört habe, sie sind tatsächlich keine Menschen. Aber was sind sie dann? Sie richtete sich ein wenig auf, um sich ihre Unsicherheit nicht anmerken zu lassen. Es tröstete sie lediglich der Gedanke, dass sie etwas Fremdes an den beiden gespürt hatte. Sie bemühte sich, mit fester Stimme zu sprechen, obwohl sie wusste, dass ihre nächste Frage sie als Ausländerin enttarnen würde.

»Keine Menschen. Was seid ihr dann? Und wie alt seid ihr genau?«

Naenan lachte lauthals. Ein weiteres Mal blickte Naefir seinen Sohn kopfschüttelnd an und legte beruhigend eine Hand auf dessen Schulter. »Nimm dich zusammen. Sie kann nichts dafür, dass sie es nicht weiß. Wer weiß schon, ob es hier Schulen gibt oder die Menschen überhaupt lesen und schreiben können.« Sarah zuckte bei Naefirs Worten zusammen. Zum ersten Mal, seit sie hier war, kam in ihr das ungute Gefühl auf, dass die Menschen sie womöglich für überheblich hielten, weil sie über eine Schulausbildung verfügte. Mit einer entschuldigenden Geste wandte Naefir sich wieder an Sarah.

»Wir stammen aus Álfheimr*.«

Sarah schüttelte verwundert den Kopf. »Álfheimr?«

»Wir Lichtalben altern nicht so wie ihr Menschen. Unsere Lebensspanne ist nahezu unendlich.«

»Lichtalben? Ihr meint Elfen? Was es nicht alles gibt. Das heißt, ihr seid unsterblich?«

»Theoretisch«, bestätigte Naefir lächelnd.

»Und praktisch?«

Naefir lachte. »Wir altern wesentlich langsamer als ihr. Unsere Wunden heilen schneller als eure. Trotzdem können wir getötet werden.«

»Verstehe. Das habt ihr dann wohl mit den Asen* gemeinsam?«

Naefir nickte nachdenklich.

»Ihr seid die ungewöhnlichste Menschenfrau, die mir jemals begegnet ist.«

Nun war es Sarah, die bitter lachte. »Ja, das habe ich hier schon öfter zu hören bekommen. Allerdings noch nicht von einem Alb. Auch, wenn mir eure spitzen Ohren aufgefallen sind, so hätte ich nicht damit gerechnet, dass es Wesen, wie euch wirklich gibt.«

»Warum? Ich bin ein Lichtalb. Zugegeben, ein entstellter, aber immer noch ein Lichtalb. Von mir aus könnt ihr auch Elb oder Elf sagen, wenn Euch das leichter fällt. Ich bin noch nicht einmal sicher, ob ich überhaupt noch ein normaler Elf bin. Nach all dem ...« Seufzend nahm er einen tiefen Atemzug, ehe er fortfuhr. »Aber es gibt keinen Grund, sich vor mir zu fürchten.«

»Sollte ich das denn? Mich vor euch fürchten?«

»Viele Menschen tun das und sogar einige Götter. Aber immerhin haben wir einen besseren Ruf als die Bewohner Svartálfaheims*.«

»Tut mir leid. Ich verstehe nur Bahnhof. Meint ihr so etwas wie Dunkelelfen?«

»Bahnhof? Nennt ihr sie so?«

Sarah schüttelte den Kopf. »Ich habe keine Ahnung. Ich kenne mich da zu wenig aus. Ich rate nur. Ich kenne das alles bisher nur aus Büchern und Filmen.«

»Aus was?«

Sarah unterdrückte den Impuls sich gegen die Stirn zu klatschen und biss sich stattdessen auf die Lippen. »Nicht so wichtig. Verfügt Ihr auch über Zauberkräfte?« Wiederum nickte Naefir.

»Ihr scheint keine Angst vor uns zu haben. Ihr stelltet euch uns mutig entgegen und ihr stellt viele Fragen.«

»Nein, habe ich nicht. Warum auch? Ja, das ist wohl eine meiner Gewohnheiten.«

Naefir lächelte. »Aber vorerst genug davon. Genug von uns. Was macht Ihr allein hier draußen? Ihr sprecht und verhaltet Euch nicht wie die anderen Menschenfrauen, denen ich bisher begegnet bin. Ihr seid gewiss nicht aus dieser Gegend.«

Sarah seufzte. »Ja, auch das habe ich schon öfter gehört. Ich habe jemanden gesucht. Aber ich habe mich im Nebel verirrt und es dauerte eine Weile, bis ich den Weg zum Fluss fand. Jetzt weiß ich wieder, wo ich bin.«

»Können wir Euch behilflich sein?«

»Ich denke nicht. Aber danke. Bitte, nicht so förmlich. Nennt mich Sarah. Was treibt euch hierher? Ich bin noch nie einem Alben begegnet.«

»Um ehrlich zu sein, wir sind auf der Suche nach Verbündeten.«

»Vater!« Bellte Naenan Naefir wütend an.

»Nach Verbündeten?« Sarah riss überrascht die Augen auf. Naenan war in null Komma nichts von seinem Sitzplatz aufgesprungen und stieß Naefir wütend in die Rippen. Naefir zuckte entschuldigend mit den Schultern. »Wir sind auf der Suche nach Hilfe und die werden wir nicht bekommen, wenn wir niemandem davon erzählen.«

An Sarah gewandt fuhr er fort. »Ich weiß du hast meine Narben bemerkt. Du hast zwar nichts gesagt, aber ich kenne die Art von Blick bereits.« Über Naefirs Gesicht huschte eine Flut von Emotionen. Sarah vermutete mehr dahinter als bloße Scham.

Sie nickte verlegen. »Ja, ich gebe zu, sie sind mir aufgefallen. Außerdem sagtest du vorhin, du wärst ein entstellter Lichtalb. Meintest du das damit? Was ist dir zugestoßen?«

Naefir nickte zustimmend. »Das ist eine lange Geschichte. Das sollten wir besser drinnen bei einer warmen Mahlzeit besprechen.«

»Tja, ich würde euch ja einladen, aber bis zu mir nach Hause dauert es sicher noch ein paar Stunden.«

»Du weißt nicht, wo du bist und wie lange es dauert, um in dein Haus zu kommen?«

Sarah zuckte entschuldigend mit den Schultern. »Nun ja, sagen wir, mich hatte ein Bauer mit seinem Fuhrwerk mitgenommen und ich habe nicht so genau auf den Weg geachtet. Ich dachte, ich würde auf demselben Weg wieder nach Hause kommen. Ich kann also nicht sagen, wie lange es dauert zu Fuß zurückzukommen.«

»Aber? Was ist geschehen?«

»Meine Mitfahrgelegenheit, ich meine, das Fuhrwerk, hat sich in Luft aufgelöst.«

Naefir und Naenan blickten sich verwirrt an.

»Pferd und Wagen? Wir haben keine Spuren gesehen?«
Erneut zuckte Sarah mit den Schultern. Es war vermutlich besser, nicht weiter darauf einzugehen. Sie wusste aus Erfahrung, wie schnell man sich in komplizierte Lügengeschichten verstrickte.

»Halb so wild. Ich bin daran gewöhnt, zu Fuß zu gehen. Und jetzt weiß ich ja, wo der Fluss ist. Welche Art von

Verbündeten sucht ihr? Geht es hier um einen Handel oder sucht ihr Krieger für einen Kampf?«

Naefirs Blick verdüsterte sich. »Wenn das die einzigen beiden Alternativen sind: dann Letzteres.« Er verzog das Gesicht und fasste sich mit den Händen an die Schläfen. Kaum hörbar murmelte er einige Worte vor sich hin. Er schien mehr mit sich selbst zu sprechen als mit ihr. »Es stellt sich die Frage, gegen welchen Feind wir zuerst kämpfen sollen.«

»Tut mir leid, das habe ich leider nicht verstanden. Was soll das denn heißen? Wofür bräuchte man sonst Verbündete? Für oder gegen eine gemeinsame Sache. Gegen einen gemeinsamen Feind? Geht es Euch gut?«

Naefir schien sich überraschend schnell wieder erholt zu haben. Guter Dinge lächelte er Sarah an. »Nein, nein, alles ist gut. Da habt Ihr recht. So und jetzt Ihr. Wen suchet Ihr hier in dieser Gegend?«

»Man könnte sagen, dass sich unsere Anliegen nicht allzu sehr unterscheiden. Ich suche eine Völva namens Valpu. Mein Mann wurde entführt und ich denke, dass sie womöglich etwas damit zu tun haben könnte.«

»Der Mann, den du uns vorstellen wolltest?« Naenan warf Sarah einen triumphierenden Blick zu.

Sarah hob entschuldigend ihre Hände. »Ja. Genau der.«

»Entführt?« Schaltete Naefir sich ein. »Von verfeindeten Kriegern?«

Sarah schüttelte den Kopf. »Entführt, verschwunden. Das ist kompliziert und eine lange Geschichte. Ich bin mir, wie gesagt, ziemlich sicher, dass Valpu etwas damit zu tun hat. Allerdings kann ich nicht sagen, ob sie in dieser

Angelegenheit Freund oder Feind ist. Sie könnte genauso gut meine Rettung oder auch mein Untergang sein.«

»Valpu. Ich habe diesen Namen schon gehört. Wenn man so viele Jahre auf der Welt wandelt wie ich, dann begegnet man vielen Reisenden und hört viele Geschichten.«

Sarah kam sich etwas ertappt vor. Die Art wie Naenan sie ansah, ließ darauf schließen, dass er womöglich mehr wusste, als er zugab. »Gutes oder Schlechtes? Valpu scheint ja viel herumgekommen zu sein.«

»Ich glaube, ich verstehe, was du sagen willst. Bei Geschöpfen wie ihr verschwimmt die Grenze zwischen Gut und Böse zusehends.«

»Geschöpf?«

»Hexen.«

Sarah riss überrascht die Augen auf. »Was? Sind Hexen etwa eine eigene Spezies?«

Erneut blickten die Alben sie mit einer Mischung aus Bedauern und Verachtung an. »Sie weiß ja gar nichts. Nicht mal, dass sie eine Hexe ist.«

»Bleib höflich, Junge. Sie wird schon ihre Gründe dafür haben, nicht jedem offen darzulegen, dass sie mit Hexen im Bunde und noch dazu selbst eine ist.« Sarah konnte nicht fassen, was sie da hörte. Sie war so überrascht, dass ihr der Mund offen stand. »Woher?«

»Woher wir wissen, dass du eine Hexe bist?«

Sarah suchte gedanklich immer noch nach einer Erklärung und nickte wortlos.

»Ich weiß es einfach. Ich kann es sehen, hören und fühlen. Alles, was uns umgibt, enthält Magie. Je stärker die Magie, desto spürbarer ist es für mich. Für jeden aus mei-

nem Volk. Manche spüren es mehr, manche weniger.«
Naefir machte eine ausholende Geste. »Alles um dich herum bebt geradezu.«

Naenan war sichtlich amüsiert über Sarahs Sprachlosigkeit. Vergnügt gluckste er vor sich her. Sarah konterte in ihrer altbekannten »Angriff ist die beste Verteidigung« – Manier.

»Doch. Also ich weiß schon, dass ich eine Hexe bin. Und nein, ich plaudere das normalerweise nicht so offen aus. Aber, wenn es mir anscheinend ohnehin auf der Stirn geschrieben steht, kann ich genauso gut ehrlich sein. Was wird hier eigentlich gespielt? Und was wollt ihr von mir?«

Naefir nickte seinem Sohn bestätigend zu. »Sei höflich, Junge. Sie ist sicherlich nicht von hier. Und wir haben sie offenkundig überrumpelt.«

Ehe Naenan einen weiteren Hieb seines Vaters erntete, erwiderte Sarah: »Ihr habt recht. Ich bin hier nicht geboren. Ich weiß vieles noch nicht. Ich bin immer noch dabei zu lernen. Aber, dass Valpu eine Hexe ist und ich eine Hexe bin, weiß ich. Und ihr offensichtlich auch. Ich bin mir mittlerweile ziemlich sicher, dass wir uns nicht zufällig begegnet sind.«

Naenans Blick wechselte von abfällig zu neugierig. »Vielleicht ist sie doch nicht so …«

»Dumm, wie ich aussehe?« Vervollständigte Sarah Naenans Satz. Ihr Blick war eiskalt. *Wenn der Typ so weitermacht, wird es bald einen Lichtalb weniger geben.*

»Von wo bist du dann?« Fuhr Naenan ungerührt fort. Offenbar gehörte Feingefühl und das Ablesen von Emotionen nicht zu den Stärken der Alben.

»Weißt du, ich habe wirklich Besseres zu tun, als hier mit dir zu diskutieren und mich zu rechtfertigen, wer oder was ich bin und wen oder was ich hier suche. Wenn ihr mich also entschuldigen würdet, ich gehe jetzt nach Hause.« Schnaubend warf sich Sarah ihr Bündel über die Schulter und stapfte los.

»Warte!« Naefir warf seinem Sohn einen warnenden Blick zu und spurtete Sarah hinterher. »Du hast recht. Es geht uns nichts an und es lag nicht in unserer Absicht dich zu beleidigen. Wir suchen Freunde und Verbündete, keine neuen Feindschaften.«

Sarah rollte mit den Augen und stieß einen frustrierten Laut aus. »Mir ist auch nicht an einem Streit gelegen. Ich will einfach nur nach Hause und überlegen, wo und wie ich meinen Mann finden kann.«

Naefir streckte Sarah seine Hand entgegen. »Dann lass uns dir helfen. Eine Hand wäscht die andere. Wir helfen dir dabei deinen Mann zu finden und du hilfst uns bei unserer Sache.« Seufzend verlangsamte Sarah ihren Schritt und blieb schließlich stehen. Unsicher, was sie tun sollte, drehte sie sich um und ließ ihre Schultern nach unten sinken. Stirnrunzelnd musterte sie ihr Gegenüber. Zögerlich ergriff sie Naefirs immer noch ausgestreckte Hand und schüttelte sie zum Zeichen des Einverständnisses. Sarahs Augen weiteten sich überrascht, als ein sanftes Kribbeln, ähnlich einem elektrischen Schlag, sich über ihren ganzen Körper ausbreitete. Sarah fühlte sich augenblicklich lebhafter als noch ein paar Sekunden zuvor. Hastig löste sie sich aus Naefirs Handschlag. Verbunden mit einem schnellen Lächeln versuchte sie, die aufkommende Verunsicherung zu überspielen. Ihr Blick streifte kurz seine Augen, bevor sie sich eilig abwandte und eine aufrechtere Haltung einnahm. Sie konnte das Kribbeln noch immer auf ihrer Haut spüren, aber sie zwang sich, es zu ignorieren. »Also schön. Dann lasst uns gehen. Ich will keine Zeit verlieren und endlich zurück nach Hause.«

Naefir nickte freundlich lächelnd und ging eine Weile schweigend neben Sarah. Naenan trottete gemächlich hinter den beiden her. Er schien es weniger eilig zu haben.

Nach einer Weile ergriff Naefir räuspernd das Wort und fragte Sarah erneut nach ihrer Herkunft.

»Ich stamme aus einem Land weiter im Süden. Ich bin als Sklavin hergebracht worden. Ich hatte Glück. Mein Herr entließ mich in die Freiheit und nahm mich zur Frau. Es hätte schlimmer ausgehen können.«

»Die Menschen Midgards reisen in andere Länder und nehmen deren Bewohner als Gefangene?«, schaltete sich Naenan in das Gespräch der beiden ein. Er schloss zu den beiden auf und musterte Sarah neugierig.

Jetzt war es Sarah, die ungläubig dreinblickte. »Wer hat jetzt keine Ahnung von der Lebensweise der Menschen hier, hm? Ja, das tun sie. Schon seit Generationen. Und so wie es aussieht, floriert der Sklavenhandel derzeit ungemein. Und nicht nur der. Wir kämpfen gegen eine nicht enden wollende Flut von Krankheiten. Mein Mann und ich suchen Wege, die Leute davon abzubringen, aber es ist nicht leicht. Die Menschen sind arm und sie sehen nur das Geld und den Wohlstand, den der Handel mit sich bringt. Sagt bloß, bei den Alben gibt es keine Gefangenen und Sklaven?«

Naefir blieb unvermittelt stehen und bedachte seinen Sohn mit einem derart abschätzigen Blick, dass es Sarah eiskalt den Rücken herunterlief. Ein Blick, der besagte: Wir unterhalten uns später noch. Sarah hatte beinahe ein wenig Mitleid mit ihm. Naenan schien das erste Mal ehrlich verlegen zu sein. »Das wusste ich in der Tat nicht.«

»Oh, das war ja fast so etwas wie eine Entschuldigung.« Sarah stupste ihn keck mit dem Ellbogen an. »Schon gut. Ich sagte ja, dass ich nicht so leicht unterzukriegen bin. Das geht schon in Ordnung. Also? Bekomme ich eine Antwort auf meine Frage?«

»Ja, wir nehmen Gefangene, wenn es die Situation erfordert. Und ja, es gab auch Zeiten, in denen die unseren andere Völker unterjochten. Wir hatten Sklaven, aber jetzt nicht mehr.«

»Was hat sich geändert?«

»Wir hatten seit Jahrhunderten keinen Krieg mehr. Alle Völker leben für sich in ihrer Welt. Nur selten betritt ein Fremder die unsere. Auch wir reisen nur in Ausnahmefällen in die anderen Welten.«

»Andere Welten? Womit wir nun wieder beim Grund eures Hierseins wären. Wofür braucht ihr also Verbündete?«

»Wir sollten das wirklich nicht hier besprechen. Zu dieser Zeit wird es rasch dunkel. Du sagtest, du bist aus Silfrhaf? Ich kenne den Weg. Wir könnten es noch vor Anbruch der Nacht schaffen, wenn wir gleich losgehen.«

»Nun ja, nicht direkt.« Stirnrunzelnd blickte sie die Alben an. »Mein Mann und ich wohnen etwas außerhalb. Aber wenn wir den Hafen von Silfrhaf erreichen, sind wir rasch dort.«

»Sagtest du nicht, dass dein Mann Jarl ist?«

»Ja, warum?«

»Der Jarl wohnt außerhalb der Dorfgemeinschaft?«

»Also jetzt mach aber mal halblang. Dafür, dass du dich in der Welt der Menschen nicht so gut auskennst, hast du aber eine ganz schön spitzfindige Art. Es ist doch wohl komplett egal, wo der Jarl wohnt, solange er seinen Job macht, oder?«

Die beiden Alben blickten Sarah verdutzt an. Sarah schüttelte resigniert den Kopf.

»Vergesst es. Kommt, lasst uns also weitergehen.«

KAPITEL 8
-
NEUE VERBÜNDETE

Obwohl die drei am frühen Abend in Sarahs Haus eintrafen, war es bereits stockdunkel. Sarah hatte die Tür noch gar nicht richtig geöffnet, als ihr auch schon Sunna in die Arme fiel. »Mama!«

Sarah ließ sich auf die Knie fallen. »Hallo meine Süße.« Sie erwiderte Sunnas Umarmung und drückte die Kleine so fest an sich, dass ihr die Luft wegblieb. »Alles gut. Es geht mir gut.« Sarah küsste Sunna sanft auf die Stirn und streichelte ihr übers Haar.

»Geht es dir auch gut, mein Schatz?«

Sunna nickte bejahend. Die beiden Fremden aber schienen ihr nicht geheuer zu sein. Skeptisch beäugte sie die beiden, die sich beim Eintreten höflich verbeugten. Ida war die Erleichterung über Sarahs Rückkehr anzusehen. Sie grüßte freundlich, blieb mit Arv am Arm aber auf Abstand. Sarah ahnte warum. Ida hatte bestimmt bereits gemerkt, dass die beiden keine Menschen waren, und wollte vermutlich zuerst abwarten, worauf die Sache hinauslief.

»Sie sind in Ordnung, Ida. Denke ich zumindest.« Beantwortete Sarah Idas stumme Frage augenzwinkernd.

Die beiden Alben blickten neugierig zwischen den beiden Frauen hin und her. »Sie haben mich im Wald aufgegabelt und hierher zurückbegleitet.«

Sarah schritt auf ihre Freundin zu und umarmte sie. »Danke, dass du auf die beiden aufgepasst hast.« Lächelnd nahm sie Arv aus Idas Armen und küsste ihn. »Hallo, mein süßer Schatz. Ich habe dich so sehr vermisst.« Sarah drückte Arv ebenso fest an sich, wie zuvor Sunna.

Ida blickte Sarah fragend an. »Hast du Valpu gefunden?« Sarah schüttelte verneinend den Kopf.

»Und Ragnar?«

Sarah verneinte abermals und ließ sich erschöpft auf einen Stuhl fallen, während Arv sich freudig an sie schmiegte. »Ich habe keine Ahnung, wo er ist.«

»Hat dich das, du weißt schon was, nicht zu Valpus Haus gebracht?«

»Doch, ich denke schon, dass ich in ihrem Haus war. Oder zumindest einem Haus, in dem sie mal gewohnt hat. Aber es war vollkommen verlassen. Keine Spur von Valpu, Ragnar oder sonst irgendeiner Menschenseele.«

»Das tut mir leid.« Ida blickte Sarah betroffen an.

»Und mir erst. Ich habe nämlich keine Ahnung, wo ich jetzt weitersuchen soll. Oder wer mir bei der Suche nach Ragnar helfen kann.« Sarah setzte Arv auf die Bank und massierte sich die Schläfen.

Naefirs Räuspern riss Sarah und Ida aus ihrem Zwiegespräch.

»Oh, bitte um Entschuldigung. Bitte, nehmt doch Platz.« Sarah griff sich an die Stirn. »Was bin ich nur für eine Gastgeberin?« Sarah deutete auf die beiden Alben. »Ida, das sind Naefir und Naenan zwei Lichtalben, denen ich im Wald begegnet bin. Das ist meine Freundin Ida.« Ida nickte abermals freundlich. Sarah zwinkerte ihr zu und versuchte, ihr gedanklich mitzuteilen, dass sie sich keine Sorgen machen sollte. »Bitte, setzt euch doch.« Sarah wies auf den Esstisch und die Plätze neben sich. Sunna rutschte hastig zu Sarah und Arv und kuschelte sich fest an sie. »Was kann ich euch anbieten? Obwohl ich nicht einmal weiß, was da ist. Ich bin ja auch gerade erst nach Hause gekommen.« An Ida gewandt fuhr Sarah fort. »Ida war so freundlich hier die Stellung zu halten, während ich weg war.«

»Es gibt warmen Eintopf. Bevorzugt ihr Met oder etwas anderes?«, klärte Ida die Anwesenden auf.

»Danke, das ist sehr nett von Euch. Etwas Wasser oder Tee reichen vollkommen aus.«

»Also, ich könnte durchaus etwas zwischen den Zähnen vertragen.«

»Du könntest auch etwas Hirn zwischen deinen beiden Ohren vertragen. Setz dich hin und halt den Mund. Ich habe genug von deinen Unverschämtheiten.« Naefir bedachte seinen Sohn ein weiteres Mal mit einem Klaps auf den Hinterkopf. Naenan revanchierte sich bei seinem Vater mit einem vernichtenden Blick, setzte sich aber ohne jeden weiteren Kommentar.

»Wir sollten mit dem Herumgeplänkel aufhören. Mir – uns läuft die Zeit davon. Ich will ehrlich mit Euch sein.« Sarahs Augen blitzten erwartungsvoll auf. »Womit wir wieder beim Grund Eures, nennen wir es Ausflugs, wären.« Ida übernahm die Rolle der Gastgeberin und stellte einen Krug mit Wasser auf den Tisch.

»Ich habe Euch, dich gesucht. Diese Kraft, ich spürte sie bis in die entlegensten Winkel von Álfheimr.« Neugierig beäugte der Fremde Sarah von allen Seiten. »Ich sagte bereits, dass ich Magie spüren kann. Und da ist noch mehr. Aber ich kann es nicht verstehen, nicht in Worte fassen. Noch nicht.«

Nun war es Sarah, der alle Farbe aus dem Gesicht gewichen war. »Kraft? Gespürt? Ich verstehe nicht.« Sarah suchte in Idas Blick nach einer Erklärung, aber sie blickte ebenso verwirrt drein wie sie selbst.

Sarahs Gegenüber schüttelte ungeduldig den Kopf. »Doch, das tut Ihr. Ich bin kein einfältiger Mensch, den Ihr zum Narren halten könnt.«

Sarah stutzte. Ihr brannten, nebst ein paar Schimpfworten, bereits wieder unzählige Fragen auf der Zunge. Insgeheim fürchtete sie sich aber vor der Antwort.

»Auch ihr seid kein gewöhnlicher Mensch. Auch ihr seid mehr als das. Ihr seid eine Hexe. Das habt ihr zugegeben. Jedenfalls solltet ihr euch geehrt fühlen, nur wenige Menschen hatten bisher die Ehre einen Lichtalben kennenzulernen. Selbiges gilt aber wohl auch für mich, denn nur selten, habe ich solch eine Kraft gespürt.«

»Moment. Sprecht ihr von mir?« Sarah schüttelte den Kopf und begann zu lachen. »Lasst mich ehrlich sein. Das ist völlig ausgeschlossen. Von wegen, meine Kräfte weithin spürbar. Wohin nochmal? Also ehrlich, das war der Witz des Tages!«

Naefir starrte Sarah entgeistert an. »Ihr haltet mich für einen Witz?«

»Oh, keineswegs. Das, was ihr sagt, entspricht sicher der Wahrheit. Aber ich bezweifle, dass ich es war, die ihr gespürt habt. Ja, ich bin eine Hexe, aber keine allzu gute. Ich kenne euch nicht. Ich vertraue euch nicht. Alle Auskünfte dienen derzeit deshalb rein dem wechselseitigen Informationsaustausch, da sie uns vielleicht gegenseitig weiterbringen. Vertrauen muss man sich verdienen. Ich denke, ihr versteht das.«

Naefir und Naenan nickten zustimmend, wirkten aber etwas desillusioniert.

»Ich kenne euch ebenso wenig und ihr dürft mir glauben, wenn ich sage, dass ich mich nur selten in solchen Angelegenheiten irre.«

»Ja, ich verfüge über Kräfte, aber ich beherrsche sie kaum. Ich bin sozusagen noch in der Ausbildung. Bestimmt habt ihr Valpus Kraft gespürt. Oder die, die meinen Mann verschwinden ließ.«

Naefir runzelte die Stirn. »Wovon sprecht ihr?«

»Gestern Morgen verschwand mein Mann direkt vor meinen Augen. Spurlos. Er hat sich in Luft aufgelöst. Ich vermutete diese Völva Valpu dahinter, also machte ich mich auf die Suche nach ihr. Vergebens. Dann habt ihr mich gefunden. Das ist alles.«

»Wohl kaum.«

»Wie meint ihr das?«

»Nun, warum vermutet Ihr, dass diese Valpu Euren Mann verschwinden ließ? Und warum glaubt Ihr nicht an Eure Kräfte und haltet Ihr diese für gering?«

Sarah schnaubte, dass ihre Nasenflügel bebten. »Das alles zu erklären, würde vermutlich den Rahmen sprengen. Nur so viel. Ich bin, wie gesagt, noch beim Herausfinden, über welche Kräfte genau ich überhaupt verfüge. Ich bin nicht als Hexe aufgewachsen und ausgebildet worden. Bis vor etwa drei Jahren wusste ich nichts von diesen Kräften.« Sarah sprang von der Sitzbank auf. Wie ein nervöses Tier in Gefangenschaft tigerte sie vor dem Esstisch auf und ab.

»Was diese Valpu anbelangt. Die Kurzfassung: Sie ist schuld, dass ich hier, fern von meiner Familie und meinen Freunden, lebe. Ihr Zauber hat bewirkt, dass ich hier bin. Dass meine Kräfte ihren Zauberspruch vermutlich erst aktiviert haben, habe ich erst später erfahren. Sie fand es anfangs witzig, mich und meine Kräfte zu testen. Mit mir zu spielen. Die Entscheidung zu bleiben, fiel mir allerdings nicht schwer.« Sarah blickte zu ihren Kindern. »Ich habe hier meine große Liebe getroffen. Eine eigene Familie gegründet.«

Naefir nickte. »Mir scheint, wir haben einiges gemeinsam. Wir beide sind fern unserer Heimat und haben offenbar vieles erlebt. Gutes und Schlechtes.«

Sarah zuckte mit den Schultern. »Kann sein.«

»Auch ich bin viel mehr als das, was ihr vor euch seht.«

»Ihr erwähntet vorhin etwas. Soll das also heißen, dass Ihr auch über Zauberkräfte verfügt oder Eure Gestalt verändern könnt? Und Ihr seid also in der Lage meine Magie zu spüren?«

Der Alb nickte.

»Wie Ihr bin ich mehr als nur der erste Eindruck, mehr als das, was man von außen sehen kann. Wir beide verbergen etwas, das sich anderen nicht auf den ersten Blick erschließt. Ich bin etwas, das es gar nicht geben dürfte. Eine Mischform.«

»Was? Halt! Moment.« Sarah hob gebietend die Hand. »Ihr meint eine Kreuzung, ein Hybrid?«

Naefir nickte zögerlich. Dieses Thema ließ auch Ida hellhörig werden. Langsam näherte sie sich dem Tisch.

»Wollt ihr damit sagen, dass eure Mutter und euer Vater aus verschiedenen Welten stammten?«

Naefir schüttelte den Kopf. »Das würde vieles einfacher machen, nicht wahr? Aber nein. Ein Hybrid ist …«

»Ich weiß, was ein Hybrid ist.« Unterbrach ihn Sarah barsch. »Ich meinte, was seid Ihr dann? Eine Kreuzung aus was? Das heißt, ihr seid nicht auf natürlichem Wege gezeugt worden? Wie dann?« Sarah wären durchaus ein paar Antworten auf diese Fragen eingefallen, aber diese würden definitiv einen Rattenschwanz an Erklärungen nach sich ziehen. Andere Welten und Magie hin oder her, es war kaum vorstellbar, dass Naefir so etwas wie In-vitro-Fertilisation oder Gentechnik meinte. Also hielt sie lieber den Mund und ließ ihn weitersprechen.

»Das weiß ich nicht mit Bestimmtheit zu sagen. Schwarzalb, vermutlich auch Mensch. Ich weiß nicht, was sonst noch. Jedenfalls brachte diese Kreuzung auch einige andere Veränderungen mit sich. Mein linkes Bein ist nicht meines.«

»Wie bitte? Meinst du eine Transplantation? Und welche Veränderungen? Wie das Aufspüren von Magie oder Gestaltwandeln?« Sarah schnappte hörbar nach Luft.

»Ihr seid …«

»Schlauer, als ich aussehe? Ich weiß. Aber mal im Ernst: Wie könnt Ihr nicht wissen, was Ihr seid? Im Übrigen ist es mir zwar neu, dass eine Hexe eine eigene Spezies ist, aber demnach wäre ich ebenso ein Hybrid wie Ihr. Halb Hexe, halb Mensch. Eine Eigenheit, die uns verbindet.«

Naefir schien unsicher zu sein, wie er reagieren sollte. Mehrmals öffnete er seinen Mund, schloss ihn aber wieder, ohne etwas zu sagen. Wie immer, wenn Sarah etwas nicht ganz einwandfrei vorkam oder sie sich in die Enge getrieben fühlte, schaltete sie auf Angriff. »Okay, genug. Was bist du und was willst du von mir? Darf ich du sagen? Ist viel einfacher als dieses förmliche Geplänkel. Aber eigentlich ja auch egal. Du spielst vermutlich auf meinen ‚Makel‘ an, dass ich nur zur Hälfte eine Hexe bin. Wo habe ich das nur schon einmal gehört? Hat Valpu dich geschickt? Du kannst ihr sagen, dass sie Ragnar gefälligst wieder herausrücken und sich jemand anderen für ihre Spielchen suchen soll, sonst wird sie ein für alle Mal feststellen, dass ihr auch eine halbe Hexe das Leben zur Hölle machen kann.« Ida klapperte nervös mit dem Geschirr, das sie gerade aufgetragen hatte. Auch sie schien sich von den beiden Alben kein echtes Bild machen zu können.

Sarahs Gegenüber hob beschwichtigend die Hände. »Da habe ich wohl unbeabsichtigt Salz in eine offene Wunde gestreut?« Sein Blick wirkte belustigt, auch wenn ihn Sarahs plötzlicher Ausbruch offenbar überrascht hatte. »Valpus Ruf eilt ihr voraus. Ich gebe zu, ich habe den Namen schon ein paar Mal gehört. Aber ich habe nichts mit ihr zu tun. Weshalb hat sie so ein großes Interesse an dir?«

Sarah zuckte mit den Schultern und zog einen Schmollmund. »Ach, sieh mal einer an. Hör auf mich zu veräppeln, und sag endlich, was du willst. Hast du etwas mit Ragnars Verschwinden zu tun oder nicht?«

Naefir schüttelte seinen Kopf so stark, dass Sarah meinte, er würde ihm gleich abfallen.

»Schon gut, schon gut. Das nehme ich dir sogar ab.« Seufzend massierte sie sich ihre Schläfen. »Und wie sieht es mit diesem seltsamen Wesen aus, das hier im Wald herumstreunt oder meinem verlorenen Amulett? Oder vielmehr mit dem Verschwinden des Amuletts? Hast du damit etwas zu tun?«

Dieses Mal zögerte Naefir etwas zu lange. Sarah hatte Lunte gerochen.

»Los, rück schon mit der Sprache raus. Hast du etwas damit zu tun oder nicht?«

Erneut schien Naefir damit zu ringen, die richtigen Worte zu finden.

»Also?«

»Ich weiß nicht, was ich sagen soll.«

»Warum? Es ist eine ganz einfache Ja-oder-nein-Frage.«

»Nichts an alledem ist einfach.«

»Ja, damit hast du vermutlich sogar recht, aber ich will hier nicht mit dir über Gott und die Welt philosophieren, sondern eine Antwort auf meine Frage.«

»Falls dieses Amulett das ist, was ich denke, ...«

»Was ist dann?«

»Beantworte mir bitte zuerst eine Frage: Wie bist du an diesen Ort im Wald gelangt? Wir hatten keine Spuren von Zugtieren oder einem Wagen bemerkt. Ist dieses Amulett ein magischer Gegenstand? Hast du dieses besagte Amulett dazu benutzt, um Valpu zu suchen und hast du deshalb nicht gleich gewusst, wo du bist und wie du wieder zurück nach Hause kommen sollst?«

Das ist alles zum Mäusemelken, aber was habe ich für eine Wahl? Ich will Ragnar finden und ich muss wissen was die beiden damit zu tun haben. Sarah blickte fragend zu Ida. Ida zuckte mit den Schultern. »Auf das kommt es jetzt wohl auch nicht mehr an, oder?«

»Stimmt.« Bekräftigte Ida Sarahs unausgesprochenen Entschluss. Sarah atmete hörbar aus und ein und wandte sich wieder an Naefir.

»Eigentlich waren das ja mehr als nur eine Frage. Aber ja, ich habe das Amulett benutzt, um sie zu finden.«

Naefir nickte triumphierend. »Dann ist es das, was ich gespürt habe. Das Amulett ist ein Portalschlüssel.«

»Ja.«

Naefir konnte seine Aufregung kaum verbergen. In seinem Gesicht spiegelten sich Freude und Hoffnung gleichermaßen.

»Das ist ja wunderbar, einfach großartig.« Sarah blickte verwundert zwischen den Anwesenden hin und her. Ida sah ebenso verwirrt drein, wie sie selbst und Naenan war ohnehin grundsätzlich entweder anzüglich oder gereizt. »Es könnte mir helfen, schnell in die anderen Welten zu gelangen und Hilfe zu holen. Die Hilfe, die ich brauche. Die wir brauchen. Allerdings brauche ich eine Hexe dazu, die den zugehörigen Zauber spricht.« Naefir vermochte seine Euphorie kaum zu zügeln.

Sarah starrte Naefir entgeistert an. »Moment, du willst in welche anderen Welten? Und wozu? Und du denkst ernsthaft, dass ich dir helfen kann? Und woher weißt du von dem Amulett?«

»Ich wusste nichts von dem Amulett. Aber ich vermutete eine Quelle starker Magie. Du sagst, du bist es nicht. Ich habe so viel Zeit damit verbracht Hexen und Zauberer aufzusuchen und einen Weg wie diesen zu finden, dass ich mittlerweile ein äußerst feines Gespür entwickelt habe.«

»Das ist ja schön und gut, aber keine Antwort auf meine Fragen.«

»Warum?«

»Welche Welten? Hilfe wofür? Du bist mir schon vorhin im Wald ausgewichen, als ich dich danach fragte.« Sarahs Herz schlug wild vor Aufregung.

»Ich bin mit meinen Gedanken meist schon einen Schritt voraus, dass ich das nicht bedacht habe. Ich werde versuchen, dir alles zu erklären.« Diese Eigenheit war ihr nicht fremd. Sarah nickte zustimmend und nahm wieder am Tisch Platz. Naenan hatte die meiste Zeit über nur stumm dagesessen und zugehört. Sarah wunderte sich darüber, dass er offenbar über mehr Selbstdisziplin verfügte, als sie ihm zugetraut hätte. Gemächlich fuhr Naefir mit seinen Ausführungen fort.

»Was weißt du über unsere Welt? Über die Welten Yggdrasils? Was weißt du über Asgard*, Midgard* und die anderen Welten und deren Völker?«

»Nun, um ehrlich zu sein, vermutlich noch immer zu wenig, auch wenn ich im Laufe der Zeit schon viel von Ragnar, Ida, Frode, und nun auch dir, gelernt habe.« Seufzend ließ sie sich an die Rückenlehne ihres Stuhls sinken. Ihre Hände zitterten. »Du sagst mir jetzt nicht, dass du mit dem Amulett in all diese Welten reisen willst, oder? Wie viele Welten gibt es überhaupt?«

Naefir blickte Sarah erstaunt an. »Wahrlich, mein Ziel war genau dieses.«

Sarah gefiel nicht, worauf die Sache hinauslief, trotzdem war sie neugierig darauf, mehr zu erfahren. Sie machte eine einladende Geste mit ihrer Hand. »Bitte fahre fort. Aber eines solltest du wissen: Ich habe das Amulett verloren, als ich bei Valpus Haus anlangte. Ich habe keine Ahnung, wo es ist und wie ich es wiederbekomme.«

Naefir griff in seine Tasche und holte etwas hervor. Im nächsten Moment baumelte Heddas Mjöllnir vor Sarahs Augen. Sarah wurde kreidebleich.

»Meinst du das?«

»Was? Wie? Woher hast du das?«

Sarah sprang so überstürzt von der Sitzbank hoch, dass sie bedrohlich schwankte und beinahe mitsamt der Kinder nach hinten kippte. Erschrocken über Sarahs heftige Reaktion, zog Naenan einen Dolch aus seinem Stiefel. Sunna und Arv begannen zu weinen. Sarah sah rot. Sie drückte Arv in Idas Arme und zog selbst einen Dolch unter ihrem Kleid hervor. Immerhin etwas, das sie von Ragnar gelernt hatte.

»Du wagst es, mich und meine Familie in meinem Haus zu bedrohen? Ich hätte euch nicht trauen dürfen! Aber da hast du dir die Falschen ausgesucht.«

Wutentbrannt riss Sarah Naefir das Amulett aus der Hand. »Macht das ihr rauskommt. Alle beide. Sonst kann ich für nichts mehr garantieren. Ich bin keine Schildmaid, aber das hindert mich nicht daran, dir und der halben Portion den Arsch aufzureißen. Da kannst du Gift drauf nehmen.«

Naenan klappte die Kinnlade nach unten. Dennoch hielt er seine Waffe weiterhin auf Sarah gerichtet. »Warte!« Naefir hob beschwichtigend die Arme. »Naenan leg das Messer weg! Das ist alles ein Missverständnis. Ich habe es im Gras gefunden. Angelockt von seiner magischen Ausstrahlung habe ich es eingesteckt, ohne lange darüber nachzudenken. Es war weit und breit niemand zu sehen. Ich wusste nicht, dass dies dein Amulett ist. Dass es das besagte Amulett ist. Erst als du davon erzähltest, fiel mir wieder ein, dass ich etwas eingesteckt hatte, und wähnte es dein Eigentum. Und ich fürchtete, dass du denken würdest, ich hätte es gestohlen. Genau das ist nun auch passiert. Bitte glaube mir. Manchmal weiß ich selbst nicht so genau, warum ich gewisse Dinge tue oder sage. Ich kann mich nicht einmal daran erinnern, wo genau ich es gefunden habe. Lasst uns jetzt nicht an solchen Kleinigkeiten scheitern. Nicht, wo wir womöglich so kurz vor der Lösung stehen. Bitte setz dich wieder.« Naefir blickte Sarah eindringlich, beinahe flehend, an.

Sarah stieß einen Zornesschrei aus, der die Kinder noch mehr zum Weinen brachte. Zornig über den Alben und sich selbst, riss sie Arv aus Idas Händen und drückte ihn schützend an sich. Sie streichelte Sunna, die sich hilfesuchend an ihren Oberschenkel klammerte. »Setzt euch!« Es war keine Bitte. Sarah stieß die Worte zwischen geschlossenen Zähnen hervor. Es klang wie das Zischen einer Schlange. Zähneknirschend antwortete sie Naefir. »Gut. Ich weiß nicht warum, aber ich glaube dir. Wärt ihr eine ernsthafte Bedrohung, hätten mich mein Bauchgefühl und Ida bereits bei Eurem Eintreten gewarnt. Macht das nicht noch einmal. Wenn ich etwas nicht ausstehen kann, dann wenn man mich anlügt.«

Erstaunt blickten die beiden Alben zu Ida, die sich nach wie vor etwas abseits hielt. Aber Sarah ließ ihre unausgesprochenen Fragen unbeantwortet.

»Normalerweise ist es üblich, dass Gäste ihre Waffen beim Betreten eines Hauses ablegen. Aus Höflichkeit ihrem Gastgeber gegenüber und als Zeichen des guten Willens. Wenn ihr also bitte so freundlich wärt und das Säumige nun nachholen würdet. Bitte übergebt Ida Eure Waffen, vielen Dank.« Vorsichtig setzte sie die Kinder wieder auf die Bank und hängte das Amulett an seinen angestammten Platz über dem Esstisch.

Schweigend händigten die beiden Männer die mitgeführten Waffen aus. Sarah atmete einige Male tief durch. Auf Sarahs Esstisch lag plötzlich eine ganze Reihe kunstvoll verzierter Dolche und Wurfmesser aus Feinsilber. Das Metall schimmerte im Licht und war mit feinen Schnitzereien von alten nordischen Symbolen und Mustern versehen. Sie versuchte ihre Gedanken zu sammeln. Sie bewunderte die Detailgenauigkeit der Verzierungen, die Geschichten von vergangenen Kriegen und Heldenmut erzählten. Ein Hauch von Ehrfurcht erfüllte Sarah, als sie die Waffen ergriff und Ida zur Verwahrung übergab. Dennoch krampfte sich ihr Magen bei der Vorstellung zusammen welchen Schaden diese Klingen anrichten könnten und was sich sonst noch im Gepäck der Alben verbarg.

»Danke. So, dann belassen wir es also dabei. Ihr wusstet also nicht, dass es mein Amulett ist. Jetzt wisst ihr es. Und ja, das Amulett ist ein Portalschlüssel. Du sprachst vorhin von den Welten Yggdrasils*. Wieso willst du dahin reisen? Wer soll dir denn helfen und wobei? Und nun bitte keine Ausflüchte mehr.« Sarahs Herz raste noch immer und sie bemühte sich, Ruhe zu bewahren, allein schon wegen der Kinder. Sie massierte den Punkt zwischen ihren Augen und der Nasenwurzel. Sie fühlte sich aufgewühlt und müde zugleich. In den letzten Stunden war so viel passiert, dass es für Tage und Monate reichen würde. Abermals sah sie sich mit Geschehnissen konfrontiert, die sie kaum bis gar nicht beeinflussen konnte, und es galt ihr Leben und das ihrer Liebsten zu schützen.

Erleichtert führte Naefir seine Ausführungen fort.

»Darüber wie viele Welten es gibt, scheiden sich die Geister. Allerdings würde das wohl niemand zugeben, schon gar keine Weisen und Gelehrten. Es gibt verschiedene Erzählungen. Ich selbst wage nicht zu behaupten, alle zu kennen und alles zu wissen. Ich habe noch nicht alle besucht. Der Weltenbaum symbolisiert den Kosmos, der alle Welten umfasst. Es gibt die Heimat der Asen*, Wanen*, Menschen und Lichtalben. Svartálfaheimr* ist das Reich der Schwarzalben. Jötunheim, das der Riesen und Helheim, das Reich der Totengöttin, Hel*.«

»Ja, davon habe ich schon gehört. Dahin kommen alle, die den Strohtod sterben, nicht wahr?«

Naefir nickte. »Gewiss, solch eine Annahme mag der Wahrheit entsprechen. Auch, wenn es in der Tat noch weit mehr zwischen der Krone und den Wurzeln des Weltenbaumes gibt, als du dir vorstellen kannst.«

»Ja, auch das habe ich mittlerweile verstanden.«

»Die Welten, Reiche, nenne es, wie du willst – sie sind alle miteinander verbunden. Dennoch ist es nicht allen Wesen möglich, uneingeschränkt die Welten der anderen zu betreten.«

»Ich glaube auch nicht, dass ich allzu scharf darauf wäre Helheim zu besuchen.«

Naefir lachte. »Das musst du auch nicht. Hel wird uns helfen, indem sie den toten Leib der Bestie in ihr Reich ohne Wiederkehr aufnimmt und es dort nie mehr entlässt.«

»Bestie?« Sarah starrte Naefir entgeistert an. »Was meinst du damit? Welche Bestie?«

»Die, die dafür verantwortlich ist, dass immer mehr Menschen und Bewohner anderer Welten verschwinden. Oder ist euch etwa nicht aufgefallen, dass hier ein Monster sein Unwesen treibt?«

Sarah war alle Farbe aus dem Gesicht gewichen. Fragend blickte sie zu Ida.

»Ist dir etwas aufgefallen?«

Ida blickte ebenso entgeistert drein wie Sarah.

»Nein. Nicht, dass ich wüsste. Es gab in letzter Zeit ein paar mysteriöse Krankheitsfälle und Verletzungen, aber verschwunden ist, soweit ich weiß niemand.« Sarah stockte. »Das hatte ich ganz vergessen. Doch. Da war etwas. Ida hat unheimliche Geräusche gehört. Ragnar kurz vor seinem Verschwinden auch. Er hatte sogar einen Zusammenstoß mit irgendeinem seltsamen, verletzten Tier, das im Wald herumstreunt. Aber Bestie?« Entsetzt riss sie die Augen auf. Auch Ida war bleich geworden. »Das Geräusch, die Aura. Warum haben wir, habe ich, nicht gleich an etwas Magisches gedacht?« Sarah wurde flau im Magen. *Hatte etwa dieses Ungetüm, wie Naefir behauptete, Schuld an Ragnars Verschwinden?* Aber auch die Gedanken und Vermutungen der anderen waren nicht gerade aufmunternd.

»Vielleicht sollte ich zuerst meine Kinder ins Bett bringen, bevor wir weitersprechen«, unterbrach Sarah sie bestimmt. »Ich denke, das war bisher Aufregung genug für alle. Lasst uns eine Pause einlegen. Wir essen etwas und bringen die Kinder ins Bett. Dann reden wir weiter.«

»Oh, ja. Das wäre vermutlich besser.«, pflichtete Ida ihr bei. Hastig holte sie den Kessel mit Eintopf vom Feuer.

Nachdem Sarah und Ida die Kinder zu Bett gebracht hatten, gesellten sie sich wieder zu Naefir und Naenan an den Esstisch. Es war bereits spät und die Ereignisse des Tages zeichneten sich nicht nur in Sarahs Gesicht ab. Ida wirkte ebenfalls müde. Nur den beiden Alben war so gut wie keinerlei Anstrengung oder Müdigkeit anzusehen.

»Du siehst müde aus. Vielleicht sollten wir das Gespräch auf morgen vertagen«, bemerkte Naefir, gerade so, als ob er Sarahs Gedanken gelesen hätte.

»Wozu, damit die Kinder dann frisch ausgeruht weiter zuhören können?« Sarah verdrehte die Augen. »Was ist das also für ein Monster? Und was hat das Reisen in die anderen Welten damit zu tun?«

»Lass mich dir bitte zuerst noch eine Frage stellen.«

»Von mir aus.«

»Du bist nicht aus einer anderen Gegend dieser Welt. Da steckt noch mehr dahinter, nicht wahr?«

Sarah nickte. Seufzend begann sie zu erzählen. *Was habe ich schon zu verlieren.* Doch auch wenn sie es sich schönzureden versuchte, krampfte sich ihr Magen auf Stecknadelgröße zusammen. Es stand sehr viel für sie auf dem Spiel - oder besser gesagt für Ragnar. Die Leute im Dorf hielten sie ohnehin für sonderbar. *Aber wem würden sie im Zweifelsfall eher glauben, dem Jarl oder einem Fremden? Einem Alben?*

»Also gut, das ist die Kurzfassung: Ich bin eine Zeitreisende. Ich wurde durch einen Zauber etwa tausend Jahre in die Vergangenheit zurückgebracht. Und wie du richtig vermutet hast, bin ich zur Hälfte eine Hexe. Was ich nicht wusste, da es mir nie jemand gesagt hat und meine Kräfte bis kurz vor der Ankunft in dieser Zeit hier blockiert waren.

Ich habe mich in einen Wikinger verliebt und bin geblieben. Einen Wikinger, dessen Frau und Tochter während einer seiner Reisen ermordet wurden. Seine verstorbene Frau hatte eine Vision von ihrem Tod und wollte durch einen Zauber zumindest ihre Tochter schützen. Sie ließ ihr Amulett von der Hexe Valpu verzaubern. Irgendetwas ging schief und beide starben. Das Amulett landete, wie auch immer, in meiner Zeit. Offenbar ebenfalls aufgrund eines Zaubers, jedenfalls kam ich in den Besitz dieses Amuletts. Ich weiß bis heute nicht genau, ob ich das Portal unbeabsichtigt geöffnet habe oder es ebenfalls ein Zauber Valpus war. Nichtsdestotrotz erwachte ich plötzlich ca. 1000 Jahre vor meiner Zeit genau an dem Ort, an dem mein Mann und seine Krieger auf Raubzug waren. Ragnar fand mich, rettete mir das Leben und nahm mich mit hierher. Ehe ich noch überhaupt wusste, dass ich wahrhaftig in der Vergangenheit gelandet bin. Hier schließt sich der Kreis. Vor zwei Tagen hörten zuerst Ida und dann mein Mann seltsame Geräusche im Wald hinter dem Haus. Nachts ging er nochmals da hin, um nachzusehen, und wurde von einem Tier überrannt. Zum Glück hat er sich dabei nicht ernsthaft verletzt. Am nächsten Tag ist mein Mann, ohne ein Wort zu sagen aufgestanden und verschwand spurlos vor meinen Augen. Am helllichten Tag. Er hat sich einfach in Luft aufgelöst. Ich spüre, dass das alles irgendwie mit dem Amulett in Zusammenhang steht, aber ich kann es nicht beweisen. Vielleicht war es auch nur Wunschdenken, weil es meiner Meinung nach die einfachste und bequemste Lösung wäre. Ich kann das Amulett weder richtig kontrollieren noch diese vermaledeite Valpu finden, die es damals verzaubert hat. Und dann tauchst du plötzlich

hier auf und behauptest, mich und meine Zauberkräfte gespürt zu haben, und dass ich oder vielmehr das Amulett
genau das ist, wonach du die ganze Zeit gesucht hast.«

Naefir blickte Sarah mit einer Mischung aus Erstaunen
und Bedauern an. Bevor er jedoch etwas erwidern konnte,
kam Sarah ihm zuvor.

»So, und jetzt bist du dran. Was hat es mit dieser Bestie
auf sich? Meinst du, dass sie etwas mit Ragnars Verschwinden zu tun hat?«

Naefir atmete hörbar aus. »Ich hoffe nicht.«

»Ich glaube, an dieser Stelle erzähle lieber ich weiter.«
Naenan drückte Naefirs Schulter, sah ihm dabei aber nicht
in die Augen.

Sarah blickte Naenan erstaunt an. »Sieh an, da hat jemand seine Sprache wiedergefunden?«

Naenan verzog säuerlich das Gesicht, aber erwiderte
nichts darauf. Stattdessen wandte er sich an Naefir. »Oder
willst du es selbst erzählen, Vater?«

Naefir schüttelte den Kopf. »Ich denke, ich könnte eine
Pause vertragen.« Naefir erhob sich und ging zur Feuerstelle.
Gedankenversunken blickte er in die lodernden Flammen.

»Mein Vater hat ja bereits erwähnt, dass er ein Hybrid ist.«
Sarah nickte.

»Nun, das ist er aber nicht von Geburt an. Das hat er ja
auch schon gesagt.« Naenan warf einen prüfenden Seitenblick auf seinen Vater, der immer noch regungslos in
die Flammen starrte.

»Er ist kein Kind einer unerlaubten Liebe.«

»Ja, auch das sagte er schon. Warum macht ihr so ein
Geheimnis draus?«

»Verzeih, die Angelegenheit ist etwas heikel.«

»Jetzt sag schon. Was ist er? Halb Mensch, halb Alb? Wäre das so schlimm?«

Naenan schüttelte den Kopf. »Wenn es nur das wäre.«

Abermals nickte Sarah. Voller Ungeduld verharrte sie in Erwartung der Enthüllung des finalen Geheimnisses. »Ach ja, das wäre natürlich das geringere Übel. Sarkasmus Ende.«

»Nicht jeder hält euch Menschen für minderwertig.«

»Oh, danke. Da gibt es offenbar einige Hexen, Alben und was weiß ich noch welche Spezies, die da anderer Meinung sind.«

»Das sollte keine Beleidigung sein, im Gegenteil.«

Sarah rollte mit den Augen. »Na, dann spuck es endlich aus.«

»Es gibt Mächte, die zu weitaus mehr im Stande sind als jeder Alb. Die dunkler und gefährlicher sind als jede Hexe und jeder Magier dieser Welt. Manche stehen den Göttern näher und wiederum andere sind von unaussprechlicher Dunkelheit. Gleichsam grausam wie mächtig.«

Sarah konnte sich des Eindrucks nicht erwehren, dass Naenan auf Zeit spielte, auch wenn sie sich nicht erklären konnte, warum. So mancher Blick zwischen den beiden ließ sie ihre Ungeduld hinunterschlucken. »Was ist passiert? Was hat man ihm angetan?«

»Wie mein Vater schon sagte, es gibt mehr Welten und Wesen, als wir uns vorstellen können. Manche davon sind von Natur aus grausam. Ihre Seelen sind schwärzer als die Nacht. Sie kennen keine Liebe und kein Mitleid, sie haben kein Erbarmen. Sie betrachten alle anderen Wesen als nichtswürdig, ihr Spielzeug. Die sich einen Spaß daraus machen, andere zu quälen. Mein Vater ist einem ausgesprochen böswilligen Exemplar zum Opfer gefallen.«

»Was sind das für Wesen? Was ist geschehen?«

Naenan zuckte mit den Schultern. »Wir wissen es nicht. Wir sind ihm oder ihnen noch nicht auf die Schliche gekommen. Aber du hast Vaters Wundmale bereits bemerkt. Du hast dich bestimmt schon gefragt, woher die ganzen Narben kommen, die seinen Körper übersäen.«

»Ja. Aber ich kenne sonst keine Alben. Auf die Gefahr hin, dass ich da jetzt vermutlich wieder mit Anlauf in ein Fettnäpfchen springe, aber es hätte ja durchaus sein können, dass es sich um eine Art von Körperschmuck handelt. Dass ihm diese Narben im Zuge eines Rituals zugefügt wurden. Aber, wenn du schon so fragst, ist es das wohl nicht. Es gibt keine nette Art so etwas zu fragen, aber die Linien sehen doch eigentlich ganz ästhetisch aus. Wenn man es nicht wüsste, würde man sagen, dass vermutlich alle von eurem Volk so aussehen wie dein Vater.«

»Das tun wir nicht«, antwortete Naefir zähneknirschend.

»Das heißt, sie wurden dir gewaltsam zugefügt? Du wurdest gefoltert? Das ist ja furchtbar! Von wem? Dieser abscheulichen Kreatur, die ihr sucht?«

Naefirs Blick war eiskalt. »Diese Linien sind nicht das Werk dieses Scheusals. Auch nicht das seines Schöpfers. Ich habe mich freiwillig dieser Prozedur unterzogen und habe mir erneut Wunden zufügen lassen um die Narben, die meinen Körper entstellten, überdecken zu lassen. Wer auch immer dahinter steckt, hat mir weitaus Schlimmeres angetan. Er hat mir ein gesundes Bein entfernt und das eines anderen Wesens angenäht. Ich habe Erinnerungen in meinem Kopf, die nicht meine sind. Wie auch immer das möglich ist und welch kranker Geist sich so etwas ausdenkt. Er hat noch ganz andere Experimente gemacht. Es gibt keinen Weg, das zu beweisen, aber ich fühle, dass etwas Fremdes in mir ist. Wie eine zweite Seele.«

Sarah war ehrlich geschockt. So etwas hatte sie noch nie gehört. *Transplantationen, um jemandem das Leben zu retten oder zu erleichtern, ja. Aber ungefragte Experimente? Gedanken und Erlebnisse von einer anderen Person? Wie war so etwas möglich?* »Das tut mir sehr leid.«

»Ich brauche dein Mitleid nicht.«

»Ich wollte dich nicht beleidigen. Aber so etwas zu hören, macht mich traurig und wütend zugleich. Du hast dir also nochmal Wunden und Schmerzen zufügen lassen? Freiwillig?«

»Jeder hätte in dieser Situation vermutlich dieselbe Entscheidung getroffen. Ich hätte mich nie mehr im Spiegel betrachten können und schon gar nicht das Haus verlassen. Ich wäre für alle Zeit gebrandmarkt gewesen. Ich war ein Monster.« Sarah schüttelte ungläubig den Kopf.

»Jetzt verstehe ich gar nichts mehr. Ich sagte ja, dass ich sicher wieder in ein Fettnäpfchen laufe.«

»Die Kreatur ist nur Mittel zum Zweck.« Schaltete sich Naenan wieder in das Gespräch ein.

»Dieses Monster verfügt über enorme körperliche Kräfte. Aber es hat einen Helfer oder Schöpfer. Einen Auftraggeber. Nenne ihn, wie du willst. Einen Herren, der es steuert, der ihm hilft, in die Welten zu gelangen. Jemand, der seine Grausamkeiten zu verschleiern versucht. Zu verheimlichen, dass Menschen und andere Lebewesen verschwinden. Sein

Herr und Meister braucht offenbar neues Material für seine abartigen Experimente. Ich war eines davon, konnte aber entkommen. Wer weiß, was aus mir geworden wäre. Vielleicht auch so eine abscheuliche Kreatur.«

»Was? Wer? Was ist das für ein Monster? Aus welcher Welt stammt es?« Sarah verstand die Welt nicht mehr. Sie hörte ihre Worte, wollte den Sinn dahinter aber einfach nicht begreifen.

Die beiden Alben blickten sich hilflos an. »Das wissen wir nicht genau.«

»Hat nie jemand versucht es unschädlich zu machen, es zu töten?«

»Das Monster sicherlich. Doch entweder wurde es erneut zum Leben erweckt oder ein völlig neu erschaffenes Ungeheuer ist aufgetaucht. Was den Schöpfer des Monsters anbelangt, bleiben noch viele Fragen offen. Ich wage zu bezweifeln, dass es möglich ist, ihn auszulöschen. Die Meinungen darüber, wer wirklich hinter dieser Schöpfung steckte, waren geteilt. Doch scheinbar hatte unsere Allianz schließlich einen Weg gefunden, es zumindest ins Exil zu verbannen. Nach dem Sieg über das Ungetüm hat uns nie jemand aufgeklärt, was aus seinem Herren wurde und wer er war. Niemand sprach darüber. Es war, als ob das alles nie passiert wäre.«

»Offenbar ist das Monster wieder frei, sonst wärst du nicht so besorgt. Und es ist sicher das gleiche Ungetüm, das dir das angetan hat?«

»Nicht diese Kreatur hat mir das angetan, sondern sein Schöpfer.«

»Nun damit meinte ich nicht unbedingt diese Kreatur. Aber du sagtest doch, du weißt nicht, wer es ist und wer dir das angetan hat?«

»Das tue ich auch nicht. Ich habe nie das Gesicht dieses Scheusals erblickt. Aber ich denke, dass mir um ein Haar dasselbe Schicksal geblüht hätte und ich zu solch einer Bestie geworden wäre.« In Sarahs Kopf schwirrten unzählige Fragen. Stück für Stück versuchte sie das Puzzle zusammenzusetzen und aus den Berichten der Alben schlau zu werden. Mit einem Mal durchfuhr es sie wie ein Blitz. Sarah wurde übel.

»Ragnar! Oh mein Gott. Glaubt ihr, Ragnar könnte in der Gewalt dieses Psychos sein?«

Naefir und Naenan blickten ebenso entsetzt wie Sarah. »Das mag sein. Wir können einstweilen nur Vermutungen anstellen. Aber es kann ebenso der Fall sein, dass diese Valpu ihn hat, wie du sagst.« Sarah versuchte, einen klaren Kopf zu behalten, obwohl sie am liebsten hysterisch schreiend um sich geschlagen hätte.

Ida blickte ebenso bestürzt drein wie Sarah. Behutsam legte sie ihre Hand auf Sarahs Arm. »Es geht ihm bestimmt gut. Ich bin mir sicher, dass ich gespürt hätte, wenn dieses Wesen hier bei eurem Haus gewesen wäre.«

Sarah nickte. Sie wusste Idas Beschwichtigungen zu schätzen, auch wenn ihr klar war, dass Ida das unmöglich wissen konnte.

»Und wie wollt ihr dieses Ding und seinen Schöpfer aufhalten?«

»So, wie wir es das letzte Mal geschafft haben: Es überwältigen und bannen. Seinen Herren haben wir nie zu Gesicht bekommen.«

»Und du meinst, dass es ein zweites Mal darauf hereinfallen wird?«

Nun waren es Naenan und Naefir, denen die Farbe aus dem Gesicht wich. Unentschlossen blickten sich die beiden an.

»Und du meinst, dass es wirklich diese Kreatur sein könnte, die hier herumschleicht? Dann sind die Menschen hier in größter Gefahr.« Sarah war bewusst, dass sie mit ihrer direkten Art den Leuten manchmal vor den Kopf stieß. In etwas versöhnlicherem Ton fuhr sie fort. »Immerhin war es geschickt genug, dass bisher niemand außer dir bemerkt hat, dass es sich befreit hat. Und auch das Verschwinden seiner Opfer scheint es geschickt zu verschleiern. Egal, ob mit Hilfe oder allein. Wir sollten es keinesfalls unterschätzen. Schon gar nicht, solange wir nicht wissen, wer alles mit ihm unter einer Decke steckt.«

»Aber wie sollen wir herausfinden, wem wir vertrauen können?«

»Das ist das Schwierigste an der Sache. Wir müssen blindlings vertrauen und das Risiko eingehen, dass wir verraten oder im Stich gelassen werden.«

»So sei es, möge uns diese Zuversicht nicht in unheilvolle Gefilde verstricken.«

KAPITEL 9
–
DAS UNHEIL NIMMT SEINEN LAUF

Schlaftrunken öffnete Sarah die Haustür und blinzelte in das Rosa der ersten Sonnenstrahlen. Für gewöhnlich liebte sie diesen Ausblick, wären da nicht bei Tagesanbruch zwei Boten aus Silfrhaf vor ihrer Tür aufgetaucht und verlangten, den Jarl zu sprechen. Sarah, Ida und die beiden Alben hatten noch bis spät in die Nacht diskutiert. Trotz der frühen Uhrzeit schaltete Sarahs Verstand zum Glück sofort und sie erklärte, dass Ragnar auf der Jagd sei. Die beiden wirkten ohnehin schon aufgeregt genug. Ihnen jetzt noch mitzuteilen, dass das Dorfoberhaupt verschwunden war, schien ihr nicht der beste Zeitpunkt zu sein. Die Neuigkeiten der Krieger aus Silfrhaf ließen sie in einem Sekundenbruchteil wach werden.

Immer noch geschockt von der Nachricht weckte sie die anderen und machte sich fertig, um gemeinsam mit den Boten ins Dorf zu fahren.

Sarah stand in der Mitte des Dorfes und sah sich ratlos um. Die Menschen in Silfrhaf hatten bereits seit Tagen zunehmend mit seltsamen Krankheiten und Verletzungen zu kämpfen, das hatte sie gewusst und auch Ida ihr schon erzählt. Aber nun eskalierte die Situation offenbar oder grassierte eine Seuche. Das war zumindest das, was die Bewohner dachten. Der Anblick war schockierend. Sarah versuchte an dem Gedanken festzuhalten, dass die Vorfälle doch einen natürlichen Ursprung hatten. Wie ein tollwütiges Tier, das die Menschen angriff oder eine Art Wundbranderreger. Aber der Erinnerungsverlust der Erkrankten sprach dagegen und Sarahs Bauchgefühl tippte auf einen Angriff des Monsters. Überall lagen Menschen am Boden, hustend und keuchend. Zum Teil mit ernsthaften und schauderhaften Verletzungen. Viele hatten bereits die Augen geschlossen und sahen ihrem Ende entgegen. Sarah fürchtete, dass sie sterben würden, falls nicht bald Hilfe kam. Zudem waren einige von ihnen spurlos verschwunden. Genau wie Ragnar. So wie Naefir es vorausgesagt hatte. Sarahs ganzer Körper kribbelte, als würden tausende Ameisen über sie hinweglaufen. Auch wenn sie das Gegenteil gehofft hatte, so konnte das kein Zufall sein. Frauen klagten über verschwundene Männer, Kinder weinten um ihre Mütter. Sarahs Nerven lagen blank. Sie konnte vieles ertragen, aber das nicht. Schon damals bei ihrer ersten Begegnung mit Sunna nicht und seit sie selbst Mutter war, ertrug sie es nicht, andere leiden zu sehen. Insbesondere Kinder. Die wenigen Menschen, die noch auf den Beinen waren, blickten mit angstgeweiteten Augen umher, als suchten sie nach einem Ausweg. Sie fürchtete, ihre Blicke zu kreuzen, aus Angst sie könnten sie um Hilfe anflehen, denn sie hatte absolut keine Ahnung, wie. Inzwischen waren auch Ida und die anderen eingetroffen. Nur Frode und die Kinder waren mit einigen Angestellten Ragnars im Haus geblieben. Erklärungen waren nicht notwendig. Jeder konnte sich selbst ein Bild davon machen, was hier vor sich ging. Das Blut wich aus Naefirs ohnehin schon bleichem Gesicht. Er war aschfahl und murmelte einige unverständliche Worte vor sich hin.

»Ist alles in Ordnung mit dir?« Erkundigte sich Sarah. Auch Naenan betrachtete seinen Vater stirnrunzelnd.

Aber Naefir schien sich augenblicklich wieder gefasst zu haben. Er machte nur eine schnelle Handbewegung, als würde er eine lästige Fliege verscheuchen. »Ja, ja. Es ruft nur unangenehme Erinnerungen wach. Wie können wir helfen?« Sarah runzelte die Stirn und ihre Augen verengten sich. Die Hektik des Platzes um sie herum verstummte. Sie war wie gefangen in einem Moment des Zweifels und schaute ihn erneut skeptisch an. Dann deutete sie auf die Menschen ringsherum. »Such dir etwas aus. Ich denke, es werden überall helfende Hände benötigt.« Die beiden Alben nickten und machten sich ohne weitere Umschweife ans Werk und halfen, wo es zu helfen galt. Sie waren fremd in diesem Dorf und noch nicht einmal Menschen, dennoch wurde ihre Hilfe dankbar angenommen. Sarah und Ida waren ratlos. Nicht zuletzt auch deshalb, weil Sarah keine Ahnung hatte, wie lange sie Ragnars Verschwinden noch vor den Dorfbewohnern würde geheim halten können. Sie haderte mit sich selbst. Alle würden denken, dass es mit Frodes Anfall und diesen Vorfällen zusammenhängen würde. Was nach Naefirs Erzählungen nicht komplett auszuschließen war. Wenn der Jarl des Dorfes nun auch noch spurlos verschwand, würde es womöglich zu Krawallen kommen. Sarah war zwar noch immer nicht komplett von Naefirs Theorie überzeugt, solange sie dieses Wesen nicht selbst zu Gesicht bekommen hatte. Aber eines war klar: Das alles war kein Zufall. Solche Zufälle gab es nicht. Hier war entweder irgendeine fremde Krankheit oder Seuche eingeschleppt worden, gegen die die Dorfbewohner anfällig waren oder es war Magie im Spiel. Dunkle, gefährliche Magie oder Schlimmeres. Was auch immer das war - das Dorf war von einer Macht heimgesucht worden, gegen die sie nichts ausrichten konnten. Zumindest noch nicht. Einer Macht, deren Ursprung unbekannt war. Der Gedanke an Ragnar und was ihm eventuell genau in diesem Moment passierte, war fast nicht zu ertragen. Sie musste ihn schnellstmöglich finden. Und Valpu. Dieser Hexe waren solche Dinge bestimmt nicht fremd. *Wer weiß, vielleicht irrt sich Naefir auch und hinter all dem steckte wieder eine ihrer perfiden Illusionen?* Aber Sarah hatte keine Wahl, sie durfte nicht aufgeben nach ihnen zu suchen. *Wenn diese Hexe keine Lösung kannte, wer dann?* Sie konnte nur hoffen, dass es keine Tuberkulose, Pest oder Ähnliches war. Nichts davon wollte sie gerne im Mittelalter ohne medizinische Versorgung des 21. Jahrhunderts erleben müssen. Geschweige denn womöglich Menschen, die sie liebte dabei zusehen, wie sie daran starben. *Vielleicht kann Valpu sogar etwas gegen dieses Monster ausrichten?*

»Was bei Odins geopfertem Auge geht hier vor sich? Mir kann niemand erzählen, dass das eine Seuche ist. Da steckt mehr dahinter. Sieh dir diese Wunden und Narben an. Einige sehen schon älter aus. Manche sogar wie Bisse. Was meinst du dazu?«

Sarah hätte vor Schreck beinahe einen Schrei losgelassen. Doch anstatt eines Schreckensschreis wurde es ein gedämpfter Ausruf der Freude. »Sven! Den Göttern sei Dank!« Sarah sprang ihrem Schwager in die Arme.

»Was machst du denn hier?«

»Ich wollte den Jarl fragen, ob es hier auch so viele Kranke gibt, wie bei uns. Aber die Frage erübrigt sich wohl.«

Sarah nickte seufzend. Ida war längst dabei einige Verwundete zu versorgen und den anderen Anweisungen zu erteilen und grüßte Sven nur flüchtig. »Sei gegrüßt, Sven. Ich stimme dir zu. Hier geht etwas nicht mit rechten Dingen zu. Wir können jede helfende Hand gebrauchen. Wir schaffen es nicht, alle Kranken allein zu versorgen. Vielleicht sollten wir ein gemeinsames Lager für die Verwundeten und Kranken einrichten?«

Ein Krankenhaus. So wie Ragnar es vorgehabt hatte. Erneut brach eine Welle der Betrübnis über Sarah herein. Sie musste Ragnar finden. Und Valpu. Aber sie wollte auch ihren Freunden und Nachbarn helfen und sie wollte ihre Kinder nicht im Stich lassen. Aber sie mitzunehmen war keine Option, selbst wenn die Gefahr bestand, dass sie sich auch eine Krankheit oder Verletzung einfingen, wenn sie hierblieben.

»Weißt du, was hier vorgeht, Sarah?« Sven sah Sarah prüfend an.

Sarah nickte. »Ich denke schon. Aber lass uns später darüber sprechen. Vor allem nicht hier. Wirst du nicht in deinem Dorf gebraucht?«

Sven verneinte. Obwohl Sarah bezweifelte, dass er die volle Wahrheit sprach, ließ sie es fürs Erste darauf beruhen. »Könntest du Ida und den anderen bitte ein wenig zur Hand gehen, während ich Nachricht an die anderen Dörfer und Jarls schicke?«

»Ja, natürlich. Aber wieso musst du die Jarls verständigen? Was ist mit Ragnar? Wieso macht er das nicht?«

Sarahs Hand schnellte nach oben und gebot ihm, zu schweigen. »Später, Sven. Ich habe jede Menge um die Ohren.« Sarah brachte es nicht übers Herz, Sven von Ragnars Verschwinden zu erzählen. Noch nicht. Sie fürchtete, dass Sven sie dafür verantwortlich machen würde. An Ida gewandt fuhr Sarah fort.

»Denkst du, das mit Frode hat doch etwas damit zu tun?«

»Nein. Es ist verständlich, dass du nach all dem, was wir gehört haben, zweifelst, aber ich glaube, er hatte tatsächlich das, was du einen Anfall oder Schlaganfall nanntest.«

Wieder nickte Sarah. Die Erleichterung stand ihr ins Gesicht geschrieben. Sie konnten nur Vermutungen anstellen, was hier wirklich vorging. Dennoch freute sie sich, zu hören, dass Ida derselben Meinung war.

»Ich werde Nachricht an die umliegenden Dörfer und Jarls schicken lassen. Wir brauchen Hilfe und wir müssen wissen, ob auch andere Dörfer betroffen sind. Wenn Naefir recht hat, dann sind wir hier in Silfrhaf und Umgebung nicht die Einzigen und wir werden jede Hilfe brauchen, die wir kriegen können. Ebenso wie die anderen Dörfer. Wer weiß, womöglich wurde bereits der König informiert.«

Sarah saß in der Halle des Jarls und starrte auf die leeren Holztäfelchen vor sich. Sie wusste, was sie zu tun hatte, aber es fiel ihr schwer, die richtigen Worte zu finden. Denn sie musste herausfinden, ob es in den umliegenden Sippen ähnliche Vorfälle gegeben hatte und zugleich einen Hilferuf an alle verfassen, ohne dabei eine Panik auszulösen. Es gab so viele Kranke und Verletzte in der Stadt, seitdem das Unheil begonnen hatte. Zudem fürchtete sie, dass sie Ragnars Abwesenheit nicht lange würde erklären können und die Bewohner sie dafür verantwortlich machen würden. Immer wieder drangen Rufe, Flehen, Flüche und Verwünschungen an ihr Ohr. Die Bewohner munkelten, es läge an Frodes Zusammenbruch und dem Zorn der Götter. Wobei Uneinigkeit darüber herrschte, ob die Götter nun für oder gegen den Sklavenhandel waren. Ragnars Abwesenheit heizte die Situation noch mehr an. Irgendwann müsste er von seiner vermeintlichen Jagd zurückkehren oder Sarah mit der Wahrheit herausrücken. Das Problem war, dass sie nicht wusste, wo und wie sie Ragnar finden sollte. *Ob sie und Ida es nochmal auf ähnliche Weise versuchen sollten, wie bei der Suche nach Valpus Haus? Aber dann würde sie Ida und die anderen im Stich lassen. Zuerst Ragnar und dann auch noch sie. Die Leute waren nicht nur ohne ihr Oberhaupt, sie würden Ragnars Familie womöglich dafür verantwortlich machen, was passierte. Ihre Kinder. Nein, sie konnte ihre Kinder nicht im Stich lassen. Aber mitnehmen war auch keine Option. Viel zu gefährlich. Wer weiß, wo sie landen würden.* Wieder einmal kam Sarah kaum aus ihrer Gedankenspirale heraus. Sie erahnte die schreckliche Wahrheit, die hinter den Vorfällen und Krankheiten im Dorf steckte. Alle ihre Informationen gründeten einzig auf Naefirs und Naenans Erzählungen und Ragnars Erlebnis im Wald. Etwas Katastrophales war im Gange. Das war unbestreitbar. Sarah konnte es bis in ihr Innerstes spüren und beim geringsten Gedanken daran stellten sich ihre Nackenhaare auf. *Aber konnte man diese Wahrheit den Menschen zumuten? Würden sie ihr glauben? Würde der Zusammenhalt unter den Bewohnern diese Wahrheit verkraften oder die Gemeinschaft noch mehr spalten als ohnehin schon?*

»Wenn der Lichtalb Naefir recht hat, dann sind wir hier in Silfrhaf nicht die Einzigen und werden jede Hilfe brauchen, die wir kriegen können«, sagte Sarah laut vor sich hin. »Dann werden alle Welten Yggdrasils zusammenarbeiten müssen.«

Mit diesem Gedanken griff Sarah nach dem kleinen Messer und ritzte sorgsam eine Rune nach der anderen in das Holz. Sarah war mittlerweile schon recht geübt im Lesen der Runen, jedoch nicht im Verfassen einer Nachricht. Sie war sich hin und wieder nicht sicher, ob sie sie im richtigen Kontext verwendete. Heute waren auch kein Ragnar und kein Frode da, die sie danach fragen konnte. Ein Stich durchfuhr ihren Körper bei dem Gedanken daran, dass Ragnar die letzte Person war, die das Messer in der Hand gehalten hatte. »Ob die Jarls der anderen Clans mir Glauben schenken und zur Hilfe kommen werden?«

»Mit wem sprichst du?«

Sarah fuhr erschrocken herum. »Sven!«

»Das ist schon das zweite Mal heute, dass du so zusammenfährst.« Er betrachtete Sarah aus zusammengekniffenen Augen. »Du bist doch sonst nicht so schreckhaft.«

Sarah zuckte mit den Schultern.

»Möchtest du mir jetzt sagen, was hier los ist?«

Sarah schüttelte den Kopf. »Eigentlich nicht.«

»Wenigstens bist du ehrlich.«

Abermals zuckte sie mit den Schultern. »Soweit es momentan möglich ist.« Sie musterte ihren Schwager. Die Ähnlichkeit mit seinem Bruder ließ den Schmerz in ihrer Brust noch stärker werden. »Was ist mit eurem Dorf? Passiert dort wirklich das Gleiche?«

Sven nickte. »Ja. Seit ein paar Wochen schon. Zunächst waren es nur ein, zwei Leute innerhalb von Tagen, die krank wurden, plötzlich unerklärliche Wunden aufwiesen oder verschwanden. Aber dann wurden es immer mehr. Weißt du, was dahintersteckt?«

»Mist!« Sarahs Kopf wog mit einem Mal Tonnen. Erschöpft ließ sie ihn nach unten sinken und vergrub ihr Gesicht in ihren Händen. »Ich fürchte ja. Ich muss dir jemanden vorstellen. Lass mich nur schnell die Nachricht fertig schreiben, ja?«

Sven nickte. Sein Blick war ebenso undurchdringlich wie Ragnars. Aber sein Pokerface konnte Sarah nicht täuschen. Nicht mehr. Das überdimensionale Fragezeichen, das über seiner Stirn schwebte, war für sie nahezu greifbar. Das Aufsetzen der Nachricht dauerte länger als beabsichtigt. Im Stillen verfluchte Sarah ein weiteres Mal das Fehlen von digitalen Kommunikationsmitteln. Als sie ihre Nachricht fertiggestellt hatte, wandte sie sich an den geduldig wartenden Sven. »Komm. Darüber reden wir besser bei mir zuhause. Ich muss ohnehin nachsehen, ob Sunna die Dienstboten nicht schon in den Wahnsinn getrieben hat.« Der modrige Geruch in der Halle des Jarls schien Sarah zu erdrücken. Sie brauchte frische Luft, und zwar sofort.

Sven folgte Sarah grinsend nach draußen. »So schlimm?«

Sarah atmete erleichtert durch. Ein Themenwechsel war jetzt genau das Richtige, um sie von ihren Sorgen abzulenken. »Das kommt darauf an. An manchen Tagen ist sie das liebste Mädchen der Welt. Hilfsbereit, freundlich, lieb zu ihrem kleinen Bruder. Und an manchen Tagen möchte ich am liebsten schreiend davonlaufen.« Sarah rieb sich die Augen. In ihrem Gesicht zeichneten sich die Ereignisse der letzten Tage und der Schlafmangel ab.

»Wenn es nur eine normale Trotzphase wäre. Aber sie weiß, dass sie uns zudem mit ihren magischen Fähigkeiten an der Nase herumführen kann, und das ist beinahe schlimmer als alles andere.«

Sie winkte einen der Männer heran und ließ ihr Boot fertigmachen.

Als Sarah und Sven sich dem Haus näherten, flog auch schon mit einem lauten Knall die Tür auf und Sunna stürmte ihnen entgegen. »Mama! Onkel Sven!«

Freudig umarmte sie zuerst Sven und dann Sarah. »Ist Papa noch immer im Dorf?«

Sarah rang um Fassung. Sie ignorierte Svens nach oben wandernde Augenbraue. »Komm, lass uns erst einmal hineingehen. Solche Dinge bespricht man nicht zwischen Tür und Angel.« *Oh Mann, ich höre mich schon an wie meine Großmutter.*

Am Esstisch saßen bereits Naefir und Naenan und begrüßten Sarah freudig. »Wie seid ihr denn so schnell hierhergekommen?«

Die beiden grinsten. »Als wir im Dorf fertig waren, beschlossen wir hierher zurückzukommen und hier zu helfen. Es ist alles erledigt. Die Angestellten sind derweil nach Hause, um sich um ihre Familie zu kümmern.«

»Was ist mit Frode? Wie geht es ihm?«

»Soweit wir wissen, gut. Einer eurer Angestellten hat zugesagt bei ihm zu bleiben, bis du wieder da bist.«

Sarah nickte. »Naefir, Naenan. Danke für eure Hilfe. Darf ich vorstellen, das ist Sven. Ragnars Bruder. Sven, das sind Naefir und Naenan, zwei Krieger aus Álfheimr.«

Sven blickte die beiden ungläubig an. »Ljósálfar? Ich dachte, euch gäbe es nur in Geschichten.«

»Ja, klar. Ihr seid mir ja tolle Wikinger.« Sarah schüttelte den Kopf. »Also Götter, Nornen*, Ragnarök*, all das gibt es. Aber Lichtalben, Riesen und so weiter nicht?«

Sven schnaubte verächtlich. Sein Gesichtsausdruck verriet nur allzu deutlich, dass er der Sache nicht traute.

»Okay, lassen wir das. Bitte setz dich, Sven. Kommen wir gleich zum Punkt. Frode hatte einen Schlaganfall und Ragnar ist verschwunden. Die Menschen sterben an mysteriösen Krankheiten und im Wald streunt ein Monster umher. Naenan und Naefir vermuten einen Zusammenhang zwischen all diesen Vorfällen und womöglich auch Ragnars Verschwinden. Und sie wissen auch, was oder vielmehr wer vermutlich hinter all dem steckt.«

»Frode hatte was? Und seit wann ist Ragnar weg? Wann genau wolltest du mir das mitteilen?« Sven schlug mit der Faust auf den Tisch. Sarah fuhr erschrocken zusammen. Ihr Nervenkostüm hatte eindeutig gelitten. Sie bemühte sich zwar um der Kinder willen Ruhe zu bewahren, dennoch bereitete ihr Ragnars ungewisses Schicksal große Sorgen. »Es tut mir leid, ich hatte wirklich andere Dinge um die Ohren, als mir über den Zeitpunkt Gedanken zu machen, wann ich seinen Bruder darüber informiere.« Erneut bedachte Sven Sarah mit einem säuerlichen Blick. Sie erzählte ihrem Schwager kurz und knapp alles, was in den letzten Tagen vorgefallen war.

Sven verfolgte stirnrunzelnd Sarahs Geschichte. »Und du glaubst, dass das alles Valpus Schuld ist?«

»Das dachte ich, ja. Aber seit ich in diesem leeren Haus war, Naefir begegnet bin und seine Geschichte gehört habe, bin ich mir da nicht mehr so sicher. Trotzdem habe ich das ungute Gefühl, dass sie womöglich ihre Finger im Spiel hat.«

»Aber was hätte sie davon?«

»Was hatte sie das letzte Mal davon, außer ihren Spaß mich herauszufordern?«

Sven nickte zustimmend. »Wo du recht hast. Was also ist euer Plan?«

Sarah sah verloren in die Runde und erntete einen vorwurfsvollen Blick von Sunna. Sie war erst knapp fünf, aber alt genug, um zu verstehen, dass das, was da passierte, ernst war und ihre Mutter sie angeflunkert hatte. »Das ist es ja. Wir haben keinen.« Sie tat einen tiefen Atemzug. »Es tut mir leid, mein Schatz.« Fuhr sie an Sunna gewandt fort. »Ich weiß, ich hätte dir von Anfang an die Wahrheit sagen sollen, aber ich wollte nicht, dass du dir Sorgen machst.« Sunna hatte sich offenbar dazu entschieden ihre Mutter mit Schweigen zu bestrafen, denn sie antwortete ihr nicht. Seufzend führte Sarah ihren Bericht an Sven fort. »Ich hatte einen Plan. Ich wollte Valpu finden, ihr so richtig den Kopf waschen und mit Ragnar zurückkommen. Aber Valpu ist wie vom Erdboden verschluckt und Ragnar ebenfalls. Dann begegnete ich den beiden hier und nun häufen sich diese Vorfälle. Genau wie sie es vorhergesagt haben. Ich habe keine Ahnung, wo ich anfangen soll, nach Ragnar zu suchen. Naefir schlägt vor, mit dem Amulett die Welten Yggdrasils zu bereisen und Verstärkung zu holen. Aber ich fürchte, das könnte zu lange dauern oder gar schief gehen. Außerdem bezweifle ich, dass wir z.B. aus Asgard Hilfe erwarten können. Wenn das, was Naenan mir erzählt hat, wahr ist und wir es mit einer Art Dämon oder Monster zu tun haben, weiß ich nicht, ob meine und Idas bescheidene Kräfte ausreichen werden, um dagegen anzutreten.«

»Hast du schon einmal daran gedacht, dass die beiden vielleicht etwas mit der Sache zu tun haben könnten?«

Sarah blickte Sven verwirrt an. »Wie meinst du das?«

»Nun aus heiterem Himmel beginnen unsere Leute krank zu werden und verschwinden. Dann tauchen die beiden auf, berichten dir davon, dass das bei ihnen auch passiert und behaupten, sie bräuchten unsere Hilfe. Und dann bricht auf einmal über alle Dörfer in der Umgebung das Chaos herein?«

»Ich verstehe, was du meinst. Ich glaube auch nicht an Zufälle. Aber was hätten die beiden davon?«

»Sie spielen diesem Monster oder wem auch immer noch mehr Opfer in die Hände.«

Naefir schaute voller Besorgnis in die Runde.

»Glaubst du das wirklich?« Sarah hielt Svens intensivem Blick stand, dennoch konnte sie nicht umhin, seine

Zweifel zu verstehen. Immerhin benahm sich der Albe zwischenzeitlich ziemlich seltsam. Sie schüttelte den Gedanken aus ihrem Kopf.

»Ach ich weiß ja auch nicht, was ich glauben soll.«

»Das alles ergibt einfach keinen Sinn. Wer hat überhaupt etwas davon Menschen zu überfallen und zu entführen?«

Sarah zog eine Augenbraue nach oben. »Guter Punkt. Erinnere mich daran, wenn wir das nächste Mal mit den Kriegern des Dorfes über die Notwendigkeit von Sklavenhandel sprechen. Aber lassen wir das Thema lieber. Ich habe auch keine Ahnung. Ich glaube nicht an Zufall. Ich kann mich auch nur auf das verlassen, was ich mit eigenen Augen sehe und die beiden mir erzählt haben. Naefir und Naenan haben mir bisher so gut wie keinen Grund geliefert, ihnen zu misstrauen.« Sarah warf den beiden einen eindringlichen Blick zu, erwähnte aber mit keinem Wort die Angelegenheit mit den Waffen.

»Was also sollen wir deiner Meinung nach tun?«

Naefir schien unsicher zu sein, ob er etwas zu seiner Verteidigung sagen sollte, oder lieber nicht. Er hielt die Luft an und atmete sichtlich erleichtert aus, als er Sarahs Antwort hörte.

»Ich muss Ragnar finden. Die Menschen im Dorf brauchen ihn. Ich brauche ihn. Seine Kinder brauchen ihn. Und wir – wir brauchen jede Hilfe, die wir bekommen können. Egal, ob es sich um die besten Krieger oder Zauberkundigen aus allen Welten handelt. Hauptsache es sind viele und wir können dadurch eine Ausbreitung auf andere Welten womöglich aufhalten. Sollte es schon zu spät sein, müssen wir uns erst recht gegenseitig unterstützen und unser Wissen bündeln.«

»Und du meinst, dass das ausreichen wird?«

»Laut Naefir, ja. Immerhin haben sie sich bereits einmal zusammengetan und mit vereinten Kräften dieses Ding in die Tiefen des Weltenbaums verbannt.«

»War es dasselbe Monster?«

Sarah zuckte mit den Schultern und blickte fragend zu Naefir.

»Leider deuten alle Zeichen darauf hin. Wir haben Leute ausgesandt, um Nachforschungen anzustellen, aber die Berichte sind unklar. Es heißt, sein Schöpfer wurde vernichtet, aber wenn das so ist, warum ist das Monster wieder hier?«

»Vielleicht ist es nicht dasselbe.«

Naefir nickte. »Das können wir nicht mit Sicherheit sagen. Vielleicht gab es noch eines, das uns bisher verborgen blieb. Oder, die Götter bewahren uns, noch mehrere davon. Alles fängt genauso an, wie beim letzten Mal.«

»Das würde aber bedeuten, dass entweder sein Schöpfer, wie du ihn nennst, doch nicht tot ist oder es noch jemanden gibt, der seinen Plan fortsetzt. Eine Art Trittbrettfahrer.« Sarah erschauderte bei dem Gedanken daran, dass jemand frei herumlief, der womöglich eine ganze Armee solcher Kreaturen erschuf. Es herrschte Stille. Sarah erntete von den anderen ratlose Blicke.

»Ich spreche von jemandem, der versucht, von den Vorteilen oder Taten des Schöpfers zu profitieren, ohne selbst einen Beitrag zu leisten. Er ahmt ihn einfach nach. Es könnte aber natürlich auch sein, dass wir es hier mit einer Art untergebenen Helferlein zu tun haben, der seinem Meister Respekt zollen will.«

Die anderen nickten zustimmend. »Beides wäre möglich und behagt mir nicht.«

»Mir auch nicht, Naefir!«

»Wie sollte es möglich sein, dass hier bei uns bisher nie jemand so ein Wesen gesehen hat? Oder davon gehört hat? Ich meine, Leute verschwinden, werden gefoltert, einmal kam sogar einer schwer verwundet zurück.« Sarah warf einen Seitenblick auf Naefir. »Und niemand weiß davon oder vermag zu beschreiben, wie dieses Ungetüm aussieht? Das ist doch gar nicht möglich. Es müssten mindestens schon Dutzende von Legenden und Erzählungen darüber im Umlauf sein.«

»Hamingjur.«

Wie auf ein Zeichen drehten alle ihre Köpfe gleichzeitig Richtung Tür und schauten auf die Person, die soeben eingetreten war.

»Frode!« Sarah sprang so hastig vom Tisch auf, dass sie ihn beinahe umgestoßen hätte. Mit einem Satz war sie bei der Tür und umarmte den Seher freudig, der von Ida und einem Stock gestützt, den Raum betrat.

»Solltest du nicht im Bett liegen und dich ausruhen?«

»Pah, als ob man diesem sturen Kerl etwas ausreden könnte. In dieser Hinsicht seid ihr euch sehr ähnlich.« Ida zwinkerte Sarah zu.

»Ha ha, sehr witzig.«

Ida winkte besänftigend ab und begleitete Frode und Sarah zum Esstisch. Frodes linker Arm und sein linkes Bein wirkten schlaff. Schleifend zog er das Bein bei jedem Schritt hinter sich nach.

Besorgt wandte Sarah sich abermals an den Seher. »Du solltest dir wirklich noch etwas Ruhe gönnen.«

»Es ist schon gut. Besondere Situationen erfordern besondere Maßnahmen. Ich habe noch genug Zeit mich auszuruhen, wenn ich tot bin. Die Leute aus dem Dorf benötigen Hilfe.«

»Ich nehme an, ihr seid die beiden Lichtalben, von denen Ida mir erzählt hat. Ich bin Frode, der Seher des Dorfes und ein Freund von Ragnars Familie. Was treibt euch hierher? So weit weg von den Euren?«

»Sei gegrüßt, Seher.« Die beiden Alben verneigten sich höflich vor Frode. Sarah war erstaunt, dass sie ihm so viel Respekt entgegenbrachten. »Gibt es auch Seher bei den Alben? Oder verfügt ihr alle selbst über solche Fähigkeiten.«

»Viele, aber nicht alle. Jeder hat seine Stärken und Schwächen, eine bestimmte Funktion oder Posten.«

»Da ihr euch jetzt alle kennt, wird Naefir euch jetzt selbst erzählen, warum er hier ist.«

Frode nickte wissend. »Ich nehme an, ihr meint den Hamingjur.«

»Was? Könntet ihr bitte mal über irgendetwas sprechen, das ich verstehe?«, unterbrach Sarah die beiden.

»Gestaltwandler«, erklärte Naefir knapp.

»Oh. Die gibt es auch? Aber andererseits, ja klar. Offenbar gibt es alles, von dem ich bisher immer dachte, dass es kompletter Quatsch wäre. Magie, Hexen, Seher, Elfen, Götter. Also warum nicht auch Gestaltwandler, Monster und Dämonen. Aber wie kommst du auf Gestaltwandler, Frode? Dabei fällt mir ein. Erwähntest du nicht auch, dass du deine Gestalt ändern kannst, Naefir? Ich könnte jetzt echt einen Schnaps vertragen. Offenbar bin ich so etwas wie ein schwarzes Loch für alle magischen Kreaturen in dieser Welt.«

Die Anwesenden starrten Sarah entgeistert an.

»Ich ziehe so etwas offenbar an.«

Ida nickte Sarah augenzwinkernd zu. »Ja, du hast ein Talent für so etwas.«

»Ich glaube nicht, dass es etwas mit dir zu tun hat. Sonst wäre dieses Monster schon eher hier aufgetaucht.«

»Ich stimme Naefir zu. Aber, dich scheinen immer diejenigen zu finden, die Hilfe benötigen, Sarah. Du hast Sunna gefunden und indirekt auch Ragnar.« Der Seher tätschelte Sarahs Handrücken.

»Na ja. Da hat Valpu ja etwas nachgeholfen. Das sollte aber eigentlich ein Scherz sein. Ich bin ja so eine große Hilfe. Was das Zaubern anbelangt, bin ich vermutlich gerade mal auf Grundschulniveau und eine Schildmaid bin ich auch nicht gerade.«

»Und trotzdem hast du mehr Mut bewiesen als die meisten von uns.« Fügte Ida hinzu.

»Was die Art dieser Kreatur anbelangt, so fürchte ich, dass wir es hier nicht mit einem Gestaltwandler zu tun haben, wenngleich es über einfache magische Fähigkeiten zu verfügen scheint. Es wirkt mehr wie ein Mischwesen, zusammengesetzt aus verschiedenen Kreaturen. Es ist mehr tot als lebendig. Eine Verschmelzung von vielen Wesen. Es hat mehr mit mir gemein, als mir lieb ist.«

»Wie meinst du das?«

»Draugr*?« Der Seher blickte Naefir fast flehend an. Aber Naefir schüttelte verneinend den Kopf.

»Ich weiß es nicht. Aber nein, kein Wiedergänger, wie in euren Geschichten. Ich bin ja auch nicht tot und begraben. Noch nicht. Seine bloße Anwesenheit lässt dich zwar glauben, dass es sich um ein Schoßtier Hels handeln könnte, aber das ist es nicht. Diese Kreatur ist vermutlich ebenso gefoltert und gequält worden wie ich. Ich bin mir noch nicht einmal sicher, ob es nur ein Wesen ist oder aus vielen zusammengesetzt wurde.«

»Du meinst wie ein Fleischpuzzle? Igitt.«

Abermals blickten alle fragend Sarah an.

»Na, jetzt wisst ihr, wie das ist, wenn dauernd über Dinge gesprochen wird, die nicht alle verstehen.« Antwortete sie augenrollend. »Ist es ein Tier oder Mensch?«

»Ich glaube weder noch. Vielleicht war es einmal ein Tier. Womöglich aber auch ein Mensch. Es wurde ebenso verändert, wie ich. Offenbar wurden auch bei diesem Wesen Körperteile ausgetauscht. Vielleicht verzaubert. Es versteht unsere und eure Sprache. Ganz sicher führt es jemandes Befehle aus.«

»Auf die Gefahr hin, dass ich mich wiederhole, aber: Igitt! Wie Frankensteins Monster? Aus Leichenteilen zusammengesetzt.« Erst jetzt wurde Sarah bewusst, wie unbedacht sie ihre Worte gewählt hatte. Immerhin war Naefir diesem Monster ähnlich.

Der Seher schüttelte ungläubig den Kopf. »Das ergibt alles keinen Sinn. Ja, es gibt viele bösartige Wesen zwischen Wurzel und Krone Yggdrasils, aber keines davon ist von Grund auf nur schlecht. Auch wenn viele gerne glauben mögen, dass beispielsweise Hel ein bösartiges Wesen ist, so ist sie es nicht. Besonders die Götter sind bestrebt, die Riesen und alle anderen Wesen unter Kontrolle und das Universum im Gleichgewicht zu halten.«

Naefir nickte. »So habe ich auch lange gedacht. Ich weiß nicht, was die Götter damit bezwecken. Oder ob sie ihre Augen davor verschließen. Ich weiß nicht, was es ist.

Ob Mann oder Frau, Gott oder Dämon, aber eines weiß ich: Es ist mit absoluter Gewissheit nicht gut. Und sein Schöpfer erst recht nicht.«

Jetzt meldete sich auch die schweigsame Ida zu Wort. »Kannst du uns mehr darüber erzählen? Was ist dir, Naefir oder euch zugestoßen?«

Naefirs Blick war voller Schmerz. »Wie gesagt, ich weiß nicht mehr alles. Auch nicht, was es ist. Vieles liegt tief in mir vergraben und ich trachte nicht danach diese schmerzhaften Erinnerungen wieder ans Tageslicht zu bringen. Es zeigt sich in einer menschenähnlichen Gestalt. Sein Schöpfer könnte Mensch oder auch Gott sein, Riese oder Hexe. Ich weiß noch nicht einmal, ob Mann oder Frau. Ich weiß es einfach nicht. Das Wesen labt sich am Schmerz anderer. Und sein Erschaffer mit ihm. Andere Wesen zu quälen, zu foltern und zu verstümmeln bereitet ihm Freude. Ich habe so etwas noch nie zuvor erlebt und strebe keine Wiederholung an.«

»Kannst du es beschreiben?«

»Auf den ersten Blick könnte man meinen, es wäre ein Mensch oder meinetwegen auch ein Elb oder Riese. Es ist unglaublich groß und schlank, seine Finger sind lang und knochig. Seine Augen sind so schwarz wie die Nacht, man vermag nichts Weißes darin zu erkennen. Sie sind wie schwarze Höhlen, die jedes Licht verschlingen. Seine Haut ist fast ebenso schwarz und sein Haar, obgleich nur spärlich, schwarz und grau.«

»Ein Schwarzalb?«, warf Frode ein.

»Wohl kaum. Ich bin bereits einigen von ihnen begegnet. In den Erzählungen heißt es, ihre Haut und ihre Augen seien schwarz wie die Nacht, aber das stimmt nur zum Teil. Svartálfar sind kleiner und wenngleich auch nur in geringem Maße von schönerer Gestalt, so unterscheiden sie sich dennoch gänzlich von dieser Kreatur.«

Sarah musste unweigerlich kichern. »Ich mag noch nie einem Alb begegnet sein, aber die Geschichten über euch sind wahr. Ihr vermögt einem auf charmante Art und Weise zu vermitteln, dass man hässlich ist.«

»Sarah.« Ida blickte Sarah vorwurfsvoll an.

Sarah zuckte mit den Schultern.

»Was? Ich habe nur zusammengefasst, was er gesagt hat. Oder nicht?«

»Doch, du hast wie immer den Nagel auf den Kopf getroffen.« Ida schüttelte belustigt den Kopf.

»Und es könnte wirklich kein Draugr sein?«, erneut blickte Frode Naefir mit einem Hoffnungsschimmer an.

Naefir schüttelte verneinend den Kopf. »Ich denke nicht. Es heißt sie besitzen übermenschliche Kräfte und können ihre Größe nach Belieben ändern, auch das hässliche Antlitz wäre ein Indiz, aber es heißt auch Draugar können sich des unverkennbaren Gestanks der Verwesung nicht erwehren. Mir ist nichts derlei aufgefallen.«

»Draugar?« Sarah ging es auf die Nerven, dass sie die Einzige war, die ständig nachfragen musste.

»Untote.«

»Du meinst Vampire? Obwohl, der Beschreibung nach vermutlich eher Zombies. Aber die können ihre Gestalt nicht verändern.«

Alle blickten Sarah verdutzt an. »Okay, lassen wir das. Hier zu sitzen, herumzugrübeln, was es sein könnte, und betreten dreinzuschauen bringt uns jetzt ohnehin nicht weiter. Wir müssen überlegen, was zu tun ist.«

»Ich weiß nicht, ob es wirklich seine Gestalt ändern kann. Auch ich vermag das nicht zu tun, kann aber meinem Gegenüber vorgaukeln, dass ich ein anderer wäre.«

Svens Augen blitzten auf. »Siehst du. Das meinte ich. Wer sagt, dass wir ihm trauen können? Womöglich spielt er uns nur etwas vor.«

»Hältst du mich für blöd? Denkst du, dass mir der Gedanke nicht auch schon in den Sinn gekommen ist? Aber was hilft uns das? Gar nichts. Zusammen haben wir bessere Chancen. Er hat versprochen mir bei der Suche nach Ragnar zu helfen, wenn ich ihn im Gegenzug im Kampf gegen das Ungetüm unterstütze.«

Sven zuckte beiläufig mit den Schultern. Sarah kannte ihn gut genug, um zu wissen, dass er nicht zugeben würde, dass sie recht hatte.

»Frode, hast du sonst noch eine Idee, was das für eine Kreatur sein könnte?«

Frode schüttelte den Kopf. »Meine Hoffnung lag in einer Kreatur unserer Welt. Aber das, was uns hier geschildert wurde, klingt mehr als beunruhigend.«

»Glaubst du die Götter können dir darauf Antwort geben?«

Ein weiteres Mal schüttelte Frode den Kopf. »Zu sagen, ich bin erschüttert, wäre untertrieben. Noch nie habe ich so etwas gehört und ich kann nicht glauben, dass einer der Götter dazu im Stande wäre ein so abscheuliches Wesen zu erschaffen oder zu erdulden, dass es den anderen Geschöpfen dieser Welt so schauderhafte Gräueltaten antut.«

»Niemand hat gesagt, dass die Götter dahinterstecken, Frode. Kannst du die Runen bitte trotzdem danach befragen?« Beruhigte ihn Sarah.

»Gewiss.«

»Was ist mit dir, Ida? Du sagtest zu mir, dass du so etwas noch nie zuvor gespürt hast und dir niemals etwas mit so einer tiefschwarzen Aura begegnet ist. Fällt dir sonst noch etwas dazu ein?«

»Nein. Nie. Ich bin ebenso fassungslos wie Frode. Natürlich gibt es immer wieder einmal Menschen oder andere Wesen, die mir begegnen und bei denen ich sofort spüre, dass es vermutlich besser ist, ihnen aus dem Weg zu gehen. Oder ich, wie bei dir, nicht sofort weiß, woran ich bin. Aber so etwas? Nein, das ist mir bisher noch nicht untergekommen.« Ida warf einen skeptischen Seitenblick auf Naefir. »Obwohl es doch immer wieder einmal vorkommt, dass ich aus einigen nicht sofort schlau werde. Ohne es zu sehen, allein nur seine Anwesenheit hat mich zugleich in Neugierde und Angst versetzt.« Naefir zuckte sichtlich zusammen.

In einem etwas besänftigenderem Ton fuhr sie fort. »Vielleicht vermag es seine Aura, seine Gefühle, falls es welche hat und seine Fähigkeiten zu verschleiern. Aber ich habe ja Sarahs und Naefirs Eigenheiten auch nicht sofort erkannt. So oder so ist es zutiefst beunruhigend.«

»Wie dem auch sei. Was können wir tun? Du sagtest, ihr konntet das Wesen zumindest bereits einmal besiegen. Wie ist euch das gelungen?«

»Nur durch die Mithilfe vieler mächtiger Geschöpfe aus allen Welten Yggdrasils. Alben, Menschen, Götter, Riesen. Jeweils ein Vertreter aller Völker des Weltenbaums war daran beteiligt. Darunter auch einige sehr mächtige Hexen und Zauberer. Einige von uns haben es abgelenkt und in Fesseln gelegt. So gelang es den anderen wohl dessen Schöpfer zu bannen. Ich selbst habe es nicht gesehen, denn ich führte einen erbitterten Kampf gegen das Untier. Die anderen haben inzwischen den Bannzauber gesprochen.«

»Glaube hin oder her, ich denke nicht, dass es den meisten Menschen überhaupt bewusst ist, dass diese Wesen tatsächlich alle existieren. Was ist mit den Göttern? Haben sie damals geholfen oder halten die sich aus allem raus?«

»Ich meine, dass sie damals an der Verbannung beteiligt waren. Und nun? Ich weiß es nicht, vielleicht wird uns das euer Seher schon bald sagen können. Den Kampf führten wir ohne die Hilfe der Asen und Wanen. Ob uns das dieses Mal auch gelingen wird, ist ungewiss.«

»Wie können wir die Völker kontaktieren? Glaubst du, dass sich irgendjemand freiwillig melden wird uns beim Kampf gegen ein solches Ungetüm zu helfen?«

»Es grenzte bereits beim letzten Mal an ein Wunder. Es dauerte Monate alle aufzusuchen und mit ihnen zu sprechen.«

»Oh Mann, was gäbe ich dafür, einfach anrufen zu können. Wir haben nicht die Zeit dazu. Ich muss Ragnar finden. Nicht, dass er ...«

»So endet wie ich. Das wolltest du doch sagen, oder?«

»Dass er so endet wie diese Kreatur. Das wollte ich sagen. Und in dieser Situation würde ich sogar gleich noch einmal Valpu um Hilfe bitten, wenn es sein muss.«

»Was können wir also tun? Sollten wir uns aufteilen und versuchen, nochmals Vertreter der anderen Völker um Hilfe zu bitten, wie du es schon einmal getan hast, Naefir?«

Naefir betrachtete das Amulett an der Wand.

»Das wäre sicher von Vorteil. Ich nehme an, dass es eurem Seher möglich ist, unsere Bitte an die Götter zu richten?«

Frode nickte. »Das ja, aber die Götter haben sich schon lange nicht mehr in Midgard gezeigt.«

»Zumindest wisst ihr es nicht. War es denn nicht der Göttervater höchstpersönlich, der schon die Gestalt anderer Wesen angenommen, sich verkleidet und als jemand anderer ausgegeben hat?«

Wiederum nickte der Seher. »Das ist richtig. Aber er würde seine Kinder wohl kaum schutzlos einem solchen Ungetüm ausliefern. Und erst recht nicht dabei zusehen, wie sie gequält und getötet werden.«

Betretenes Schweigen machte sich breit. Der Glaube des Sehers an die Götter war unerschütterlich. Die anderen schienen da allerdings so ihre Zweifel zu hegen. Sarah ebenfalls. Ihre Gedanken schweiften unentwegt zu Ragnar. Sie fürchtete mit jeder Sekunde, die sie länger untätig herumsaßen, mehr um sein Leben. Sie mussten rasch zu einer Entscheidung kommen.

»Gut, Frode wird also den Göttern berichten. Ist von Seiten der anderen Alben Hilfe zu erwarten?« Sarah blickte fragend zu Naefir.

»Ich fürchte, wir stehen allein.«

»Warum? Ihr seid doch hier.«

»Ja, aber es gibt kaum mehr Magier in unserer Welt, die genug Macht besitzen. Viele davon halten meine Geschichte für ein Märchen. Und außer meinem Sohn wollte uns auch kein Krieger begleiten.«

»Ich kann mein Glück versuchen. Ich sehe die Auren aller Wesen und weiß, von wem ich mich fernhalten muss.«

Die beiden Alben blickten Ida erstaunt an. »Wenn du das möchtest.«

Ida nickte entschlossen.

»Aber was wird aus Sunna und Arv?«

Ida blickte erschrocken zu Sarah.

»Bitte verzeih mir. Ich habe kein Recht, dich ständig als Aufpasserin für meine Kinder zu beanspruchen.«

Ida legte ihre Hand auf Sarahs Schulter. »Ist schon gut. Du sorgst dich um Ragnar. Du willst ihn suchen und deine Kinder in guten Händen wissen.«

»Ich bin doch da.« Schaltete Frode sich ein. »Mit ein bisschen Hilfe und einigen Kriegern als Wachen werde ich das schon schaffen.« Sarah nickte dankend. Sie bezweifelte jedoch, dass der alte Mann diese Aufgabe allein bewältigen würde. Aber was hatte sie schon für eine Wahl?

»Was ist mit den Schwarzalben?«

»Als ob die schon einmal geholfen hätten.« Naenans Worte trieften geradezu vor Verachtung.

»Doch das haben sie. Das letzte Mal haben wir alle zusammengearbeitet. Auch die Riesen haben geholfen. Nur gemeinsam können wir diesen Feind bezwingen.« Besänftigte ihn sein Vater.

»Wurden die Riesen nicht von den Göttern abge-schlachtet?«

Die anderen blickten Sarah geschlossen an.

»Was? Ich mag keine Expertin in nordischer Mythologie sein, aber ich erinnere mich, dass meine Großmutter einmal etwas in der Richtung erwähnt hat. Stimmt es nicht?«

Naefir ergriff als Erster das Wort. »Nun, es heißt, dass die Asen sich vor der rasanten Ausbreitung der Riesen fürchteten und dem Einhalt boten. Auch sind die Asen und Riesen nicht unbedingt Freunde, jedoch herrschte nie offiziell Krieg zwischen deren Völkern. Immerhin verdanken wir ihnen die Erschaffung unserer Welt.«

Sarah schluckte bei dem Gedanken an die wenigen Erzählungen, die sie bisher gehört hatte. Die nordische Mythologie war definitiv nichts für schwache Gemüter. »Ich weiß nicht, ob ich die Riesen übernehmen möchte.« Egal, ob diese Wesen bei der Erschaffung der Welt beteiligt gewesen waren, Sarah wurde bei dem Gedanken daran, dass sie womöglich noch Groll gegen die Asen hegten, flau im Magen. Das Letzte, was sie brauchen konnten, waren Streitereien und Krieg unter den Völkern.

»Ist schon gut. Das musst du auch nicht. Du kümmerst dich darum deinen Mann und diese Hexe zu finden. Vielleicht kann sie uns behilflich sein.«

Sarah nickte erleichtert. Auch wenn sie noch nicht wusste, wie sie das anstellen sollte. Valpu war ebenso spurlos verschwunden wie Ragnar.

»Die Riesen übernehme ich. Naenan wird zu den Schwarzalben gehen.« Naefir wirkte mit einem Mal viel zuversichtlicher als noch vor wenigen Minuten.

»Dann haben wir ja zumindest schon mal einen Plan. Was werden wir den Völkern sagen und werden sie uns Glauben schenken?«

»Die Wahrheit. Wir haben es schon einmal getan. Warum also nicht auch jetzt.«

»Ich frage mich die ganze Zeit, wie es sein kann, dass

niemand sonst etwas davon bemerkt hat. Selbst wenn es sich um einen Gestaltwandler handelt, so muss er Verbündete haben. Wie sonst würde es niemandem auffallen, dass plötzlich Leute verschwinden? Es muss jemanden geben, der ihm Tipps gibt, wessen Abwesenheit nicht sofort auffällt oder zumindest, wo er sich selbst unbemerkt seine Opfer holen kann.«

»Du meinst, außer seinem Erschaffer?«

Sarah nickte. »Ja. Einen Insider. Und das leider in jeder der Welten.«

»Einen was?«

»Jemand der Zugang zu allen Welten hat und nicht auffällt. Jemand, der über das entsprechende Wissen verfügt und sich auskennt. Ich kann mir nicht vorstellen, dass dieses Wesen das ganz allein schafft. Hat nicht irgendjemand von euch einmal erzählt, dass man bestimmte Welten nur unter bestimmten Voraussetzungen betreten kann?«

»Das wäre mir neu.«

»Ach, das heißt also, ich könnte jederzeit einfach nach Asgard hineinmarschieren oder ins Reich der Toten?«

»Ich denke, ich weiß, was du meinst. Bifröst* führt nach Asgard und wird von Heimdall* bewacht. Es heißt, dass dort ein Feuer brennt, das die Eisriesen davon abhalten soll, sie zu überqueren. Ob es jemals schon ein Mensch versucht hat, ist mir nicht bekannt. Nach Helheim kommen all jene, die dem Strohtod erlegen sind. Auch dieser Zugang wird von Garm* und Modgudr* im Auge behalten.«

»Ja ja, das habe ich mir schon oft genug anhören müssen. Jeder Krieger fürchtet diesen Tod, denn es wäre nicht ruhmreich zuhause in seinem Bett an einer Krankheit oder

Altersschwäche zu sterben. Bla bla. Das heißt, ich muss tot sein, um dorthin zu kommen, oder? Brauchen wir die Totengöttin? Hat sie das letzte Mal auch geholfen? Heißt das, dass sich einer von uns umbringen muss, um dort hinzugelangen? Gibt es keinen anderen Weg?«

»Nein, wir haben Hel das letzte Mal nicht um Hilfe gebeten. Ob es dieses Mal erforderlich sein wird, kann ich dir nicht sagen. Aber wir haben nichts von der Göttin der Unterwelt zu befürchten.«

»Ich denke nicht, dass so drastische Mittel erforderlich sein werden. Frode übermittelt unser Anliegen an die Götter. Sie sollen selbst entscheiden, ob sie es an alle Götter weiterleiten und uns helfen wollen.«

»Was machen wir, wenn sie nein sagen? Schaffen wir es ohne sie?«

»Das weiß ich nicht. Das letzte Mal wurde uns von fast allen Seiten Hilfe zuteil. Aber die Götter hielten sich bedeckt.«

»Ah ok, das heißt also, dass nicht Thor erschienen ist und ihm mit seinem Hammer eine über den Schädel gezogen hat?«

»Du machst dich über die Götter lustig?«

»Keineswegs. Aber findest du es nicht eigenartig, dass vonseiten der Götter keinerlei Reaktion kommt? Ich meine weder irgendein Zeichen der Empörung oder auch nur ansatzweise ein Funke von Hilfsbereitschaft? Noch nicht einmal geheuchelte. Also ich finde das mehr als merkwürdig, wenn nicht sogar verdächtig. Ich glaube, da hat jemand gewaltig Dreck am Stecken, wenn er sich so verdächtig ruhig verhält. Vielleicht kennen sie die Identität des Schöpfers und schützen ihn.«

»Das kann ich mir beim besten Willen nicht vorstellen. Vielleicht wissen sie einfach nichts darüber. Findest du nicht, dass du da etwas zu viel hineininterpretierst?«

»Nein, eigentlich nicht. Seit ich hier gelandet bin, haben sich die Götter noch kein einziges Mal als sonderlich hilfreich erwiesen. Es ist mir schleierhaft, warum ihr so an eurem Glauben an sie festhaltet. Und besonders jetzt, wo es gilt, eine dunkle und unberechenbare Gefahr abzuwenden, hört man nicht mal einen Pieps. Ich halte das sehr wohl für verdächtig.«

»Loki?«

Alle starrten Ida an. Diese zuckte nur beiläufig mit den Schultern. »Nun er besitzt ebenfalls die Gabe des Gestaltwandelns. Oder nicht? Manchmal ist er den Göttern Freund, aber während Ragnarök verrät er sie und schlägt sich auf die Seite der Feinde.«

»Keiner der Götter würde so etwas tun.« Erwiderte Frode mit gesenktem Blick.

Ida blickte betreten drein. »Lokis Taten sind kein Geheimnis. Er treibt nur allzu gern seine Spielchen und er steht manches Mal auf der Seite der Götter und dann wieder auf der der Riesen. Es wäre nicht das erste Mal, dass er einen bösen Streich spielt. Denkt nur an Balder*.«

»Dennoch kann ich es mir nicht vorstellen.« Frode schüttelte so energisch den Kopf, dass seine Kapuze nach hinten fiel. Seine Augen wirkten klein und sein Gesicht noch bleicher als üblich.

»Niemand kann sich hier irgendetwas vorstellen. Aber sollten wir nicht alle Möglichkeiten in Betracht ziehen? Ich hätte auch nie für möglich gehalten, dass ich die Tochter einer Hexe bin und in der Vergangenheit lande. So ein Wesen taucht doch nicht einfach so auf, oder? Wir müssen also nicht nur das Monster finden und vernichten, sondern auch seinen Helfer, Schöpfer, was auch immer. Und was mich auch interessieren würde: Es hat bisher beinahe unsichtbar und besonnen agiert, warum ist es jetzt plötzlich eskaliert? Was ist passiert? Was war der Auslöser? Warum gibt es plötzlich so viele Verletzte und Kranke im Dorf? Steckt da ein Plan dahinter?«

Alle blickten sich betreten an. Sarah brannten diese Fragen unter ihren Nägeln. Aber diese Gedankenfäden weiterzuspinnen, versetzte sie auch in Angst. Was hätte sie in diesem Moment dafür gegeben, in Ragnars Arme sinken zu können und von ihm zu hören, dass alles gut werden würde.

Kapitel 10
–
Alte Bekannte

» Ich kann es einfach nicht fassen, dass ich hier mit dir zusammen eingepfercht bin. Das Einzige, was mich darüber hinwegtröstet, ist die Tatsache, dass du offenbar genauso machtlos bist, wie ich.«

»Ich an deiner Stelle würde mich nicht allzu sehr darüber freuen. Wir könnten meine Fähigkeiten gut gebrauchen. Immerhin hat uns hier jemand eingesperrt, der uns innerhalb eines Wimpernschlags hierher befördert hat und meine Zauberkräfte in Schach halten kann. Mich würde das eher beunruhigen, wenn ich du wäre.«

Ragnar verzog säuerlich den Mund. Leider musste er der Hexe in diesem Punkt recht geben. Dennoch würde er das niemals zugeben.

»Vielleicht sollte ich dich töten, dann wären Sarah und ich dich ein für alle Mal los. Ich komme schon zurecht.«

»Was hast du eigentlich gegen mich? Ich habe dir nichts getan.«

»Ach nein? Nichts getan? Muss ich dir erst aufzählen, was vorgefallen ist?«

Valpu blickte Ragnar abwartend an.

»Du hast Heddas Amulett manipuliert und damit nicht nur mich und meine Familie ins Unglück gestürzt, sondern auch noch eine völlig Unbeteiligte aus einem anderen Jahrhundert in deine Machenschaften mit hineingezogen.«

»Soll das etwa heißen, dass du bereust, auf dein neues Frauchen gestoßen zu sein? Jedenfalls scheint sie dir nicht alles gesagt zu haben.«

Ragnar konnte seine stoische Miene nur mit Mühe aufrecht halten.

»Was soll das jetzt schon wieder bedeuten? Versuchst du, schon wieder Zweifel und Unruhe zu säen?«

Valpu verdrehte die Augen und schnalzte mit der Zunge. »Ja, ja die böse Valpu. Immerhin war es Hedda, die mich aufgesucht und um Hilfe gebeten hatte. Nicht umgekehrt. Ich habe Heddas Amulett nicht manipuliert. Na gut, zumindest nicht so, wie ihr es mir unterstellt. Ich habe, Heddas Wunsch ihre Familie zu schützen, stets respektiert. So, wie ich auch den Wunsch Sigrids respektiert habe und es im Grunde auch mein Gedanke war, mein Erbe und meine Familie zu beschützen.«

»Du meinst wohl eher deinen Ring.«

»Du sprichst von Dingen, die du weder wissen kannst, noch verstehst. Der Ring ist Teil meines Erbes. Er wird bereits seit vielen Generationen weitergegeben. Länger, als ihr Menschen es euch überhaupt vorstellen könnt. Ihr Sterblichen habt nur eine begrenzte Zeit hier zur Verfügung, wohingegen jemand wie ich ...« Valpu machte eine wegwerfende Geste mit ihrer Hand. »Ach, lassen wir das. Sagen wir einfach, ich wandelte bereits in derselben Sonne und demselben Mondlicht, wie die Götter, die du so glühend verehrst. Zu einer Zeit, wo der Gedanke der Götter an euch erst entsprang. Ich mag in euren Augen niedere Beweggründe dafür haben, aber nur, weil ihr euch nicht vorstellen könnt, wie schwer die Bürde des Wissens auf den Schultern meiner Schwestern und mir lastet. Und nun, da wir Vollbluthexen mittlerweile einer Minderheit angehören, sind wir umso mehr auf jede einzelne Schwester, ihre Fähigkeiten und unsere magischen Spielzeuge, wie du sie nennst, angewiesen. Auch die Vorfahren deiner Frau haben diese schwere Last zu tragen. Sie hat keine Ahnung davon und das ist allein Sigrids Schuld. Da gibt es nichts zu beschönigen. Aber die Liebe bringt uns oftmals dazu, die falschen Entscheidungen zu treffen, davor sind auch wir Hexen nicht gefeit. Ja, ich gebe zu, ich mag im Laufe meines langen Lebens überheblich und auch ein wenig verbittert geworden sein, aber das ist ebenfalls meinen Erfahrungen geschuldet. Ich mag deine Frau. Sie erinnert mich an mich, als ich jung war. Sie kämpft für das, was sie liebt. Und es war vielleicht sogar ihr Glück, dass ihre Mutter so gehandelt und ihr verschwiegen hat, wer sie wirklich ist. Wer weiß, wer sie geworden wäre und wo es sie ansonsten hin verschlagen hätte, wenn Sigrid anders entscheiden hätte. Ja, sie trägt ebenso wie ich das Blut der ältesten Hexen in sich, aber nicht nur das. Auf dieser Welt gibt es so viel mehr, als ihr Menschen euch auch nur annähernd vorstellen könnt. Zu eurem Glück, denn ihr wäret eures Lebens nicht mehr froh.«

»Was willst du damit sagen? Dass ich weit über meinen Stand hinaus geheiratet habe? Das hatte ich schon bei Hedda, das ist nicht neu für mich. Sarah ist etwas Besonderes. Da erzählst du mir nichts, was ich nicht schon weiß. Noch kein Mann aus meiner Sippe ist vor mir auf eine Zeitreisende, die noch dazu magische Fähigkeiten hat, getroffen.«

Valpu verdrehte genervt die Augen. »Soweit du weißt.«

»Das mag sein. Ich hätte nach Heddas Verlust nie erwartet, mich noch einmal zu verlieben, aber das habe ich. Sarah ist keine Schildmaid, wie Hedda es war, aber eine starke Frau, sie muss manchmal nur daran erinnert werden. Ihr Hexenerbe und das von Sunna sind genau das Richtige. Eine neue Herausforderung. Was willst du also? Geht es wieder um Sunna? Willst du sie? Oder das Amulett? Oder gar beides?«

»Ja, gewiss möchte ich gerne wissen, wie es meiner Nachfahrin ergeht. Ständig wird mir etwas unterstellt. Dass ich sie euch wegnehmen will. Und das Amulett. Dass ich schuld daran bin, dass du hier bist.« Mit durchdringendem Blick maß sie Ragnar abwertend und voller Tadel.

»Ich kann das Amulett hier aber nirgendwo sehen. Du etwa? Ich würde sagen, da hat mein böser Zauber wohl nicht so ganz funktioniert. Ist dir schon einmal der Gedanke gekommen, dass ich auch nicht freiwillig hier bin? Immerhin sitze ich hier eingesperrt mit dir herum. Oder dass mir womöglich auch etwas entwendet wurde? Schon wieder.« Valpu presste die Worte zwischen geschlossenen Zähnen hervor.

»Das könnte eine Finte sein.«

Ehe Valpu etwas erwidern konnte, unterbrach ein Klatschen den Streit. Lautlos war ein Schatten vor ihrer Zelle erschienen. Die schwarze Kapuze tief in das Gesicht gezogen, starrte die gesichtslose Gestalt die beiden an. Die Mundwinkel zuckten belustigt nach oben. Ragnar und Valpu waren so in ihr Gespräch vertieft, dass sie deren Anwesenheit zunächst gar nicht bemerkten. Grinsend mischte sich ihr Beobachter ins Gespräch ein. »Ihr seid wahrlich unterhaltsam. Hätte ich das geahnt, wäre ich schon früher hergekommen, um euch zuzuhören.«

Valpu war wie vom Blitz getroffen. »Das kann nicht sein!«

»Was meinst du?«

»Sie meint, dass ich es bin.« Langsam griff die Gestalt an die Kapuze und ließ sie gemächlich nach unten gleiten. Das Gesicht zu einem übertriebenen Grinsen verzogen, blitzen Visras Zähne bedrohlich hervor.

»Was geht hier vor sich? Weshalb entführst du mich und den Menschen?«

»Ach, Valpu. Du warst noch nie sehr weitsichtig. Alle Welt hält dich für argwöhnisch und eine Frau mit scharfem Verstand. Dabei bist du genauso leichtgläubig und närrisch wie alle anderen.«

»Was soll das werden, Visra? Versuchst du, Salz in alte Wunden zu streuen? Da muss ich dich enttäuschen. Diese Narben sind längst verheilt. Oder sprechen wir hier gar über deine offenen Wunden?«

Visra bedachte Valpu mit einem verächtlichen Blick und spuckte auf den Boden. »Das würde dir so passen. Als ob ein Weibsstück wie du mich ernsthaft verletzen könnte.«

Valpu grinste Visra hämisch an. »Oh, ich denke, das habe ich getan. Oder was ist sonst der Grund für mein Hiersein? Wenn nicht Rache, was dann? Aber was willst du von dem Krieger? Hast du den Falschen erwischt? Wolltest du die Frau? Oder gar das Amulett? Ist bei deinem Zauber etwas schiefgegangen?« Valpus Blick wechselte zwischen mitleidig und provozierend.

Visra schäumte vor Wut. »Wie kannst du es wagen, so mit mir zu sprechen? Nun, ich gebe zu, das Auftauchen des Kriegers hat mich überrascht, aber noch ist gar nichts fehlgeschlagen. Ich habe, was ich wollte und noch mehr. Der Rest wird ihm ganz von selbst folgen. Und als kleiner Bonus schmorst du in einer Zelle.«

»Also für mich klingt das auch so, als ob du da etwas noch nicht überwunden hättest.« Ragnar musste über seine eigenen Worte lachen. Er klang bereits wie Sarah.

Visra blickte Ragnar abfällig an, reagierte aber sonst nicht auf seine Worte.

»Du nimmst dich, wie immer, viel zu wichtig, Valpu. So bedeutend bist du nicht. Und ich werde dafür sorgen, dass deine Spuren in dieser Welt für immer ausgelöscht werden.«

Seufzend verdrehte Valpu die Augen. »So verbittert? Wenn das dein Ziel ist, warum hast du mich dann nicht schon längst getötet? Was also willst du, Visra? Meinen Ring? Schon wieder?«

»Glaubst du wirklich, dass ich hinter dem Amulett oder deinem Ring her bin? Dein Ring ist, zugegeben, eine nette Draufgabe, denn er verstärkt meine Kräfte. Aber das Amulett? Ich könnte jeden beliebigen Gegenstand verzaubern und ihn zu einem Portalschlüssel machen. Wie man unschwer erkennen kann, habe ich euch auch ohne dieses Amulett hierher befördert. Wozu sollte ich das Amulett benötigen? Es gibt weitaus mächtigere Gegenstände, die es wert sind, gestohlen zu werden. Ich werde für meine Dienste ausreichend entlohnt werden.«

Valpu schüttelte den Kopf. »Welche Dienste?«

Visra antwortete nicht, sondern verschränkte seine Arme vor der Brust und reckte das Kinn in die Höhe.

»Was ist nur los mit dir? Du hast es doch gar nicht nötig auf solche Mittel zurückzugreifen.«

»Willst du mir etwa Honig ums Maul schmieren? Das wird aber nicht funktionieren. Welche Mittel denn? Du weißt gar nichts.«

»Ja, ich gebe dir recht. Es hat vermutlich keinen Sinn, mit jemandem darüber zu diskutieren, der über kein allzu großes Gespür für Ehre, Mitleid und Gerechtigkeit verfügt.«

Ragnar räusperte sich geräuschvoll. Er schluckte seinen Kommentar wie eine bittere Pille hinunter. Auch wenn er das Gefühl hatte, fast daran zu ersticken. Es war sicherer, jetzt die Klappe zu halten. Die Hexe würde ihm für seine Gedanken vermutlich auch ohne Zauberkräfte die Augen auskratzen.

»Ausgerechnet du wagst es, das zu sagen? Du Miststück hast mich einfach in der Höhle hängen gelassen. Tage-, wochenlang. Hilflos.« Da waren sie, die Worte, die Ragnar in ähnlicher Form auf der Zunge gelegen hatten. Nur die Sache mit der Höhle hörte er zum ersten Mal.

»Ja, schon gut. Das war mein Fehler. Ich hatte zu viel um die Ohren. Ich hatte nicht mehr daran gedacht. Aber als ich es bemerkt habe, habe ich dich freigelassen. Oder etwa nicht? Aber das ist ja auch kein Racheakt, nicht wahr?«

Visras Kehle entfuhr ein furchteinflößendes Knurren. Er fletschte die Zähne wie ein wildes Tier. »Nicht mehr daran gedacht? Wie kannst du es wagen?«

»Du kannst mir von mir aus die Pest an den Hals wünschen, aber das berechtigt dich nicht, mich zu entführen und einzusperren. Wenn es nicht mein Ring und auch nicht das Amulett ist, hinter dem du her bist, was willst du dann?«

»Das wirst du zu gegebener Zeit schon noch erfahren.«
Visras Augen blitzten auf.

»Du kannst von mir aus gerne weiter so tun, als ob dich diese Artefakte nicht interessieren. Du warst immer schon davon besessen noch mächtiger zu werden. Es ist eben doch von Bedeutung, ob man aus einem reinen Hexengeschlecht stammt oder nicht. Moment, sagtest du vorhin, du wirst dafür entlohnt? Von wem? Und wofür?«

Visras Worte klangen wie das Zischen einer Schlange. »Wie kannst du es wagen? Nein. Du hast recht. Ich habe eine Schwäche für Artefakte. Aber wie sagtest du? Es hat keinen Sinn. Du verstehst das nicht. Manchmal zählen nur die Verbindungen.« Visra zwinkerte Valpu zu, dann griff er unter seinen Umhang und zückte seinen Zauberstab. Mit geweiteten Augen beobachtete Ragnar wie Valpu gegen die steinerne Mauer geschleudert wurde und stöhnend zu Boden ging.

»Das war erst der Anfang. Du wirst schon sehen, wozu ich in der Lage bin.«

Ächzend setzte Valpu sich auf. »Ja, das sieht man ja. Ich bin wehrlos. In einem Hexenduell würdest du wieder den Kürzeren ziehen.«

Zu seinem eigenen Erstaunen kniete Ragnar sich neben die Hexe und half ihr auf die Beine. »Ich an deiner Stelle würde klugerweise den Mund halten, wenn dir dein Leben lieb ist.«

»Ach, wenn er mich töten wollte, hätte er das längst getan. Es macht ihm Spaß, andere zu quälen. Er hat sich bestimmt noch mehr für mich ausgedacht.« Stöhnend rappelte sie sich mit Ragnars Hilfe hoch.

Mit einem verächtlichen Grinsen drehte Visra sich um und ließ die beiden Gefangenen allein.

»Bist du verletzt?«

»Nein, es geht schon. Wie sagt ihr Menschen so schön? Unkraut vergeht nicht. Ich bin nicht so leicht totzukriegen. Visra weiß das und er wird es bis zuletzt auskosten. Was auch immer er vorhaben mag.«

»Aber was will er? Rache?«

Valpu zuckte mit den Schultern. »Wer weiß. Rache, Reichtum, Macht. Offenbar ist er jetzt auch noch unter die Söldner gegangen.«

»Was hast du ihm angetan?«

»Als ich ihm zuletzt begegnete, haben wir uns einen Kampf auf Leben und Tod geliefert. Sarahs Mutter tauchte wie aus dem Nichts auf und half mir dabei, ihn abzulenken, damit ich ihm meinen Ring abnehmen konnte, den er mir gestohlen hatte. Ich öffnete ein Portal und wir flüchteten. Den Lähmungszauber, den ich anwandte, um ihn zu stoppen, habe ich vergessen aufzuheben, und Visra hing wohl länger dort in dieser Höhle fest als geplant.«

»Wie lange?«

Valpu zuckte entschuldigend mit den Schultern. »Ein paar Wochen.«

Ragnars Augenbraue wanderte nach oben.

»Gut, vielleicht auch Monate.«

Ragnar schüttelte den Kopf. »Kein Wunder, dass er erbost darüber ist. Ich wäre es. Aber dich dafür töten zu wollen, das halte ich dann doch für etwas übertrieben. Immerhin ist er ein Zauberer.«

»Du hättest sehen sollen, was für eine erbitterte Schlacht wir uns das letzte Mal lieferten, als wir uns sahen. Und dabei ging es nur um meinen Ring. Wäre Sarahs Mutter

nicht plötzlich dort aufgetaucht und hätte sich ein-
gemischt, wer weiß, dann hätte ich es womöglich nicht
geschafft zu entkommen.«

»Seid ihr euch so begegnet? Sigrid und du?«

»Ja.« Valpu nickte bestätigend.

»Ihr Hexen und Zauberer seid ein komisches Volk. Da
wurden euch solch unvorstellbare Gaben geschenkt und
ihr nutzt sie nur um euch gegenseitig zu bestehlen und
zu bekriegen.« Kopfschüttelnd wandte Ragnar sich ab.

»Als ob ihr Menschen besser wäret. Sobald man euch
etwas Macht gibt, werdet ihr zu Tyrannen eures eigenen
Volkes. Oder anderer Völker. Oder hast du bereits vergessen, mit welchen Unternehmungen ihr die Mäuler eurer
Kinder stopft? Oder Männer wie Knud. Ist dir etwa entfallen, wie du zum Jarl wurdest?«

Ragnar zuckte zusammen. Das war ein Punkt, mit dem
er nach wie vor haderte. Hätte Valpu bei ihrer ersten und
letzten Begegnung nicht all diese Illusionen angewandt,
wäre es vermutlich nie dazu gekommen.

»Ihr seid um keinen Deut besser oder schlechter als wir.«

»Ich weiß um die Stärken und Schwächen meines Volkes. Aber erkläre das doch bitte einmal meiner Frau, der
minderwertigen Hexe. Trotz aller Vorbehalte war sie gut
genug, um ihr das Leben deiner Enkelin anzuvertrauen.«

Valpu verzog missmutig das Gesicht. »Lassen wir das.
Das führt zu nichts. Wir sollten unsere Gedanken lieber
darauf verwenden, wie wir hier wegkommen und wie
wir Visra loswerden.«

Visra zuckte zusammen, als er einen Schatten hinter sich auftauchen sah. Er fuhr herum und fiel augenblicklich in eine tiefe Verbeugung. Er hasste es, dass dieses Wesen stets so unerwartet auftauchte und man nie wusste, wie es dieses Mal wieder aussehen würde. Er verabscheute es gleichermaßen, wie er es fürchtete. Seine Zauberkräfte wurden nur durch seine Bosheit überstrahlt. *Bei Odin, wie sieht er jetzt schon wieder aus?* Visra blickte ganz offensichtlich in das Antlitz eines Alben.

»Hier ist kein Platz für Fehler!«, zischte der Albe in an. »Das ist mir bewusst. Aber mit Verlaub, die Hexe wird ihm folgen. Ich rechne jeden Moment damit, dass sie hier auftauchen wird.«

»Und wie denkst du, wird sie ihn hier finden?« Der Alb hob eine Augenbraue. Seine Mundwinkel umspielte ein Lächeln, das von seinen Augen nicht geteilt wurde. »Du holst jetzt auf der Stelle die Hexe her, hast du mich verstanden?«

»Das Amulett, Herr. Sie wird es aktivieren und direkt in seiner Zelle landen.«

»Und wann denkst du, wird sie das tun. In einer Stunde, zwei? Einem Tag? Hol sie auf der Stelle her! Hast du mich verstanden?«

Visra nickte und verneigte sich tief vor seinem Gegenüber.

»Wie ihr wünscht.« Visra schwang seine Hand. Valpus Smaragdring glänzte im Schein der Fackeln.

◇

KAPITEL 11
–
VON DER FLATTERHAFTIGKEIT DER MAGIE

Die neu entstandene Allianz war erst wenige Stunden alt. Trotz aller Ungewissheit, was noch kommen würde, war Sarah zumindest nicht allein. Sie hatte Gefährten gefunden, die sie auf ihrem Weg begleiten würden. Jeder hatte eine Aufgabe, ein Ziel bekommen und damit ein kleines Stückchen Hoffnung. Ida und Frode würden in Silfrhaf die Stellung halten. Ragnars Idee von einem Krankenhaus würde zumindest teilweise umgesetzt werden. Sarah hatte beschlossen, dass es am besten war, die am schwersten Verwundeten in der Jarlshalle unterzubringen und dort zu versorgen. Alle anderen Bewohner des Dorfes sollten, soweit möglich, zuhause bleiben und ihre Häuser und Hütten nicht verlassen, um eine Ansteckung zu vermeiden. Wer hinaus musste, sollte das nur für Besorgungen und nur in Begleitung tun. Sarah kannte die wahren Beweggründe dahinter, aber wenigstens hatten die Dorfbewohner ihre Begründungen geschluckt. Sven hatte zwar seine Familie in Sicherheit gebracht, musste aber für eine Weile zurück in sein Dorf, um dort zu helfen. Außerdem wollte er Sarahs Nachricht an sein Clanoberhaupt persönlich überbringen. Danach würde er zurückkommen. Björn würde unterdessen Ida im Dorf unterstützen. Sarah war froh, dass Björn sich gemeldet hatte. Sie vermutete, er wollte so ein wenig Wiedergutmachung leisten, da er Ragnar bei der Versammlung so vehement widersprochen hatte. Das Fernbleiben Ragnars jedoch war nicht so einfach zu erklären gewesen. Sarah hatte hoch gepokert. Sie hatte zum Teil mit der Wahrheit herausgerückt und von einem unbekannten, wilden Tier berichtet, das im Wald sein Unwesen trieb und verletzte Tiere zurückließ. Ragnar hätte sich auf die Jagd nach dem vermeintlich angeschlagenen oder verwundeten Tier begeben. Dadurch sollte verhindert werden, dass andere zu Schaden kommen würden. Zumindest fürs Erste war sein längeres Fernbleiben damit erklärt, aber auch diese Ausrede würde nur mehr für begrenzte Zeit reichen.

Frode sollte nochmals die Götter um Rat fragen bzw. die Nachricht der seltsamen Vorfälle und des Ausbruchs des Ungetüms übermitteln. Naefir und Naenan machten sich unterdessen für eine Reise in die anderen Welten bereit. Mit Hilfe von Sarahs Zauberkräften und dem Amulett wollten sie die Angelegenheit auf schnellstem Wege hinter sich bringen. Sarah überlegte sich einige Strategien, wie sie Valpu oder Ragnar aufspüren wollte.

Sarah saß mit ihren Gästen am Esstisch. Alle hatten sich zu einem letzten gemeinsamen Abendessen versammelt. Trotz der Anspannung über den Ausgang ihrer ungewissen Schicksale herrschte eine ausgelassene Stimmung. Es wurde ausgiebig gespeist, getrunken und gelacht. Geschichten erzählt und alte Lieder gesungen, die Zuversicht schenken und Mut machen sollten. Dennoch war Ragnars

Abwesenheit für seine Familie spürbar. Es fehlten seine Wärme, seine Stimme und sein tiefes Lachen. Mit einem Mal überkam Sarah eine Welle der Übelkeit. Alles um sie herum begann sich zu drehen. Ihr Sessel kippte nach hinten und sie knallte mit ihrem Hinterkopf auf den Boden. Funken tanzten vor ihren Augen, als sie mit zittrigen Händen versuchte sich hochzustemmen. Ein Gefühl der Angst überkam sie, als sie bemerkte, dass nicht sie es war, die zitterte, sondern das ganze Haus unter ihr bebte. Ein unheimliches Heulen ertönte und mitten über Sarahs Esstisch entstand ein riesiger Strudel. Warme Luft stieg aus ihm auf. Die Luft waberte wie die über einer Feuerstelle. Im Bruchteil einer Sekunde tobte ein Tornado mitten im Raum und ein heißer Sog riss und zerrte an Sarah. Panisch stieß Sarah die Kinder so weit von sich weg, wie sie nur konnte, und hoffte gleichzeitig, die richtige Entscheidung getroffen zu haben. Sie versuchte, sich verzweifelt an den Möbeln festzuhalten, aber der Strudel war unerbittlich. Naefir und Naenan reagierten als Erste und klammerten sich an Sarah, die senkrecht in der Luft schwebte wie eine Windhose im Orkan. Aber auch die beiden fanden keinen Halt. Alles ging viel zu schnell. Sarah wurde in das Portal gesaugt und verschwand zusammen mit den zwei Alben vor den Augen der anderen. Ihr verzweifelter und wütender Schrei hallte noch lange nach, als das Portal sich bereits geschlossen hatte. Sven und die anderen konnten nichts weiter tun, als dabei zuzusehen.

Nur Stille und Dunkelheit. Es roch modrig und feucht.

Stöhnend und ächzend rappelte Sarah sich gestützt von Naefir hoch.

»Irgendjemand verletzt?«

»Ich denke nicht.«

»Wo zum Donnerwetter sind wir?«

»Keine Ahnung. Ich habe jedenfalls genug davon, ständig an unbekannten Orten zu landen.«

»Ständig?« In Naenans Stimme schwang Unglaube und ein Hauch Enttäuschung mit. »Mit deinen Kräften scheint es offenbar wirklich nicht weit her zu sein.«

»Danke für die Blumen.« Sarah verzog das Gesicht. »Na ja, nicht ständig. Das sagt man so. Auf einem Schlachtfeld. Im tiefsten Mittelalter. Als Sklavin auf einem Wikingerschiff. Und dazu noch Valpus diverse Vorspiegelungen und verzerrte Realitäten, wo man auf Anhieb nicht wusste, was davon Wirklichkeit war. Das ist jedenfalls mehr als genug für meinen Geschmack. Was soll man bitte schon groß machen, wenn man in ein magisches Portal gezogen wird? Das habt ihr nun ja wohl am eigenen Leib erfahren.«

»Vermagst du ein Licht herbeizuzaubern?«, schaltete Naefir sich in das Streitgespräch ein.

Sarah murmelte die Formel ihrer Großmutter und ein kleiner Funke begann auf ihrer Handfläche zu wachsen. »Wir brauchen etwas, das ich damit entzünden kann.«

»Hier nimm meinen Umhang.« Beherzt riss Naefir sich seinen Mantel von den Schultern.

»Danke. Kannst du ihn in Streifen reißen? Und dann brauchen wir noch einen Stock oder Stab, um den wir die Streifen wickeln, dann haben wir eine Art Fackel.«

»Sehr gut. Es ist zwar kein Stock, aber müsste gehen.«
Mit einer Mischung aus Verblüffung und Empörung beobachtete Sarah wie Naefir eine Axt unter seinem Umhang
hervorzauberte.

»Nicht nur, dass du bewaffnet mein Haus betreten hast,
du hast auch noch weitere Waffen vor mir versteckt?« Sarah
bedachte die beiden Alben mit einem vernichtenden Blick.

Naefir zuckte verlegen mit den Schultern. »Man weiß
nie, wann man in die Situation kommt, sich verteidigen zu
müssen.« Immer noch sauer schüttelte Sarah den Kopf. Ihre
Zähne mahlten in ihrem Kiefer. Aber es hatte jetzt ohnehin
keinen Sinn, mehr darüber zu diskutieren. So gesehen, war
es jetzt sogar von Vorteil, dass die beiden Waffen dabei hatten. *Wer weiß, ob wir sie nicht noch gebrauchen werden.* »Hast
du da noch mehr versteckt von dem ich wissen sollte?«

»Nein. Na ja, nur meinen Dolch und ein paar kleine
Habseligkeiten. Ebenso wie Naenan.«

Sarah schüttelte erneut den Kopf. »Ach so ja, wenn es
weiter nichts ist.« Sarah rollte mit den Augen. Sie war zu
sehr durch den Wind, als dass sie jetzt den Nerv gehabt
hätte den Alben den Kopf zu waschen. »Solltest du mich
nochmal anlügen, kannst du dich auf was gefasst machen.«

Naefir nickte und deutete eine Verbeugung an.

»Nichtsdestotrotz könnten wir diese Axt womöglich
noch gebrauchen und sollten uns nach etwas anderem
umsehen, das wir als Fackel verwenden können. Ragnar
würde das Herz bluten, wenn ich dieses Schmuckstück in
Brand setzen würde.«

Es dauerte nicht lange und Naenan zauberte einen mor-
schen Stab zu Tage, der vermutlich einmal ein Besenstiel

gewesen war. Naefir wickelte ein Stück seines Umhangs darum und Sarah entzündete es mit ihrem magischen Funken.

»Kannst du etwas erkennen? Kommt dir etwas bekannt vor?«

»Nein. Dir? Ich wurde erst einmal unfreiwillig durch das Portal gezogen und landete bewusstlos auf einer Wiese irgendwo in Russland. Also, nein.«

Naenan schüttelte lachend den Kopf. »Wovon redet sie? Bist du etwa auf dem Kopf gelandet?«

»Hey, reiß dich gefälligst mal ein bisschen zusammen, ja? Ich weiß nicht, welche Frau es sich gefallen lässt, dass ein Mann so mit ihr spricht, egal aus welcher Welt und welchem Jahrhundert, ich aber jedenfalls nicht. Kapiert?«

Naefir fühlte sich offenbar sofort als Anführer und erteilte Anweisungen. »Sarah hat recht. Zügle deine Zunge, Sohn. Es reicht. Wir haben jetzt andere Sorgen als dein freches Mundwerk. Wir sollten uns aufteilen. Naenan du gehst dort entlang und Sarah du kommst mit mir.« Naefir deutete mit seiner Hand in eine Richtung. Sarah hatte keine Ahnung, welche Himmelsrichtung das war, noch wo sie sich hier befanden. Naenan nickte und spurtete los. Sarah war beeindruckt. Offenbar überstieg die Sehfähigkeit der Alben die ihre bei weitem. Sarah vermochte nicht einmal im Schein der Fackel viel zu erkennen und Naenan war sogar ohne los. Es dauerte jedoch keine zehn Sekunden, da war Naenan wieder zurück.

»Was soll das?«, schnauzte Naefir ihn an.

»Hier gibt es nicht viel zu erkunden, Vater. Es sei denn du oder die Hexe da können die Steinmauer oder Gitterstäbe wegzaubern, die uns umgeben.« Naenan nickte in Sarahs Richtung.

»Offenbar handelt es sich um eine Art altes Verlies oder Kerker.«

»Na toll.« Sarah ließ den Kopf in ihre Handflächen sinken und seufzte.

»Was hast du jetzt schon wieder vor Valpu, du fieses Miststück!«, schrie Sarah wütend in die Dunkelheit.

»Du glaubst, dass diese Völva dahintersteckt?«

»Ganz sicher sogar.«

»Da muss ich dir leider sagen, dass du im Irrtum bist, meine Liebe«, zischte es aus der Dunkelheit.

»Valpu, bist du das? Also hatte ich doch recht.« Sarah suchte im fahlen Lichtschein nach dem Gesicht zu der Stimme. Sie war hin und her gerissen zwischen dem Gefühl von Freude, eine gesuchte Person endlich gefunden zu haben und der Enttäuschung darüber, dass offenbar wirklich sie hinter Ragnars Verschwinden steckte.

»Recht womit? Ich habe euch nicht hierhergebracht.«

»Geht es dir gut, Liebste?«

»Ragnar?« Sarah traute ihren Ohren nicht. Sie riss Naefir die Fackel aus der Hand und hielt sie in die Richtung, aus der die Stimmen kamen.

»Ich habe deine Stimme sofort erkannt. Nur meine Frau wäscht zwei bewaffneten Kriegern derart furchtlos den Kopf.«

Sarah war so überrascht seine Stimme zu hören, dass sie kurzzeitig den Atem anhielt.

»Ragnar? Endlich! Was ist passiert?« Sie suchte Ragnars Blick. »Geht es dir gut? Hat man dir etwas angetan?«

Ragnar schüttelte den Kopf. »Nein. Warum?«

Sarah warf einen vielsagenden Blick auf Valpu, beladen mit stummen Vorwürfen und Vorbehalten.

Ragnar ergriff sehnsüchtig Sarahs Hand. »Ich freue mich, dass du hier bist.«

»Ich wünschte, ich könnte dasselbe sagen.« Erschrocken ließ Ragnar ihre Hand los, aber Sarah hielt ihn sanft zurück. »Du verstehst mich falsch, mein Schatz. Ich bin froh, dass es dir gut geht. Ich hatte mir bereits die schrecklichsten Dinge ausgemalt, die dir womöglich zugestoßen sein könnten. Es liegt an deiner Gesellschaft, die trübt meine Freude, dich zu sehen. Außerdem hatte ich mir deine Rettung etwas anders vorgestellt. Wieder einmal weiß ich nicht, wie zum Teufel das Portal aktiviert wurde. Oder von wem. Aber immerhin hat es uns dieses Mal offenbar genau dahin gebracht, wohin es sollte. Zu dir.«

Schmunzelnd bat er Sarah um eine Erklärung. »Du wolltest mich retten?«

»Ist das eine Fangfrage?«

»Was?«

»Glaubst du, ich würde tatenlos zusehen, wie du dich vor meinen Augen in Luft auflöst? Sag mal, kennst du mich denn überhaupt nicht?«

Ragnar schüttelte lachend den Kopf. »Nein. Natürlich war mir klar, dass du nichts unversucht lassen würdest, um mich zu finden.«

Er lachte amüsiert. Ragnars Feststellung beruhigte Sarah keineswegs. An Valpu gerichtet fuhr sie fort. »Was spielst du jetzt schon wieder für ein Spiel, Valpu? Hast du sonst keine Hobbys? Stricken oder so?«

»Sie hat nichts mit der Sache zu tun.«

»Ja, na klar. Und nur weil das die Stimme meines Mannes ist, muss ich das noch lange nicht glauben.«

Schlagartig loderte das Feuer der Fackel in Sarahs Hand auf. Erschrocken fuhren die Gefangenen zurück und schirmten mit ihren Händen ihre Augen ab. Binnen Sekunden war es plötzlich taghell. Das Knistern und Knacken des Holzes hallte laut von den rauen Felswänden wider, während der würzige Geruch von brennendem Holz den Raum erfüllte. Die Flammen schossen anfangs nicht nur aus der Spitze der Fackel hervor, sondern bogen sich auch seitwärts und tauchten die dunkle Umgebung unerwartet in ein warmes Licht. Sarah ließ die Fackel mit einem erschrockenen Aufschrei fallen. Ungläubig starrte sie die züngelnde, fliederfarbene Flamme an. Als die Fackel den Boden berührte, schrumpfte die Glut wieder auf die normale Größe und war von keiner gewöhnlichen zu unterscheiden. Aber das Verlies wurde nach wie vor von ihrem hellen Schein erleuchtet. Vorsichtig nahm Sarah die Fackel wieder auf. Sie kniff die Augen zusammen und betrachtete sie argwöhnisch von allen Seiten.

»Du hast deine Kräfte noch immer nicht unter Kontrolle, nicht wahr? Oder vielmehr dein hitziges Gemüt? Dennoch kannst du hier zaubern und ich nicht. Die Frage ist, warum?«

»Moment, das muss ich mir jetzt mal auf der Zunge zergehen lassen: Du kannst nicht zaubern? Und trotzdem meckerst du an mir herum? Unfassbar.«

Das feuchte Mauerwerk glänzte wie Vulkanglas im Lichtschein und spiegelte sich in den Gitterstäben. Es schien sich tatsächlich um ein altes Gewölbe zu handeln. Im Schein des Lichtes wirkte das Gemäuer noch unheimlicher und kälter. »Eigentlich ist das hier ja die perfekte Kulisse für dich. So hätte ich mir eigentlich dein Haus vorgestellt. Wider Erwarten ist es aber ganz hübsch eingerichtet.«

»Du warst in meinem Haus? Mach dich nicht lächerlich. Niemand kommt uneingeladen hinein.«

»Ja, ja und schon gar keine unbedeutende kleine Hexe, die ihre Kräfte nicht unter Kontrolle hat, nicht wahr? Sei lieber mal ein bisschen netter zu mir, dann mache ich dich bei Gelegenheit vielleicht auf ein paar Lücken in deinem Sicherheitssystem aufmerksam.«

Valpu musterte Sarah argwöhnisch. »Was wolltest du in meinem Haus, wenn ich fragen darf?«

»Ich habe dich gesucht. Oder vielmehr Ragnar. Wer sonst, wenn nicht du, hätte hinter seinem Verschwinden stecken können?«

»Ja, da muss ich dich leider enttäuschen. Wie du siehst, bin ich hier. Eine Gefangene. Ebenso wie dein Mann und jetzt auch du.«

Endlich hatten sich Sarahs Augen an das Licht gewöhnt und sie wagte einen genaueren Blick durch die Gitterstäbe. Allem Anschein nach war Valpu wirklich ebenso eine Gefangene wie sie auch. Ragnar ergriff abermals Sarahs Hand und legte sie an seine Wange.

Valpu verdrehte genervt die Augen. »Könntet ihr das Geplänkel vielleicht auf später verschieben? Nachdem offenbar nur unsere Zelle mit einem Bannzauber belegt ist, sollte es deinem Frauchen doch nicht schwerfallen, uns hier rauszuholen, oder?«

»Charmant wie immer.« Seufzend drehte sich Sarah einmal um sich selbst herum. Vom Ende eines dunklen langen Ganges schien ein schwacher Lichtschein. Sarah schrak zurück, bemerkte jedoch sogleich, dass sich die Lichtquelle nicht bewegte. Offenbar handelte es sich um eine Laterne oder Fackel, die an der Mauer befestigt war. Das Verlies war riesig. Zelle reihte an Zelle, reihum nur Gitterstäbe zu beiden Seiten des Flurs. Ihre und Ragnars Zellen grenzten direkt aneinander. *Ob das beabsichtigt war? Oder hätten sie in derselben Zelle landen sollen? Oder ganz wo anders? Trotz der dicken Steinmauern waren die Stimmen anderer Mitgefangener oder Wachen gut zu hören.* »Was schlägst du vor, du allwissende Hexe? Wo sind wir? Wo sollen wir hin? Welchen Zauber soll ich deiner Meinung nach anwenden? Weißt du, wer uns hier gefangen hält?«

»Ja.« Ragnars tiefe Stimme brachte Sarahs Herz augenblicklich zum Vibrieren. »Ein alter Bekannter von Valpu.«

»Visra.« Valpus Stimme war voller Abscheu. Sie spie seinen Namen förmlich aus.

»Visra? Was zum Teufel ist ein Visra? Ist das das Wesen, das dich gefoltert hat, Naefir?« Naefir schüttelte verwirrt den Kopf.

»Nein. Ich habe den Namen noch nie gehört.«

»Visra ist ein Zauberer. Ich glaube, deine Mutter nannte ihn einmal meinen ‚Ex-Lover‘. Im Grunde ist es aber schon einige Jahrhunderte her, dass wir ein Paar waren.«

Ragnars nachdenklicher Blick ruhte auf Sarah.

»Was?«

»Willst du mir nicht endlich deine Begleiter vorstellen?« In Ragnars Stimme schwangen Eifersucht und Ungeduld mit.

»Oh, ja klar. Entschuldigung. Ragnar, das sind Naefir und sein Sohn Naenan. Zwei Lichtalben.«

»Ljósálfar? Und was genau haben sie hier zu suchen?«

»Offenbar gibt es einen neuen Superbösewicht, der zwischen den Welten Yggdrasils umherwandelt und deren Bewohner drangsaliert, foltert, entführt und sogar tötet. Die beiden Alben sind auf der Suche nach ihm. Oder vielmehr nach Verbündeten, die ihnen im Kampf gegen dieses Monster beistehen.«

»Was? Was ist das für ein Wesen?« Jetzt war es Ragnar, der ungläubig dreinblickte.

»Ich kann es nicht mit Sicherheit sagen. Aber ich glaube, du bist ihm schon begegnet.«

Ragnar stutzte. »Etwa das Tier aus dem Wald?«

Sarah nickte. »Ja. Aber es ist kein Tier. Oder zumindest nur zum Teil. Ach was solls. Jedenfalls, glauben die beiden, dass es für jemanden arbeitet.«

»Für wen?«

»Das wissen wir nicht. Zumindest noch nicht. Hast du da vielleicht eine Idee Valpu?«

»Wieso, weil ich eine böse Hexe bin, die alle schrecklichen Ungetüme kennt?«

»Ja, so ungefähr.«

Valpu lachte verächtlich. »Da muss ich dich leider enttäuschen. Ich habe noch nie zuvor von so einem Wesen gehört. Was hat das mit den beiden Spitzohren zu tun? Weshalb suchen sie ihn?«

»Das geht dich überhaupt nichts an, Hexe. Unsere Beweggründe sind unsere Sache.«

»Und warum seid ihr dann hier?«

»Das würden wir auch gerne wissen.«

»Das Amulett hat ein Portal geöffnet und in der nächsten Sekunde waren wir hier.« Sarah warf Ragnar einen vielsagenden Blick zu. Sie bezweifelte allerdings, dass er ihn angesichts der Lichtverhältnisse wahrnehmen würde.

»Das Amulett, bist du sicher?«

»Nein, bin ich nicht. Jedenfalls wurden wir durch ein Portal gezogen. Wodurch und warum, weiß ich nicht.«

»Weil ich ein Tunnelportal aktiviert habe. Ich habe zwar bereits das, was ich haben wollte. Aber warum sich mit einem magischen Artefakt zufriedengeben, wenn man zwei haben kann?« Meldete sich eine Stimme aus dem Schatten.

»Wenn es das Amulett ist, das du wolltest, muss ich dich leider enttäuschen. Es hängt vermutlich immer noch an meiner Esszimmerwand. Niemand von uns hatte es in Händen, als das Portal geöffnet wurde.« Sarah funkelte den Mann schadenfroh an.

»Ich nehme an, du bist dieser Visra?«

Visra nickte Sarah grinsend zu.

»Ja, der bin ich. Das ist bedauerlich, aber es wird die Welt nicht untergehen lassen. Mein Geschäftspartner wird dennoch zufrieden sein. Es gibt trotzdem mehr als eine Belohnung für mich.«

»Warum sind wir hier? Warum hast du Ragnar entführt? Warum müsst ihr Hexen und Zauberer uns andauernd in eure Spielchen mit hineinziehen?«

»Weil ich mehr will und das bedeutet immer auch ein paar Zugeständnisse an Mächte, die bedeutender sind als wir. Und das, was ich will, gibt es an einem ganz bestimmten Ort.«

»Was? Sprichst du etwa von diesem Ungetüm oder besser gesagt seinem Schöpfer? Bist du etwa der Handlanger dieses Irren?«

»Schweig still, kleine Hexe. Du sprichst von Vorgängen, die du nicht im Entferntesten verstehst.«

»Ach ja? Was ist nur los mit dir? Minderwertigkeitskomplexe? Oder was ist der Grund, dass du es offenbar nötig hast, auf solche Mittel zurückzugreifen?«

Visra antwortete lediglich mit einem missbilligenden Lächeln.

»Das Thema hatten wir schon. Es führt zu nichts. Ich weiß, wie groß sein Hunger nach Macht ist, aber ich denke nicht, dass das und seine Rache an mir die alleinigen Gründe sind, warum wir hier sind.« Valpu verharrte in schweigender Verachtung, als ob sie die Schwachheit hinter seinen großen Worten durchschaute.

»Wir haben deinen ausweichenden Antworten jetzt lange genug zugehört«, fuhr Ragnar dazwischen. »Spuck schon endlich aus, was du von uns willst, tu was du glaubst, tun zu müssen oder lass uns gehen. Was geht mich dein Streit mit deiner Geliebten an? Oder meine Frau.«

Aus dem hinteren Teil des Verlieses drang ein markerschütternder Schrei zu ihnen herüber. Jemand litt Höllenqualen. Es waren keine Bilder notwendig. Das qualvolle Jammern, Wimmern, Kreischen und Flehen waren eindeutig zu verstehen. Sarah konnte die Pein nahezu fühlen und die Tatsache, dass sie gefangen war und nicht helfen konnte, machte sie nur noch wütender. Die Stille, die danach folgte, war noch beängstigender als der Schrei zuvor. Die Stille des Todes. Ein weiterer Schrei drang zu ihnen. Wer auch immer das war, er war wütend. Polternd, klirrend und scheppernd fielen offenbar Gegenstände zu Boden. Das Klirren von Metall, das auf den Steinboden fiel und von zerbrochenem Glas, drang zu ihnen herüber. Das Bersten von Holz. Der Zorn desjenigen schien grenzenlos zu sein, denn es war mehr als klar, dass derjenige gerade ein Zimmer in seine Einzelteile zerlegte.

Erschrocken blickten sich die Beteiligten an. Sogar Visra wirkte für einen Augenblick nicht mehr so selbstsicher wie noch eine Minute zuvor. Seine Augen huschten nervös zwischen dem Flur und den Zellen hin und her.

»Was passiert hier, Visra? Du kannst mir von mir aus die Pest an den Hals wünschen, aber das berechtigt dich nicht, dich an so etwas Schändlichem zu beteiligen. Das ist sogar unter deiner Würde.«

»Wie könnte ich jemanden foltern, wenn ich doch hier vor euch stehe.«

Valpu verzog den Mund. »Ich nehme an, du wirst schon jemanden gefunden haben, der diese niedere Arbeit für dich verrichtet. Du hast dir noch nie gerne die Hände schmutzig gemacht. Oder ist hier etwa dein Geschäftspartner am Werk? Aber nein. Du wirkst wie ein geschlagener Hund. Du hast hier gar nichts zu sagen. Du bist ein Handlanger. Ein Niemand. Nicht wahr?«

»Ihr habt echt zu viel Freizeit, oder?«, schrie Sarah die beiden lauthals an.

Visra und Valpu blickten Sarah verdutzt an. Sarah stand mit geballten Fäusten vor den Gitterstäben und funkelte abwechselnd einen der beiden an.

»Ich meine, Ihr seid wie alt? Hunderte von Jahren? Und ihr habt offenbar nichts anderes zu tun, als jahrelang jemandem etwas nachzutragen, Rachepläne zu schmieden und mit Menschen zu spielen, als ob sie Puppen wären.

Solltet ihr nicht lieber dankbar sein, für das, was ihr habt und euch gegeben wurde? Und damit, Gott behüte, vielleicht etwas Gutes tun. Anderen helfen. Ich meine, ich weiß schon, bei euch verschwimmen die Grenzen zwischen Gut und Böse offenbar zusehends, aber ich denke, ihr versteht, worauf ich hinauswill, oder? Aber das ist anscheinend überall das Gleiche. Egal, ob Zukunft oder Vergangenheit. Jedermann ist stets nur darauf bedacht für sich selbst einen Vorteil herauszuschlagen. Ihr seid beide so machtvolle Wesen und habt nichts Besseres zu tun, als euch gegenseitig zu belügen und bestehlen oder die Köpfe einzuschlagen. Das ist sowas von Ressourcenverschwendung. Euer Hass vernebelt euch das Hirn. Es könnte so viel besser auf der Welt sein, wenn wir uns gegenseitig etwas mehr helfen und unterstützen würden, anstatt immer nur darauf zu achten, wie wir uns selbst einen Vorteil verschaffen können.«

»Bist du fertig mit deinem Vortrag, kleines Hexchen, oder soll ich dir den Mund zukleben? Niemanden interessiert, was du zu sagen hast.«

»Nein, bin ich nicht. Du kannst ja herkommen und es versuchen, aber ohne Magie, wenn du dich traust! Und ich nehme mich da jetzt mal gar nicht raus, was das Handeln zum eigenen Nutzen anbelangt. Denn ich würde einiges geben, wenn ich gewisse Sachen rückgängig machen könnte, die ich getan oder gesagt habe, und ich habe das Amulett aus gutem Grund aufgehoben. Weil ich mir gedacht habe, dass ich damit vielleicht eines Tages doch mal zuhause »vorbeischauen« könnte.« Sarah malte mit ihren Fingern Gänsefüßchen in die Luft, was Ragnar zum Schmunzeln brachte. »Ich habe zwar wieder mal nicht weiter darüber nachgedacht, wie es wohl wäre, wenn ich nach Jahren plötzlich mit Kind und Kegel vor der Tür meines Vaters stehe oder der meiner besten Freundin. Oder was wäre, wenn Papa womöglich gar nicht mehr lebt. Ich weiß das alles nicht und ich werde es vermutlich auch nie wissen, weil ich mich dafür entschieden habe, hierzubleiben. Weil ich für Sunna und die Menschen hier ein besseres Leben wollte, weil ich hier endlich einen Platz gefunden habe, um Wurzeln zu schlagen. Das gefunden habe, von dem ich nicht wusste, was es war, aber nachdem ich unterbewusst so viele Jahre lang gesucht habe. Also auch ich würde mir am liebsten das Beste aus beiden Welten holen.« Sarah machte eine wegwerfende Geste mit ihrem Arm. »Aber wozu erzähle ich euch das alles? Reine Zeitverschwendung mit zwei Typen wie euch darüber zu diskutieren. Die eine betrachtet die Menschen als minderwertig und ihr Spielzeug und der andere weiß nichts Besseres zu tun, als über Jahre hinweg einen Plan auszuhecken, wie er sich an seiner Ex rächen und noch mehr Macht an sich reißen kann. Na, dann Prost Mahlzeit. Schlagt euch von mir aus weiter die Köpfe ein, aber lasst doch verdammt noch mal endlich mich und meine Familie da raus. Warum müsst ihr uns immer da mitreinziehen?«

»Weil er über dich an mich ran will. Oder vielmehr an meinen Arbeitsplatz.«

Sarahs Magen krampfte sich auf Stecknadelgröße zusammen. Ruckartig drehte sie sich herum und suchte mit aufgerissenen Augen nach der Quelle der Stimme.

»Du? Das kann nicht sein!« Die Worte verließen nur mit Mühe Sarahs Mund. Es war mehr ein Stottern als Sprechen.

»Wovon sprichst du?« Ragnar blickte stirnrunzelnd in Sarahs leichenblasses Gesicht.

»Das kann einfach nicht sein. Das ist völlig unmöglich!«

KAPITEL 12
−
EIN UNERWARTETES TREFFEN

» Ich denke, dass du dauernd in solche Geschichten mit hineingezogen wirst, ist meine Schuld. Nebst ein paar anderen Dingen. Aber das hier, hat eigentlich nichts mit dir zu tun. Es geht nur um mich.«

Sarah hatte die Stimme sofort erkannt. »Das. Das ist völlig unmöglich! Das kann nicht sein!« Sarahs Stimme klang schrill, beinahe hysterisch. Langsam drehte sie sich um und riss im nächsten Augenblick ungläubig die Augen auf. Ihr Verstand konnte das, was sie sah, nicht begreifen. »Das ist nicht real. Das kann doch unmöglich wahr sein. Was habt ihr nun schon wieder für einen Zauber ausgeheckt?« Mit vorwurfsvollem Blick wandte sie sich an Valpu und Visra. Aber etwas in Valpus Blick ließ sie innehalten. Valpu schien ebenso überrascht zu sein, wie sie selbst. Visra hingegen. Diesen Blick konnte sie nicht genau einordnen. *Überraschung, Euphorie?* Seine Augen blitzen auf und für den Bruchteil einer Sekunde hoben sich seine Mundwinkel.

»Kein Zauber. Alles echt.« Erwiderte Sigrid sanft und streckte Sarah ihre Hand durch die Gitterstäbe hindurch entgegen.

»Nein. Das ist völlig unmöglich. Das ist nicht echt. Du bist tot. Wir haben dich beerdigt.« Sarah schüttelte ungläubig den Kopf. Sie spürte, wie ihr die Tränen hochstiegen. Verzweifelt blickte sie zu Ragnar. Aber die Flucht in seine Arme war ihr verwehrt. Dicke Eisenstäbe trennten sie voneinander. *Nein, doch nicht jetzt. Du musst ruhig bleiben. Die versuchen dich bestimmt wieder mit irgendwelchen Tricks aus der Fassung zu bringen.*

»Doch, ist es. Ich bin real. Es tut mir so leid, mein Kind. Ich bedauere zutiefst, dass ich euch alle im Glauben lassen musste, dass ich tot wäre. Ich wünschte, ich könnte das alles rückgängig machen.« Sigrid sprach mit ruhiger Stimme.

»Mutter, was redest du da? Was rede ich da eigentlich?« Verzweifelt schüttelte sie den Kopf. Sie griff sich an die Stirn und hoffte, dieses böse Schauspiel würde bald ein Ende haben.

»Was treibt ihr da schon wieder für Spielchen mit mir? Wenn ihr mich in den Wahnsinn treiben wollt: dann gratuliere. Ihr habt euer Ziel beinahe erreicht. Hört auf damit!«

Sarah fühlte, wie Sigrid sanft ihre Hand ergriff. Die Berührung, der Geruch. Alles fühlte sich echt an, fühlte sich wie ihre Mutter an. Vergeblich kämpfte sie dagegen an, aber eine Träne nach der anderen tropfte über ihre Wange. Wut und Verzweiflung stiegen in ihr hoch. Sie war hin- und hergerissen zwischen dem Drang, ihrer Mutter um den Hals zu fallen, und sie zu schlagen. »Wie ist das möglich? Wir haben dich begraben. Wieso? Wie konntest du nur? Vater hat es das Herz gebrochen. Ich war froh, dass er bald jemanden fand, der ihm Halt gab, denn sonst weiß ich nicht, was aus ihm geworden wäre. Nicht, dass unser Verhältnis je besonders innig gewesen wäre, du warst ja nie da, aber trotzdem war es für uns alle schwer.« Sarah rang nach Worten. »Abgesehen davon, dass ich mir mittlerweile vorstellen kann, warum du so oft weg warst, finde ich es unfair, dass du mir nicht gesagt hast, dass ich eine Hexe bin.« Sarah bemerkte ein Räuspern Valpus. »Ja, ja schon gut, du arrogante Schnepfe, eine halbe Hexe.« An Sigrid gewandt fuhr sie fort. »Findest du nicht, dass du es mir hättest sagen müssen und es, wenn schon, meine Entscheidung gewesen wäre, ob ich die Kunst der Magie erlernen will, oder nicht? Was ist eigentlich mit Sophie? Durfte sie während meiner Abwesenheit auch allein damit klarkommen, dass sie über magische Fähigkeiten verfügt, oder wurde diese Ehre nur mir zuteil? Hat man in eurem Club der Hexen überhaupt eine Wahl, ob man Mitglied werden möchte?«

Sigrid drückte Sarahs Hand noch ein wenig fester. Von der anderen Seite spürte sie, wie Ragnar seine Hand durch die Gitterstäbe schob und ihre Schulter ergriff. Sigrid sprach mit sanfter Stimme. Doch aus ihren Augen sprachen Verzweiflung und Bedauern. »Das Erbe geht immer nur an die älteste Tochter über. Du hast keine Wahl. Ein Grund mehr, warum ich das Erwachen deiner Kräfte blockiert habe. Und ja, ich gebe dir vollkommen recht. Ich habe Fehler gemacht. Die Zeit lässt sich aber nicht zurückdrehen. Zumindest nicht ohne Magie. Ich hätte einige meiner Entscheidungen gerne rückgängig gemacht. Und einige wurden mir abgenommen.«

»Was soll das heißen, einige wurden dir abgenommen?« Sarah klang wie ein trotziges Kind.

»Der Hexenrat? Du hast dich ihm gestellt, nicht wahr?«, schaltete Valpu sich ein.

Sigrid nickte bestätigend. »Ich wandte mich mit der Bitte um Rat an die Älteste und erhielt stattdessen eine Verurteilung. Ich hatte keine Wahl. Ein ständiges Leben auf der Flucht.

Was wäre das für ein Dasein gewesen? Und meine Familie hätte ich trotzdem nicht sehen dürfen. Sonst hätte ich mich verraten und euch womöglich auch noch in Gefahr gebracht.«

»Mama? Was bedeutet das alles? Wovon sprecht ihr beiden?«

»Ich wurde vom Hexenrat für meine Taten bestraft. Glaub mir, ich hätte euch das alles gerne erspart. Zumindest die Trauer über meinen vermeintlichen Tod. Aber ich dachte, so wäre es leichter für euch mein Verschwinden zu ertragen.«

»Für welche Vergehen wurdest du bestraft?«

»Ich habe dich nicht als Hexe erzogen. Deine Kräfte sogar blockiert. Ein nicht wiedergutzumachender Frevel und Verrat.«

»Das ist doch wohl ein Scherz, oder?«

»Nein. Du wurdest als Hexe geboren, du hattest jedes Recht darauf, auch als solche ausgebildet zu werden. Alles, was mit Magie und unseren Vorfahren in Verbindung steht zu erfahren und zu erlernen. Ich wusste das. Aber ich hatte Angst. Ich wollte dich schützen.«

»Wovor beschützen? Und deswegen haben sie was gemacht, dich verbannt?«

»Das ist noch nicht alles. Ich bin vermutlich schuld daran, dass du in der Vergangenheit gelandet bist.«

»Was?« Sarah riss ungläubig die Augen auf.

»Ich habe mich um dich gesorgt, ich hatte Visionen von deiner zukünftigen Zeitreise und habe versucht den richtigen Ort und die richtige Zeit, herauszufinden und es mit einem Zauber zu verhindern. Aber ich fürchte, ich habe damit alles nur schlimmer gemacht.« Seufzend fuhr Sigrid fort. »Zeitreisezauber erfordern ein großes Maß an Übung und müssen zudem vom Rat bewilligt werden.« Sigrid zuckte entschuldigend mit den Schultern. »Tja, ich hatte beides nicht. Ohne Valpu wäre ich das letzte Mal vermutlich nicht mal allein zurück nach Hause gekommen.«

Sarah riss die Augen auf. »So habt ihr euch also kennengelernt?«

»Ja.«

»Und dir ist niemals der Gedanke gekommen, dass Valpu dich vielleicht hereingelegt hat?«

Sigrid senkte den Blick. Seufzend fuhr sie fort. »Nein, warum? Wir sind von derselben Art.« Ihr Blick huschte zwischen Sarah und Valpu hin und her.

»Weil sie nicht gerade die Unschuld vom Lande ist, wie du vielleicht bemerkt hast. Weil sie stets auf ihren eigenen Vorteil bedacht ist. Weil sie dich benutzt hat. Na ja, eigentlich mich. Ich war ihr trojanisches Pferd.«

»Wovon spricht sie, Valpu?«, forderte Sigrid zu wissen.

»Sie meint, dass ich meine Interessen, deine und die einer Kundin miteinander verwoben habe. Dabei lief wohl etwas ein wenig aus dem Ruder.«

»Ein wenig aus dem Ruder?« Wären sie nicht durch Gitterstäbe getrennt gewesen, wäre Sarah Valpu am liebsten an die Gurgel gesprungen.

»Valpu, was hast du getan?«

»Nichts anderes als du auch. Ich wollte meine Familie beschützen.«

»Ja, im Schönreden und einem die Worte im Mund verdrehen, bist du echt spitze. Von wegen nur deine Familie beschützen. Ich frage mich, warum man dir den Kontakt zu deiner Familie verwehrt und diesen Ring immer wieder abgenommen hat. Damit du nicht zum selben größenwahnsinnigen Freak wirst wie dein Exfreund?«

»Also jetzt reicht es mir aber. Sagt mir endlich, was hier los ist.« Sigrids Stimme klang nun ebenso schrill wie zuvor Sarahs.

»Valpu hat dafür gesorgt, dass ich zu einem bestimmten Zeitpunkt an einem bestimmten Ort hier in der Vergangenheit gelandet bin und so auf ihre Urenkelin traf, genau an dem Tag, an dem ihre Mutter getötet wurde. Ich habe das Mädchen gefunden und mit mir genommen, ohne zu wissen, was auf mich zukommt.«

»Du hast ein fremdes Kind entführt?«

»Was? Nein! Natürlich nicht. Das Mädchen war gerade mal so um die zwei Jahre alt. In seinem Dorf wütete eine Horde mordender und brandschatzender Wikinger. Sie kauerte neben der Leiche ihrer Mutter. Ich habe sie eine Weile beobachtet, aber niemand kam, um ihr zu helfen. Was hättest du getan? Hättest du sie allein dort zurückgelassen?«

Ein Räuspern erklang gefolgt von lautem Klatschen. »Könnten die Damen ihren Disput vielleicht ein anderes Mal fortsetzen? Ihr ermüdet mich.« Gähnend lehnte sich Visra gegen die Gitterstäbe und klopfte mit den Schlüsseln dagegen.

»Oh, das tut mir aber leid, dass unsere Lebensgeschichten dich nicht erheitern.«

»Ich warne dich zum letzten Mal. Hüte deine Zunge, kleines Hexchen oder ich sorge dafür, dass sie dir herausgeschnitten wird.«

Sarah streckte ihm demonstrativ die Zunge heraus und wandte sich wieder an ihre Mutter.

»Warum bist du hier Mutter? Hat dich dieser Hexer mit dem Minderwertigkeitskomplex etwa auch entführt?«

Sigrid schüttelte den Kopf. »Nein. Er hat einfach auf mich gewartet. Er wusste, dass ich kommen würde.«

»Du bist klug. Das hätte ich dir gar nicht zugetraut.«

»Danke für die Blumen.«

»Wovon spricht er, Mutter?«

»Das hängt mit meiner Bestrafung zusammen. Ich musste meine Familie verlassen und ich durfte meine Zauberkräfte nicht mehr ausüben, zumindest vorerst. Dann haben sie eine andere Aufgabe für mich gefunden. Ich musste mich dazu verpflichten, eine Hüterin zu werden. Ich bin eine Hüterin der Artefakte.«

»Eine was?«

»Meine Aufgabe ist es, sämtliche magischen Artefakte, egal, ob göttlichen Ursprungs oder von Menschenhand geschaffen zu überwachen und gegebenenfalls aufzuspüren. Sie vor Missbrauch zu bewahren und in einem solchen Fall an einen sicheren Ort in Verwahrung zu bringen. Visra weiß das und er weiß um die Verbindung zwischen Valpu, mir und dir. Er hat euch und eure Artefakte als Köder benutzt. Er wusste, ich würde durch die Ansammlung von Hexen und magischer Artefakte angezogen werden. Ich spüre die Magie. Es ist Teil meiner Aufgabe.«

Sarah warf einen Seitenblick auf Naefir. »Bist du auch so etwas? Du sagtest, du hättest meine Magie bis nach Álfheimr wahrgenommen.«

Naefir wich Sarahs Blick aus. »Nein.« Er schüttelte den Kopf. »Ich bin kein Hexer.« Er seufzte und schaute sie jetzt direkt an. »Ach, ich weiß es nicht. Ich weiß nicht, was ich bin. Das sagte ich ja schon.« In seinem Wimpernschlag spiegelten sich die Schwere und Traurigkeit eines ganzen Jahrhunderts wider. Für einen Augenblick waren seine Augen wie ein offenes Fenster zu den dunkelsten, unerreichbaren Tiefen seiner Hoffnungslosigkeit. Visras Augen blitzen auf. Begierig mehr zu erfahren, beugte er sich nach vorn.

»Und es war wirklich Teil deiner Strafe, dass du deinen Tod vorgetäuscht hast?«

»Meine Güte, Kindchen. Du bist ja vielleicht schwer von Begriff.« Der Zauberer grinste Sarah unverhohlen an.

Sarah bedachte Visra mit einem vernichtenden Blick. Aber Sigrid fuhr ungerührt fort. »Ja, so war es. Ich wurde gezwungen, den Kontakt zu meiner Familie abzubrechen. Es schien mir als am wenigsten schmerzhaft für uns alle, wenn ihr glauben würdet, ich wäre tot.«

»Das ist doch kompletter Schwachsinn. Du hast uns beinahe zerstört. Vater war am Boden und ich auch. Monatelang. An diesem Tag starb ein Teil von uns allen. Und dann ... Ach, was solls.« Sarah drehte sich um und versuchte, ihre Tränen zurückzuhalten.

»Ich weiß. Es tut mir so leid. Ich hatte keine andere Wahl.«

»Das kann schon sein. Aber nun? Du stehst da und versuchst, nicht einmal uns zu helfen?«

Sigrid nickte in Richtung Visra. »Er ist nicht dumm. Er wusste, dass ich komme, und er hat Vorkehrungen getroffen. Ich bin zwar hier draußen, aber nahezu in derselben Lage wie ihr. Etwas unterdrückt meine Kräfte.«

»So, das reicht jetzt aber. Genug der Familiendramen. Lasst uns nun zum geschäftlichen Teil zurückkommen.«

»Geschäftlicher Teil? Du bist wirklich ein Arsch.« Sarah versuchte Visra durch die Gitterstäbe zu erwischen. Aber dieser wich kaum merklich zurück und grinste sie schadenfroh an. »Na, na, na. Wer wird denn da gleich handgreiflich werden? Aber du hast schon recht. Vielleicht bist du doch nicht so beschränkt, wie ich dachte. Man wird nicht berühmt und erfolgreich, indem man nett ist.«

»Ach ja. Erzähl das mal Leuten wie Henry Dunant* oder Alfred Nobel*.«

»Wem?«

»Vergiss es. Was willst du also? Was soll deiner Meinung nach nun mit uns geschehen?«

»Deine Mutter hat vollkommen recht: Ich will sie. Ich will da hingebracht werden, wo sie die ganzen Schätze hortet. Was mit euch geschieht, steht auf einem anderen Blatt und ist mir gleich.«

»Willst du mich verarschen? Du machst das alles für Gold und Juwelen?«

»Nein, mein Schatz. Er verspricht sich weit mehr davon. Die Reichtümer, von denen er spricht, sind allesamt magische Relikte. Unvorstellbar wertvoll, ja. Und ebenso mächtig.« An Visra gewandt fuhr sie fort. »Das ist es, was du willst? Deshalb hast du mich hierhergelockt? Dazu hättest du nicht extra meine Familie entführen müssen. Du hättest mich gerne beim Hexenrat besuchen können.« Sigrid blickte Visra kampflustig an. Visras Gesichtsmuskeln zuckten und er lief rot an. »Du weißt ganz genau, dass ich das nicht kann.«

»Gut, dann sind wir schon zwei. Ich werde dir niemals verraten, wo sie sich befinden.«

»Kannst oder willst? Was bildet ihr Hexen euch eigentlich ein, dass ihr meint über all diese Dinge verfügen und entscheiden zu können?«

»Beides. Abgesehen davon. Dir ist doch wohl klar, dass niemand außer mir diesen Ort zu betreten vermag und ich dort im Sitz des Rates nicht die einzige Hexe bin? Wir haben das schon immer getan. Seit Jahrhunderten bemühen wir uns, die Dinge im Gleichgewicht zu halten und die Welten vor missbräuchlicher Verwendung solch mächtiger Utensilien zu schützen.«

»Aha, hochinteressant. Dann bin ich darauf jetzt ja vorbereitet. Du musst mir nichts verraten, denn ich weiß schon, wo dieser Ort ist. Was, wenn ich dir sage, dass ich bereits einen Weg gefunden habe, um genau das tun zu können und, dass es dich dafür gar nicht braucht? Ein kleines bisschen deines Blutes ist alles, was ich benötige.«

Sigrid starrte Visra mit offenem Mund an, schüttelte aber dennoch den Kopf. »Dann würde ich sagen, du versuchst, uns in die Irre zu führen.«

»Was? Du meinst, er blufft?«

Valpu nickte zustimmend. »Du warst schon immer zu geschwätzig. Und selbst, wenn es wahr ist, dann würde ich sagen, dass du nicht jedem alles auf die Nase binden musst, was du weißt.«

Visras Lippen zogen sich zusammen und er verzog angewidert das Gesicht. »Als ob mich interessieren, würde, was du dazu zu sagen hast, Valpu.«

»Du hast ja einen kompletten Knall. Das würde ich sagen. Du glaubst doch nicht im Ernst, dass wir dir dabei tatenlos zusehen werden, wie du meine Mutter folterst oder gar tötest?« Sarah schäumte vor Wut.

»Und was genau gedenkt ihr zu tun? Was habt ihr in der Zwischenzeit getan? Außer ausschweifende Reden zu halten. Nichts. Ganz genau, meine Liebe.« Visras Lippen zogen sich zu einem selbstgefälligen Grinsen auseinander.

»Du kannst uns nicht alle kontrollieren.«

Der Zauberer breitete demonstrativ die Arme aus. »Falls ihr es noch nicht bemerkt haben solltet: Ihr seid da drinnen und ich hier draußen.« Erneut klopfte er mit den Schlüsseln gegen das Gitter. Ragnar versuchte sie zu greifen, aber Visra war schneller.

»Na, na, na. Was soll denn das?«

»Einen Versuch war es wert.«

Sarahs Blick fiel auf Sigrid. Visra fing ihn auf und grinste Sarah hämisch an. »Oh doch, das kann ich. Sie ist hier ebenso machtlos wie ihr anderen auch. Und für den unwahrscheinlichen Fall, dass ich es nicht können sollte, kann er es.«

»Wer?« Verdutzt blickten sich alle um, aber es war niemand sonst zu sehen.

»Mein Geschäftspartner, wenn man so sagen möchte.«

»Und wer genau soll das sein?«

»Ich habe da so eine Ahnung und leider trügt mich die meistens nicht.«

Alle Augen waren auf Sarah gerichtet.

»Was seht ihr mich so an? Ich bin hier nicht die machthungrige Irre. Muss ich es wirklich aussprechen? Seht ihr es nicht oder wollt ihr es nicht sehen?«

»Ich denke, das reicht jetzt.« Visra gestikulierte wild mit seinen Armen und starrte die Hexen mit zusammengekniffenen Augenbrauen an. »Eure Gefühlsduselei ermüdet mich und ich habe noch andere Dinge zu tun«, fuhr Visra sie an. Mit einem Fingerschnippen legte er Sigrid in magische Ketten. Sein Angriff auf Valpu erfolgte wenig überraschend, immerhin hatte er sich ja vorhin in langen Ausführungen ergangen, wie er sie foltern und töten würde. Dennoch kam sein Vorstoß so abrupt, dass Sarah und die anderen keine Gelegenheit hatten, auszuweichen. Und schon gar nicht, um einen Schlachtplan auszuhecken. Der Zauberer geizte nicht mit seinen Fähigkeiten und schleuderte den Hexen ein Arsenal aus Blitzen, Energiebällen und Schrapnellen entgegen. Sarah hechtete hinter einen Tisch, der kurz darauf explodierte. Ein hölzerner Regen aus tausenden Splittern prasselte auf sie nieder. Sarah warf einen sorgenvollen Blick auf Ragnar. Sie wusste, dass er ihre Schwachstelle war, und Visra würde keine Sekunde zögern, diese auszunutzen. So viel war ihr mittlerweile klar. Wenn er nicht zögerte, wehrlose Hexen anzugreifen, würde er vor einem Menschen erst recht nicht Halt machen. Sie musste sich etwas einfallen lassen, und zwar rasch.

Valpu hatte alle Hände voll zu tun Visras Angriffen auszuweichen. Zischend wünschte sie ihm Gift und Galle an den Hals. Sarah hatte innerhalb so kurzer Zeit noch nie so viele und kreative Schimpfworte gehört und sie hegte die Vermutung, dass Valpu vielleicht doch noch mehr für diesen Widerling empfand, als ihr lieb war. Sarah musste unweigerlich schmunzeln. *Man kann sich eben nicht aussuchen, in wen man sich verliebt. Und eine enttäuschte Liebe wiegt tonnenschwer. Valpu und Visra hatten bestimmt ein wundervolles Paar abgegeben, ebenso machtvoll wie unausstehlich.*

Valpu holte indessen zum Gegenschlag aus. Aber egal, welchen Zauber sie auch sprach, nichts passierte. Valpu ballte ihre Fäuste. Ihr Schrei durchdrang das Gewölbe und ließ alle erzittern, als ihre Wut sich in eine ohrenbetäubende Kakophonie aus Schmerz und Frustration verwandelte.

Sarah nahm sich diese Hexe nur ungern als Vorbild, aber sie hatte wirklich tolle Sprüche drauf. Magische und nichtmagische. Sie dachte an ihr Erlebnis mit ihrem Smartphone zurück. Ein kalter Schauer lief ihr über den Rücken, als sie sich an den Moment erinnerte, als es explodiert und in Flammen aufgegangen war. Die Erinnerung, wie sie das zustande gebracht hatte, wollte sich beim besten Willen nicht einstellen, aber der Gedanke daran reichte offenbar. Denn kurz darauf begann die blaue Farbe aus Visras Schutzschild zu schwinden. Anfangs war es nur ein Flackern, ein undeutlicher Hauch einer violetten Flamme, der sich zaghaft durch das Blau des magischen Schildes schlängelte. Aber bald darauf weitete es sich aus, und die Flammen züngelten und loderten leidenschaftlich, fraßen ihn auf. Binnen Sekunden ging sein Schutzschild lichterloh in Flammen auf und zerfiel zu Asche. Visra blickte ebenso ungläubig drein wie Sarah und Valpu. *Was in aller Welt? War ich das gerade? Ich dachte, er hätte alle unsere Kräfte blockiert?* Sarah erholte sich als Erste aus ihrer Schockstarre und ergriff, ohne lange darüber nachzudenken die Gitterstäbe. Mit einem zischenden Geräusch taten es diese dem Schutzschild gleich. Das Feuer war anfangs nur ein Funke , dann ein violetter Schimmer, der sich langsam ausdehnte, in ein Rauschen überging und die Gitterstäbe zum Glühen brachte. Auch sie zerfielen zu Staub und lösten sich in Luft auf. Es war ein wunderschönes, aber doch gefährliches Bild, das wie ein Vorbote des Untergangs wirkte. Naefir und Naenans Augen weiteten sich vor Ehrfurcht, während sie gebannt auf das Schauspiel starrten. Valpu reagierte sogleich. Sie ergriff Ragnars Arm und zerrte ihn mit sich hinüber in Sarahs Zelle. Ragnar schloss Sarah in seine Arme. Sein Kuss schien die Zeit zu stoppen. Er verschmolz ihre beiden Seelen zu einem wilden Tanz, der ihre Sinne für alles ringsherum betäubte. Nur sie beide existierten. Deshalb war sie hier. Deshalb war sie in seiner Zeit geblieben. Nichts anderes war wichtig. Sollte ihr der Grund dafür entfallen sein, so erinnerte sie sein inniger Kuss im Bruchteil einer Sekunde daran. Seine Lippen lösten sich von ihren und ließen beide atemlos zurück. Den beiden blieb keine Zeit für ein ausgiebiges Wiedersehen. Visra startete sogleich einen weiteren Angriff und Sarah spürte, wie ihr erneut eine Flut aus Magie entgegenströmte und versuchte, ihre Kräfte zurückzudrängen. Offenbar hatte er vor, eine weitere Schutzbarriere heraufzubeschwören. Alarmiert drehte sie sich um. Abermals flackerte ein blaues Licht auf und hüllte den Magier ein. Sie schloss ihre Augen und konzentrierte sich auf die Magie in ihr. Sie stellte sich vor, wie ihr bloßer Wille das magische Mauerwerk durchdrang und wie ein Stück Papier zerknitterte. Zähneknirschend ging Visra zum Angriff über. Er zückte seinen Zauberstab. Ein Heulen erklang und Wind frischte auf. Immer stärker blies ihnen ein eisiger Luftstrom entgegen. Ein roter Blitz traf Naenan und ließ ihn mitten in der Bewegung erstarren. Mit geweiteten Augen beobachtete Naefir das Geschehen. Sarah ergriff Ragnars Arm und zog ihn mit sich auf den Boden. In geduckter Haltung huschten sie zu den beiden Alben hinüber. Wie zuvor der Zauberer versuchte sie nun ihrerseits eine magische Mauer vor den Kriegern zu errichten, um sie vor seinen Angriffen abzuschirmen. Valpu hielt mit einer gewaltigen Feuersbrunst aus einem unsichtbaren Flammenwerfer gegen Visras Vorstoß und zwang den Zauberer zur Abwehr. In Valpus Augen blitzte Mordlust. Sarah fand die Aussicht schon wieder in Blut, Mord und Totschlag verwickelt zu werden nicht gerade prickelnd. Aber offenbar legte der Zauberer es darauf an. Auch wenn die Chancen denkbar schlecht standen, hatten ihr Ragnars Nähe und das unerwartete Wiedersehen mit ihrer Mutter neuerlich Hoffnung gegeben und ungeahnte Kräfte freigesetzt. Zwar war Valpus Hass auf Visra keineswegs eine Garantie für einen siegreichen Ausgang, aber definitiv spornte er an. Visra war klar im Vorteil. Er war im Besitz von Valpus Ring und all ihre Gegenschläge schienen ihn immer nur zu bremsen, nicht zu stoppen. Er war nicht hinter eisernen Gitterstäben eingeschlossen und Sarah war sich nicht sicher, wie oft es ihr gelingen würde sich ihm zu widersetzen. Sie konnte sich nur ausmalen, über welche grausamen Fähigkeiten der Zauberer noch verfügte. Foltern lag ihm offenbar im Blut. Trotzdem, sie waren zu sechst. Visra stand allein, und die Hoffnung starb zuletzt. Sarah drückte sich aus dem Liegestütz hoch und richtete all ihre Wut auf Visra. Ein gleißender Lichtstrahl ließ den Raum und die Personen aussehen wie auf einem überbelichteten Foto. Sie hätte viel darum gegeben einfach eine Sonnenbrille auf ihre Nase zu zaubern, aber solcherlei Materialisierungszauber gelang ihr noch immer nicht. Immerhin wusste sie, wo ihre Stärken lagen. Ihre Gefühle. Angst, Wut, Zorn verliehen ihr ungeahnte Kräfte und deren Energie konnte sie mittlerweile gut umwandeln.

Valpu ließ ihren Flüchen noch heftigere Taten folgen und ließ Pech und Feuer auf Visra herabregnen. Nur mit Mühe konnte Visra den Angriff abwehren. Unbändiger Zorn flammte in seinen Augen auf, doch schon kurz darauf schien er sich wieder zu fangen und grinste süffisant. »Ihr beiden glaubt doch nicht ernsthaft, etwas gegen mich ausrichten zu können?« Visras und Valpus Blicke trafen sich. Dann griff er zum Ring an seinem Finger und flüsterte einige unverständliche Worte. Aber Valpu schien deren Sinn augenblicklich zu erfassen. Ehe Sarah sich versah, wurde sie unsanft zu Boden geschleudert und Valpu lag mit ihrem gesamten Gewicht auf ihr. Rasch zog sie ihren Umhang über die beiden. Dann begann der gesamte Raum zu beben und eine grollende Flutwelle aus Flammen rollte über sie hinweg. Valpus Umhang aber schützte die beiden Hexen zumindest vor körperlichem Schaden und offenbar hielt auch Sarahs Schutzmauer stand. Die Krieger duckten sich, um der Feuersbrunst zu entkommen, aber nichts geschah. Valpu rollte von Sarah herunter. Panisch suchte Sarah den Raum nach Ragnar und den anderen ab. Alle drei schienen unversehrt zu sein. Einzig Sigrid stand wie angewurzelt da. Als ob sie nur eine Beobachterin wäre, keine Figur in diesem makabren Spiel. Aber auch Visra schien all seine Energie in diesen Angriff gesteckt zu haben und brauchte länger, als üblich um sich zu erholen. Schweißperlen standen auf seiner Stirn und er rang nach Atem.

»Was ist los? Willst du uns nicht helfen, Mutter?«

Sigrid schaute drein wie ein verängstigtes Tier. Ihr Blick huschte zwischen ihnen hin und her, während sie von einem Bein aufs nächste trat. »Ich, ich weiß nicht. Ich verstehe das alles nicht.«

»Was gibt es hier nicht zu verstehen. Ein irrer Magier nutzt magisches Spielzeug, um andere gefangen zu halten und zu bedrohen. Ist es nicht Teil deines Jobs uns zu beschützen und ihn davon abzuhalten?«

Sigrid nickte flüchtig, blieb aber eine Antwort schuldig. Valpus entsetzter Gesichtsausdruck ließ Sarah erschaudern. »Was ist los?«

»Wir haben keine Chance. Er hat meinen Ring und offenbar noch so einige andere Überraschungen in der Hinterhand bereit. Ich denke nicht, dass wir ihn besiegen können.«

Sarah riss erstaunt die Augen auf. »Was denn, die sagenumwobene Valpu lässt sich von einem Ring einschüchtern?«

»Du verstehst nicht. Ich habe nicht umsonst solche Mühen auf mich genommen und dich zu Sunna geschickt, um sie und den Ring zu mir zurückzuholen, wenn es nur ein schnödes Schmuckstück wäre. Ja, es ist ein Familienerbstück. Aber es enthält auch die Kräfte all meiner verstorbenen Vorfahren und diese waren beileibe keine stümperhaften Laien, sondern allesamt berühmte und mächtige Hexen.«

»Und Visra hat ihn benutzt, um diese gefährliche Kreatur zu erschaffen?« Sigrid blickte fragend zwischen Sarah und Valpu hin und her.

»Ich glaube ehrlich gesagt nicht, dass das alles rein auf Visras Mist gewachsen ist. Ich meine, ich kenne ihn nicht so gut wie ihr beiden. Er scheint mir eher der Typ Speichellecker und Handlanger zu sein, auch wenn er gerne mehr als das wäre.«

»Dafür, dass du ihn nicht kennst, hast du ein ganz hervorragendes Bild von ihm gezeichnet.« Valpu lachte hämisch. »Aber du hast recht. Ich glaube auch nicht, dass er im Stande ist, so ein Wesen zu erschaffen oder es zu befreien, wenn es dasselbe Wesen ist, gegen das einst Menschen, Götter und Zauberer kämpften und einen Bann sprachen.«

»Ich auch nicht«, warf Naenan ein. »Dazu hätte er den Ring schon vorher haben müssen oder einen Zeitzauber benutzen, um in die Zeit zurückzureisen. Immerhin ist es schon einige Dekaden her, dass ich mit dieser Kreatur Bekanntschaft gemacht habe.« Naenan versuchte, sich zu strecken. Der Lähmungszauber hinderte ihn nach wie vor daran, sich ungehindert zu bewegen.

»Er ist der Helfer. Er arbeitet mit dem Monster und seinem Schöpfer zusammen«, entgegnete Sarah aus tiefster Überzeugung heraus. »Die Gefangenen. Die Schreie. Ihr habt sie doch selbst gehört. Die und wir sind seine Versuchskaninchen. Der will uns an seinen Partner verschachern und sich mit, was auch immer er dort an Mutters Arbeitsplatz zu finden hofft, aus dem Staub machen.«

»Dafür hast du keinen Beweis.«

»Natürlich nicht, woher auch. Es ist bisher nur ein Gefühl. Aber wie schon gesagt, das täuscht mich leider meist selten. Zu wem hältst du eigentlich? Und wenn du wusstest, dass er dich herlocken wollte, wieso tauchst du dann so arglos hier auf, anstatt dem Kerl eine überzubraten?« Sarah blickte Sigrid vorwurfsvoll an.

»Ihr seid einfach zu komisch. Vielleicht sollte ich euch einfach am Leben lassen, nur um mich zu unterhalten.«

»Da hat wohl jemand in der Witzkiste geschlafen?«

Wie aufs Stichwort ertönte ein unmenschliches Lachen vom Ende des Flurs. Sarah fühlte sich und ihre düstere Vorahnung bestätigt. »Hört ihr. Ich weiß nicht, wer der Gestörtere von den beiden ist, der Sadist oder der Typ hier, der sich mit so einem zusammentut.«

»Wir wissen nicht, ob es tatsächlich der ist, den wir suchen.« Schaltete Naefir sich ein. »Aber falls ja, ist er der Helfer und dieser Visra nur ein Mittel zum Zweck.«

»Was brauchst du? Fotos, Videos? Tja, Pech, stehen mir hier leider nicht zur Verfügung. Aber mir reicht es jetzt.« Sarah streckte die Hände aus und schloss die Augen. Mit offenen Mündern starrten die Anwesenden Sarah an. Die Gitterstäbe, die bisher heil geblieben waren, begannen wie der Faden einer Glühlampe zu glühen. Erst rot, dann orange und schließlich strahlend weiß. Das gleißende Licht erhellte den kompletten Zellentrakt. Die Stäbe fingen an, sich zu verformen, wurden immer schmaler, wie ein glühender Faden an einer Nähnadel. Schweißperlen tropfen von Sarahs Stirn.

»Ruhig, Kind. Es wird sich eine Lösung finden.« Versuchte Sigrid Sarahs Ausbruch zu zügeln. »Wut ist eine mächtige, aber auch äußerst gefährliche Quelle der Magie. Du solltest lieber nicht allzu oft aus ihr schöpfen.«

Aber Sarah hörte Sigrid nicht. In ihren Ohren surrte und klingelte es. Sie selbst schien ebenso zu glühen wie die Gitterstäbe. Nach und nach begannen diese wie heißes Wachs an einer Kerze herunterzutropfen.

Fassungslos starrte Visra Sarah an. »Was geht hier vor sich?«

»Na, dann wollen wir mal sehen, ob der Bannzauber nur auf diesen Teil des Zellentrakts beschränkt war.« Mit erstaunlicher Behändigkeit schlüpfte Valpu hindurch und stellte mit Genugtuung fest, dass sie wieder über ihr volles Potential verfügte. Mit einem genüsslichen Grinsen wandte sie sich Visra zu.

»Gebt uns Deckung!« Sarah schlüpfte ebenfalls aus dem Verlies und schnappte Ragnar an der Hand. Hastig zog sie ihn mit sich hinaus in den Flur.

»Was hast du vor? Wo willst du hin?«

»Ich will wissen, was das für Schreie waren. Ob wir es hier mit diesem Monster oder seinem Schöpfer zu tun haben oder nicht.«

»Und ich soll dir in den Tod folgen?«

»Ach, ihr Wikinger. Ihr macht mich fertig! Du sollst leben, wir alle sollen leben! Glaubst du, ich habe mich auf die Suche nach dir begeben, um dann zu sterben? Aber du kennst mich gut genug, um zu wissen, dass ich jetzt nicht einfach abhaue, wenn wir dem Schöpfer dieses Ungeheuers ganz dicht auf den Fersen sind. Entweder ist es Visra oder jemand anderes. Ich will wissen wer. Du nicht?«

»Nicht so sehr wie du.« Kopfschüttelnd folgte Ragnar seiner Frau den Gang entlang.

»Abgesehen davon, lasse ich dich ab sofort keine einzige Sekunde mehr aus den Augen. Nicht, dass du nochmal spurlos verschwindest.«

Ragnar ergriff Sarahs Oberarm und zog sie an sich. »Du weißt hoffentlich, dass ich euch niemals verlassen würde, oder? Ich hatte keine Kontrolle über meinen Körper.«

Sarah drehte sich zu ihm und ließ ihre Stirn gegen seine Brust sinken. Sie spürte den vertrauten Herzschlag. »Natürlich weiß ich das. Aber ich weiß auch, dass jedes Mal, wenn du in einen Schlamassel hineingerätst, es offenbar etwas mit mir zu tun hat. Also lass uns schnell herausfinden, was es dieses Mal ist.«

Ragnar schüttelte den Kopf. »Ich bezweifle, dass das hier etwas mit dir zu tun hat. Also zumindest nicht direkt.«

Sarah zuckte mit den Schultern. »Ach, was weiß ich. Komm, lass uns gehen.«

Hinter den beiden tobte indes eine weitere Auseinandersetzung. Valpu und der Zauberer gingen aufeinander los wie wilde Tiere. Sigrid hatte alle Hände voll zu tun, die beiden Alben abzuschirmen. Aber Visra hatte offenbar andere Pläne. Lachend schwenkte er seinen Zauberstab und brachte damit das gesamte Verlies zum Beben. Dann erklang ein leises Rieseln, das binnen Sekunden in ein Beben, Brausen und Tosen überging. Krachend schlugen Steine auf dem Ziegelboden ein. Unter Sarahs Füßen schwankte es bedrohlich. Sarahs Magen erinnerte sich unweigerlich an die letzte Schiffsfahrt ihres Lebens und schlug ebenfalls Wellen. Das ganze Verlies drohte einzustürzen. Valpu und Sigrid erzeugten einen Schutzschild über ihnen. Hustend folgten sie Sarah und Ragnar den Flur entlang, dicht gefolgt von Naefir und Naenan. Von Visra war weit und breit nichts zu sehen.

Kapitel 13
–
Bekenntnisse

Wir sollten schleunigst von hier verschwinden.«
»Ja, das ist ja mal wieder typisch. Geh nur. Niemand hält dich auf. Ich will wissen, womit wir es hier genau zu tun haben. Außerdem müssen wir diesen größenwahnsinnigen Visra stoppen.«

»Sarah, so kenne ich dich gar nicht.«

Sarah verdrehte die Augen. »Hör auf, mit mir zu reden, als ob ich zehn Jahre alt wäre. Außerdem, kanntest du mich eigentlich jemals? Du warst nie da. Zugegeben, ich habe mich verändert. So wie du vermutlich auch. Ich bin nicht mehr so ruhelos wie früher. Hättest du durchgemacht, was ich in den letzten Jahren durchgemacht habe, wärst du vermutlich nicht anders.«

Seufzend machte Sigrid einen Schritt auf Sarah zu. »Sarah, ich weiß es ist viel passiert. Lass mir doch wenigstens eine Chance, dir alles zu erklären.«

»Mama, das können wir gerne machen, ehrlich. Aber nicht jetzt.« Sarah war sich nicht sicher, ob sie das wirklich wollte. Die Wahrheit tat oft weh. Manchmal war es besser, an eine Lügengeschichte zu glauben. Sich an einen Strohhalm zu klammern, der einen in Sicherheit wiegte. Einem vorgaukelte, alles wäre aus einem guten Grund geschehen.

»Sarah hat recht.« Schaltete Ragnar sich ein. »Das ist weder der richtige Ort noch die richtige Zeit. Meine Frau hat ein gutes Gespür für Dinge. Wir sollten ihr vertrauen und herausfinden, woran wir hier sind.«

»Frau?« Sigrid riss überrascht die Augen auf. »Ich habe so viel verpasst. Das tut mir unendlich leid.« Sigrids Worte klangen ehrlich. Sie gaben keinen Anlass, daran zu zweifeln. Im Grunde saßen die beiden im selben Boot.

»Das glaube ich dir. Aber wir haben jetzt andere Sorgen.«

»Vielleicht sollten wir uns aufteilen?« Es war das erste Mal, seit Sigrids Auftauchen, dass Naefir sich wieder aktiv zu Wort meldete.

»Ja, das ist eine gute Idee. Sigrid, Ragnar und ich. Naefir, Naenan und Valpu. Ihr geht da lang. Sollten wir tatsächlich auf dieses Ungeheuer stoßen, müssen wir wohl ohne Hilfe der anderen Welten versuchen es zu verbannen.«

»Was ist mit Visra und dem Schöpfer der Kreatur?«

»Keine Ahnung. Was auch immer geschieht, ich will in erster Linie meine Familie und die Dorfbewohner beschützen.« Seufzend fügte sie hinzu: »Und endlich zurück nach Hause.«

»Das geht uns allen so. Was sollen wir mit den anderen Gefangenen machen?«

»Freilassen. Oder was meint ihr?«

»Was, wenn sie uns angreifen?«

»Also wirklich, Leute! Wollt ihr sie etwa hier ihrem Schicksal überlassen? Ich sage, der Feind meines Feindes ist mein Freund. Jede Hilfe kann uns nur recht sein. Und ihr seid auch keine hilflosen Säuglinge, auch wenn ihr euch gerade wie solche benehmt.«

Valpu lachte. Die Männer blickten etwas konsterniert drein, leisteten Sarahs Anweisungen aber Folge. Die beiden

Gruppen teilten sich auf und durchstöberten die Zellen und Gänge. Nach einer Weile trafen sie sich wieder an ihrem Ausgangspunkt. Enttäuscht blickten sie sich an. »Nichts.«

»Hier auch nicht. Nur ein paar verschreckte Gefangene. Wir haben sie freigelassen. So wie du es wolltest.«

Sarah nickte. »Wo sind sie jetzt?«

»Getürmt.« Wieder nickte Sarah. Man konnte es ihnen nicht verdenken. »Also muss es einen Weg hier raus geben.«

Naefir nickte zustimmend.

»Und Visra?«

»Keine Spur von ihm.«

Valpu verzog das Gesicht. »Vermutlich ist er geflohen. Das sieht ihm ähnlich.«

»Oder er holt gerade Verstärkung.« Sarah zuckte mit den Schultern. »Was seht ihr mich schon wieder so an? Wir müssen schließlich mit allem rechnen.«

»Ich stimme Sarah zu. Außer den Gefangenen und Visra scheint noch jemand hier zu sein, auch wenn wir ihn noch nicht gesehen haben. Aber das, was ich vorgefunden habe, hat mich an das erinnert, was ich selbst durchleben musste. Es sah eindeutig nach Folterkammer oder einer Art Laboratorium aus. Manche von den getürmten Gefangenen waren in einem erbärmlichen Zustand. Ich weiß nicht, ob sie es ohne Hilfe zurück nach Hause schaffen werden.«

»Noch wissen nicht einmal wir, wo wir sind und wie wir hier rauskommen. Sollten wir einen Weg finden, helfe ich den Gefangenen gerne.«

»Uns haben sie keine Hilfe angeboten. Sie sind einfach davongelaufen und haben uns hier zurückgelassen.« Bemerkte Ragnar vorwurfsvoll.

Sarah nickte und legte beschwichtigend ihre Hand auf Ragnars Schulter. »Wer weiß, wie lange sie hier gefangen waren und was man ihnen angetan hat.« Nachdenklich betrachtete sie Naefir und die anderen. »Wer weiß, was wir tun würden, wenn wir wochenlang eingesperrt und gefoltert werden würden.«

Naefir nickte zustimmend. »Wer auch immer mir das angetan hat. Er hat seine Arbeit offenbar noch nicht beendet.« Naefirs Augen weiteten sich und sein Atem ging flach und schnell. Die Furcht stand ihm ins Gesicht geschrieben.

»Das klingt richtig schauderhaft.«

»Oh ja. Erst recht in Kombination mit den Schreien von vorhin. Langsam komme ich mir vor, wie in einem Serienmix aus ‚Criminal Minds‘ und ‚American Horror Stories‘. Mir hat das Gehörte schon gereicht, dass ich mich fast übergeben hätte.«

Erneut erntete Sarah verwirrte Blicke. Sigrid lachte verhalten. »Ich weiß, was du meinst.« Sie griff nach Sarahs Hand und drückte sie vorsichtig. »Vielleicht sollten wir das Gebäude nach magischen Portalen absuchen? Irgendwie müssen die hier rein und raus kommen.«

»Eine Tür würde mir schon reichen. Aber ja, gute Idee. Ob Visra seine Spielsachen hiergelassen hat? Falls er doch im Besitz des Amuletts ist, könnte es uns zurück nach Hause bringen.«

Valpu lachte. »Ihr braucht das Amulett nicht. Zurück nach Hause bringen kann ich uns auch so.«

Sarah schnaubte verächtlich und stapfte davon.

»Sarah!« Sigrid setzte an, um Sarah nachzulaufen, aber Ragnar hielt sie zurück.

»Lass sie. Sie braucht ein paar Minuten für sich. Wenn sie sich beruhigt hat, wird sie mit dir reden wollen. Da bin ich mir sicher.«

Sigrid blickte Ragnar mit einer Mischung aus Neugier und Bewunderung an. »Seit wann seid ihr verheiratet? Seit wann ist sie hier?«

»Noch nicht sehr lange. Aber das soll deine Tochter dir am besten selbst erzählen. Gib ihr Zeit.«

Seufzend folgte Sigrid den anderen. Es dauerte jedoch nicht lange, als Sarah auch schon wieder zurückkehrte. Der Ärger war etwas abgeklungen, aber sie fühlte sich wie vor einem Vorstellungsgespräch. Sie rieb sich ihre Hände an ihrem Rock.

»Okay, wir sollten reden. Lass uns ein Stück gehen.«

»Hältst du das für klug?«

Sarah blickte sich demonstrativ um. »Die bösen Jungs sind offenbar ausgeflogen. Zumindest vorerst scheinen wir hier sicher zu sein. Wir können also nichts weiter tun, als uns umzusehen, und das geht bestimmt auch redend.«

Sarah blickte fragend in die Runde. »Was sollen wir tun? Einfach hier sitzen bleiben und darauf warten, dass die zurückkommen oder einen Weg zurück nach Hause finden?«

Die Anwesenden waren sich nicht einig. Valpu war eindeutig für abhauen, während Naefir, Naenan und Ragnar darüber diskutierten, ob sie hierbleiben und ihnen eine Falle stellen sollten.

»Okay, wisst ihr was: Bis ihr euch geeinigt habt, machen meine Mutter und ich einen kleinen Spaziergang.«

Alle blickten unschlüssig umher. Ragnar nickte zustimmend, dennoch sah er den beiden sorgenvoll hinterher.

Schweigend liefen die beiden Frauen eine Weile nebeneinander her, ehe Sigrid das Wort ergriff.

»Ich hoffe, du kannst irgendwann verstehen, warum ich so gehandelt habe. Ich wollte nichts weiter, als euch schützen. Du weißt jetzt, was es heißt über Kräfte zu verfügen und welche Verantwortung das mit sich bringt. Ich wollte dir all diese Verpflichtungen und Gefahren ersparen. Ich wünschte mir für dich ein normales, glückliches Leben.«

»Weißt du, ich habe mich mein halbes Leben lang gefragt, was mit mir nicht stimmt. Ich habe immer gespürt, dass ich anders bin. Ich fühlte mich stets rastlos und habe überall auf der Welt nach Antworten gesucht. Antworten auf Fragen, die du mir mit Leichtigkeit hättest geben können. Aber stattdessen hast du dabei zugesehen, wie ich als schwarzes Schaf abgestempelt wurde. Obwohl du wusstest, was der Grund dafür sein könnte. Du hast mich und Sophie ständig allein und mir noch nicht einmal die Wahl gelassen, ob ich als Hexe aufwachsen will oder nicht. Wusste Papa, was du bist?«

Sigrid schüttelte den Kopf. »Ach Sarah.« Beherzt schlang sie die Arme um ihre Tochter. Ihre Augen füllten sich mit Tränen. »Ich hatte keine Ahnung. Ich dachte, du wärst glücklich und zufrieden. Du warst schon immer einzelgängerisch und hast dich in die Welt der Bücher vergraben. Ich kann das nicht ungeschehen machen, aber ich hoffe, du kannst mir eines Tages verzeihen. Ich hatte nur die besten Absichten.«

Sarah brachte nur ein undefinierbares Schluchzen zustande. Es dauerte einen Moment, ehe sie ihre Stimme wiedergefunden hatte. »Ja, bestimmt. Ich weiß auch nicht immer, ob die Entscheidungen, die ich treffe, die klügsten sind. Trotzdem muss ich das alles erst einmal verdauen.

Oft ist es wirklich schwer zu sagen, wer uns am meisten Übel zufügt, Feinde mit den schlimmsten oder Freunde mit den besten Absichten.«

»Du hast immer so gerne gelesen. Bestimmt fehlen dir deine Bücher.«

»Und nicht nur die.«

»Valpu hätte dich bestimmt zurück in die Zukunft schicken können, warum bist du geblieben?«

»Ragnar.«

»So einfach?«

»Nichts von all dem war einfach. Auch nicht die Entscheidung, mein gesamtes bisheriges Leben hinter mir zu lassen, hier in der Vergangenheit zu bleiben und neu anzufangen.«

»Weiß er, welches Opfer du für ihn bringst?«

Sarah nickte. »Ich denke, er weiß es. Wir sind uns nichts schuldig. Wäre er nicht gewesen, hätte ich vermutlich keine fünf Minuten überlebt.«

»Du hast dein Licht schon immer unter den Scheffel gestellt.«

»Quatsch!«

»Kein Quatsch. Auch ohne deine magischen Kräfte warst du immer schon etwas Besonderes. Es hat dir Angst gemacht, dabei bist du nicht auf den Kopf gefallen und mutig. Du bist allein durch die Welt gereist. Du warst nie ein schwarzes Schaf. Wir alle haben deinen Mut bewundert und bei manchen dauert es eben länger, bis sie ihren Weg finden.«

Sarah riss die Augen auf. »Mich bewundert?«

»Natürlich. Dein Vater, deine Schwester. Ich. Wir alle. Sophie hat einen völlig anderen Weg gewählt, das heißt aber nicht, dass sie dich nicht manchmal auch dafür beneidet hat, dass du einfach mal eben so wegfahren und um die Welt reisen konntest.«

»Das ist doch Unsinn. Das sagst du jetzt nur, um dich bei mir einzuschleimen.« Sarah stupste ihre Mutter an.

Sigrid senkte ihren Kopf.

»Ja, das wäre möglich. Aber würde es etwas ändern? Ich bin stolz auf meine beiden Kinder. Ihr seid grundverschieden und trotzdem sind wir eine Familie. Und, nein. Dein Vater weiß nichts von unserem Hexenerbe. Ich habe mich letztlich dagegen entschieden, es ihm zu sagen, weil ich ihm keinen Kummer bereiten wollte. Er ist ein so lieber, fleißiger Mann, er lebt in seiner kleinen, arglosen Welt. Ich wollte ihm diese Illusion nicht nehmen.«

»Hat er nie Verdacht geschöpft?«

»Und ob, aber nicht so, wie du denkst. Ein Seitensprung war der wagemutigste Gedanke, nicht der, dass er mit einer Hexe verheiratet sein könnte.«

»Armer Papa. Hat er wirklich gedacht, du würdest ihn betrügen?«

»Ja, einmal schon. Ich war kurz davor ihm die Wahrheit zu sagen. Aber ich konnte ihn letztlich auch so davon überzeugen, dass das völliger Unsinn ist. Wenn er wüsste, dass ich mir im Gegenteil Schwierigkeiten eingehandelt habe, weil ich mich für ein Zusammenleben mit einem Menschen und eine Familie entschieden habe, na ja.«

»Glaubst du nicht, dass es besser gewesen wäre, ihm die Wahrheit zu sagen? Ich meine, ich gebe zu, ich habe auch nicht gleich lauthals herausposaunt, dass ich aus der Zukunft stamme, als ich Ragnar kennenlernte. Aber wenn ich eines gelernt habe, dann das, dass es alles nur noch komplizierter macht, wenn man Geheimnisse voreinander hat.«

»Ja, da wären wir wieder bei dem Thema: hätte, würde, sollte. Hinterher ist man immer schlauer. Oft hätte man mit dem Wissen von heute hinterher viele Dinge anders gemacht. Andere Entscheidungen getroffen. Aber nicht immer. Was wäre gewesen, wenn ihr die Wahrheit gekannt hättet? Hätte es etwas geändert? Ihr alle hättet euer ganzes Leben über ein Geheimnis hüten müssen. Mein Geheimnis. Ihr hättet euch um mich gesorgt. Ihr wüsstet jetzt trotzdem nicht, ob ich noch lebe oder tot bin. Ich hätte euch so oder so nicht kontaktieren dürfen. So wart ihr in dem Glauben, dass ich starb, konntet euch verabschieden und um mich trauern. Damit abschließen und neu beginnen.«

»Ach, Mama.«

»Ich weiß, ich bin nicht perfekt, ich habe Fehler gemacht. Jeder versucht stets nur das Beste aus seinem Leben zu machen. Jeder will das Beste für die Menschen, die er liebt, seine Familie, seine Kinder. Nicht immer ist das, was man für das Beste hält, auch wirklich die beste Wahl.«

»Ich weiß, was du meinst. Trotzdem verstehe ich das alles nicht. Gut, du hast anscheinend gegen irgendwelche Regeln verstoßen, aber dürfen die dich deshalb einfach wegsperren und dir den Kontakt zu deiner Familie verweigern?«

Sigrid zuckte seufzend mit den Schultern. »Ja, ich denke, meinen Zauberkräften abzuschwören, wäre vermutlich die mildere Strafe gewesen. Meine Familie zu verlassen war das Schlimmste. An diesem Tag ist ein Teil von mir gestorben. Für eine gewisse Zeit wurde mir untersagt, meine Zauberkräfte auszuüben. Dann haben sie eine andere Aufgabe für mich gefunden. Ich musste mich dazu verpflichten, die neue Hüterin der Artefakte zu werden, nachdem die andere gestorben war.«

Valpu lachte ein bitteres Lachen. »Zwangsarbeit. Norae Skjaldborg gehen offenbar langsam nicht nur die Mitglieder, sondern auch die Möglichkeiten aus.«

Erschrocken fuhren Sarah und Sigrid herum.

»Nun ja, es hätte mich schlimmer treffen können. Ein Arbeitslager in Sibirien wäre sicher eine härtere Strafe gewesen.«

Sarah warf Valpu einen finsteren Blick zu. »Wo kommst du denn her? Das sollte ein Gespräch zwischen Mutter und Tochter werden.«

»Ich dachte mir, Sigrid könnte vielleicht etwas Unterstützung gebrauchen.« Valpu zwinkerte Sarah neckisch zu.

»Sag bloß. Soll das etwa ein Scherz sein? Klar, weil du ja sonst auch so mitfühlend und hilfsbereit bist? Denkst du, ich würde meiner Mutter den Kopf abreißen? Da würde ich mir eher an deiner Stelle Sorgen machen.«

Valpu lachte amüsiert, verzichtete jedoch auf eine Erwiderung.

»Du hast gut lachen, Valpu. Ich habe mich dem Rat allein gestellt und die Strafe für dich mitgetragen.« Dieses Mal war es Sigrid, die Valpu vorwurfsvoll anblickte.

»Ich habe dich nicht dazu gezwungen, dich zu stellen. Und wenn der Rat dich für meine Verfehlungen bestraft, dann ist er weit übers Ziel hinausgeschossen. Das sollte der Ältesten klar sein.«

»Das stimmt. Aber eine Freundin, oder was auch immer wir beide sind, wäre vielleicht von selbst darauf gekommen, sich zu stellen oder sich zu fragen, wo ich abgeblieben bin. Stattdessen bist du einfach abgehauen und hast dich in deiner Welt verkrochen.«

»Ich hatte ja keine Ahnung, dass du gleich zum Hexenrat rennst und ihnen davon erzählst. Immerhin hatten wir eine Abmachung. Was geht das die Älteste an?«

»Das weißt du ganz genau. Oder fühlst du dich unserer Schwesternschaft etwa nicht zugehörig?«

»Nein, eigentlich nicht. Ich stehe für mich. Wenn ich gewusst hätte, was du vorhast, hätte ich dich davon abgehalten.«

»Der Hexenrat hätte es so oder so herausgefunden. Immerhin hatte Sarah damals schon längst das Alter überschritten, in dem sie den Initiationsritus hätte durchlaufen müssen. Es hätte nicht mehr lange gedauert und sie wären vor meiner Tür gestanden.«

»Im Übrigen stehe ich sehr wohl zu meinen Freunden. Ich hätte dich auch einfach mit Visra in dieser Höhle versauern lassen können, habe ich aber nicht.«

»Du hast Freunde? Ist nicht wahr.«

»Sarah!« Sigrid zischte Sarah im Befehlston an.

»Hör auf, mit mir zu reden, als ob ich ein kleines Mädchen wäre.«

»Dann hör auf, dich so zu benehmen.« Sigrid stieß einen tiefen Seufzer aus. »Oje, du hast ja recht. Entschuldige. Ich verhalte mich dir gegenüber schon wie Norae mir gegenüber. Offenbar bin ich es schon so gewohnt Befehle zu empfangen und erteilen, dass ich keine normale Unterhaltung mehr führen kann.«

»Die Älteste lebt also noch?«

»Ja. Sollte sie nicht?«

»Das steht auf einem anderen Blatt. Es wundert mich, dass sie sich so lange halten konnte. Hat sie dich hergeschickt?«

Sigrid schüttelte den Kopf.

»Weiß sie, dass du hier bist?«

»Lass uns später weiterreden. Wir haben schon lange genug geplaudert.«

Valpus Augen verengten sich zu schmalen Schlitzen. Sie öffnete ihren Mund, um etwas zu sagen, aber Sarah kam ihr zuvor.

»Ich denke auch, das reicht fürs Erste. Wir sollten zurück zu den anderen. Ob sie mittlerweile einen Plan ausgeheckt haben?«

Valpu zuckte mit den Schultern.

»Ich habe keine Ahnung, was wir jetzt machen sollen. Warten bis der irre Zauberer zurückkommt oder einen Weg nach Hause suchen? Ich vermisse meine Kinder. Was ist, wenn dieser Visra bei mir zuhause auftaucht? Oder dieses Ungetüm? Ob Ida das Portal allein öffnen konnte und die anderen inzwischen vielleicht schon Hilfe geholt haben?«

Sarah hatte sich bereits umgedreht und war im Begriff zurückzugehen, aber Sigrid hielt sie fest. »Kinder? Heißt das, ich bin Großmutter?« Sigrids Augen füllten sich mit Tränen.

»Ja. Streng genommen bist du das ja schon. Wir haben wirklich noch viel zu bereden, aber nicht jetzt.«

Die drei Hexen gesellten sich zurück zu den anderen. Die Krieger hatten die Zeit genutzt, um sich umzusehen. Voller

Zufriedenheit klärten sie die Hexen darüber auf, dass das Gebäude, in dem sie sich befanden, so etwas wie ein Schloss sein musste, denn es gab außer Gängen und Verliesen auch eine Küche, einen Speisesaal und mehrere komfortable Zimmer. Grinsend warf Naenan Sarah einen Apfel zu, ehe er selbst einen herzhaften Bissen von einem solchen nahm. Dankend nahm Sarah die kleine Stärkung an. Die Müdigkeit überwog jedoch und sie reichte ihn bereits nach ein paar Happen an Ragnar weiter.

»Es ist spät. Es war ein langer Tag. Wir sollten uns ausruhen und unsere Kräfte schonen. Wer weiß, was uns noch bevorsteht.«

»Ich bin derselben Ansicht wie Naefir. Wir sollten uns ausruhen.« Sarah blickte Ragnar erstaunt an. Er war bisher nur selten einer Meinung mit Naefir gewesen.

»Lasst uns einen Lagerplatz suchen, wo wir übernachten können.«

Alle stimmten zu. Schweigsam machten sich die Gefährten auf die Suche nach einem geeigneten Platz für die Nacht.

Wind frischte auf. Schwarzes, seidiges Gefieder schimmerte im Lufthauch. Das Tier landete auf Idas Arm, streckte seine Flügel und schüttelte sich. Idas Pupillen wurden groß. Zwei wachsame schwarze Augen musterten Ida und die anderen Personen im Raum eingehend. Sie betrachtete das nebelhafte Wesen ebenso aufmerksam, wagte jedoch nicht, es zu berühren, während sie ihre Nachricht formulierte. Der Rabe nickte, als sie ihre Botschaft beendet hatte, und breitete seine Flügel aus. Mit einem Krächzen stieß er sich von Idas Hand ab und segelte auf leisen Schwingen davon. So schnell wie das Bild vor Idas Auge entstanden war, so schnell war es auch wieder verschwunden. Nur ein paar schwarze Nebelschleier ließen die Silhouette des Vogels erahnen und entschwanden schließlich im Nichts, als ein neuerlicher Windhauch durch das Zimmer fegte.

Staunend blickten Frode und Sven auf das Trugbild des Vogels.

»Ida, ich denke, du schmälerst dein Können. Du bist von den Göttern nicht nur mit der Gabe des Heilens bedacht worden.«

Ida schüttelte den Kopf. »Nein, das war ich nicht. Die Botschaft, ja. Aber der Rabe. Das war nicht ich.«

»Wer soll es sonst gewesen sein?«

»Das war sie.« Ida deutete auf Sunna, die tränenverschmiert am Boden saß. »Sie hat dafür gesorgt, dass die Botschaft verbreitet wird.«

Sven blickte erstaunt zwischen Ida und Sunna hin und her. »Du kannst so etwas?«

»Du wolltest mich sehen, Mutter?«

Frigg nickte und klopfte mit der Hand auf den freien Platz neben sich. »Setz dich. Ich muss mit dir reden.«

Lokis Lächeln erfüllte sein ganzes Gesicht und brachte seine Augen zum Strahlen. »Du klingst so geheimnisvoll. Ganz nach meinem Geschmack.«

»Hör auf damit. Mir ist nun wirklich nicht nach Albernheiten zumute.«

Loki zog einen Schmollmund. »Wie schade.« Ein warnender Blick seiner Mutter brachte ihn zum Schweigen. »Also, warum bin ich hier?«

»Dein Ruf.«

Seufzend ließ Loki sich nach hinten in die samtenen Kissen fallen. »Das ist jetzt nicht dein Ernst.«

»Schweig still!« Unterbrach ihn Frigg schroff. »Ich will damit sagen, dass dein Ruf mir bei einer heiklen Angelegenheit dienlich sein könnte. Ich habe eine Bitte an dich.«

»Und die wäre?«

»Du musst in die Welt der Menschen gehen und eine Nachricht überbringen.«

»Warum schickst du nicht einfach einen Diener mit der Nachricht oder gehst selbst?«

»Das ist zu gefährlich und könnte deinem Vater und uns allen schaden.«

»Und wenn ich gehe, nicht?«

Frigg sah ihren Adoptivsohn eindringlich an. Loki nickte. »Ich verstehe. Jedermann weiß, dass ich mich nicht um Regeln schere und man meinen Worten Glauben schenken kann oder auch nicht.«

Frigg nickte.

Lokis Augen blitzten auf. »Welche Nachricht ist so heikel, dass du sie nicht selbst überbringen kannst und ausgerechnet mir anvertraust? Hältst du das für eine kluge Entscheidung?«

»Nein, eigentlich nicht. Aber ich habe keine andere Wahl.«

Loki schluckte ob der ehrlichen Antwort seiner Mutter.
»Aber ich kenne dich. Du triffst nicht immer die besten
Entscheidungen, aber du bist nicht so niederträchtig wie
manche das gerne glauben wollen.«

KAPITEL 14
–
VERZWEIGUNGEN

Als Sarah erwachte, war Ragnar bereits aufgestanden. Sein Platz war noch warm, er konnte also noch nicht allzu lange weg sein. Gedämpft drangen die Stimmen ihrer Freunde in das Zimmer, in dem es sich die beiden gemütlich gemacht hatten. Seufzend drehte sie sich auf den Rücken und starrte an die Decke. Das Zimmer war nicht sonderlich luxuriös ausgestattet, aber trotzdem sehr schön. Es gab ein Bett, einen Schrank und zwei hölzerne Kommoden. Alles recht schlicht, aber sauber und ordentlich. Definitiv kein Verlies und keine Folterkammer. Gähnend streckte sie sich und rollte sich aus dem Bett. Niemand hatte ihnen verübelt, dass die beiden etwas Zeit für sich haben wollten. Die Erleichterung und Freude, Ragnar wiedergefunden zu haben, überwog die Strapazen der letzten Tage. Dennoch hatte es nur wenige Augenblicke gedauert, bis Sarah in der warmen Geborgenheit von Ragnars Armen in den Schlaf gesunken war. Ein friedlicher Zustand, der noch immer anhielt und sie fest umschlungen hielt. Doch plötzlich zerriss ein Dröhnen die Stille und entführte sie aus den Tiefen ihres Traums. Sarah fuhr erschrocken hoch. Der Klang war tief und bedrohlich, fast wie das ferne Grollen eines Gewitters. *Aber ein Gewitter im Spätherbst?* Sarah rieb sich verschlafen die Augen und lauschte. Sie konnte das Zischen des Windes draußen hören und das sanft knisternde Feuer im Kamin. Doch dann spürte sie es - eine kaum merkliche Vibration unter ihren Füßen. Ein leichtes Beben, als würde der Boden in einem unruhigen Schlummer liegen. Verwirrt sprang sie aus dem Bett und machte sich auf die Suche nach Ragnar und den anderen. Ihre Schritte waren gehetzt, ihre Gedanken wirr. Als sie die anderen fand, war die Stimmung auf einem Tiefpunkt. Die Gefährten saßen zusammen, ihre Gesichter gezeichnet von Sorge und Verwirrung. Sarah war durch die Geräusche erschrocken, aber sie hielt ihre Aufregung zunächst für sich. Offenbar war sie die Einzige, die etwas gehört hatte und die Gefährten ausschließlich damit beschäftigt darüber zu streiten, wie sie nun weiter vorgehen sollten. Sie waren also noch immer zu keiner Einigung gelangt. Es ging heiß her.

»Wir stehen allein. Niemand ist gekommen, um uns zu helfen.« Merkte Naefir an. »Und wir können nicht hinaus.«

»Wer hätte denn kommen sollen?«, schaltete sich Sarah umgehend in das Gespräch ein. »Wir hatten keine Gelegenheit mehr die anderen Welten zu kontaktieren. Und ich bezweifle, dass jemand weiß, wo wir sind. Aber so wie es aussieht werden wir früher als uns lieb ist mit der Kreatur Bekanntschaft machen.« Sie warf einen vielsagenden Blick in die Runde, ihr Gesicht noch gezeichnet von den Spuren des Schlafes. Sie stieß aber lediglich auf fragende Blicke.

»Habt ihr etwa nicht diese Geräusche gehört? Das Grollen und Beben? Es war beängstigend.«

Die anderen sahen Sarah verwundert an. Ragnar schüttelte den Kopf. »Wir haben nichts gehört. Kein Grollen, kein Beben. Nur Streiterei.«

»Was heißt hier Streiterei?«, zischte Naefir ihn an. »Es könnte ja sein, dass der Seher oder die Heilerin inzwischen etwas erreicht haben und Hilfe unterwegs ist.«

»Ihre Aufgabe war es, in erster Linie sich um die Kinder und die Dorfbewohner zu kümmern. Und so wie es im Dorf zuletzt zuging, haben die beiden sicher genug anderes um die Ohren«, erwiderte Sarah nüchtern.

»Was ist denn los? Niemand hat bis jetzt erwähnt, dass es zuhause Schwierigkeiten gibt.« Ragnars Augenbrauen zogen sich bedrohlich zusammen.

Sarah biss sich auf die Lippen. Am liebsten hätte sie sich selbst geohrfeigt. Stattdessen warf sie Naefir einen vernichtenden Blick zu. »Was habt ihr eigentlich in der Zwischenzeit gemacht? Löcher in die Luft gestarrt? Du hättest Ragnar ruhig einweihen können.«

»Mir war nicht bewusst, dass es meine Aufgabe ist, deinen Mann über alles in Kenntnis zu setzen, was inzwischen passiert ist«, erwiderte Naefir säuerlich.

Sarahs Lippen zogen sich zu einem schmalen Strich zusammen. »Männer! Alles muss man euch sagen.« Sie verdrehte die Augen und wandte sich an Ragnar. »Gut, dann also wieder mal die Kurzfassung. Das Tier, das dich im Wald überrannt hat, ist vermutlich kein Tier, sondern eine Art Monster. Ein grausiges Experiment eines Irren, der Leute verletzt, entführt und verstümmelt. Und wenn mich mein Gefühl nicht sehr täuscht, dann schätze ich, dass dieser Irre und sein Schoßtierchen nicht weit sind. Immerhin waren diese unheimlichen Geräusche von gestern ein Indiz. Anscheinend hat dieser Visra da auch die Finger im Spiel, wer weiß. Und was Ida und Frode betrifft, die halten alles im Dorf am Laufen. Die Situation mit den Kranken hat sich verschlimmert und es gab auch viele Verletzte. Vermutlich auch das Werk dieses Monsters. Sven kommt vorbei so oft er kann, um zu helfen. Sollten sie trotzdem die Zeit und einen Weg gefunden haben, Hilfe aus den anderen Welten zu holen, dann wäre das ein netter Bonus, aber kein Muss«, endete Sarah ihren Bericht mit einem strengen Seitenblick auf Naefir.

Ragnar schüttelte ungläubig den Kopf. »Soll das heißen, das Dorf wurde angegriffen?«

»Mehr oder weniger. Die Krankheitsfälle haben sich gehäuft und dann ist alles eskaliert. Naefir hat angedeutet, dass es in seiner Welt damals gleich ablief. Ehe die Welten wachgerüttelt wurden und sich im Kampf gegen diese Bedrohung vereinten. Es gab viele Verletzte. Ida hat sich fast allein um alle gekümmert. Ich habe es zwar noch geschafft, eine Botschaft an die umliegenden Sippen und Jarls zu schicken, aber ich weiß nicht, ob die Nachrichten sie erreicht haben.«

Ragnar ließ sich auf den Boden sinken. »Ich weiß nicht, was ich sagen soll. Alle werden denken, ich habe sie im Stich gelassen.«

Sarah kniete sich neben ihn. »Quatsch! Wir haben ihnen gesagt, dass du ein gefährliches Tier jagst, um deine Familie und deine Sippe zu schützen. Was nicht völlig aus der Luft gegriffen ist, wenn wir uns entschließen sollten, das Monster zu jagen. Niemand wird denken, du hättest sie im Stich gelassen.«

Trotzdem konnte Sarah sich des Eindrucks nicht erwehren, dass die Götter genau das getan hatten. *Klar, ich weiß nicht, ob Frode oder Ida vielleicht inzwischen eine Botschaft er-*

reicht hat. *Aber bisher sind keine Götter oder sonst irgendwelche Helfer hier aufgetaucht. Zumindest nicht, dass wir es wüssten. Bei den Göttern kann man nie wissen, ob nicht einer in anderer Gestalt vor dir steht. Auch gut. Aber ich werde einen Teufel tun und mich davon jetzt aufhalten lassen.* Sarah hatte Ragnar bereits mehrmals kämpfen sehen und Gnade dem, der versuchen sollte, sich an ihr zu vergreifen. Zu Naefirs und Naenans Kampfkünsten konnte sie nichts sagen, aber trotz aller Auf und Abs vertraute sie ihrem Wort. *Wir sind drei Hexen: Valpu, meine Mutter und ich selbst. Die Gefangenen haben also alle das Weite gesucht. Wer kann es ihnen verübeln? Ich habe bereits selbst erlebt, was es heißt, seiner Familie und dem gewohnten Umfeld entrissen zu werden. Und sie alle wollen bestimmt einfach nur dahin zurück. Wir stehen also allein. Daran können wir nichts ändern. Es ist wie es ist. Es muss reichen. Es wird reichen. Wegen Visra mache ich mir keine Gedanken, Valpu wird schon mit ihm Schlitten fahren. Was den Drahtzieher anbelangt, können wir ohnehin nur abwarten.* Aber die Geräusche, die sie nun hörten und immer lauter wurden, machten Sarah bang. Die Entscheidung, ob sie gegen das Monster kämpfen sollten, wurde ihnen abgenommen. Es sah ganz danach aus, als ob es bereits auf dem Weg zu ihnen war. Diese Laute, die sich unablässig näherten, erinnerten sie an einen heraufziehenden Sturm. *Wenn das das Ungetüm war und es schon so furchteinflößend klang, wie würde es dann erst aussehen? Und noch schlimmer – mit was für Fähigkeiten mussten sie rechnen?* Ein Gegner, den sie nur anhand von Naefirs Erzählungen einschätzen konnten. Und das machte Sarah am meisten Sorgen. Sie musste ihr Hirn ausschalten, das war jetzt ganz und gar nicht hilfreich. Das Tosen wurde immer lauter und der Boden erbebte unter den näherkommenden Schritten. Die Steinwände und Decken über ihnen drohten bei jedem Tritt des Monsters einzustürzen. Naefirs Augen weiteten sich. Er schien ebenso wie Sarah zu ahnen, dass dies kein Gewittersturm oder Erdbeben war. Mit jeder neuen Erschütterung rieselten Mörtel und kleine Steine von der Decke. Das Knirschen und Krachen verstärkte sich, als drohte das ganze Gebäude um sie herum zusammenzubrechen. Die anderen waren genauso schockiert und sprachlos wie Sarah. Panik stand ihnen ins Gesicht geschrieben, ihre Augen weit aufgerissen vor Angst und Ungewissheit. Dennoch griffen sie kampfbereit zu ihren Waffen.

Schnuppernd, schnaubend und röchelnd kam das Geräusch immer näher. Sarah gefror das Blut in den Adern. Ihr Atem stockte, ihr Herz schlug wild gegen ihre Brust. Sie versuchte sich festzuhalten. Aber sogar die steinernen Mauern schienen vor Furcht zu erzittern und boten ihr keinen Halt. Ragnar spürte ihre Verzweiflung und ergriff fest ihren Arm, zog sie schützend an sich. Auch Naefir schnappte hörbar nach Luft. Gemeinsam standen sie wie angewurzelt da und wagten kaum zu atmen. Das Tosen und Schnauben näherte sich langsam, aber stetig. Heißer Dampf wehte ihnen entgegen und trübte die Sicht. Eine trügerische Wärme, die sich sicher angefühlt hätte, wäre ihr nicht ein heißer fauliger Geruch des Todes gefolgt. Der Schein der Fackeln warf einen flackernden Schatten voraus. Sarah bemühte sich, die Fassung zu bewahren. Sie wusste, dass es nun jeden Moment zum Vorschein kommen würde und fühlte sich wie eine Seifenblase kurz vor dem Platzen. Der Anblick übertraf alles, was Sarahs Verstand sich nach den Erzählungen jemals ausgemalt hatte. Sarah starrte in zwei schwarze Höhlen, wo eigentlich die Augen des Ungeheuers sein sollten und versuchte zu ergründen, was darin verborgen lag. Ein Blick in diese Dunkelheit genügte, um zu wissen, dass es weder Mensch noch Tier war. Ein absonderlicher Schädel, der auf einem bizarren Körper thronte. Das Wesen schien mehr tot, als lebendig zu sein. Und dennoch atmete und bewegte es sich. Sarah vermochte nur schwer auszumachen, ob es tiefschwarze Haut oder Teer war, das seine Knochen und Muskeln bedeckte. Im Schein der Fackeln glänzte es ebenso glitschig wie das feuchte Mauerwerk. *Womöglich ist es auch so etwas wie nasses verklebtes Fell oder Gefieder?* Sarah unterdrückte einen Würgereiz. Der Anblick und der Gestank waren ekelerregend. Aber sie vermochte kaum wegzusehen. Allein schon deshalb, weil sie jederzeit mit einem Angriff rechnen musste. Ein Moment der Unachtsamkeit und es könnte vorbei sein. Sarah warf einen Blick zu den anderen. Sie waren ebenso fassungslos wie sie selbst. Alle starrten es mit einer ebensolchen Mischung aus Faszination und Ekel an wie sie. Es bewegte sich aufrecht, auf zwei Beinen. Aber es waren keine menschlichen Beine. Sondern eher die eines Raubtieres, eines riesigen Wolfs oder Schakals. Ein Schritt maß etwa eineinhalb Meter. Sein Oberkörper war muskulös und wirkte um einiges zu mächtig für die schmalen, sehnigen Beine. Es war offenbar alle Spezies und keine. Und wenn Naefirs Erzählungen stimmten, vermutlich sogar eine mit besonderen Fähigkeiten. Es gab weder genug Zeit noch einen geeigneten Ort, um sich ein Versteck zu suchen. *Aber was würde das schon bringen?* Die Zeit schien stillzustehen, alle Bewegungen in Zeitlupe abzulaufen. Sarahs Herz setzte einen Schlag aus, als sie realisierte, dass die Kreatur bereits direkt vor ihr stand. Sie bewegte sich langsam und schwerfällig in gebeugter Haltung. Aber Sarah traute ihr nicht. Ragnar erzählte damals, sie hätte ihn überrannt, ehe er reagieren konnte. Sie war also zu blitzschnellen Attacken imstande. Das Wesen betrachtete Sarah aus seinen unsichtbaren Augen ebenso aufmerksam, wie sie es auch. *Es scheint über eine gewisse Intelligenz zu verfügen und nicht nur von seinen Instinkten gesteuert zu werden, sonst hätte es sicher schon Jagd auf uns gemacht.* Vorsichtig wich Sarah Schritt für Schritt zurück, aber besann sich gleich wieder. Sie durfte sich nicht in eine Ecke drängen lassen. Sie musste klar im Kopf und bewegungsfähig bleiben und einen Weg finden, die anderen aus ihrer Schockstarre zu lösen.

»Leute, falls ihr es noch nicht mitbekommen habt, wir haben Besuch!«, rief sie in die Dunkelheit. *Angriff ist immer noch die beste Verteidigung. Ob ich auch solche Geschoße wie Valpu und Visra hinbekomme?* Sarah nahm einen tiefen Atemzug. Mit einer blitzschnellen Bewegung aus ihrem Handgelenk schleuderte sie der Kreatur einen Blitz entgegen. Funkensprühend schlug er in seiner Schulter ein. Ein triumphales Gefühl durchströmte Sarah und ließ sie innerlich aufjauchzen. *Manchmal funktionieren meine Kräfte ja doch, wenn sie sollen.* Das Untier stieß einen zornigen Schrei aus. Dort wo seine Augen sein sollten, glühte ein roter Schein, der Sarah eine Gänsehaut bescherte. Seine Wut schien grenzenlos zu sein. Mit einem Wisch seines Arms fegte es Fackeln und Regale von den Wänden, als ob es Spinnweben wären. *Ein bühnenreifer Auftritt. Schön ist etwas anderes, aber das Ding zieht trotzdem unbestreitbar alle Blicke auf sich.* Sarah vermochte nicht zu sagen, ob es Mensch oder Tier war. Es hatte Ohren, Nase und Mund, ebenso wie Gliedmaßen. Geifer troff von seinen riesigen Fangzähnen. Gelbbraune, ausgefranste Krallen schlängelten sich von seinen Fingern. Schwer zu sagen, ob es Fell oder Haare waren, die seinen gekrümmten Rücken bedeckten. Es bewegte sich auf zwei Beinen fort, aber seine Füße glichen mehr Hufen. Dennoch schien es sich auch auf vier Beinen fortbewegen zu können.

Immer wieder drängten sich Naefirs Worte in ihr Gedächtnis: ,*Ein Monster, das alle Spezies in sich trägt.' So könnte man Wesen aus einem anderen Universum beschreiben. 'Es ist ein Geschöpf, welches die verschiedensten Merkmale der unterschiedlichsten Spezies vereint. Die Hautfarbe reicht von hell bis dunkel und seine Eigenschaften sind genauso vielfältig. Ein Apex Prädator in Reinkultur.' Aber wenn es stimmt, was Naefir vermutet, dann hat definitiv nicht die Evolution dieses Geschöpf hervorgebracht. Hinter all dem scheint ein perfider Plan zu stecken. Alles sollte offenbar perfekt sein, aber diese Perfektion ist grausam und beängstigend.* Die Kreatur bewegte sich langsam, aber mit einer graziösen Anmut. Sarah schwankte zwischen Abscheu und Mitleid. Sein Anblick schien sich stetig zu verändern. Der Farbton seiner Haut reichte von kränklich blass bis dunkelbraun und tiefschwarz. *Offenbar hat es etwas von einem Chamäleon. Ob man es deshalb nie entdeckt hat?* Lange, dicke, braune Muskelstränge, schlängelten sich wie Schlangen zwischen den Knochen der Gestalt. Im Schein der Fackeln glänzten sie metallisch. Kein Flecken seines Körpers glich dem anderen. Nichts war symmetrisch und alles übersät mit Nähten und Narben. Zum Teil alte Wunden, Zeichen vieler Kämpfe. Aber einige sahen wie Operationsnarben aus, die fein säuberlich vernäht waren. Sarah konnte sich beim besten Willen nicht vorstellen, dass man im Mittelalter schon so saubere Nähte zustande brachte. *Offenbar verfügt hier jemand über außerordentliche Fähigkeiten oder vielleicht sogar Wissen aus der Zukunft?* Die Kreatur trug einen Fetzen Stoff um ihren Unterleib. Ein weiteres Indiz dafür, dass es kein Tier war. *Ob es über so etwas wie Schamgefühl verfügt? Aber dann ist es definitiv mehr als nur ein Tier. Oder entspricht das einfach nur der Vorstellung seines Schöpfers?* Bei jedem Schritt schlug sie ihre Klauenhände mit ihren knochigen langen Fingern in das Mauerwerk und hinterließ eine Spur der Verwüstung. Jeder Einschlag klang wie eine Abrissbirne, die ein Haus zum Einsturz bringt. Das Wesen war zweifellos von einem Meister seines Handwerks erschaffen worden. Sarah war sich sicher, dass dieses Raubtier in einem Labor gezüchtet worden war. *Aber von wem und wozu? Zu welchem Zweck? Um Jagd auf Menschen und andere Wesen zu machen, gibt es ja wohl auch andere Mittel und Wege.* »Von unbekannter Hand erschaffen.« Erneut drang ein Wortfetzen Naefirs in Sarahs Gedanken ein. Sie kam nicht umhin sich zu fragen was grausamer war. *Ein Wesen, das ein solches Monster erschuf, oder das Monster selbst? Das Monster, das andere Wesen entführt, verletzt, quält und tötet, oder jenes Wesen, das das Monster erschuf und damit die Qualen und den Tod anderer Wesen billigend in Kauf nahm? Wer von beiden ist das Monster? Geschaffen, einzig und allein, um zu töten? Das kann doch nicht sein.* Bei genauerer Betrachtung vereinte dieses Wesen tatsächlich Merkmale anderer Spezies und Lebewesen in sich. Auch von jenen, die man für ausgestorben oder pure Märchengestalten hielt. *Wie sollte man es nennen?* Dieses Wesen war offenbar jeder Herausforderung gewachsen. Eine Gefahr für alle Lebewesen auf der Erde. Sarah schüttelte sich. Sie hatte das Gefühl, aus einer Art Starre zu erwachen. Die Betrachtung dieses Wesens lähmte offenbar Geist und Körper. *Noch so eine seiner einzigartigen Fähigkeiten? Erlag man ihm als Mensch oder Tier, unfähig sich zu wehren?* Erst jetzt bemerkte Sarah, dass offenbar niemand ihr Rufen gehört hatte. Oder falls doch, waren die anderen offenbar ebenso erstarrt wie sie. Außer dem Monster und sie selbst war niemand hier. Panisch blickte sie umher. *Womöglich war diese Szenerie ebenso trügerisch wie eine von Valpus Visionen? Ich darf mir jetzt keinen Fehler leisten. Die kleinste Unachtsamkeit könnte mich das Leben kosten. Wegrennen ist keine gute Idee, aber ich bezweifele ernsthaft, ob ich es mit dem Ding allein aufnehmen kann.* Eines war klar: Sie mussten diese Kreatur vernichten, bevor es jemanden das Leben kostete. Es waren schon zu viele Menschen zu Schaden gekommen. Gar nicht auszudenken, welches Unheil es womöglich in den anderen Welten angerichtet hatte. Nach und nach kam Sarahs Verstand zur Ruhe und konzentrierte sich auf das Wesentliche. Schlagartig fiel ihr wieder ihre Astralreise zu Ida ein. Sarah griff sich an die Stirn. *Na klar, warum habe ich daran nicht gleich gedacht? Manchmal bist du ganz schön schwer von Begriff, Sarah.* Sie überkam das überwältigende Gefühl wegrennen zu müssen, doch ihre Beine versagten ihr den Dienst.

»Jetzt reiß dich gefälligst zusammen!«, hörte sie die Stimme Valpus in ihrem Kopf.

»Valpu! Was ist hier los? Wo seid ihr?«

»Hier. Wir sind alle noch genau da, wo wir waren. Als wir nichts von dir hörten, machten wir uns auf die Suche, aber du warst wie vom Erdboden verschluckt. Sigrid und ich, wir dachten gleich, dass hier etwas nicht mit rechten Dingen zugeht. Eine sehr mächtige Illusion. Lass dich nicht täuschen. Ist es das Untier?«

»Ich weiß nicht. Aber ja, es ist hier. Irgendein Zauber ist im Spiel, der mich offenbar von euch abschirmen soll. Ich kann aber nicht sagen, ob es das Monster ist oder jemand anderes.«

»Bist du in Gefahr?«, schaltete sich Sigrid in das Gespräch ein.

»Wie man es nimmt.«

»Was soll das denn bitte schön heißen?« Sigrids Stimme klang schrill. »Bist du in einen Kampf verwickelt?«

»Sagen wir einfach, dass ich eure Hilfe gebrauchen könnte. Ihr müsst mich finden und herkommen. Das Monster ist hier. Wir sind immer noch im Speisesaal, aber ihr anderen wart plötzlich weg. Noch scheint es mich zu begutachten. Aber sollte es angreifen, weiß ich nicht, wie lange ich es allein in Schach halten kann.«

»Konzentrier dich darauf, wo du bist, und behalte das Ungeheuer im Auge. Wir finden einen Weg die Illusion zu stoppen!«

Nach und nach ließ die lähmende Angst von Sarah ab. Eine wohlige Wärme umfing sie. Aber diese hatte einen bitteren Beigeschmack. Sarah überkam eine düstere Vorahnung, dass es kein Entkommen für sie gab und sie heute sterben würde. Dennoch empfand sie nichts als Bedauern für dieses Geschöpf.

Einem Menschen so ähnlich und doch so fremd, stand es da und starrte Sarah aus seinen toten Augen an. Es war nur Dunkelheit in ihnen. Seine Mimik war starr. Es zeigte keinerlei Regung. Dennoch blieben seine schwarzen Höhlen unablässig auf Sarah gerichtet. Etwas blitzte auf und das Ungeheuer fing an, Sarah wie ein Raubtier zu umkreisen. Es ließ sich auf seine Klauen sinken und umrundete Sarah auf allen vieren. Jeder seiner Muskeln angespannt, zum Sprung bereit. So polternd, wie es zuvor hereinmarschiert war, so leise und sanft schlich es nun um sie herum. Wie eine Katze, die ihre Beute ins Visier nimmt. *Was war das für ein Blitz? Hat es einen Befehl von seinem Meister erhalten? Spürt es das Nahen meiner Freunde?*

Hoffnungsvoll blickte sie sich um, wurde aber jäh enttäuscht, als sie stattdessen in Visras grinsende Visage blickte.

»Du schon wieder. Ich dachte, du hättest die Hosen gestrichen voll und wärst mit deinen Spielzeugen abgehauen.«

»Ja, das würde dir so passen und mir das Beste entgehen lassen? Ohne mir all die machtvollen Artefakte zu holen, die da fein säuberlich sortiert und verstaut im Allerheiligsten der Schwesternschaft eingesperrt liegen und nur darauf warten eingesetzt zu werden? Ohne dabei zuzusehen wie Valpu und ihr anderen qualvoll sterbt?«

»Ja, jeder hat so seine Prioritäten.« Sarah zeigte Visra den Vogel.

»Dich an so etwas Schändlichem zu beteiligen. Das ist sogar unter deiner Würde.«

Visra fuhr herum. Auch Sarah war ein wenig über das plötzliche Auftauchen Valpus erschrocken. Dennoch überwog die Freude, nicht mehr auf sich allein gestellt zu sein.

»Ach, ausgerechnet du, schon wieder. Wie oft denn noch? Du bist um nichts besser, ganz im Gegenteil. Wüsstest du, was ich weiß, wärst du nicht so voreilig mit deinen Anschuldigungen.«

»Ach und was wäre das, Visra?«

Visras Augen blitzten triumphierend auf, doch ehe er in der Lage war zu antworten, ließ das Ungetüm einen Zornesschrei los. Die beiden Hexen wichen erschrocken zurück. Sarah blickte fragend zu Valpu. »Wo sind die anderen?«

»Sie kommen mit Sigrid.«

Auch Visras Augen weiteten sich.

»Ach, sieh mal einer an. Angst vor dem Schoßhündchen deines Geschäftspartners?«

»Es wird Zeit, dass dir endlich jemand dein Maul stopft, kleines Hexchen!«

»Ja, komm nur, wenn du dich traust. Große Klappe, nichts dahinter.«

Behäbig setzte das Untier sich in Bewegung. Zu keiner Sekunde ließ es dabei Sarah aus den Augen. Sie hatte das Gefühl, jeden Moment vor Anspannung zu explodieren. Visra war genau die richtige Ablenkung. Ihr Gegner mochte körperlich überlegen sein, dennoch hatte sie einen entscheidenden Vorteil: Verstärkung. Sie konnte nur hoffen, dass sie bald hier wären.

Erneut versuchte Visra sich still und heimlich davonzuschleichen. Aber Valpu hielt ihn auf. Mit festem Griff packte sie ihn an seiner Kapuze. Visra kippte durch die

Wucht ihres Griffs beinahe um. »Dieses Mal nicht, Freundchen.« Valpu murmelte ein paar unverständliche Worte und schleuderte Visra gegen die Steinmauern. Eine unsichtbare Hand hielt ihn dort fest.

»Derselbe Spruch wie damals in der Höhle?«, erkundigte Sarah sich belustigt.

Das Monster nahm kaum davon Notiz. Stetig hielt es auf Sarah zu. Sarah versuchte indessen, sich einen Platz zu suchen, an dem sie geschützt wäre. *Es interessiert sich offenbar nur für mich. Vielleicht können wir das zu unserem Vorteil nutzen? Endlich!* Nach und nach tauchten Sigrid, Ragnar und die anderen auf. Ragnar stürmte zu Sarah und provozierte das Ungetüm dadurch noch mehr. Zornig schlug es um sich. Ein Regal samt Gegenständen zerbarst unter dem Hieb des Monsters und einige Trümmerteile wurden auf Sarah und Ragnar geschleudert. Ragnar ergriff gerade noch rechtzeitig Sarahs Arm und riss sie mit sich zu Boden. Nur mit Mühe konnten sie den explosionsartig herumfliegenden Teilen ausweichen. Die Kraft dieses Monsters war beachtlich, auch wenn es sich vermutlich nur um eine, vergleichsweise kleine, Kostprobe handelte. Rasch rollten sie sich vom Boden ab und brachten sich in eine vorteilhaftere Position. Inzwischen waren alle eingetroffen und ebenfalls in Deckung gegangen. Sie verharrten auf ihren Plätzen und warteten auf ein Zeichen.

Sarah hatte etwas Derartiges noch nie gesehen. *Wie kann etwas so geräuschvoll und polternd einmarschieren und dann wieder katzengleich schleichen? Es wirkt beinahe so, als ob es dabei den Boden nicht berührt.* Es war nur mehr ein paar Schritte von Sarah und Ragnar entfernt und starrte sie aus seinen leeren, schwarzen Höhlen an. Schnuppernd und geifernd beugte es sich nach vor. Nur noch wenige Zentimeter trennten seinen Kopf von Sarahs Gesicht. Ein ekelerregender Geruch stieg ihr in die Nase. Würgend drehte Sarah ihr Gesicht zur Seite. Sie rang nach Atem und gleichzeitig mit ihrer Selbstbeherrschung. Fassungslos ergriff Ragnar ein am Boden liegendes Tischbein und hieb wutentbrannt auf das Untier ein.

»Hier!« Naefir warf Ragnar sein Schwert zu. Ragnar ließ den Holzknüppel fallen und fing es behänd auf. Noch in der Drehung führte er bereits erneut einen Schlag gegen das Ungetüm aus. Doch es schien seine Hiebe kaum zu bemerken. Einem lästigen Insekt gleich wischte es Ragnars Stiche weg. Fassungslos starrte er auf die Schneide seines Schwerts. »Was ist das: ein Übungsschwert aus Holz? Ich dachte, ich führte eine von Alben geschmiedete Klinge.«

»So ist es auch. Ich sagte euch, dass es uns bereits das letzte Mal nicht so einfach gelang, das Biest zu töten.«

»Das kann nicht sein. Es muss einen Weg geben, ich habe noch nie eine Schlacht verloren.«

»Du hast auch noch nie gegen einen solchen Gegner gekämpft, nehme ich an.«

Fassungslos schüttelte Ragnar den Kopf. »So steht doch nicht einfach angewurzelt da. Kämpft!« Erneut hieb Ragnar auf das Wesen ein.

Trotz allen Ekels übermannte Sarah wieder in einem der unpassendsten Momente ihre Neugier. Sie musste herausfinden, was das Ungeheuer war. *Ob hinter dieser grausigen Hülle, hinter diesen zwei leeren Höhlen etwas steckte, das womöglich doch nicht abgrundtief böse war? Vielleicht etwas das sei-*

nen Willen beeinflusste und es steuerte? Ragnars Hiebe ließen es gänzlich unbeeindruckt. Augenblicklich hielt es inne, als es Sarahs Bewegung registrierte. Sie trat einen Schritt vor und streckte die Hand aus, um seinen Kopf zu berühren. Bestürzt beobachteten Ragnar und die anderen Sarah bei ihrem Tun. Ein Augenblick der Fassungslosigkeit hielt sie gefangen, ehe sie aus ihrer Schockstarre erwachten. Sie riefen nach Sarah und rannten los, doch ihre Rufe und Warnungen verhallten ungehört. Das Ungeheuer jedoch reagierte sofort und packte Sarahs Arm mit einer Schnelligkeit, die sie überraschte und richtete sich auf. Sarah baumelte hilflos an seinem Arm. Seine knochige Hand fühlte sich kalt an. Sie versuchte sich loszureißen, aber das Wesen umklammerte ihren Arm mit seiner Faust. Sein Griff war fest und unbarmherzig. Seine andere Pranke schloss sich um Sarahs Hals. Verzweifelt rang sie nach Atem, strampelte und zappelte, versuchte sich aus diesem unerbittlichen Schraubstock zu befreien, aber es war hoffnungslos. Ihre Freunde stürzten sich auf das Wesen, doch ihre Angriffe erzürnten es nur noch mehr. Voller Entsetzen blickte Sigrid dem grausigen Schauspiel zu. Visra war keineswegs ein einfacher Gegner. Auch Valpu schien hin und her gerissen zu sein zwischen dem Wunsch Visra endlich loszuwerden und Sarah zu helfen. Abwechselnd versuchten die beiden es mit verschiedenen Zaubersprüchen zu lähmen oder wenigstens abzulenken, denn auch Visra hielt unablässig dagegen. Mit jeder Bewegung und jedem Angriff ihrer Freunde umschloss das Monster Sarahs Körper nur noch fester. Entmutigt ließen sie von ihren Angriffen auf das Untier ab, um Sarah nicht zu gefährden. Sarah kämpfte verzweifelt um jeden Atemzug, während sie sich gegen die unmenschliche Kraft des Monsters stemmte. Ihre Stimme war nur mehr ein Keuchen. »Hey King Kong, wenn du nicht vorhast mich wie eine Fliege zu zerquetschen, dann würde ich an deiner Stelle den Griff etwas lockern.«

Sarah blickte flehend in die dunklen, leeren Augenhöhlen des Monsters - und plötzlich spürte sie eine schier unerträgliche Hitze in sich aufsteigen. Ein glühendes Inferno loderte in ihrem Inneren und drohte jeden Moment aus ihr herauszubrechen. Sie konzentrierte sich und versuchte die aufsteigende Magie, in ihrem Inneren zu bändigen. Sarahs Nackenhaare kräuselten sich. Die aufsteigende Hitze schien sie von innen heraus zu verbrennen. Schweißperlen bildeten sich auf ihrer Stirn und ihrer Oberlippe. Ihre Haare und Kleidung klebten klatschnass an ihrem Gesicht und Körper. Sie stieß einen erstickten Schrei aus, als sie meinte diese Hitze nicht mehr zu ertragen. Das Wesen verstärkte seinen Griff. Erschrocken sprang Ragnar aus seiner Deckung hervor, aber Naefir war ebenso schnell neben ihm und hielt ihn zurück. »Warte! Lass uns sehen, was passiert.«

Ragnar starrte Naefir entgeistert an. »Hast du den Verstand verloren? Wenn du denkst, ich würde tatenlos zusehen, wie meine Frau getötet wird, dann bist du entweder verrückt oder nicht der, für den Sarah dich hält. Und sie täuscht sich nur sehr selten.«

Naefir hob beschwichtigend die Hand. »Lass uns sehen, ob das Monster wie ein Tier reagiert oder nicht. Ob es einen Verstand und eigenen Willen hat oder nicht. Ob es Magie einsetzt.«

»Und wie lange sollen wir deiner Meinung nach dabei zusehen? Bis Sarah zermalmt wird?«

»Was haben unsere Schwerthiebe bisher schon ausgerichtet? Nichts. Jetzt sind die Hexen an der Reihe. Und Sarah ist eine Hexe, oder nicht?«

Ragnar verzog missmutig das Gesicht.

Die Diskussion der beiden wurde durch ein schmerzerfülltes Stöhnen Sarahs unterbrochen. Sarah hatte das Gefühl, eine fremde Macht würde versuchen, von innen heraus von ihr Besitz zu ergreifen. Sie hatte keine Kontrolle über das, was mit ihr passierte. Jemand versuchte, die Hitze zurückzudrängen. *Oder war es doch sie selbst?* Sie schrie vor Überraschung und Schmerz laut auf. Ihr wurde klar, dass das Wesen nicht nur über eine starke körperliche Kraft verfügte, sondern auch über Zauberkräfte. Dennoch war sie nicht sicher, ob die Magie von dem Wesen stammte. Erneut strömte die Hitze explosionsartig durch ihren Körper. Sarah fürchtete, ihr Kopf würde jeden Moment zerplatzen und jedes Lebewesen und jedes Ding, das sich in ihrer Nähe befand einem Supervulkan gleich zunichtemachen. Eine Schockwelle ergriff Sarah. Ihr Kopf wurde nach hinten in den Nacken gedrückt. Mit aufgerissenen Augen starrte sie an die Decke und sah ihrem vermeintlichen Tod entgegen. Eine Stichflamme loderte zur Decke hinauf. Sarah sah aus wie eine lebende, violette Fackel. Entsetzte Schreie drangen dumpf an sie heran. Im nächsten Augenblick umhüllte ein gewaltiger Feuersturm ihren Körper und den des Monsters. Die Hitze war unerträglich. Das Untier stieß einen grauenerregenden Schrei aus und schleuderte Sarah wie ein unliebsam gewordenes Spielzeug von sich. Die Flammen fraßen sich in seine Haut. Der Geruch von verkohltem Fleisch breitete sich aus. Sarah schien den Aufprall gar nicht zu spüren. Die entsetzten Schreie des Monsters und ihrer Mitstreiter nahm sie wie durch Ohrschützer wahr. Erschöpft blieb sie an Ort und Stelle liegen. Sie hatte offenbar eine neue Fähigkeit erlangt und die Macht des Monsters zurückgedrängt. Es sogar verletzt. Aber es war weit davon entfernt geschlagen zu sein. Es schrie und schlug blindlings um sich. Verkohlte Hautfetzen hingen von ihm herab. Eine seiner fleischigen Klauenhände verfehlte Ragnar nur um Haaresbreite. Er schaffte es gerade noch rechtzeitig, sich zu ducken. Eine Hand ergriff ihren Arm und zog sie an sich. Sarah war hin und her gerissen zwischen Euphorie und Mitleid. Dennoch nutzten Sarahs Mitstreiter die Gelegenheit und griffen das Monster an. Ragnar, Naefir und Naenan zögerten keinen Moment. Sie hieben mit ihren Schwertern auf das Ungetüm ein, während Valpu es mit Blitzen aus Eis und Feuer bombardierte. Sigrid legte einen Schutzschild über die Krieger. Mit aller ihr zur Verfügung stehender Kraft und Beherrschung stemmte Sarah sich hoch und robbte auf das Monster zu. Abermals versuchte sie all ihre Konzentration zu bündeln. Sie sandte einen mentalen Impuls an die Bestie und forderte sie auf, damit aufzuhören. Sie hatte keine Ahnung, ob es funktionierte, aber für den Bruchteil einer Sekunde hielt sie inne. Schüttelte sich, klopfte und schlug sich mit ihren Klauen gegen den versengten Schädel und ihre Schläfen, so als ob sie versuchte, etwas aus ihrem Kopf zu schütteln. Benommen taumelte sie zurück und trat den Rückzug in Richtung des großen Gittertors an, durch das sie gekommen war. Entkräftet ließ Sarah sich auf die Knie fallen und in die Arme ihrer Mutter sinken.

»Sie darf uns nicht entkommen!« Ragnar und Naefir setzten bereits zur Verfolgung an. »Ich weiß. Wir müssen ihr den Todesstoß versetzen. Sonst tötet sie noch mehr Unschuldige.«

»Ich sage es nur ungern, aber in diesem Ding ist kaum ein Funke Gutes zu erkennen. Aber es liegt nicht an dem Wesen selbst. Es ist, als ob sein Geist, sein Wille eingesperrt sind. Es tut alles, was man ihm sagt. Es hat keine Wahl«, keuchte Sarah.

»Also sollen wir es nicht töten?«

Sarah zuckte mit den Schultern. »Ich weiß es nicht. Ich glaube fast sein Tod wäre eine Erlösung. Sofern es uns gelingt. Ihr seht selbst wie widerstandsfähig es ist.« Sarah klang müde. »Ich weiß es auch nicht. Aber irgendetwas muss uns einfallen. Und zwar rasch.«

»Welchen Bannzauber habt ihr damals gesprochen? Wo habt ihr es eingesperrt?« Sigrid klang ebenso erschöpft wie Sarah.

»Vielleicht wäre es besser, seinen Schöpfer zu töten. Dann hört es womöglich von allein auf.« Valpu keuchte. Sie hielt das Wesen mit ihrem Zauberstab in Schach. Aber auch sie rang sichtlich mit ihren schwindenden Kräften. Immerhin kämpfte sie gleichzeitig an zwei Fronten. Und Visra wehrte sich nach Leibeskräften.

Sarah ergriff Sigrids Arm und blickte sie eindringlich an. »Mama, geh und hilf Valpu. Ich komme schon zurecht. Ich will nur noch mal kurz durchschnaufen.«

Visra kramte unterdessen etwas unter seinem Umhang hervor. Valpus Augen weiteten sich. »Du hast das Amulett geholt?«

Visra grinste sie verächtlich an. »Dachtest du, ich würde mir die Gelegenheit entgehen lassen? Es geht gar nicht darum, dass ich ein weiteres magisches Artefakt benötigen würde, besonders, wenn ich das bekomme, was mir versprochen wurde. Viel mehr, dass ihr verdammten Hexen es nicht mehr einsetzen könnt.«

Valpu schnaubte abfällig.

»Ja, was habe ich mir nur dabei gedacht.« Entgegnete Sarah kopfschüttelnd.

Mit einem gekonnten Ablenkungsmanöver entkam Visra Valpus magischen Fesseln. Schadenfroh lachend revanchierte er sich mit einer Salve Energiebälle, die er auf Valpu abfeuerte. Sigrid eilte Valpu zu Hilfe. Sie erzeugte einen Schutzschild. Gemeinsam traten sie den Rückzug an. Grinsend drehte Visra das Amulett zwischen seinen Fingern.

Sarahs Augen blitzen auf. Sie hatte eine Idee. *Aber wie soll ich den anderen meinen Plan mitteilen, ohne dass Visra oder das Monster es hören? Es mag nicht das intelligenteste Wesen sein, aber wie kann ich sicher sein, dass es nicht doch versteht, worüber wir sprechen?*

So gut es in der Hitze des Gefechtes ging, suchte auch Sarah einen Unterschlupf, um einen Moment Ruhe zu haben. Sigrid und Valpu waren am anderen Ende des Raumes in Deckung gegangen. Sie konzentrierte sich auf diesen einen Gedanken. Vor Sigrid und Valpu flackerte Sarahs Hologramm auf. Sigrid fuhr erschrocken zurück, bis sie begriff, was vor sich ging. Sarah hatte das erst einmal zuvor versucht und sie hatte keine Ahnung, ob es ihr wieder gelingen würde. Aber das war eine Ausnahmesituation und sie erforderte besondere Maßnahmen. *Ein Wort. Wenigstens ein Wort. Es muss einfach klappen.* »AMULETT.«

Das war es! Habe ich es tatsächlich gerade gesagt? »Könnt ihr mich hören?«

Sigrid nickte verwirrt, Valpu jedoch antwortete ihr. Sie sprach mit Sarah, wie sie es bereits zuvor getan hatte, als sie ihr Eintreffen angekündigt hatte.

Als das eine Wort erst einmal ihre Lippen verlassen hatte, folgten die anderen wie von selbst. Es sprudelte nur so aus Sarah heraus. Sie plapperte wie ein Wasserfall. Valpu und Sigrid hatten Mühe, ihr zu folgen. Sarah fühlte sich leicht wie eine Feder. Sie konnte nicht widerstehen. Voller Neugier blickte sie zu den beiden hinüber. Sie wollte es mit eigenen Augen sehen. Sie schien zu schweben. Sie erblickte sich selbst aus der Perspektive eines Vogels. Sie sah sich, wie sie da noch immer hinter den Möbeln in Deckung hockte. Ihr Blick war starr auf den Boden gerichtet. Aber sie sah sich auch dort, wie sie mit Valpu und Sigrid sprach. Das hier war kein einfacher Hologrammzauber, es war offenbar so etwas wie eine Astralprojektion. Sarah war kurz davor auszuflippen. Am liebsten hätte sie laut aufgejauchzt. *Zuerst dieser irre Feuerzauber, von dem ich zwar nicht sicher bin, ob ich ihn allein zustande gebracht habe oder das Wesen etwas damit zu tun hatte. Und jetzt das.* Hin und her gerissen zwischen Stolz auf diese Neuentdeckung und Sorge, dass ihr Körper da hinten vollkommen allein und schutzlos war. *Was, wenn das Monster oder Visra das bemerken? Okay. Ganz ruhig, Sarah. Jetzt muss alles schnell gehen. Sag das, was du sagen willst, und mach dass du in deinen Körper zurückkommst.*

Die beiden Alben und Ragnar drängten das Monster immer weiter zurück. Dennoch ließ es bisher kaum eine Spur von Erschöpfung erkennen. Und ihre Waffen vermochten ihm nur gelegentlich einen Kratzer zuzufügen. Sie kämpften einen aussichtslosen Kampf und gaben dennoch nicht auf.

Sarah plapperte wie ein Wasserfall. Ihre Stimme überschlug sich beinahe. Valpu und Sigrid nickten eifrig. Dennoch war klar, dass sie improvisieren mussten. Sie hatten keine Zeit, um einen ausgeklügelten Plan zu schmieden oder eine exakte Zauberformel herauszufinden. Und ob sie Ragnar und die anderen auch noch einweihen könnten, war fraglich. Das Wesen durfte nicht entkommen und Visra schon gar nicht. Von Sarahs Zauber bemerkten die beiden offenbar nichts. *Wenn dem so war, dann konnte das Monster sie möglicherweise auch nicht unterscheiden, oder doch?*

Der Angriff kam aus dem Nichts. Mit einem Satz sprang es über seine Jäger hinweg auf Sarah zu. Sie hatte nicht die geringste Chance zu reagieren. Aus seinem geifernden Maul schossen feurige Salven und seine Krallen bohrten sich in Sarahs Körper. Als es Sarah richtig zu fassen bekam, biss es zu. Wie Pech tropfte zähflüssiger schwarzer Speichel aus seinem riesigen Maul und fraß sich wie Säure in ihr Fleisch. Sarahs schmerzverzerrter Schrei fuhr allen durch Mark und Bein. »Nein!« Mit aufgerissenen Augen sprang Ragnar ihm hinterher. Noch ehe er den Boden berührte, holte er zum nächsten Schlag aus. Sein Hieb traf das Untier an seinem Hinterlauf. Schlagartig hielt Ragnar inne, als er Sarah aus ihrem Versteck auftauchen sah. Erst jetzt wurde ihm bewusst, dass dort, wo er sie zuletzt gesehen, ihren verletzten Körper in den Fängen des Untiers geglaubt hatte, gar kein Körper lag. Visra nutzte diesen Augenblick der Unachtsamkeit. Der Zauberer bombardierte Ragnar mit Bällen aus Feuer und Blitzen aus Eis. Ragnar setzte zum Sprung an, begriff aber im selben Moment, dass er nicht schnell genug sein würde. Seine Augen weiteten sich. Mit einem Mal sah er einen Schatten aus dem Augenwinkel. Sigrid warf sich vor ihn und schirmte ihn mit einem magischen Schutzschild ab.

»Habt Dank. Ich schulde euch mein Leben.«

Sigrid schnappte nach der unsanften Landung nach Luft. »Du schuldest mir gar nichts. Ganz im Gegenteil. Du hast meiner Tochter das Leben gerettet. Du hast dich um sie gekümmert. Wenn hier einer in jemandes Schuld steht, dann ich in deiner.«

»Dann lassen wir es am besten dabei bewenden.«

Ragnar stemmte sich hoch und ergriff sein Schwert.

»Kannst du mich abschirmen, wenn ich diesem hinterlistigen Zauberer eine Lektion erteile?«

»Natürlich. Aber vielleicht solltest du das lieber Valpu überlassen und die beiden Alben unterstützen.«

Ragnar zuckte mit den Schultern. »Es war aber nicht das Untier, das mich hinterrücks angegriffen hat, sondern dieser Abschaum von einem Zauberer.«

Sigrid nickte. »Wie du willst. Aber blinde Wut wird dich hier nicht weiterbringen.«

»Bisher hat uns gar nichts weitergebracht. Geringstenfalls verleiht meine Wut mir zumindest ungeahnte Kräfte.«

Sigrid zuckte mit den Schultern. »Du bist hier der Krieger.«

»Aber du hast recht. Den Zauberer überlasse ich euch Hexen.« Ragnar deutete mit dem Kinn in Richtung Visra. »Bereit?«

Sigrid nickte. Mit einem Satz sprang Ragnar auf und stürmte auf Visra und das namenlose Wesen zu. Im Lauf schwang er seine Klinge und ließ sich auf den Boden fallen. Der Hieb traf das Wesen am Bein. Ragnar rutschte am Boden entlang und holte abermals aus. Ein paar Tropfen Blut trafen sein Gesicht. Der Angriff hinterließ einen vergleichsweise kleinen Kratzer.

Sarah hockte hyperventilierend in ihrem Versteck und versuchte, sich zu konzentrieren. Sie war über Visras Angriff ebenso erschrocken, wie Ragnar offenbar über ihre magische Täuschung. Sie versuchte, ihren Atem und ihr rasendes Herz zu beruhigen. *Alles ist gut. Meine Mutter hat meinem Mann das Leben gerettet.* Sarah schüttelte alle Gedanken aus ihrem Kopf. Sie musste sich zusammenreißen. Es galt jetzt den gemeinsamen Feind zu besiegen. Ragnar war ihre Achillesferse und sie die seine. Beide wussten das und beide mussten sie jetzt stark bleiben. »Mama! Valpu! Könnt ihr mich hören?«

»Ja!«

»Dann lasst uns mit dem zweiten Teil loslegen. Wir dürfen keine Zeit verlieren!«

Sarah sah zu Ragnar hinüber. »Ragnar, wenn du mich hören kannst, lass dich von unseren Tricks nicht beirren. Konzentrier dich auf das, was du am besten kannst, und verpass dem Scheusal eins, dass ihm Hören und Sehen vergeht.« Ragnar hielt kurz inne. Suchend sah er sich nach Sarah um. Als ihre Blicke sich trafen, nickte er. Mit einem Satz war Ragnar wieder obenauf und holte mit voller Wucht zum Schlag aus. Naefir und Naenan taten es ihm gleich und attackierten das Monster von beiden Seiten. Die Hexen konzentrierten sich auf Visra. Der Zauberer hatte dem Schauspiel bisher amüsiert zugesehen, aber nun konnte man ihm eine gewisse Unsicherheit ansehen. Er war mit allerlei magischem Spielzeug ausgestattet und allein schon deshalb nicht zu unterschätzen. Aber sie hatten einen Trumpf: Valpu. Sie kannte Visra und auch Sigrid hatte bereits einmal gegen ihn gekämpft. Sarah mochte er bisher für das leichteste Ziel gehalten haben. Sie war noch unerfahren, und so dürften die bisherigen Einlagen ihn ebenso überrascht haben wie sie selbst. Sie konnte jetzt nicht mehr darauf setzen, dass er sie nach wie vor für das schwächste Glied der Kette hielt. Deshalb rechnete sie zu jeder Zeit mit einem Angriff Visras.

Und er tat ihr den Gefallen. Mit einer eleganten Bewegung aus dem Handgelenk schickte er Sarah einen gleißenden Lichtstrahl entgegen. Geblendet taumelte sie einen Moment zurück und verfluchte das Fehlen der einfachsten Dinge aus ihrem Jahrhundert. Valpu schirmte Sarah ab, während Sigrid versuchte, die Krieger zu unterstützen so gut es ging. Dann kam Sarah ein Geistesblitz. *Aber wieso eigentlich nicht? Wieso sollte es nicht auch mit einem Gegenstand funktionieren?* Sie fokussierte ihre Gedanken auf den Inhalt ihrer Handtasche. In der nächsten Sekunde zierte eine extradunkle Sonnenbrille Sarahs Nase, was Sigrid zum Kichern brachte. »Sehr gut. Weiter so!«

»Danke! Soll ich dich ablösen? Ich meine, falls du eine alte Rechnung begleichen willst.«

Sigrid nickte. Sarah und Sigrid tauschten unter Valpus Deckung die Plätze.

Nun standen Valpu und Sigrid Visra gegenüber, ihre Gesichter vor Anspannung verzerrt. Sie hatten beide ihre Zauberstäbe erhoben und ein gleißender magischer Schild umgab sie, um sie vor den Angriffen Visras zu schützen. Es war das erste Mal, dass Sarah Valpu einen Zauberstab benutzen sah. Entgegen allen Erwartungen war es ein schlichter Holzstab mit Kappen aus Blattgold an beiden Enden.

»Ich werde dich vernichten!«, rief Valpu und feuerte einen Blitz aus Eis auf Visra ab. Doch der parierte den Angriff mithilfe von Valpus Ring und das eisige Geschoß zerschellte in tausend Scherben und rieselte als Schnee zu Boden.

»Das wirst du nicht schaffen!«, konterte Visra und sandte einen Feuerball auf Valpu los. Die blockierte den Angriff mit dem Schild, der Feuerball prallte ab und traf stattdessen das Monster, das etwas abseits der beiden Hexen noch immer gegen die Männer kämpfte. Es wurde durch die Wucht des Aufpralls zwei Meter weit nach hinten geschleudert und blieb regungslos liegen - offensichtlich hatte es sich verletzt. Die Männer drehten sich erstaunt um. Valpu lachte triumphierend. Aber es galt keine Zeit zu verschwenden. Das Wesen schüttelte sich und rappelte sich bereits wieder auf, als Sarah es mit einem magischen Strick zu Boden zwang. Es kreischte und brüllte und wehrte sich nach Leibeskräften und Sarah bekam abermals zu spüren, dass seine Kräfte nicht nur rein körperlicher Natur waren. Mit aller Macht versuchte es gegen Sarahs Zauber einzuwirken.

Valpus und Sigrids Aufmerksamkeit richtete sich voll und ganz auf den Zauberer, doch er war zäh und schnell und griff die beiden Hexen mit einem magischen Windstoß an. Die Böe traf die beiden mit solcher Wucht, dass es Sigrid von den Beinen riss und sie gegen die Wand schleuderte. Ächzend ging sie zu Boden und blieb für einige Sekunden regungslos liegen. Als sie versuchte aufzustehen, spürte sie etwas Kaltes an ihrem Hals: Eine schwebende Schwertklinge hielt sie in Schach! »Aufgeben oder sterben«, sagte Visra drohend. »Niemals!«, gab Sigrid zurück. Die Luftbewegungen wurden immer stärker und bedrohlicher. Vor den Augen der Anwesenden braute sich ein riesiger Wirbelsturm zusammen und Chaos brach los. Alles um sie herum, Regale, Stühle, Bänke, Teller und Gefäße, sogar der riesige hölzerne Esstisch, wurden durch die Luft geschleudert. Das eben noch gefesselte Monster erwachte aus seiner Starre, befreite sich aus seinen Fesseln und blickte sich wutentbrannt nach seinen Angreifern um. Sarah konnte den Zauber nicht aufrecht halten, sie hatte ebenso wie die anderen alle Mühe sich irgendwo festzuhalten und Schutz zu suchen. Das Wesen störte sich nicht im Geringsten an dem Sturm, der neben ihm tobte. Alle anderen liefen wild durcheinander, suchten Halt oder einen windgeschützten Unterschlupf. Da das Untier keinen direkten Angreifer ausmachen konnte, ließ es seinen Zorn an allem aus, was ihm in die Quere kam. Feuerspeiend schritt es auf die Krieger zu und zerlegte das verbliebene Mobiliar, das der Wirbelsturm noch nicht zerstört hatte, in Schutt und Asche. Alle suchten in Windeseile nach Deckung.

Das Glück schien Visra unentwegt hold zu sein, denn der Angriff des Monsters spielte ihm abermals in die Hände und Visra setzte zu einem neuen Angriff an. Als Sarah das bemerkte, eilte sie Valpu und Sigrid zu Hilfe. Sie war noch immer etwas wackelig auf den Beinen, dennoch gab sie ihr Bestes. »Was meinst du, ob wir ihn foltern sollten?«, fragte sie Valpu augenzwinkernd und schickte einen Feuerstoß in Visras Richtung.

»Ich bin beeindruckt. Das hätte ich dir gar nicht zuge-traut. Was sollen wir mit ihm machen, ihm ein bisschen den Hintern versengen?« Valpu lachte wieder ihr dia-bolisches Lachen. Es war das erste Mal, dass Valpu sie gleichwertig behandelte. »Ich hätte aber auch nie gedacht, dass du einen so kraftvollen Feuerzauber, wie vorhin, hinbekommst.«

Visra blickte unsicher zwischen den beiden hin und her. Sarah musste sich ein Lachen verkneifen. Allerdings konnte sie seine Unsicherheit durchaus nachvollziehen. Bei Valpu konnte man nie so genau sagen, ob es sich um einen Scherz handelte oder nicht. Seit ihrer Begegnung war es das erste Mal, dass dem Zauberer sein höhnisches Lachen vergangen war.

»Du schuldest uns ein paar Antworten Visra. Für wen arbeitest du und was willst du von Sigrid?«

»Die Frage muss er nicht beantworten. Ich weiß es schon.«

»Du weißt, wer hinter dem Monster steckt?« Sarah blickte ihre Mutter überrascht an.

»Was? Nein. Ich weiß, was er will.«

»Ich habe mich schon das letzte Mal gewundert, dass du so cool bleibst. Wieso beunruhigt dich das gar nicht?«

»Weil er das, was er zu besitzen wünscht, niemals in die Hände bekommen wird.«

»Das denkt ihr. Ich habe einen Weg gefunden.«

»Wenn du einen Weg gefunden hast, wozu brauchst du dann uns und was willst du noch hier? Dann hau doch einfach ab und lass uns in Ruhe. Wer schützt dich? Und wer steckt hinter der Erschaffung dieses Monsters? Wer ist im Stande so etwas Grauenvolles zu tun?«

Visra antwortete nicht. Seine Augen blitzten geheimnisvoll auf.

»Was geht hier vor? Das warst doch nicht du? Wer hilft dir?«

Visra grinste selbstgefällig. »Das würdest du gerne wissen, nicht wahr?«

»Vergesst es. Er wird es uns nicht sagen.« Sarah hatte ihn durchschaut. Er spielte auf Zeit. *Die Frage ist nur, wozu. Allerdings bin ich mir nicht sicher, ob ich allzu scharf darauf bin, die Antwort zu erfahren. Ob er auch von derselben Person gesteuert wird, wie das Monster?*

»Haltet ihn auf! Dieses Mal lassen wir ihn nicht entkommen.«

Der Sturm tobte immer stärker und Sarah sah ihre Felle bereits davonschwimmen. »Er darf nicht entkommen. Mama, kannst du uns gegen den Sturm abschirmen? Valpu los, schnapp dir den Kerl! Ich helfe euch und den anderen so gut es geht.«

Die drei schickten ihm allerlei Flüche und magische Geschosse hinterher und Visra sah sich gezwungen darauf zu reagieren, wenn er nicht getroffen oder erneut in Ketten gelegt werden wollte. Die Hexen und der Magier standen sich gegenüber, bereit für den Kampf. Sie wussten, dass es kein Zurück mehr gab - dies war die Schlacht, die entweder zu ihren Gunsten oder der ihrer Feinde entscheiden würde.

Als der erste Energieball geschleudert wurde, explodierte der Boden unter den Füßen der Kämpfer. Rauch stieg auf und vernebelte alles. In dem Durcheinander flog Valpu ein Buch entgegen. Wie eine Frucht von einem Baum pflückte sie es elegant aus der Luft. »Na, sieh mal einer an. Ich glaube, das ist wohl auch etwas aus der Sammlung Visras.

Offenbar hat er seinen Zauber nicht ganz unter Kontrolle.« In Windeseile ließ sie ihre Augen über die Zeilen fliegen. Nach wenigen Augenblicken erklang ein triumphierendes Lachen. Valpu hob ihre Hände und begann in einer für Sarah unbekannten Sprache zu murmeln. Die Worte wirkten wie ein Wirbelsturm, der den Raum mit einer elektrisch geladenen Spannung erfüllte. Mit einem erlösenden Ausbruch entfesselte Valpu einen Fluch, der den Magier binnen eines Wimpernschlags in seine Einzelteile zerlegte. Die Macht des Fluchs fegte wie eine Druckwelle durch den Raum, begleitet von einem ohrenbetäubenden Knall. Glitzernde Tropfen Blutes schwebten für einen Augenblick in der Luft, ehe der Schwall sich über den Raum ergoss und die Stille zurückkehrte. Die entsetzten Schreie der anderen hallten durch den dichten Nebel. Dieses Mal konnte Sarah ihren Würgereiz nicht mehr unterdrücken. Stöhnend übergab sie sich an Ort und Stelle. Sigrid riss sich ein Stück ihres Umhangs herunter und reichte es Sarah. Mit zittrigen Händen nahm sie es entgegen. Der Schock saß noch zu tief.

Der Sturm legte sich und gab nach und nach das Ausmaß der Zerstörung preis. Einzig die Mauern waren heil geblieben. Überall lagen Holzsplitter, zerbeulte Töpfe und zerbrochene Schalen, zerfetzte Papiere und Bücher. Sarah machte einen Schritt auf Valpu zu und musste erneut mit ihrer Übelkeit kämpfen. Es war nur zu klar, warum der Grund unter ihren Füßen so glitschig war.

Immer noch geschockt wandten sie und auch Sigrid sich an Valpu. »Was zum Teufel? Hättest du uns nicht vielleicht vorwarnen können? Achtung der Hexer explodiert gleich.«

»Solche Zauber sind verboten. Nur schwarze Hexen und Magier schrecken nicht davor zurück.« Fügte Sigrid mit betretener Miene hinzu.

Valpu zuckte gleichgültig mit den Schultern. »Wir hatten keine Zeit, über Ethik zu diskutieren, Sigrid. Entweder er oder wir. Wenn du so lange auf dieser Welt wandelst, wie ich, dann verschwimmen die Grenzen zwischen Gut und Böse. Und wenn es heißt, er oder ich, dann ich.«

»Hättest du diesen schrecklichen Fluch nicht schon früher oder auf das Monster anwenden können?«

Valpu blickte beiläufig zu den Kriegern hinüber. »Wieso, die Männer schlagen sich doch gut?«

»Valpu, das ist nicht witzig.«

»Wie du meinst. Leider flog mir das Buch erst jetzt in die Hände. Ich finde, es entbehrt nicht einer gewissen Ironie, dass Visra durch etwas starb, das ihm so viel bedeutete. Durch einen seiner Schätze.«

»Wie meinst du das?«

»Der Sturm wehte mir dieses Goldstück in die Hände und lieferte mir damit den Zauber, der ihn tötete. Wenn du willst, kann ich ihn gerne wiederholen, sobald ich in dem Durcheinander meinen Ring gefunden habe.«

»Ihhh.« Sarah wurde bei dem Gedanken daran die menschlichen Überreste Visras zu durchstöbern erneut übel. »Na, viel Glück dabei. Das machst du aber allein. Wozu brauchst du überhaupt noch den Ring?«

»Zum einen, weil er mir gehört. Und zum anderen fordern diese Art von Flüchen immer einen Tribut. Ich möchte Vorsicht walten lassen. Man kann nie wissen. Ich würde mich wohler fühlen, wenn ich ihn bei mir hätte.«

»Dein Ring verstärkt deine Kräfte.«

»Exakt.«

»Kannst du ohne ihn nicht mehr kämpfen?«

»Ich fühle mich schwach. Ich fürchte, es wird eine Weile dauern, bis ich mich erholt habe.«

»Na toll. Also entweder helfen wir dir dabei Visras Überreste nach dem Ring zu durchsuchen oder wir müssen ohne dich das Monster erledigen?«

»Es sei denn, es möchte eine von euch die Verwünschung an dem Monster ausprobieren?«

»Nein, danke. Kein Bedarf. Meine Kräfte kommen und gehen ohnehin schon, wie sie wollen.«

»Lass das Valpu!« Sigrid bedachte Valpu mit einem tadelnden Blick.

»Hör auf mich zu verurteilen, sondern geh mir beim Suchen zur Hand oder hilf den anderen, wenn dir das lieber ist.«

Kapitel 15
-
Tödliche Spiele

D er Wirbelsturm hatte sich mit Visras Tod gelegt. Die beiden Alben waren in Deckung gegangen, aber Ragnar machte ein bisschen Blut nichts aus. Er war es gewohnt Schlachten zu schlagen und dabei mit Blut und Dreck besudelt zu werden. Er hatte es sich zum Ziel gesetzt dieses Untier zu erledigen, und er würde nicht aufgeben, bevor er sein Ziel erreicht hatte oder es ihn tötete. Eine Schlacht war gewonnen, aber die größere stand ihnen noch bevor.

Immer noch auf Händen und Knien suchten Naefir und Naenan einen Weg, der sie von dem Ort des Geschehens fortbrachte. Erst nach und nach registrierten sie, dass der Sturm sich gelegt hatte.

Ragnar hieb unablässig auf das Monster ein, auch wenn seine Kräfte merklich schwanden. Es spielte mit ihm und das machte Ragnar nur noch wütender. Egal, wie oft er es verwundete, es schien ihm nichts auszumachen. Ragnar legte seine ganze Kraft in einen Hieb, der das Monster direkt ins Auge traf. Das Monster wandte sich, schrie und kreischte unverständliche Laute. Durch die Schreie hindurch hörte Ragnar undeutlich Sarahs Stimme. Sie hatte unterdessen offenbar etwas gefunden. Triumphierend hielt sie das Amulett hoch. Mit einem kraftvollen Schwung schleuderte sie es Valpu entgegen. »Hier! Aktiviere es.

Ganz egal mit welchem Ziel. Hauptsache du schließt es, wenn ich es dir sage!«

Valpu nickte zum Zeichen, dass sie verstanden hatte. Ragnar erblickte, was er heute schon einmal miterleben musste. Die Umgebung um Sarah herum begann wie in einer Feuersbrunst zu flackern und zu lodern. Erschrocken riss er die Augen auf. Aber Sarah ging es gut. Sie wandte sich ihm und dem Monster zu. Sarah gab Valpu einen Wink, woraufhin Valpu Sigrid zu Hilfe rief. »Ich brauche dich! Ich habe den Ring noch nicht gefunden. Du musst mir helfen, das Portal aufrecht zu halten, wenn ich es geöffnet habe.« Sigrid nickte und eilte zu Valpu. Beherzt ergriff sie Valpus Hand. Mit einem gleißenden Lichtstrahl tat sich ein Loch vor den Hexen auf. Aus dem Portal wehte ihnen ein warmer Windstoß entgegen. Ragnar reagierte sofort und versuchte, mit gezielten Stichen das Monster in Richtung des Portals zu lenken. Sarah tat es ihm gleich und schickte dem Monster einen Feuerstrahl hinterher, der dasselbe Ziel haben sollte. Mit aller sich bietender Kraft kämpfte es dagegen an und versuchte, sich dem Sog zu entziehen. Trotz Ekel und Furcht hatte Sarah aber auch Mitleid mit dem Wesen. Es war nur Mittel zum Zweck und musste nun dafür büßen. Dennoch mussten sie es unschädlich machen. Es war viel zu stark und zu gefährlich. Das Untier schrie und kreischte, als ob es spürte, dass sein Kampf aussichtslos war. Sein Schöpfer hatte nicht mit Kraft und Fähigkeiten gegeizt, dennoch schien sich das Blatt nun zu Gunsten der Hexen zu wenden. Naefir und Naenan teilten sich auf und umkreisten das Monster ebenfalls. Mit seinen Krallen konnte es sich nicht wehren, denn die Hexen hielten es in

Zaum und seine Zauberkräfte waren fürs Erste gebannt. Sigrid löste sich von Valpu und versperrte den einzig noch verbliebenen Fluchtweg. Das Monster tat einen Schrei, der einem das Blut in den Adern gefrieren ließ und spie einen mächtigen Feuerstrahl gegen Valpu. Sarah machte einen Satz hinüber und riss sie mit sich zu Boden. Egal, ob sie es rechtzeitig geschafft hätten, einen Schutzschild aufzubauen, das Risiko wollte sie nicht eingehen. Sie brauchten jeden Mann und jede Frau. Das Monster wandte sich feuersprühend nach allen Seiten und sein Feuersturm schoss auf Ragnar zu. Sarah sah, wie er nach hinten griff, um seinen Schild hervorzuholen, aber er hatte keinen bei sich gehabt, als er das Haus verlassen hatte. Seine Augen weiteten sich schreckerfüllt, als er das realisierte und nichts weiter tun konnte als versuchen, dem Feuerstrahl auszuweichen, der auf ihn zuschoss. Aber ehe er reagieren konnte, spürte er, wie er von hinten gepackt und zu Boden gerissen wurde. Alles geschah binnen Sekunden, aber es fühlte sich wie eine Ewigkeit an. Er sah sich erstaunt um und fing den Blick Sigrids auf. Sie fasste ihn an den Schultern und schob sich vor ihn. Ihre Augen füllten sich mit Tränen. Sie hatte es ihrer Tochter gleichgetan und sich schützend vor Ragnar gestellt. Die Hitze rollte wie eine Dampfwalze über die beiden hinweg. Ragnar schloss die Augen. Der Strahl traf Sigrid mit voller Wucht. Ihr Körper wurde in Ragnars Arme geschleudert und riss ihn mit sich zu Boden.

»Nein!« Der Schrei der Verzweiflung, den Sarah ausstieß, klang wie aus tausend Kehlen gleichzeitig. Ragnar hatte die Augen immer noch geschlossen. Sarahs Aufschrei hallte noch lange nach. Sie war außer sich. Sie konterte den feurigen Angriff des Monsters und drängte es weiter in Richtung des Portals. Aber nicht nur Sarah hatte aufgeschrien. Auch Valpu war ein Schreckensschrei entglitten. Das Monster stieß einen gequälten Laut aus und ließ sich röchelnd auf alle viere sinken. Seine Muskeln bebten. Es stand bereits zur Hälfte im Portal. Nur noch ein paar Schritte und es wäre darin verschwunden. Mit wutverzerrtem Gesicht griff Valpu unter ihren Umhang und holte ihren Zauberstab hervor. Ein einziger Schwenk genügte. Umgehend schloss sich das Portal und das Monster wurde in zwei Hälften zerteilt. Polternd fiel sein lebloser Körper zu Boden. Sein Kopf und der vordere Teil seines Körpers waren im Portal verschwunden. Zu den Füßen der Hexen wuchs eine Lache schwarzen Blutes. Sarah stürmte zu Ragnar und ihrer Mutter. Kraftlos ließ sie sich auf dem blutnassen Untergrund auf ihre Knie gleiten. Behutsam rollte sie Sigrids Körper von Ragnar herunter. *Wem soll ich zuerst helfen?* Erleichtert stellte sie fest, dass Ragnar atmete. Sie wandte sich ihrer Mutter zu. Liebevoll nahm sie den Kopf ihrer Mutter und bettete ihn auf ihren Schoß. Sie legte ihr Gesicht an Sigrids. Sie konnte sehen, dass sich ihr Brustkorb nicht hob. Dennoch fühlte sie nach ihrem Puls. *Nichts.* Wie bereits vor einigen Jahren versuchte sie sich an den Ablauf der Wiederbelebung zu erinnern, aber ihre Hände taten alles wie von selbst. Sie legte ihre Lippen auf die ihrer Mutter. Sarah konnte es nicht verhindern. Ihr Verstand und ihr Herz fochten wieder einmal einen Kampf miteinander aus. Obwohl sie fürchtete, dass es vergebens war, hörte sie nicht auf. Sie wiederholte die Bewegungen immer und immer wieder und versuchte Sigrid neues Leben einzuhauchen. Ihre Emotionen gewannen die Überhand. Verzweifelt schrie sie ihre Mutter an. »Mama, nein! Ich habe dich gerade erst wiedergefunden, du darfst jetzt nicht aufgeben. Hörst du?« Tränen rannen unablässig über Sarahs Wangen und trübten ihre Sicht, ebenso wie sich ein Schleier über ihren Verstand legte. Sie hielt in der Bewegung inne und ließ ihre Hände auf Sigrids Brustkorb ruhen. Sie versuchte ihre Wut und Trauer wegzuschieben. Sie gab nicht auf und hielt noch immer an dem kleinen Funken Hoffnung fest. »Komm schon! Wo sind denn meine Kräfte, wenn ich sie brauche? Und warum zu Teufel hast du keinen Schutzzauber gewirkt? Das hätte dich und Ragnar geschützt.« Verzweifelt schüttelte Sarah Sigrids reglosen Körper. In ihrem tiefsten Inneren wusste sie, dass ihre Mutter keine Chance hatte. Der Großteil von Sigrids Körper war verbrannt. Nicht einmal mit den besten medizinischen Möglichkeiten des einundzwanzigsten Jahrhunderts wären ihre Chancen zu überleben allzu hoch. Nach und nach drängten sich wieder Verzweiflung und Ausweglosigkeit in ihren Geist. Immer wieder versuchte sie tief durchzuatmen und sich auf Sigrids Heilung zu konzentrieren. Sarah war wie von Sinnen. Sie hätte ihren linken Arm dafür gegeben, wenn Ida jetzt bei ihnen wäre. Der Gestank von verbranntem Fleisch stieg ihr in die Nase und sie kämpfte mit ihrer Übelkeit. Trotzdem wollte sie ihre Mutter nicht loslassen. Immer wieder streichelte sie über ihre Wange und versicherte ihr, dass alles gut werden würde. Erschrocken hielt sie inne, als sie Sigrids Stimme in ihrem Kopf hörte. »Ich bin so stolz auf dich mein Kind. Du wirst deinen Weg finden und du bist mit Sicherheit eine großartige Mutter.« Sarah konnte spüren, dass die Seele den Körper ihrer Mutter verlassen hatte. Vor ihr lag nur mehr eine schlaffe, leblose Hülle. Schmerzverzerrt schloss sie ihre Lider und ließ ihre Arme zu Boden sinken. Ihre Stimme war nur ein Flüstern. »Mama, nein! Ich liebe dich. Bitte geh nicht.« Abermals schrie und schluchzte sie auf. Ihr Körper wurde von Weinkrämpfen geschüttelt. Alle anderen waren vom Schock immer noch wie gelähmt. Fassungslos beobachteten sie die bizarre Szenerie. Unfähig auch nur ein Wort zu sagen. Ragnar war der Erste, der sich besann und sich aufrappelte. Auf allen vieren kroch er zu seiner Frau hinüber und ließ sich neben ihr auf die Knie sinken. Behutsam versuchte er, ihre Finger und Hände von Sigrids Körper zu lösen. Aber Sarah war immer noch außer sich vor Trauer und Wut. Sie klammerte sich nur noch fester an ihre Mutter. Als Ragnars Versuche scheiterten, legte er wortlos seinen Arm um sie. »Wieder einmal hat diese verdammte Hexerei mein Leben ins Chaos gestürzt. Dieses Erbe ist mehr Fluch als Segen. Ich weiß nicht, auf wen ich wütender sein soll. Meine Mutter, weil sie sich schon wieder geopfert hat oder mich selbst.«

»Dich trifft keine Schuld, Liebste.«

»Ach nein? Wer hat denn diesen dämlichen Plan ausgeheckt. Und was ist eigentlich mit dir, Valpu? Du tust mal wieder so, als ob du die Unschuld vom Lande wärst. Als ob dich das alles gar nichts angehen würde.«

»Spielt das eine Rolle, was ich denke? Glaubst du etwa, Sigrids Tod würde mir nicht nahe gehen? Trotzdem bringt es sie nicht zurück. Falls du es aber immer noch nicht verstanden haben solltest: Wir können Tote nicht zurückbringen. Eine Heilung gelingt nur, wenn noch Leben in ihnen ist und die Wesen es zulassen.«

»Willst du damit sagen, dass meine Mutter sterben wollte?«

Valpu zuckte mit den Schultern. »Ich will gar nichts sagen, außer, dass du aufhören solltest Fehler bei dir zu suchen, die nicht deine sind.«

»Reicht es nicht, dass wir dieses Ungetüm in die ewigen Jagdgründe geschickt haben? Und Visra? War das nicht genug Tod für einen Tag? Musste meine Mutter auch noch sterben?«

»Wovon sprichst du?«

»Sie meint, das Ungetüm und Visra getötet zu haben, war Tod genug.«

»Es hätte durchaus gereicht, es zu verbannen. Du hättest das Portal nicht schließen müssen.«

»Was denkst du, wie lange hätte ich es alleine noch offen halten können? Zudem war ich ebenso schockiert über seinen Angriff wie du.«

»Warum hat sie keine Magie angewandt?«

Valpu schüttelte den Kopf. »Ich habe alles gesagt, was es dazu zu sagen gibt. Ich weiß es nicht.«

»Ich weiß es auch nicht. Ich weiß gar nichts mehr. Schon wieder sind Menschen umsonst gestorben. Ja, ich habe Visra mit dem Tod gedroht, aber es zu sagen und dann wirklich zu tun, ist etwas anderes. Ich weiß nicht, was besser war. Vielleicht war es sogar eine Erlösung für das Ungetüm. Wer weiß? Zumindest würde ich das gerne glauben.«

»Niemand ist umsonst gestorben. Deine Mutter starb, um mich zu schützen. Das Wesen starb zum Schutz aller Völker.«

»Welch nobler Grund.«

Ragnar riss erschrocken die Augen auf. »Du gibst mir die Schuld am Tod deiner Mutter, nicht wahr? Wäre es dir lieber, ich wäre an ihrer statt tot?«

Sarah schüttelte verzweifelt den Kopf. »Nein, natürlich nicht! Ich gebe dir nicht die Schuld und schon gar nicht will ich, dass jemand, der mir etwas bedeutet stirbt. Ich gebe dieser verdammten Magie die Schuld. Wären wir ganz normale Menschen, wäre das alles hier nie passiert. Sie hätte ihre Familie nicht glauben lassen müssen, dass sie tot sei. Sie hätte nicht jahrelang irgendwelchen magischen Artefakten hinterherjagen müssen und sie wäre nicht gestorben.«

»Nichts passiert ohne Grund. Du kannst die Menschen, die du liebst, nicht immer beschützen. Und nicht immer ist das, was du für das Richtige hältst der beste Weg. Unser Schicksal wird uns in die Wiege gelegt. Ich musste das lernen und auch deine Mutter musste das erkennen. Sie starb aus Liebe zu dir. Ist das kein guter Grund?«

Abermals schüttelte Sarah den Kopf. »Du mit deinem Schicksal.«

»Ragnar hat recht«, warf Naefir ein. »Deine Mutter starb einen ehrenvollen Tod. Und der soll nicht umsonst gewesen sein. Wir müssen den Urheber dieses Übels finden und zur Verantwortung ziehen. Was, wenn dieser jemand ein weiteres solches Ungetüm zum Leben erweckt? Was, wenn noch mehr Menschen, Alben oder andere Wesen deshalb sterben müssen? Wie oft soll sich diese schreckliche Geschichte noch wiederholen?«

»Wie willst du herausfinden, wer es war?«

»Diese Frage kann ich dir nicht beantworten. Aber vielleicht hat Valpu einen Einfall?«

Valpu zog eine Augenbraue nach oben. »Ich? Wie kommst du darauf?«

»Jedenfalls sollten wir uns jetzt auf den Weg nach Hause machen oder zumindest einen Unterschlupf suchen. Was, wenn das hier alles nur ein Vorgeschmack war, auf das, was vielleicht noch folgen wird? Wir sind hier nicht sicher. Wohin auch immer, wir können uns dort weiter unterhalten.«

Alle blickten Ragnar betreten an. Er hatte recht. Es hatte keinen Sinn hier noch länger auszuharren.

Ich führe mich auf wie eine Irre. Aber ich kann einfach nicht anders. Im Vergleich zu dem, was hier in den letzten Tagen geschehen ist, fühlt sich meine Reise in die Vergangenheit wie ein Spaziergang an.

»Gut, lasst uns also sehen, ob wir nach Hause kommen. Wenn das nicht funktioniert, dann suchen wir eben einen halbwegs sicheren Unterschlupf.«

Ragnar nickte und lächelte Sarah erleichtert an.

»Aber Mutter nehmen wir mit.«

Valpu nickte freundlich.

»Valpu, aktiviere bitte das Amulett oder wie auch immer du uns zurück nach Hause zu bringen gedenkst. Vermutlich brauchst du das Amulett nicht mal dazu.«

Valpu grinste und nickte triumphierend. »Dank meines Schätzchens hier, nicht mehr.« Sie gab ihrem Ring einen flüchtigen Kuss und öffnete im Handumdrehen ein Portal. »Du hast ihn also gefunden?«

»Ja, er steckte noch an Visras Finger.«

»Iiih. Ich will gar nicht wissen, wo du ihn gefunden hast.«

Valpus hämisches Grinsen erstarb, als sie und die anderen versuchten, das Portal zu durchschreiten.

Kapitel 16

–
Wie gewonnen, so zerronnen

Irgendetwas war hier gewaltig faul. Valpu hatte das Portal, das das Monster halbiert hatte mit Leichtigkeit geöffnet. Auch danach war es ihr mehrmals gelungen eines zu öffnen. Mit und ohne Hilfe des Amuletts. Dennoch war es ihnen nicht möglich, zurück nach Silfrhaf oder an einen anderen Ort zu gelangen. Valpu hatte es noch viele Male versucht. Ihr stank es gewaltig, dass hier offenbar Kräfte beteiligt waren, die ihre wie stümperhafte Taschenspielertricks aussehen ließen. Sarah war noch immer nicht sie selbst. Immer wieder stand sie auf und schritt zu ihren Mitstreitern, sah sie flehend an. Dann machte sie auf dem Absatz kehrt und nahm behutsam den Leichnam ihrer Mutter in den Arm. Sie schüttelte den Kopf.

»Das darf einfach nicht sein. Nicht jetzt. Was auch immer in diesem Zauberbuch steht, ich bin mir sicher, dass es auch etwas gibt, das meine Mutter zurückholen kann.« *Warum war der Zauberbann nur über dem Verlies gelegen? Und wieso funktionierte ihre Zauberkraft, aber offenbar eben nicht uneingeschränkt? Wer steckte hinter all dem? Wer war so mächtig, dass er diese Spielchen mit ihnen allen spielen konnte? Und was versprach er sich davon?* Valpu blickte sie irritiert an. Sie hatte nicht richtig zugehört. Ihr schwirrten offenbar ebenso viele Fragen im Kopf herum wie Sarah.

»Das ist nicht das Buch der Toten.« Valpu sah Sarah mit einer Mischung aus Mitleid und Verachtung an.

»Es ist mir egal, was es ist. Ein Spruch daraus hat Visra einfach zerplatzen lassen. Bestimmt gibt es auch so etwas wie einen Umkehrspruch.«

»Oh, ich bin mir sicher, dass wir in diesem Prachtstück von Buch etwas finden könnten, was hilfreich wäre. Aber ich bin mir auch sicher, dass deine Mutter das nicht wollen würde. Die Toten soll man ruhen lassen. Diese Art von Zauber ist nicht umsonst verboten. Nur wenige haben sich daran versucht und noch weniger waren erfolgreich. Diejenigen, die aus dem Reich der Toten zurückkehren, sind nur ein Schatten ihrer selbst. Sie mögen aussehen, wie die Person, die wir einst kannten und liebten. So sprechen und sich kleiden wie sie. Sie sind dennoch nur eine seelenlose Hülle.«

»Seit wann schert dich das?«, fuhr Sarah Valpu an. »Du interessierst dich doch einen Dreck für das Schicksal anderer Menschen. Nicht einmal das deiner eigenen Urahnin hat dich interessiert. Dein Ring war dir wesentlich mehr wert.«

»Du hast recht. Ich interessiere mich nur wenig für andere. Warum auch? Und es gibt noch weniger Personen, denen ich vertraue. Aber deine Mutter nimmt, nun ja, nahm es mit solchen Sachen sehr genau. Und das ist es, was dich interessieren sollte. Du solltest ihren Wunsch und ihre Entscheidungen respektieren. Diese Gewissenhaftigkeit brachte sie ja erst in ihre Situation. Und ich bin mir sicher, dass sie mir wegen Visra später noch ordentlich die Leviten gelesen hätte.«

»Valpu, leg dich nicht mit mir an. Ich kenne dich gut genug, um zu wissen, dass Regeln dich einen Scheiß interessieren.«

»Du hast Valpu gehört. Du kannst die Toten nicht zurückholen.« Ragnar legte Sarah beschwichtigend seine Hand auf ihre Schulter. »Lass deiner Mutter ihren Frieden. Sie war eine tapfere Frau. Ich weiß nicht, ob es für Zauberinnen auch einen Ort wie Walhall gibt, aber falls ja, dann bin ich mir sicher, dass sie dort mit allen Ehren empfangen wird.«

Sarah verbiss sich einen Kommentar. Immerhin meinte es Ragnar nur gut. »Quatsch! Du hast es schon einmal getan«, fuhr sie Valpu stattdessen an.

»Was denn? Wann denn?« In Valpus Gesicht spiegelte sich pure Verblüffung wider. Doch dann schien ihr zu dämmern, worauf Sarah hinauswollte. »Ach das? Nun ja, nicht so ganz. Das war damals Teil meiner Illusionen. Streng genommen ist es also nie passiert.«

»Komm mir jetzt nicht mit Spitzfindigkeiten. Ich habe meine Mutter verloren, kaum da ich sie wiedergefunden habe. Was ist mit einem Zeitzauber? Kannst du die Zeit nicht einfach zurückdrehen und ich warne sie vor?«

»Das funktioniert so nicht. Erstens den Tod kannst du nicht überlisten. Und zweitens würde sich niemand von uns an die Ereignisse erinnern. Drittens würde das mit Sicherheit nur noch mehr Schwierigkeiten bringen.«

»Das kann nicht sein. Sonst hätte meine Mutter das mit den Zeitreisen offenbar nicht immer wieder versucht, bis sie dich traf. Und auf deine Versprechungen gesetzt«, fügte sie verbissen hinzu. »So darf es einfach nicht enden.«

»Sarah, ich verstehe deine Wut und deine Trauer nur zu gut. Auch ich treffe nicht immer die besten Entscheidungen. Das solltest du inzwischen wissen. Auch ich lasse mich manchmal von meinen Emotionen leiten, was nur selten gut ausgeht. Aber du musst dich jetzt zusammenreißen. Du hast eine Familie, die auf dich wartet. Eine Zukunft. Das führt zu nichts.« Schmunzelnd fügte sie hinzu. »Ich weiß, das wirst du nicht gerne hören wollen. Aber wir sind uns nicht so unähnlich, wir zwei. Wir beide haben immer gerne recht und wollen das letzte Wort behalten. Lass es gut sein. Lass deine Mutter das letzte Wort behalten.«

»Muss ich das? Warum? Vor mir steht eine Frau, die die Macht besitzt, das alles rückgängig zu machen. Du bist im Besitz eines Zauberrings und hast jetzt auch noch so ein verdammtes Hexenbuch. Ich will gar nicht so genau wissen, was du damit alles anstellen könntest.« Sarahs Kiefer mahlte. In ihrem tiefsten Inneren war ihr klar, dass Valpu recht hatte. *Immerhin ist das auch noch das ehrlichste Zugeständnis von Valpu auch nicht perfekt zu sein, das ich vermutlich jemals zu hören kriegen werde. Und das, was einer Entschuldigung am nächsten kommt. Aber aus irgendeinem Grund hält sie wieder einmal Informationen zurück. Ich spüre das.*

»Ich bringe es dem Hexenrat.«

Sarah klappte die Kinnlade herunter.

»Was?« Das klang jetzt definitiv nicht nach der Valpu, die sie kannte.

»Ich bringe es da hin zurück, wo es hingehört. Deine Mutter war bestimmt nicht grundlos hier. Nicht um in Visras Falle zu tappen. Woher auch immer sie davon wusste. Sie war hier, um gestohlene Artefakte zu finden und es wäre ihre Aufgabe gewesen, sie zurück zu ihren Besitzern oder an ihren Platz zu bringen. Bestimmt hat sie deren Magie gespürt. Ich denke, sie war genauso überrascht uns zu sehen, wie wir sie. Die Hüterin ist tot. Also werde ich das Buch zurückbringen.«

Sarah wusste nicht, was sie sagen sollte. *Auf einmal spielt sich diese hinterlistige Hexe auf, wie Mutter Teresa höchstpersönlich.* »Und den Ring und das Amulett auch?« Ihre Worte trieften geradezu vor Sarkasmus. Sarah beäugte Valpu kritisch. »Du kanntest meine Mutter wie lange? Fünf Minuten? Und tust so, als ob du ihre Busenfreundin gewesen wärst!«

»Ach, und du hast sie besser gekannt, ja?«

Autsch. Eins zu null für Valpu. Dieses Miststück. Aber sie hat recht. Wie gut habe ich sie wirklich gekannt?

Sarah kniete sich neben den leblosen Körper ihrer Mutter und schaukelte sie sanft in den Armen. Sigrid war plötzlich federleicht. Sarah hatte sie gerade erst wiedergefunden und sich erhofft, nun endlich die verlorenen Jahre aufzuholen. Mehr über ihre Familie und Vorfahren zu erfahren. Fragen zu stellen. Antworten zu bekommen. *Und nun sollte das alles dahin sein?*

Ragnar ließ sich abermals neben Sarah nieder und legte vorsichtig seine Arme um ihre Schultern. »Du kannst nichts mehr für sie tun. Du kannst ihr Schicksal nicht ändern. Sie hat ihr Leben für uns gegeben. Für mich.«

»Ach, lass mich endlich mit deinem Schicksal in Ruhe.« Immer noch wütend, schob sie Ragnars Hände weg.

»Ich weiß, dass du nach der Überraschung sie wiederzusehen unendlich froh warst, eine zweite Gelegenheit zu erhalten sie kennenzulernen. Zeit mit ihr zu verbringen und verpasste Gelegenheiten nachzuholen. Aber du weißt noch gar nicht, ob sie das überhaupt gewollt oder gedurft hätte. Immerhin sprach sie davon, dass sie den Kontakt mit dir und ihrer Familie abbrechen musste.«

»Ragnar hat recht«, fügte Valpu bestätigend hinzu. »Ihr wäre es nicht gestattet gewesen dich zu sehen. Vermutlich hätte sie jetzt sogar eine weitere Strafe erhalten, da sie uns geholfen hat. So oder so, ist und wäre euch auch weiterhin eine gemeinsame Zeit verwehrt worden. Ich denke nicht, dass Sigrid so töricht gewesen wäre, denselben Fehler ein zweites Mal zu begehen. Auch, wenn es ihr erneut das Herz gebrochen hätte.«

Obwohl es Valpus Worte waren und nicht Ragnars, drehte Sarah sich schluchzend um und schlug mit ihren Fäusten auf Ragnars Brust ein. So lange bis sie vor Erschöpfung in seine Arme sank. Ragnar ließ sie gewähren. Geduldig ertrug er ihre Schläge, hielt Sarah die ganze Zeit über in seinen Armen und streichelte ihr Haar und ihren Rücken. Nach einer Weile sank sie kraftlos und wimmernd in sich zusammen. »Sei gewiss, ihr werdet euch wiedersehen. Ihr beide habt mehr Mut und Stärke bewiesen als so mancher Krieger. Ihr beide werdet euch einst an diesem bestimmten Ort, vielleicht auch in Walhall* oder zumindest Fólkvangr* wiedersehen.«

Ragnars Worte verstärkten Sarahs Tränen. Schluchzend vergrub sie ihr Gesicht in seiner Brust. »Es ist nicht fair.«

»Das Leben hat seine eigenen Regeln. Manche verstehen und erlernen wir, manche bleiben unser ganzes Leben ein Rätsel. Versuche, das Gute daran zu sehen: Dir wurde die Erkenntnis geschenkt, dass sie, wenn auch ein einsames, aber ein Leben gelebt hat. Sie war nicht tot und du durftest sie noch einmal im Arm halten und mit ihr sprechen.«

Erneut wurde Sarah von ihrem Schluchzen geschüttelt. Es dauerte eine Weile, ehe sie in der Lage war wieder zu sprechen. »An dir ist ein Philosoph verloren gegangen, weißt du das? Du hast selbst so viel verloren und siehst trotzdem so viel Gutes.«

»Ich sehe dich.«

Sarah brach erneut in Tränen aus. Dieser Mann hatte eine unschlagbare Gabe.

»Ich sehe dich und unsere Familie. All das gäbe es nicht ohne deine Mutter. Deine Zeit zu trauern wird kommen. Jetzt brauchen wir deinen Verstand und deinen Kampfgeist.«

Immer noch weinend und wimmernd vergrub sie ihr Gesicht in Ragnars Schoß, als hoffte sie, das alles würde sich als böser Traum herausstellen. Tat es aber nicht. Valpus Stimme riss Sarah aus ihrer Lethargie.

»Also gut, genug der Gefühlsduseleien. Wir sollten machen, dass wir hier wegkommen. Es muss eine Möglichkeit geben. Immerhin konnten die Gefangenen auch hinaus.«

Sarah wäre Valpu am liebsten an die Gurgel gesprungen, aber Ragnar hielt sie sanft zurück. »Valpu hat recht. Wir haben unser Ziel erreicht. Sofern nicht noch mehr solcher Monster ihr Unwesen treiben, haben wir die Welt vor einem Übel bewahrt. Das ist mehr, als die meisten von sich behaupten können.«

Zähneknirschend stimmte Sarah Ragnar zu. »Schön. Aber ich werde meine Mutter hier keinesfalls liegen lassen. Sie verdient einen ordentlichen Abschied.«

»Sie bekommt eine Bestattung, die ihrer würdig ist. Auch wenn sie diese Aufgabe nicht freiwillig erwählt hat, so bin ich zuversichtlich, dass auch ihre Schwestern aus dem Hexenrat ihr eine solche zugestehen würden.«

Valpu blickte flüchtig zur Seite. Sie war kein Mitglied des Hexenrats. Sie wusste es nicht. Ihre Augen huschten hektisch von einem zum anderen. Sarah fing ihren Blick auf. »Wird sie das?«

Valpu nickte zustimmend. »Ja. Norae mag ihre Eigenheiten haben und von Sigrid enttäuscht gewesen sein, aber sie wird Sigrids Andenken ehren. Aber wir sind hier auf lange Sicht nicht sicher. Wir brauchen einen Unterschlupf und einen Plan, wie es weitergehen soll.«

Sarah stimmte Valpu zu. »Mir kommt die Sache nicht ganz geheuer vor.«

»Was meinst du?«

»Naefir behauptete, dass es Vertreter aus allen Welten brauchte, um ihren Gegner zu besiegen, und wir konnten das Monster relativ einfach besiegen.«

»Einfach würde ich nicht gerade behaupten. Aber ich stimme dir zu. Es waren nur ein paar Hexen nötig und keine Götter oder Vertreter aus den anderen Welten.«

»Was könnte das bedeuten?«

Sarah atmete geräuschvoll aus und seufzte. »Denk nach. Keine Götter, keine anderen magischen Wesen. Nur ein paar Menschen, Hexen und Alben. Das war's.«

»Und?«

»Vielleicht war es nicht dasselbe Monster. Vielleicht hat es an Stärke verloren. Vielleicht gibt es noch ein anderes Monster. Und, ich denke, dass wir uns nicht täuschen lassen sollten. Das Monster kann das alles nicht alleine bewerkstelligt haben. Wir haben von Anfang an vermutet, dass da noch ein Helfer im Spiel sein muss. Jemand, der im Hintergrund die Fäden zieht.«

»Visra habt ihr doch auch erledigt«, fügte Naefir hinzu.

Sarah schüttelte ungeduldig den Kopf. »Visra war nur

eine kleine Nummer. Ich glaube, der Kopf hinter all dem läuft noch frei herum. Oder was meinst du, Valpu?«

»Ich?« Erstaunt blickte die Völva Sarah an. »Was Visra anbelangt, stimme ich dir zu. Er war ein jämmerlicher Schwächling. Eine Schande seines Standes. Vielleicht irrt sich Naefir, was das Monster anbelangt. Alles andere kann ich ebenfalls nur vermuten.«

Sarah verdrehte die Augen. »Und was vermutest du? Du bist nicht dumm, ich weiß, du denkst dasselbe wie ich. Was soll das Versteckspiel?«

Valpus Augen blitzen auf. »Du hast recht. Visra war nur ein Handlanger und das Monster ein verhältnismäßig armseliger Gegner. Entweder sagt Naefir nicht die Wahrheit, was das Untier anbelangt oder wir haben hier nur eine Schlacht gewonnen, nicht aber den Krieg.«

Sarah nickte zufrieden. »Okay, wenigstens eine, die mir zustimmt.«

»Ihr denkt, dass ich euch belogen habe?«

»Niemand sagt das.« Versuchte Sarah Naefir zu beschwichtigen.

»Doch, das tut ihr. Das habt ihr gerade eben getan.« Seine Stimme klang leise. Er blickte betreten drein, wollte offenbar keinen Streit vom Zaun brechen, auch wenn er sich angegriffen fühlte. »Ich habe euch alles gesagt, was ich weiß. Die Krankheiten. Die verletzten und verschwundenen Leute. Das Monster. Es ... Es war alles so wie damals. Die Laute, sein fauliger Atem, seine Fähigkeiten.«

»Vielleicht war es nur eine Kopie.«

»Was?«

»Eine Reproduktion. Eine Nachahmung des ersten

Monsters«, erwiderte Sarah.

Zögerlich stimmte Naefir Sarah zu. »Möglich.«

»Es wirkte auf mich, als ob jemand es kontrollieren würde. Es machte nicht den Eindruck, dass es einen freien Willen hatte.«

»Auch das ist möglich.« Etwas ähnliches hatte Naefir bereits angedeutet.

»Ich stimme dir zu«, schaltete Valpu sich ein. »Diese Macht. Auch ich habe sie gespürt. Ja, das Wesen hatte magische Kräfte. Aber entweder wurde es daran gehindert, seine ganze Kraft zu entfalten, oder jemand wirkte durch das Untier. Vielleicht hatte Sigrid sie auch gespürt.« Valpu stockte.

»Schon gut. Du kannst ruhig weitersprechen. Ich werde nicht jedes Mal, wenn ich ihren Namen höre in Tränen ausbrechen. Versprochen. Aber sollte es wirklich nicht sein volles Potential ausgeschöpft haben, hätten wir vermutlich den Kürzeren gezogen oder nicht?«

Valpu nickte. »Vermutlich. Vielleicht störte diese magische Barriere, die unsere Kräfte einschränkte, auch die des Monsters.«

»Dann hätte sich unser Gegner damit selbst ins Bein geschossen.«

»Das ist richtig. Vielleicht sind wir aber auch nur in einen Streit hineingeraten.«

»Du meinst, dass jemand eigentlich nicht uns, sondern das Monster und seinen Herren sabotieren wollte?«

»Vielleicht.«

»Interessant. Und wer sollte das sein.«

»Ich habe nicht die geringste Ahnung. Ich rate mal ins Blaue hinein. Das alles ergibt keinen Sinn.«

»Ich fürchte, dass sich uns der Sinn dahinter erst er-schließen könnte, wenn es zu spät ist.«

»Na, das wollen wir mal nicht hoffen.«

»Mir behagt das ganz und gar nicht.«

»Na, mir auch nicht gerade. Aber was sollen wir machen. Wir können hier nicht weg. Wir kämpfen gegen einen unbekannten Feind und wir wissen nicht, welche Asse er noch im Ärmel hat.«

»Wie bitte?«

»Halb so wichtig.«

»Sie will sagen, dass wir unmöglich vorhersagen können, was noch passieren wird.«

Sarah bedachte Ragnar mir einem strafenden Blick, den er mit einem Achselzucken erwiderte.

»Lasst uns überlegen, was wir jetzt tun.«

Die Gefährten machten es sich in einem abgelegenen Teil des Schlosses, oder was auch immer das war, so gut es ging gemütlich. Die Räume waren überraschend komfortabel eingerichtet, zumindest für das, was sie erwartet hatten. Immerhin gab es hier einige möblierte Zimmer mit Tischen, gepolsterten Stühlen und auch Betten. Das Interesse der Alben sprühte förmlich aus ihnen heraus, ihre Augen leuchteten. Neugierig spähten sie in Regale und Schränke und probierten die verschiedenen Sitzgelegenheiten aus. Ragnar, der von diesen Dingen ebenso fasziniert war, verbarg seine Bewunderung jedoch gekonnt hinter seinem Pokerface. Sarah tigerte rastlos in einem Raum mit einem großen Tisch und allerhand Karten und Figuren, vermutlich eine Art Besprechungsraum, auf und ab.

Valpu gab sich cool, aber Sarah konnte sehen, dass die ganze Sache ebenso an ihr nagte. *Es hat keinen Sinn stumm vor sich hinzugrübeln. Die Lösung wird mir nicht in den Schoß fallen. Ich muss die offenen Fragen mit den anderen diskutieren.* Zweifelnd beäugte sie Valpu und die beiden Alben. Naefir hatte sich bisher nicht mehr zu der Sache mit dem Monster geäußert. Aber Naefir hatte mehrmals ausdrücklich betont, dass sie es damals nur gemeinsam geschafft hatten das Untier zu besiegen. Auch dieses Mal war er felsenfest davon überzeugt gewesen, dass nur gemeinsam ein Weg gefunden werden konnte. *Was also war dieses Mal anders? Und Valpu? Valpu war eben Valpu. In dieser Beziehung ticken wir beide wohl gleich. Jeder will unbedingt triumphieren und alles allein herausfinden.*

»Du hast nicht vor dieses Buch zurückzugeben, nicht wahr?«

»Nun ja, da war ich wohl etwas zu euphorisch. Theoretisch ja. Aber rein praktisch, wäre es vermutlich höchst unbedacht von mir, mich dort blicken zu lassen. Immerhin haben die Schwestern des Hexenrates auch noch ein, zwei Rechnungen mit mir offen, die ich nicht zu zahlen bereit bin. Ich lasse mich nicht einsperren wie...«

»Nur zu. Sag es. Wie meine Mutter.«

Valpu nickte. »Ja.«

»Dann gib es mir und ich werde es ihnen übergeben.«

Naefir hatte sich erhoben und war nahezu lautlos an die beiden Hexen herangetreten. Auffordernd streckte er Valpu seine Hand entgegen. »Ich denke, keine von euch Hexen sollte sich dort einfinden. Es sei denn, eine von euch beiden möchte die Aufgabe von Sarahs Mutter fortführen?« Naefir wandte sich mit fragendem Blick an Sarah.

»Was? Ich? Als Hüterin der Artefakte? Wie kommst du denn darauf? Meine Familie aufgeben und alles? Nein. Danke, sicher nicht.«

»Ihr seht, ich bin eure einzige Alternative. Oder traut ihr mir nach all dem immer noch nicht?« Naefir winkte ab. »Schon gut. Ich weiß genau, was ihr denkt. Ihr glaubt, ich habe euch in Bezug auf das Monster belogen. Ich verstehe das alles selbst nicht.« Seufzend ließ er sich auf einen der leeren Stühle sinken. »Ich habe mir, ebenso wie ihr, stundenlang den Kopf darüber zerbrochen, was das alles soll. Etwas ist anders als beim letzten Mal. Ob die Götter uns belogen haben?«

»Das wäre jedenfalls nicht das erste Mal.«

Die skeptischen Aussagen der Alben ließen Ragnar zusammenzucken. Sarah konnte ihm sein Hadern ansehen, dennoch erwiderte er nichts auf die Kommentare Naefirs und Naenans.

»Warum kommen sie nicht?«

»Ich weiß es nicht. Doch, wir trauen dir, Naefir.«

»Sprich nur für dich selbst.«

»Ragnar!«

»Was? Ich kenne die beiden nicht. Und Vertrauen muss man sich verdienen. Ich habe bisher nichts von den beiden gesehen oder gehört, was mich dazu veranlassen würde, ihnen zu vertrauen.«

»Na und? Deine Meinung über Valpu hast du ja offenbar auch geändert.« Sarah atmete geräuschvoll aus. Sie wollte Ragnar nicht bloßstellen. Seufzend wandte sie sich wieder an Naefir. »Aber mal ganz ehrlich, ganz unrecht hat er ja nicht. Vieles von dem, was du sagtest, ist eingetreten. Aber nicht alles. Warum konnten wir es töten? Und woher weißt du so gut über all diese Dinge Bescheid? Auch über die Bräuche und Hierarchie der Hexen?« Sarah machte eine kurze Pause und blickte reihum in die Gesichter ihrer Gefährten. »Obendrein steht in diesem Buch vermutlich auch die Anleitung für die Erschaffung eines solchen Ungetüms, nicht wahr? Findet ihr nicht, dass es vielleicht besser wäre, es zu vernichten? Es sei denn, irgendjemand von euch ist scharf darauf erneut gegen eine solche Kreatur anzutreten? Niemand sollte so ein machtvolles Buch in die Finger bekommen. Es verleitet nur zu unbedachtem Handeln.«

Alle blickten sich betreten an. Womöglich war das die Lösung. Vielleicht aber auch ihr Untergang. »Wir können gerne mal reinschauen. Ich bin die Letzte, die ein Buch zerstören würde, noch dazu ein antiquarisches«, ließ Sarah ihren Gedanken freien Lauf. »Ich flippe ja schon bei einem Eselsohr aus. Aber wie uns Valpu bereits ziemlich eindrucksvoll bewiesen hat, ist der Inhalt dieses Folianten wirklich gefährlich. Ich würde ihn nirgends aufbewahren und damit die Gelegenheit schaffen wollen, dass er erneut in falsche Hände gerät. Egal wie sicher das Versteck auch sein mag oder wie die Regeln hierfür lauten. Sogar ich wäre immer noch bereit dazu, es zu benutzen, um noch etwas Zeit mit meiner Mutter verbringen zu können. Niemand ist davor gefeit, auch nicht aus der besten Absicht heraus etwas Falsches zu tun.«

»Und wer entscheidet, was richtig und was falsch ist?«

Alle drehten sich überrascht in die Richtung, aus der die Stimme gekommen war. Erhobenen Hauptes schritt die Älteste des Hexenrats an den erstaunt blickenden Gefährten vorbei. Sarah war die Erste, die ihre Stimme wiedergefunden hatte. »Wer sind Sie und was geht Sie das an?«, zischte Sarah sie an.

»Die Älteste des Hexenrats«, antworteten Valpu und Naefir unisono.

»Woher kennst du die Älteste des Hexenrats?« Sarahs Blick bohrte sich in Naefirs Rücken.

»Sie war auch eine von jenen, die ich einst um Hilfe gebeten habe. Schließlich ist sie die Oberste der Schwesternschaft und ihr Name weithin bekannt.«

»Aha. Interessant. Und, hat sie damals geholfen?«

Naefir ließ die Frage unbeantwortet. Der stechende Blick der Ältesten heftete sich auf Sarah.

»Norae Skjaldborg. Älteste der Hexen und Vorsitzende des Hexenrates.«

Sarahs Stirn legte sich in Falten. »Erfreut Sie kennenzulernen. Sagt man doch so, oder? Obwohl ich nicht weiß, ob ich allzu erfreut darüber sein soll. Was können wir für Sie tun?«

»Ich bin gekommen, um zu sehen, wie der Stand der Dinge ist. Sigrid wurde gesandt, um nach dem Rechten zu sehen und einige Artefakte aufzulesen. Eine äußerst mächtige Magie ging von diesem Ort aus. Sie kam nicht zurück und ich kann unsere Schwester nicht mehr spüren.«

»Die Hüterin ist tot«, erwiderte Naefir. Seine Stimme klang aufrichtig traurig, obwohl er Sigrid nur ein paar Stunden kannte.

»Also doch.« Für einen Wimpernschlag huschte ein Ausdruck von Trauer und Bedauern über das Gesicht der Ältesten, dann wirkte es so ernst und gefasst wie zuvor.

»Meine Mutter ist tot. Ich würde sagen, Sie sind zu spät. Aber Sie wollten ja nicht Ihre Hilfe anbieten, sondern nur nach dem Rechten sehen.« Sarah hätte der Hexe am liebsten ins Gesicht gespuckt.

»Sarah! Sie ist nicht für den Tod deiner Mutter verantwortlich«, versuchte Ragnar seine Frau zu beschwichtigen.

»Was du nicht sagst.« Sarah schritt direkt auf Norae Skjaldborg zu. So nah, dass sie ihren Atem in ihrem Gesicht spüren konnte. »Aber dafür, dass ich meine Mutter für tot hielt.«

»Das tut mir wirklich leid zu hören. Ein tragischer Verlust für die Schwesternschaft. Ich verstehe, dass du verbittert bist, aber ich muss dennoch meine Aufgabe wahrnehmen. Dazu gehört auch schwierige Entscheidungen zu treffen und Strafen auszusprechen. Bis eine Nachfolgerin für deine Mutter gefunden ist, muss ich mich auch um ihre Pflichten kümmern.« Norae musterte Sarah eingehend von oben bis unten. »Du bist also Sigrids Tochter? Du siehst ihr gar nicht ähnlich.«

»Ah, wir sind jetzt also beim Du. Na, wenn das so ist: Du kannst mich mal. Kreuzweise.« Die Älteste blickte Sarah überrascht an. »Bist du dir sicher, dass du nicht Valpus Tochter bist? Was das Temperament anbelangt, seid ihr euch äußerst ähnlich.« Valpu antwortete mit einem verächtlichen Schnaufen.

»Du verstehst gar nichts. Was das Aussehen betrifft, komme ich vermutlich mehr nach meinem Vater. Jahrelang wurden meine Familie und ich in dem Glauben gelassen, Mutter sei tot. Vater ist beinahe daran zerbrochen, dennoch blieb er stark. Für uns. Meine Schwester und mich. Mutter wurde gezwungen, eine Strafe anzutreten, für was? Dafür, dass sie versucht hat ihre Familie, mich, zu beschützen? Ihr könnt euch eure Regeln und Pflichten sonst wohin stecken.

Die werden ohnehin so ausgelegt, wie ihr sie gerade braucht. Schwarze Magie ist böse. Sich mit zwielichtigen Hexen und Zauberern einzulassen ist verboten. Das Grimoire* eines teuflischen Hexers aufzubewahren und im Zweifelsfall zu benutzen, aber nicht. Besonders wenn es dem Sieg über ein Monster dient. Magische Artefakte zu erschaffen und einzusetzen ebenfalls nicht. Für die Entscheidung, ob ihr beim Kampf gegen einen Hexer und ein Monster helfen wollt, lasst ihr euch aber offenbar extra lange Zeit. Oder muss man da erst ein schriftliches Bittgesuch einreichen?«

Valpu gab sich nicht einmal die Mühe, ihr Lachen zu verkneifen. »Bravo! Treffend formuliert. Das hätte ich nicht besser verstanden.«

«Ich sagte ja, dass ich eine Verwandtschaft zwischen euch beiden für nicht unwahrscheinlich halte. Eure Manieren und die Weigerung, unsere Gesetze zu akzeptieren, lassen jedenfalls zu wünschen übrig." Alle anderen blickten der Szenerie wie einem Tennismatch sprachlos zu.

»Das sind keine Regeln, das ist Willkür.«

Norae hob beschwichtigend die Hände. »Wie ich bereits erwähnte, ich verstehe deine Trauer und dass du verbittert bist. Es verwundert nicht, dass du viele unserer Gebräuche und Beweggründe nicht kennst, immerhin bist du nicht mit diesen Lehren aufgewachsen. Deine Mutter hat das verstanden. Sie hat ihren Fehler eingesehen und ihre Strafe angenommen, sie wurde zu nichts gezwungen.«

»Das klingt für mich eher nach Hirnwäsche als nach Lehren.«

»Ich weiß nicht, warum Hexen wie du, oder sie ...«, die Älteste blickte abschätzig zu Valpu, »meinen, sie wären kein Teil der Schwesternschaft. Nur weil ihr bisher nichts von euren Kräften wusstet oder euch für besser, als die anderen haltet?«

Sarah war verblüfft. »Erstens habe ich kein Interesse daran, Teil irgendeiner Schwesternschaft zu sein, ich habe nämlich bereits eine Schwester, selbst wenn wir durch hunderte Kilometer und Zeitalter voneinander getrennt sind. Und zweitens dachte ich, dass man dafür eine Ausbildung oder eine Art Aufnahmeritual hätte absolvieren müssen.«

Norae lachte. »Wir alle haben eine Gemeinsamkeit: unser magisches Erbe. Das macht uns zu mehr als nur Sterblichen. Es macht uns auch zu Schwestern. Du wurdest es am Tag deiner Geburt. Du bist Sigrids Tochter, eine Hexe. Wenn auch keine Vollbluthexe, trotzdem eine von uns.« Wieder warf sie einen bedeutsamen Blick zu Valpu hinüber. »Und du? Hast du dich vollends der schwarzen Magie verschrieben? Findest du es in Ordnung, mit anderen Wesen zu spielen und unverzeihliche Flüche auszusprechen? Weshalb meinst du, du wärst keine von uns? Es gibt viele großartige Hexen unter uns.«

Valpu gab lediglich ein verächtliches Schnauben von sich. Norae zuckte mit den Schultern. »Wie dem auch sei, es spielt ja auch keine Rolle, ob ihr euch uns zugehörig fühlt oder nicht. Fakt ist: Ihr seid Hexen und gehört zu uns. Ihr habt euch an die Regeln unserer Schwesternschaft zu halten.«

Sarahs Magen krampfte sich zusammen. Sie hatte keine Ahnung, worauf das hinauslief, aber es gefiel ihr nicht. »Wozu dann das ganze Theater, weil ich nicht als Hexe aufgezogen und ausgebildet wurde? Ach, ist ja auch egal. Dann nimm das Buch und was du sonst noch haben willst und lass uns in Ruhe. Wir haben das Monster und den fiesen Zauberer erledigt und wollen jetzt zurück nach Hause zu unseren Familien.«

Die Vorsitzende des Hexenrats zog eine Augenbraue hoch. »Monster? Fieser Zauberer?« Sie schien kurz verwirrt zu sein, fuhr dann aber unbeirrt fort. »Wie dem auch sei. Alle anderen können meinetwegen nach Hause zurückkehren, aber mit euch beiden habe ich noch zu sprechen.«

Valpu bedachte die Älteste mit einem Blick, der die Hölle zum Einfrieren gebracht hätte. Sarah war hin und her gerissen zwischen Fluchtreflex und Neugierde.

»Ohne meine Frau gehe ich nirgends hin.« Ragnar schritt auf Sarah zu. Ehe er seinen Arm um Sarahs Schultern legen konnte, erhob Norae ihren Zauberstab. Ein Blitz erhellte das Verlies. Sarah hob schützend ihre Hände vors Gesicht. Als das grelle Leuchten aufgehört hatte, waren die drei Hexen allein.

»Hey! Was soll das? Was hast du mit meinem Mann und meinen Freunden gemacht?«

Die Älteste hob die Hand. »Schweig still, ich habe mir euer abschätziges Verhalten nun lange genug gefallen lassen. Ich bin immer noch die Oberste der Schwesternschaft und die mächtigste Zauberin in diesem Zeitalter. Ich erwarte mir etwas Respekt.«

Sarah fiel es wie Schuppen von den Augen. Sie verstand Ragnar nun etwas besser. Nahezu eins zu eins gab sie seine Worte wieder. »Respekt muss man sich verdienen. Ich kenne dich nicht. Und nach all dem, was ich bis jetzt erfahren habe, gehörst du nicht unbedingt zu den Favoriten auf meiner Freundesliste.«

»Ich stimme der Kleinen zu. Du hast in deinem ganzen Leben nichts geleistet, das mir auch nur einen Funken Respekt für dich abringen würde«, zischte Valpu Norae an.

»Ach ja? Ich beschütze die Schwesternschaft und halte sie zusammen. Und was hast du geleistet? Dir ist jedes Mittel recht, um deine Ziele zu erreichen, selbst wenn die Grenzen zwischen Recht und Unrecht verschwimmen.«

»Ausgerechnet du wagst es, eine solche Bemerkung zu machen. Du tätest gut daran, vor der eigenen Haustüre zu kehren. Dennoch habe ich streng genommen nie eine eurer Regeln, auf denen ihr so pocht, gebrochen. Und obendrein die Welt vor einem Untier befreit. Du kannst mir nichts vorwerfen.«

Die Augenbrauen der Ältesten schnellten nach oben. »Außer Sigrid bei einem unerlaubten Zeitzauber zu unterstützen, der verhindern sollte, dass Sarah ihre Fähigkeiten erhält oder hier in dieser Epoche landet. Und sie dann auch noch zu hintergehen und den Zauber so zu manipulieren, dass Sarah trotzdem hier landete. Oder einen Magier über Monate hinweg in einer Höhle gefangen zu halten. Nennst du das etwa keinen Regelverstoß? Soll ich noch weitermachen?«

»Visra!« Valpu spuckte seinen Namen förmlich aus. »Wir sprechen hier von Visra, der schon mehrfach mein Erbstück entwendet hat und anscheinend sogar daran beteiligt war, diese grauenhafte Kreatur zu erschaffen oder zumindest dessen Schöpfer zu unterstützen. Wie ich hörte, wurdest du auch bereits einmal um Hilfe gebeten, dieses Untier zu vertreiben. Warum tust du so, als wüsstest du nichts darüber? Im Übrigen habe ich Sigrid nur geholfen in ihre Zeit zurückzukehren. Mit dem Bannzauber an Sarah hatte ich nichts zu tun.«

»Dennoch ist Visra, oder vielmehr war, ein Mitglied eines zauberkundigen Bundes, wie dem unseren. Und kaum weniger zwielichtig als du selbst.«

»Miststück.« Valpus stechender Blick durchbohrte Norae, sodass Sarah glaubte, die Älteste würde auf der Stelle tot umfallen.

Sarah platzte der Kragen. »Okay können wir das bitte auf später verschieben? Wir alle wissen bereits, dass Valpu nicht immer ehrlich und vertrauenswürdig ist. Worum geht es? Was willst du von mir? Ich würde jetzt nämlich gerne wissen, wo mein Mann ist und dann endlich zurück zu meiner Familie.«

Die Älteste bemühte sich sichtlich um Contenance. Ihr linkes Augenlid begann zu zucken. »Deinem Mann und deinen Freunden geht es gut. Sie sind wieder zuhause. Was Sigrid anbelangt: Deine Mutter hat ihre Schuld, wenn du es so nennen willst, noch nicht abgegolten. Abgesehen davon benötigen wir nun eine Hexe, die das Amt der Hüterin, übernimmt.«

»Und was hat das mit mir ...?« Sarah fiel es wie Schuppen von den Augen. »Vergiss es. NEIN! Hörst du! Ich habe nichts Falsches getan. Seit ich in dieses ganze Zeitreiseschlamassel geraten bin, habe ich stets nur versucht das Richtige zu tun. Ich habe mich, so gut es ging, an alle Regeln gehalten. Ich habe versucht, das Zeitgefüge, wenn möglich nicht durcheinanderzubringen. Ich übe mich täglich darin meine Fähigkeiten zu trainieren, von denen ich noch nicht einmal weiß, welche das genau sind oder womöglich noch kommen. Du kannst mich nicht zwingen, das zu tun. Ich habe nicht vor das Schicksal meiner Mutter zu teilen. Ich habe zwei kleine Kinder und einen Mann, die zuhause auf mich warten und ich lasse sie sicher nicht allein.«

Die Älteste musterte Sarah aufmerksam von oben bis unten. »Streng genommen kann ich das nicht. Im Übrigen musst du dir um das Zeitgefüge keine Sorgen mehr machen. Sigrids und Valpus Eingreifen haben bereits eine Veränderung bewirkt. Nicht die der Geschichte der Menschen, wie du sie kennst, aber dennoch gravierend genug, um diese Strafe zu verdienen.«

Sarah blickte die Älteste verwirrt an. In ihrem Kopf begann es zu rattern. »Was meinst du damit? Was für eine Änderung?«

»Sie haben eine Vielzahl von Realitäten erschaffen.«

»Du meinst wie die Welten Yggdrasils? Neue Welten?«

Die Älteste nickte. Sarahs Hirn arbeitete auf Hochtouren. »Meinst du so etwas wie ein Multiversum?«

Die Älteste nickte abermals. »Soll das etwa heißen, dass irgendwo ein Universum existiert, in dem ich noch immer mein altes Leben führe? Und eines in dem Ragnars Familie noch lebt und meine Mutter nie von uns weggegangen ist?«

Die Oberste des Hexenrats zuckte beiläufig mit den Schultern. »Das ist durchaus möglich.«

Sarahs Gefühle schlugen Purzelbäume. Der Gedanke, dass es irgendwo ein Happy End für ihre Mutter gab und niemand sich vor Trauer um ihr Verschwinden grämte, linderte den Schmerz über den Verlust zwar nicht, aber gab ihr ein wenig Hoffnung. »Und das ist ganz allein die Schuld Valpus und meiner Mutter? Oder könnten da noch andere Dinge mitgespielt haben.«

Die Älteste winkte beiläufig ab. »Auch das ist möglich.«

»Und trotzdem hielt man es für angemessen meine Mutter dafür zu bestrafen? Obwohl du es nicht mit Sicherheit sagen kannst?«

»Wie ich bereits sagte, das war nicht der einzige Grund und ist nichts, worüber du dir den Kopf zerbrechen müsstest. Solcherlei Belange sind meine Aufgabe.« Sarah klappte die Kinnlade herunter. Es kam nicht oft vor, dass ihr die Spucke wegblieb, aber Norae Skjaldborg hatte es geschafft. Offenbar war sie noch selbstgefälliger als Valpu.

»Was ist mit dir? Möchtest du gerne diese Aufgabe übernehmen?« Die Älteste blickte Valpu belustigt an.

»Du beliebst zu scherzen. Was soll das ganze Theater? Soll das heißen, dass du mich nicht so einfach zu der Aufgabe verdonnern kannst, wie Sigrid? Du hast doch etwas Bestimmtes im Sinn. Sprich es aus. Was ist es?«

Noraes Augen blitzten aufmerksam auf. »Nun gut, wenn ihr es so wollt. Ihr beide mögt bisher die Grenzen des Erlaubten nur gestreift haben, dennoch wandert ihr in einem Graubereich unseres Regelwerks und es ist nur eine Frage der Zeit, bis eine von euch den Grat überschreitet. Es stimmt, streng genommen kann ich euch nicht zwingen, diese Aufgabe fortzuführen. Aber so wie ihr gerne die Grenzen etwas ausdehnt, und zu euren Gunsten interpretiert, kann ich das auch. Eine von euch wird dieses Amt übernehmen, ob ihr wollt oder nicht. Macht es meinethalben unter euch aus. Ihr habt eine Stunde. Ich lasse euch indes allein.« Die Älteste hatte die Worte kaum ausgesprochen, als sie sich auch schon vor den Augen der beiden in Luft auflöste.

Valpu blickte ebenso fassungslos wie Sarah, als die Älteste verschwunden war. Immerhin hatte Sarah inzwischen ihre Sprache wiedergefunden.

»Die hat doch einen Knall! Was sollen wir jetzt tun? Ich lasse mich nicht dazu zwingen.«

»Meinst du ich etwa? Wir gehen jetzt in aller Ruhe nach Hause.«

Valpu zückte ihren Zauberstab und erstarrte, als ihr Blick auf ihre Hand fiel. »Sarah, wo ist das Amulett?«

»Keine Ahnung. Ich denke, Ragnar hat es. Oder Naefir? Warum?«

»Mein Ring ist verschwunden. Schon wieder. Langsam scheint es zur Gewohnheit zu werden.«

»Was? Meinst du, die Älteste hat unsere Sachen?«

»Ich denke, ja.«

»Brauchst du den Ring?«

»Nicht unbedingt. Ich bin auch ohne ihn zurechtgekommen, aber er ist mein Eigentum. Niemand hat das Recht, dieses Artefakt ungefragt an sich zu nehmen. Auch nicht die Oberste des Hexenrates. Das wäre Diebstahl. Außerdem würde ich mich wohler fühlen, wenn ich ihn bei mir hätte. Wer weiß, was hinter den Mauern dieses Bauwerks noch auf uns wartet. Norae Skjaldborg scheint die Regeln ebenso zu beugen, wenn ihr der Sinn danach steht.«

»Na, du machst mir Spaß. Wie willst du es anstellen, wenn es bisher nicht geklappt hat? Meinst du, die Älteste steckt dahinter, dass der Portalzauber nicht funktioniert?«

Valpu rieb sich die Stirn. »Ich weiß es nicht. Aber ich bin mir sicher, dass wir hier auf einer Goldgrube des Wissens sitzen. Norae hat Sigrid nicht grundlos hergeschickt. Wir müssen uns nur gründlich umsehen.«

»Dann lass uns abhauen. Ich brauche das Amulett auch nicht. Streng genommen ist es nicht mal meines.«

Erneut hob Valpu ihre Hand, aber als sie versuchte, einen Zauber zu sprechen, begann das Gewölbe über ihren Köpfen bedrohlich zu wackeln. »Was war das?«

»Verflixt noch eins. Ich denke, dieses Miststück hat einen Bannzauber gesprochen, damit wir unsere Fähigkeiten nicht einsetzen können. Versuch du es.«

Sarah versuchte es mit ihrem Funkenzauber. Abermals begann das Verlies zu beben, aber von Feuer keine Spur. Valpu fluchte wie ein Bierkutscher. Trotz ihrer verfahrenen Situation brachte sie Sarah damit zum Lachen. »Bravo, das hätte von mir sein können. Wenn das alles nicht so zum Kotzen wäre, wäre das glatt lustig gewesen. Wie ist der Plan? Allem Anschein nach können wir auch ohne Zauber nicht einfach hier hinausspazieren und uns irgendwo eine Lösung überlegen. Das gelang uns schon vorher nicht.«

»Wohl kaum. Du kannst es ja versuchen.«

Entschlossen schritt Sarah in einen Gang hinaus. Valpu folgte ihr. Als sie ein eisernes Tor erreichten, versuchte Sarah es zu öffnen. Die Gitterstäbe quietschten und ächzten, als Sarah daran rüttelte. Aber es war, wie Valpu prophezeit hatte. Das Tor war versperrt. Sie waren gefangen. Schon wieder. Oder besser gesagt, noch immer.

»Das darf doch wohl nicht wahr sein! Sie kann uns doch nicht einfach einsperren und dazu zwingen einen blöden Posten anzunehmen, der keinen von uns beiden interessiert.«

»Sie hat und sie kann«, stellte Valpu trocken fest. »Die Älteste hat uns reingelegt.«

»Was machen wir jetzt? Ich werde meine Familie keinesfalls verlassen und ich weiß, dich interessiert das Ganze so viel wie ein Pickel an deinem Hintern.«

Valpu zuckte mit den Schultern. »Wir können kämpfen.«

»Das ist so ziemlich das Letzte, was ich will. Vom Kämpfen hab ich erst einmal genug. Wie sollen wir ohne Zauberkräfte gegen sie oder den irren Frankensteinverschnitt ankommen?«

»Willst du auf ihre Forderung eingehen?«

»Nein.«

»Was schlägst du stattdessen vor?«

»Ich frage mich, ob sie tatsächlich alle Fluchtwege blockiert hat, wir nirgends hingehen und überhaupt kein bisschen Magie einsetzen können? Wenigstens um Hilfe zu rufen?«

»Wen willst du zu Hilfe holen?«

»Ragnar, Naefir, Ida. Irgendjemanden. Das darf doch alles nicht wahr sein. Ich habe nicht einmal die Zeit das Wiedersehen und den Tod meiner Mutter zu verarbeiten. Ich darf sie noch nicht einmal in Ruhe bestatten.« Sarah sank auf den Boden und ließ den Kopf zwischen ihre Knie sinken.

»Jetzt reiß dich mal zusammen. Dein Ansatz vorhin hat mir gefallen. Vielleicht gibt es doch irgendein Schlupfloch oder es liegt hier noch irgendwo ein Schatz in Form eines Zauberbuchs vergraben, der uns helfen könnte. Hier wurde offenbar mehr getan, als uns gefangen zu halten. Ich meine, der Wirbelsturm hat mir ein uraltes Grimoire* in die Hände gespielt. Vermutlich war das hier mehr als nur ein Unterschlupf. Womöglich wurde das Untier genau hier erschaffen. Es muss so etwas wie ein Arbeitszimmer, eine Bibliothek oder ein Laboratorium geben. Wenn wir Zugang dazu hätten, könnten wir vielleicht auch einen Weg hinaus finden.«

Sarah war sofort Feuer und Flamme. Valpus Entschlossenheit gab auch ihr neuen Antrieb. »Dann lass uns keine Zeit verlieren. Wenn wir das Tor nicht magisch öffnen können, dann vielleicht mechanisch.«

Sarah sah sich zwischen den herumliegenden Trümmern um. Kurze Zeit später kam sie mit einer Lanze retour. Ächzend ließ sie die Holzstange zu Boden fallen, die sie bis zum Tor geschleift hatte. »Wenn wir die als Hebel benutzen, können wir die Tür vielleicht aus ihren Angeln heben.«

Valpu nickte anerkennend. »Möglicherweise habe ich dich doch unterschätzt.«

Sarah schnaubte und machte sich daran etwas zu suchen, an dem sie die Lanze hochdrücken konnten. Eine Holzbank war das Einzige, das Sarah halbwegs brauchbar erschien. So ziemlich alles ringsum war durch die magischen und nichtmagischen Kämpfe zerstört worden.

»Los, hilf mir mal, bitte.« Gemeinsam trugen die beiden Hexen die Bank zum Tor, das ihnen den Weg versperrte. Sie steckten die Lanze unter das Tor und drückten sich mit ihrem Körpergewicht gegen das andere Ende. Sarah hoffte inständig, dass das Holz der Lanze standhalten würde. Das Tor begann bedrohlich zu ächzen und zu knirschen. Sarah hatte das Gefühl ihr Zwerchfell würde explodieren, wenn sie noch länger drücken müsste, da gaben die Scharniere nach, die Tür fiel aus ihren Angeln und mit einem ohrenbetäubenden Knall zu Boden. Von der Decke rieselten kleine Steine und Staub. Das Echo schien beinahe noch lauter zu sein als der Knall. Sarah fuhr zusammen und blickte sich nach allen Seiten um, aber nichts und niemand war zu sehen oder zu hören. Valpu streckte ihre Hand durch den Durchgang, um zu kontrollieren, ob sie auf einen Widerstand treffen würde. Nichts. »Los jetzt, wir dürfen keine Zeit verlieren.« Energisch schubste sie Sarah durch die Tür. »Wir teilen uns auf. Du gehst nach rechts, ich nach links.«

Sarah nickte. Sie wusste, dass sie keine Zeit verlieren durften, aber sie hatte das dumpfe Gefühl, dass Valpu womöglich ohne sie abhauen würde. Sarah wurde flau im Magen. Dennoch marschierte sie los. *Welche Wahl habe ich schon?* Im Gang herrschte Dunkelheit. Nur vereinzelt hingen Fackeln an der Wand. Bald hatten sich die Augen an die Dunkelheit gewöhnt und sie kam schnell voran. Am Ende des Tunnels stieß sie auf eine Holztür. Erneut musste sie ihren ganzen Körper einsetzen, um sie zu öffnen. Knarzend und ächzend sprang sie auf. Sarah fuhr unweigerlich zusammen. In diesen Gemäuern etwas leise und unauffällig zu tun war offenbar unmöglich. Hinter der Tür tat sich ein weiterer Gang auf, der schließlich an einer Wendeltreppe endete. Sollte sie den Aufgang nach oben oder unten nehmen? Sarah vermutete so etwas wie eine Bibliothek eher im Obergeschoß, während ein geheimes Laboratorium vermutlich im Keller wäre. Ausgang war hier aber offenbar auch keiner. Sarah konnte nicht umhin sich zu fragen, wie es die Gefangenen nach draußen geschafft hatten. Nach einem flüchtigen Augenblick des Zauderns, beschloss sie, dass sie fürs Erste genug von dunklen Kellerverliesen hatte und nahm die Treppe nach oben. *Irgendwo muss es doch ein Fenster oder einen Balkon geben?* Im Treppenaufgang gab es

tatsächlich ein paar kleine Schlitze, die frische Luft herein-
ließen. Zwar kein Fenster, aber besser als nichts. Sarah
drückte sich an einen der Schlitze und spähte hinaus. Es
war offenbar Abend oder Nacht, denn es war zu dunkel,
um etwas zu erkennen. Sarah vermochte nicht einzuschät-
zen, wie viele Stunden sie schon hier war. Sie hatte jegliches
Zeitgefühl verloren. Nach ein paar weiteren Stufen führte
der Treppenaufgang endlich zu einer Öffnung, die in einen
weiteren Flur mündete. Sarah fühlte sich wie in einem ‚Es-
cape Room' Spiel*. Nur leider war niemand hier, der im
Notfall eingreifen oder Tipps geben konnte. Sarah entschied
sich für den Flur zu ihrer rechten Seite. Er war zu beiden
Seiten mit Fackeln gesäumt. Es war gespenstisch still. Außer ihren eigenen Schritten und ihrem Atem waren keinerlei Geräusche zu hören. Der Flur war rechts und links
mit mehreren, kleinen Holztüren gesäumt. Sarah öffnete
vorsichtig eine nach der anderen und spähte hinein. Kleine
Zimmer, Rumpelkammern, Wand- und Vorratsschränke
verbargen sich dahinter. Alles war nahezu leer. Lediglich
die letzte Tür am Ende des Flurs war verschlossen. *Ob der
Bannspruch der Ältesten sich auf das gesamte Schloss, oder was
auch immer das hier ist, erstreckt? Probieren geht über studieren.*
Sarah tüftelte ein wenig herum, bis sie endlich den richtigen
Spruch fand, der das Schloss zum Knacken brachte. Die
Klinke schnellte nach unten und die Tür flog in hohem
Bogen auf. Krachend schlug sie gegen die Wand. *Okay. Da
war wohl etwas zu viel Energie im Spiel gewesen, aber immerhin
weiß ich jetzt mit Bestimmtheit zu sagen, dass der Zauber der
Ältesten hier nicht mehr wirkt. Hier könnten wir also auch einen
Spruch ausprobieren, der uns vielleicht nach Hause bringt. Ich*

muss nur noch Valpu finden. Der Raum hinter der Tür war hell erleuchtet. Staub und klitzekleine Holzspäne schwebten langsam zu Boden. Sarah riss erstaunt die Augen auf und trat durch die Tür. Mit offenem Mund drehte sie sich einmal um ihre eigene Achse. Sie stand im wahrgewordenen Traum ihrer Kindheit. Bücher. Ringsherum nichts anderes als deckenhohe Regale voller Bücher, Schriftrollen und Pergamente. An jeder Wand standen jeweils zwei Leitern auf Rollen und in der Mitte des Raumes führte eine kleine Metalltreppe zwischen den Bücherregalen auf eine Galerie hinauf. Auch sie war vollgestopft mit Büchern. Wäre ihr nicht allzu schmerzlich bewusst gewesen, dass die Zeit drängte, hätte sie hier ohne Weiteres mehrere Stunden und Tage verbringen können. Sie hatte in den letzten Jahren auf vieles verzichten müssen. Das Fehlen von Büchern und Konzert- oder Museumsbesuchen schmerzte sie jedoch mehr als die fehlende Heizung oder warmes Wasser aus der Leitung. Staunend schritt sie voran und sah sich nach etwas um, das ihr womöglich einen Anhaltspunkt gab, wo sie sich befand und wie sie nach Hause käme, als sich hinter ihr jemand räusperte. Sarah fuhr wie von der Tarantel gestochen herum.

KAPITEL 17

–

TRUGBILDER

»Wundervoll, nicht wahr?«

Die Oberste des Hexenrats blickte Sarah mit einer Mischung aus Belustigung und Neugierde an. »Weißt du, dass du im Sitz der Schwesternschaft jeden Tag in einer Bibliothek stöbern könntest, die zehnmal so groß ist wie diese hier?«

Es dauerte ein paar Sekunden, aber als Sarah endlich ihre Sprache wiedergefunden hatte, kam sofort wieder ihre Abneigung gegen diese Frau hoch. Sie war beinahe noch schlimmer als die gegen Valpu. *Apropos Valpu. Wo steckt sie denn nur?*

»Was soll das werden? Werbung für die Rekruten? Ich habe schon gesagt, dass ich meine Familie nicht verlasse.«

»Und ich sagte dir, dass ihr keine Wahl habt. Entweder du oder sie. Da Valpu nirgends zu sehen ist, hat sie dich vermutlich, in alter Manier, deinem Schicksal überlassen und die Entscheidung ist gefallen.«

»Hier ist gar nichts gefallen. Noch nicht, aber, wenn du mich anfasst oder irgendwohin entführst, dann Gnade dir Gott oder an was auch immer du glauben magst, denn dann wirst du herausfinden, wozu eine unausgebildete Halbbluthexe in der Lage ist. Und zwar ganz ohne magische Hilfe.«

Norae Skjaldborg verzog keine Miene, dennoch wanderte ihre linke Augenbraue nach oben. »Deine Drohungen beeindrucken mich nicht. Es gilt eine offene Schuld zu begleichen.«

»Hör mir bloß mit dem Schuld-Gerede auf. Ich glaube nicht an Erbschuld. Ich bin nicht verantwortlich für die Taten meiner Mutter oder der anderen Vorfahren. Meine Mutter hat an gar nichts Schuld, außer vielleicht, dass sie mir nicht gesagt hat, dass sie, ich meine, dass wir Hexen sind. Sie hat keinen Weltkrieg ausgelöst. Sie hat offenbar keinen Kollaps des Raumzeitgefüges verursacht, sie hat niemandem Schaden zugefügt. Warum zum Teufel wurde sie für das alles allein verantwortlich gemacht? Was ist mit Valpu? Sie hat genauso viel Anteil oder auch nicht wie meine Mutter. Valpu war es, die Visra in dieser Höhle gefangen hielt. Wenn du schon jemanden eine lebenslängliche Strafe aufbrummen willst, warum dann nicht ihr?«

»Valpu hat sich bisher erfolgreich jeglicher Strafe entzogen.«

Sarahs Gesicht lief nahezu purpurrot an. »Also nehmt ihr einfach die Nächstbeste, oder wie? Mann, ihr leidet wohl an Realitätsverlust. Abgesehen davon, sie wurde doch auch angeklagt, weil sie mir mein Hexenerbe vorenthielt, und nun soll ich dafür büßen? Wie verrückt ist das denn? Ihr könnt nicht einfach über die Leben anderer Menschen bestimmen. Es ist mir egal, was eure Regeln besagen oder ob es euch an Personal oder Freiwilligen mangelt. Schon mal was von Menschenrechten gehört? Habt ihr schon mal daran gedacht, den Posten innerhalb der Schwesternschaft auszuschreiben, anstatt ihn jemandem aufzuzwingen? Aber wenn wir schon bei Schuld sind, dieses Prinzip scheint ihr ja besonders zu mögen, ich denke so ziemlich das gesamte Universum steht in unserer Schuld. Wir haben ein Monster erledigt, dass mordend durch die Welten Yggdrasils gezogen ist.«

»Ja, ich habe mir bereits ein Bild von den jüngsten Ereignissen gemacht. Auch gegen die Regel keinem Wesen zu schaden, habt ihr verstoßen. Und was ist mit dem Schöpfer der Kreatur, habt ihr ihn gefunden? Was, wenn er wieder so etwas erschafft? Im Übrigen stehen unsere Regeln über denen der Menschen oder anderer Völker. Innerhalb der Schwesternschaft bin ich das Gesetz.«

Sarah blieb der Mund offen stehen. Ungläubig blickte sie die Älteste an.

»Der Tod vieler rechtfertigt zudem nicht den Tod eines einzelnen.«

Fassungslos schüttelte Sarah den Kopf. »Ich weiß ehrlich nicht, was ich sagen soll. Ich meine das Prinzip niemandem zu schaden in allen Ehren, ich stimme euch da voll zu, aber wie lange hättet ihr dem Ungetüm noch dabei zugesehen, wie es andere verletzt und tötet? Warum kommt weder von den Göttern noch von den Hexen irgendein Pieps, wenn ihr um Hilfe gebeten werdet? Was versucht ihr hier zu vertuschen? Dass ein Mitglied eurer Spezies an der Erschaffung eines Monsters beteiligt war? Oder ist da noch mehr? Wer spielt da Gott? Handelt es sich etwa um eine abtrünnige oder geisteskranke Hexe oder Gottheit?«

Norae blickte Sarah wortlos an. Ihre Augen hatten sich zu schmalen Schlitzen zusammengezogen. »Genug von dem Ganzen. Ich bin dir keinerlei Rechenschaft schuldig. Du kommst jetzt mit mir und tust wie dir geheißen!«

»Hallo! Gehts noch? Ich bin kein kleines Schulmädchen, das sich herumkommandieren lässt. Zuerst wurde ich als Sklavin der Wikinger betrachtet und nun soll ich eure werden? Sicher nicht. Das ist mein Leben und ich bin eine freie Frau. Du kannst nicht über mich bestimmen. Offenbar habe ich da irgendeinen Nerv getroffen.«

»Doch kann sie. Rein theoretisch zumindest. Sie schert sich einen Dreck um die Regeln und das Leben außerhalb der Schwesternschaft. Für sie zählen nur die Hexen und der innere Zirkel.« Erschrocken fuhren Sarah und die Älteste herum. Keiner von beiden hatte Valpus Eintreten bemerkt. »Lass Sigrids Tochter in Ruhe. Ich bin dafür verantwortlich, dass Sarah in dieser Zeit gelandet ist. Ich habe, entgegen der Bitte einer Freundin, dafür gesorgt, dass sie das Amulett erhält. Es war mein Zauber, der sie hierher brachte. Ich habe sie für meine Zwecke missbraucht.«

»Ach ja? In welcher Weise genau?«

»Das tut hier nichts zur Sache.«

»Ich denke doch. Und du hast selbst davon angefangen.«

»Verstehst du nun, warum ich wollte, dass meine Tochter und meine Enkeltochter frei und unerkannt aufwachsen können?«, wandte sich Valpu fragend an Sarah. »Dass ich aber von ihnen ferngehalten wurde, war auch nicht Teil meines Plans.«

Oh, daran habe ich gar nicht gedacht. Sarah nickte Valpu zu und blickte sie mit einer Mischung aus Mitleid und Argwohn an. *Was hat sie vor? Wieso wirkt sie so gelassen?*

»Im Grunde ist jeder sich selbst der Nächste. Ganz egal, was ihr gerne glauben möchtet oder behauptet.«

Sarah verzog den Mund. Dem war nichts entgegenzusetzen. *Auch ich will nur in Frieden mit meiner Familie leben.*

»Ich wollte meine Familie beschützen. Hedda, die ihre. Sigrid Sarah und sie jetzt Ragnar, Sunna und ihren Sohn. Was unterscheidet uns voneinander? Gar nichts. Uns verbindet vielmehr die Liebe zu unseren Kindern. Unserer

Familie. Egal, ob du mich dafür fähig hältst oder nicht. Ich habe Gefühle. Wir alle taten und tun das, was wir für richtig halten. Niemand von uns wurde gefragt, ob wir die sein wollen, die wir sind. Wir wurden in unsere Leben hineingeboren und versuchen, das Beste daraus zu machen.« Langsam schritt die Zauberin auf die Älteste zu.

»Zum letzten Mal: Lass Sarah in Ruhe! Sie hat genug zu verkraften. Ihr wurde ihre Mutter genommen. Sie wurde aus ihrem vertrauten Leben gerissen und hat sich hier ein neues aufgebaut. Sie musste selbst herausfinden, dass sie eine Hexe ist. Sie hat sich bisher gut darin geschlagen ihre Fähigkeiten zu verbessern. Sie will kein Teil der Schwesternschaft sein. Ebenso wie ich. Du kannst ihr nicht die Pflichten ihrer Mutter auferlegen, die sie als Strafe tragen musste. Ich stehe in Sigrids Schuld. Ich werde ihre Aufgabe übernehmen, wenn es sein muss und du mich lässt. Lass den Grünschnabel in Ruhe. Lass sie lernen und erblühen. Angesichts ihres Schicksals hat sie sich bis jetzt wunderbar geschlagen. Sie hat sich hier ein Leben aufgebaut. Sie lernt erst noch, was es heißt, eine Hexe zu sein. Ich werde die Position der Hüterin übernehmen.«

Sarah stand der Mund offen. Misstrauisch beäugte sie Valpu. *Irgendetwas ist hier gewaltig faul. Woher der plötzliche Sinneswandel? Valpu opfert sich für mich und meine Mutter?* Nie im Leben traute sie der Völva das zu. *Nach all dem, was ich bisher über sie weiß, ist diese Frau vieles, aber mit Sicherheit nicht altruistisch und selbstlos. Oder ist diese Hexe doch nicht so abgebrüht, wie ich dachte?*

Norae Skjaldborg betrachtete Valpu ebenso kritisch wie Sarah. »Und was sollen der Zauberstab und der Dolch, wenn du dich freiwillig melden möchtest?«

Sarahs Blick fiel auf Valpus Faust, die den Griff eines kunstvoll verzierten Dolchs umschloss. *Das war mir gar nicht aufgefallen. Berechtigte Frage.*

»Eine reine Vorsichtsmaßnahme.« Erwiderte Valpu trocken.

»Ah, ja. Du wolltest nie etwas mit der Schwesternschaft zu tun haben und nun willst du Hüterin der Artefakte werden?«

»Ich habe eine Schuld zu begleichen und eine Schwäche für Artefakte jeder Art. Ich könnte zwei Fliegen mit einer Klappe schlagen. Meiner Sammelleidenschaft nachgehen und mein Fehlverhalten einer alten Freundin gegenüber wiedergutmachen.«

»So rational kenne ich dich gar nicht, Valpu. Seit wann dein großes Interesse an Kunstgegenständen und Waffen?«

»Immer schon.«

Sarah fehlten die Worte. Sie hatte Valpu offensichtlich unterschätzt. Wieder einmal.

»Du kennst mich überhaupt nicht. Aber das macht nichts. Ich habe kein Interesse an einer Freundschaft mit dir und ich tue es auch nicht, um dir damit einen Dienst zu erweisen. Ich bin eine reinblütige Hexe und nicht gerade untalentiert. Ich bin mehr als qualifiziert, diese Aufgabe zu übernehmen. Du weißt das. Du fragtest Sigrid einst nach den Regeln unserer Schwesternschaft. Einige sind damals aber unerwähnt geblieben, wie ich erfahren habe. Ist denn nicht die Toleranz gegenüber anderen Meinungen ebenfalls eine von diesen Regeln? Und, dass alle Mitglieder gleichgestellt sind? Und ja, ich weiß, dass du hierbei eine Ausnahme bildest, aber ich denke, du weißt, worauf ich hinaus will.«

Mit einem Mal wurde es Sarah schlagartig bewusst. Das war eine von Valpus Illusionen. Und die war offenbar so gut, dass nicht einmal die Älteste des Hexenrats etwas von der Täuschung bemerkte. Sarah wurde bleich. Sie hatte das Gefühl, dass ihr die Antwort auf die Stirn geschrieben stand und sie mit jedem Blick und jeder Muskelbewegung verraten könnte, was hier vorging. Unsicher blickte sie zu Boden. *Natürlich! Es muss so sein. Alles andere, ergibt keinen Sinn. Selbstlose Valpu. Ich wäre beinahe selbst darauf hereingefallen. Sie versucht, die Älteste nur abzulenken. Aber was hat sie vor?*

»Nun, da hast du wohl recht. Ich nehme dein Angebot an Valpu.«

Sarah warf Valpu einen erleichterten Blick zu.

»Fürs Erste.« Fügte die Älteste hinzu. »Sollte ich mit deiner Arbeit nicht zufrieden sein oder ich den Verdacht hegen, dass du diese Position für deine eigenen Zwecke missbrauchst, werde ich nicht lange fackeln. Die Ehre einer Verhandlung vor dem Hexenrat wird dir dann nicht zuteilwerden.«

Jedermann beugte die Regeln nach seinen Bedürfnissen, sogar die Älteste. Ob sie sich dessen wohl bewusst war?

Valpu nickte. Ein zynisches Lächeln umspielte ihre Lippen. Dann holte sie aus. Sarah schrie auf. Entsetzt blickte die Älteste auf den Dolch, der in ihrem Bauch steckte. Sie öffnete die Lippen, aber statt Worten kam ein Schwall Blut heraus.

Sarah hatte Mühe, ihre Sprache wiederzufinden. *Das konnte nicht wahr sein. War das auch noch eine Illusion? Aber dann war es doch wohl nicht Valpus?*

»Was zum Teufel ist in dich gefahren, Valpu?«

Valpus diabolisches Lachen erklang. Immer lauter und hysterischer schwoll es zu einem infernalischen Gelächter an und erstarb ebenso abrupt, wie es begonnen hatte. Valpu starrte Sarah aus leeren Augen an. Sarah erbleichte.

»Du bist nicht Valpu, oder?«

Wieder erklang nur ein Lachen. Valpus Lächeln verzerrte sich, weiße Zähen blitzten auf.

»Ich deute das als ein ja. Wer bist du und was willst du?«

Valpus gesamter Körper begann sich wie eine Schlange zu winden und unnatürlich zu verformen. Sarah riss erstaunt die Augen auf. Sie musste bei dem Anblick würgen. Wäre das tatsächlich ein menschlicher Körper, so würde es mit Sicherheit unerträgliche Schmerzen verursachen. Sarah konnte nur hoffen, dass das nicht wirklich Valpus Körper war, sondern ein Hologramm.

»Das tut nichts zur Sache«, zischte eine heisere Stimme.

»Ah, in der Angelegenheit seid ihr euch alle einig. Nichts tut für niemanden etwas zur Sache«, keuchte Sarah atemlos. Ihr Herz pochte so laut, dass sie sich nicht einmal sicher war, ob sie wirklich eine Stimme gehört hatte.

»Ich bin nur ein bescheidener Diener, der in Demut seinem Herren dient. Und du, du wirst eine mehr als gelungene Entschädigung für all die Missgeschicke und nichtsnutzigen Handlanger sein, die nicht einmal die einfachsten Aufgaben zu erledigen verstehen.«

Sarahs Fluchtweg endete an einer Bücherwand. Wie ferngesteuert machte sie auf dem Absatz kehrt und spurtete in Richtung Tür. Ihre Gedanken drehten sich im Kreis. *Wie zum Henker soll ich da bloß rauskommen? Handlanger? Visra? Valpu? Wo steckt sie nur?* Mit einem gewaltigen Knall schlug die Tür vor Sarahs Nase zu. Um ein Haar wäre Sarah darin eingeklemmt worden. Sarah schlug einen Haken und bog ab. Aber wo sollte sie noch hin? Sie saß buchstäblich in der Falle. Sie suchte hinter einem der Regale Schutz, auch wenn sie wusste, dass es sinnlos war. Sie konnte sich nicht verstecken.

Der Boden begann zu beben. Mit einem gewaltigen Donnern schwang die Tür zur Bibliothek wieder auf. Die Wucht war so stark, dass die Tür aus den Angeln geschleudert wurde. Das Mauerwerk schwankte. Steine und Putz rieselten herab. Staubwolken stoben auf und hinter den Mörtelschwaden erschien Valpu. Sarah blinzelte skeptisch hinter dem Regal hervor. »Na toll, noch eine Valpu. Bist du es diesmal wirklich?«

»Ja! Hör auf zu reden und lauf.« Dieses Mal verschwendete Sarah keine Zeit mit Grübeleien. Sie vertraute ganz auf ihr Bauchgefühl und spurtete los. Valpu kam ihr auf halbem Weg entgegen. Mit der freien Hand ergriff sie Sarahs Handgelenk und zog sie in Richtung Ausgang, während sie mit der anderen ihren Zauberstab schwenkte und eine Salve Blitze in Richtung ihres verzerrten Spiegelbilds schickte. Valpus Doppelgänger stieß einen zornigen Schrei aus, ähnlich dem, den sie heute schon einmal gehört hatten.

Sarah spurtete los. Sie hatte das Gefühl, ihre Beine würden sich überschlagen. Als sie sich dem leblosen Körper der Ältesten näherte, geriet sie kurz ins Stocken. Valpu feuerte weiter, bis Sarah die Tür erreicht hatte.

»So, jetzt kannst du auch mal was tun. Lenk den Formwandler ab, ich öffne uns ein Portal.«

Sarah nickte ferngesteuert. »Formwandler? Was? Das hat mir vorgegaukelt, es wäre du? Hast du deinen Ring zurück?«

»Wenn es das ist, was du gerne hören willst.«

»Valpu, was hast du jetzt wieder mitgehen lassen?«

»Darüber musst du dir nicht den Kopf zerbrechen. Es gibt keine Hüterin mehr und die Älteste ist gerade verschieden, also was solls. Willst du leben oder nicht?«

Sarah nickte.

»Dann mach!«

Sarah tat wie ihr geheißen. Auch wenn Valpus Worte einen bitteren Nachgeschmack hinterließen, so gab es hier nichts zu überlegen. Sie wollte leben und sie wollte nach Hause zu ihrer Familie. Alle hielten ihre Emotionen für eine Schwachstelle, aber Sarah war sich sicher, dass sie der Schlüssel zu ihren Kräften waren. Sie legte all ihre Wut und Verbitterung über die Geschehnisse des heutigen Tages in diesen Zauberspruch und jagte ihrem Verfolger einen Feuerstrahl entgegen. Genauso, wie sie es heute schon einmal getan hatte. Für einen Moment hielt er überrascht inne, dann erschien ein Schutzschild vor ihrem Verfolger. Ein riesiger durchscheinender Eiskristall, der die ohnehin schon unnatürliche Form dieses Wesens noch mehr verzerrte. Es sah aus wie ein Lehmklumpen, dem man versucht hatte, eine menschliche Form zu geben. Den Kopf unnatürlich weit zur Seite gelegt wie eine Eule. Ein furchteinflößendes Lächeln umspielte seinen Mund.

Valpu schwang ihren Zauberstab. Im Handumdrehen öffnete sich ein Portal und sie schritt hindurch. Es kostete Sarah alle Mühe, sich von diesem bizarren Anblick abzuwenden, aber das Auftauchen des Portals brachte sie zur Besinnung. Sie legte ihre letzten Kraftreserven in diesen Sprung und hechtete Valpu hinterher. Dann wurde ihr schwarz vor Augen.

KAPITEL 18
–
BÖSES ERWACHEN

Die verbündeten Heimkehrer saßen gemeinsam mit Frode und den Kindern in Ragnars Haus und debattierten. Sie alle waren müde und erschöpft vom Kampf gegen dieses Ungetüm. Dennoch fand Ragnar keine Ruhe. Rastlos schritt er neben dem Tisch auf und ab. *Es waren seltsame Tage gewesen - zuerst fand er sich zusammen mit der Völva in einem Verlies wieder. Schließlich waren Sarah und diese beiden Alben aus dem Nichts aufgetaucht, dann gab sich dieser heimtückische Hexer Visra zu erkennen und dann tauchten auch noch Sarahs Mutter und dieser Dämon auf. Noch nie hatte er es mit einem solchen Gegner zu tun gehabt. Kein Hieb, Schlag oder Tritt, so kräftig er auch gewesen war, konnte das Monstrum ernsthaft verletzen. Sicher, er hatte schon gegen allerlei wagemutige Krieger gekämpft, aber das war kein Mensch. Und innerhalb eines Atemzugs war diese seltsame Frau aufgetaucht und plötzlich waren sie alle wieder hier in seinem Haus. Alle, außer Sarah und Vulpu. Aber was wollte man erwarten? Wenn man es mit Hexen, Zauberern und anderen Kreaturen zu tun bekam, musste man zwangsläufig mit solchen Vorfällen rechnen.*

Ragnar rieb sich die Schläfen. Von Sarah und Valpu fehlte weit und breit jede Spur. Keiner von ihnen konnte erklären, was passiert war - es schien, als hätten sie einfach eine Tür durchschritten, und wären in diesem Raum gelandet. Alle, außer Ragnar, vermuteten ein Komplott Valpus dahinter. Aber er hatte in dem Verlies etwas Zeit gehabt, sich ein Bild von dieser Hexe zu machen. Er glaubte nicht daran, dass sie etwas damit zu tun hatte, ließ die Sache aber fürs Erste auf sich beruhen. Eine Debatte darüber war ohnehin müßig. Es ging zuweilen heiß her bei den verschiedenen Theorien darüber, was geschehen war, wer was ausgeheckt haben könnte und was nun zu tun wäre. Ragnar hatte keine Lust auf Diskussionen. Er vermisste Sarah. Sein Ziel war es, seine Frau zu befreien. So wie es ihr Ziel gewesen war, ihn zu retten. Schmunzelnd dachte er an ihren empörten Gesichtsausdruck, als er sie über den Grund ihres Hierseins aufgezogen hatte. Auch wenn er wusste, dass sie ganz gut auf sich allein aufpassen konnte, so machte er sich doch Sorgen um sie. Wer auch immer hinter all dem steckte, mit demjenigen war keineswegs zu spaßen. Er würde Sarah finden und zurückholen. Die Frage war nur, wo er mit seiner Suche beginnen sollte. Er blickte zu dem Tisch hinüber, an dem noch immer wild diskutiert wurde. Entschlossen schritt er auf die anderen zu und schlug wütend mit der Faust auf die Tischplatte. »Hört auf herumzustreiten! Das führt zu nichts. Los, lasst uns ein paar Krieger zusammentrommeln und herausfinden, wie wir dorthin zurückkommen, um Sarah zu holen.«

Naefir blickte Ragnar bestürzt an. »Ich wüsste nicht wie.«

Ragnar griff in seine Tasche und schlug erneut mit flacher Hand auf die Tischplatte. Als er die Handfläche anhob, trat das Amulett zum Vorschein. Mit stolzem Blick sah er in die Runde.

»Wie kommt es hierher?«

»Ich habe es am Boden gefunden, nachdem Sigrid ... Nachdem wir den Hexer und das Monster töteten. Bevor ich eine Gelegenheit hatte es den Hexen zu geben, waren wir plötzlich hier.«

»Und was sollen wir damit anfangen? Wer soll den Portalschlüssel in Gang setzen? Keine der Hexen ist hier.«

Ragnar stutzte einen Moment. Fragend blickte er zu Frode hinüber. Da von ihm keine Reaktion kam, fuhr er fort. »Doch. Wir haben Ida. Sie wird uns helfen. Sie hat doch auch Sarah geholfen, oder nicht? Und was ist mit diesen mysteriösen Nachrichten, von denen ihr berichtet habt? Vielleicht kann uns jemand dabei helfen, Sarah zurückzuholen.«

Sunna trat an Ragnar heran und zupfte an seiner Kleidung. »Lass mich helfen, Papa.«

Ragnar tätschelte Sunnas Kopf. »Das ist wirklich ehrenhaft und tapfer von dir, dass du helfen möchtest, aber das ist eine Aufgabe für Erwachsene.«

»Aber, Papa, ich kann das, bestimmt.«

»Sunna, jetzt nicht.« Ragnar schob Sunna zur Seite und wandte sich den Alben und Frode zu.

Wütend stampfte Sunna mit dem Fuß auf und lief polternd in ihr Zimmer.

Belustigt blickte er ihr nach und fing einen tadelnden Blick des Sehers ein.

»Du solltest sie ausreden lassen. Ihre Kräfte sind nicht zu unterschätzen.«

»Das weiß ich. Ich kenne meine Tochter. Trotzdem. Du hast nicht gesehen, was ich gesehen habe. Das ist kein Spiel. Das ist keine Aufgabe für ein Kind.«

Ehe Frode etwas erwidern konnte, war Ragnar auch schon auf dem Weg zur Tür hinaus.

»Ich fahre jetzt ins Dorf und versuche, ein paar Krieger zu überreden, sich unserer Sache anzuschließen, was auch immer das für eine Sache ist.«

Ragnar war Feuer und Flamme. Er hatte, ohne weitere Umschweife, sein Boot bestiegen und sich nach Silfrhaf aufgemacht. Frode hatte ihn zwar vorgewarnt, trotzdem war der Schock über die Zustände, die im Dorf herrschten, groß. Er war hin und her gerissen zwischen der Freude wieder zuhause zu sein und Selbstvorwürfen, dass er nicht hier gewesen war, um zu helfen. Mit klopfendem Herzen und widersprüchlichen Gefühlen betrat er den Dorfplatz. Die Dorfbewohner hatten ihn bereits von weitem erkannt und riefen aufgeregt seinen Namen. »Ragnar! Ragnar ist zurück!« Hallte es durch die Gassen. Die Gerüchte über seine Jagd auf das gefährliche Tier hatten sich wie ein Lauffeuer verbreitet. Er hatte tatsächlich gegen ein seltsames und mächtiges Untier gekämpft. Doch nun, da er zurückkehrte und all das Elend und Leid erblickte, das das Dorf heimgesucht hatte, machte er sich erneut Vorwürfe. Er war einem Zauber zum Opfer gefallen, ehe seine Frau ihn retten konnte. Aber das konnte er den Bewohner nicht sagen.

Einige von ihnen rannten auf ihn zu, in der Hoffnung auf Antworten und Hilfe. »Ragnar, was ist mit unseren Liebsten geschehen? Wo ist die Krankheit hergekommen? Was geschieht hier? Wir brauchen deine Hilfe!«, riefen sie mit verzweifelten Stimmen.

Ragnar spürte diese unfassbare Last auf seinen Schultern. Er dufte den wahren Grund der Krankheit, all des Elends und Leids nicht offenbaren. Es war eine Last, die er und seine Frau allein tragen mussten, um weitere Panik und Angst zu verhindern.

Mit ruhiger Stimme trat Ragnar vor die Menschenmenge und hob die Hand zum Zeichen der Stille. »Ihr tüchtigen und tapferen Bewohner von Silfrhaf, ich war lange weg und konnte euch nicht beistehen«, begann er. »Ich weiß, dass ihr viele Fragen habt und dass das Leid in unseren Reihen groß ist. Die Krankheit, die unser Dorf heimsucht, ist eine Herausforderung, eine Prüfung der Götter, der wir uns gemeinsam stellen müssen«, fuhr Ragnar fort. »Ich kann euch versichern, dass ich alles in meiner Macht Stehende tun werde, um euch zu helfen und die Krankheit einzudämmen.« Um ihn herum hatte sich bereits eine Traube von Leuten gebildet. Alle hingen fieberhaft an seinen Lippen, als ob seine Worte Heilung brächten. Sein Magen krampfte sich zusammen. Ihm war klar, dass er ein Versprechen gab, von dem er nicht wusste, ob er es halten konnte. Bereits einmal hatte er sie im Stich lassen müssen. *Was, wenn das noch nicht alles war? Wenn noch mehr solcher Monster ihr Unwesen trieben?* Hastig entschuldigte er sich bei den Bewohnern, dass es noch viel zu tun gäbe und er sich erst einmal ein Bild von der Lage verschaffen müsse. Mit diesen Worten drängte er sich durch die Menge hindurch. Er musste nicht lange suchen, denn er vernahm Idas Stimme schon von weitem. Konzentriert gab sie Anweisungen und packte selbst mit an, wo sie konnte. Mit ihrem Helfer hatte er allerdings nicht gerechnet. Freudestrahlend schloss er seinen Bruder in die Arme. »Sven! Was machst du denn hier? Dich schicken wahrlich die Götter!«

Ida und Sven waren ebenso überrascht, Ragnar zu sehen. »Was ich hier mache? Was tust du hier? Ich meine, das ist natürlich eine großartige Neuigkeit, dass ihr wieder zurück seid. Was ist passiert? Wie geht es dir? Und Sarah?«

Ragnars Blick verdüsterte sich. »Sarah ist nicht hier. Ich brauche eure Hilfe. Ich brauche dich, Ida, um ein Portal zu öffnen, und ich brauche dich, Sven und jeden verfügbaren Krieger, um Sarah zurückzuholen.«

Bestürzt wandte sich Ida an Ragnar. »Was ist geschehen?«

»Ihr müsst mitkommen. Sofort. Wir haben keine Zeit zu verlieren.«

»Ragnar, das ist leichter gesagt als getan. Ich habe Sarah geholfen, in Valpus Heimat zu gelangen. Ich kannte den Ort aus Erzählungen von Hedda. Ich habe allerdings nicht die geringste Ahnung, wo ihr gefangen gehalten wurdet.« Ida seufzte. »Ich verstehe, dass du in großer Sorge bist, aber ich kann hier jetzt nicht weg. Ich bin mit meiner Arbeit noch nicht fertig. Die Menschen brauchen mich.«

Ragnar ließ erschöpft den Kopf sinken. »Ich weiß, ich bin ein grauenhafter Jarl. Ich bin selbstsüchtig. Ich verschwende keinen Gedanken an meine Männer und ihre Familien.«

»Das ist doch gar nicht wahr«, besänftigte ihn Ida. »Ich weiß nicht, was passiert ist. Aber ich kenne dich gut genug, um zu wissen, dass du nichts aus einer Laune heraus tust.«

»Außer, wenn es um Sarah geht«, warf Sven grinsend ein.

»Willst du mir nun helfen oder nicht?«

Lachend nahm Sven seinen großen Bruder in die Arme. »Das war doch nur ein Scherz. Ich kenne dich eben noch ein bisschen besser. Ich weiß, wie du denkst. Und ich weiß auch, dass dir die Menschen dieses Dorfes nicht gleichgültig sind. Du sorgst dich um deine Frau und willst sie retten.«

»Das ist alles ein garstiger Traum, aus dem ich unablässig zu erwachen hoffe. Aber dann stelle ich fest, dass es doch real ist.«

Ida legte beschwichtigend ihre Hand auf Ragnars Schulter. »Dein Bruder wird dich begleiten, ich komme nach, so schnell ich kann. Ich lasse Nachricht an alle Krieger senden.«

Ragnar nickte stumm. Sven klopfte Ragnar auf die Schulter. Ohne ein weiteres Wort machten die beiden Brüder sich gemeinsam zur Anlegestelle auf.

Die Fahrt verbrachten sie ebenso schweigend. Ragnar kämpfte gegen die Müdigkeit. Immer wieder fielen ihm die Augen zu. Erst als sie bei dem kleinen Steg vor Ragnars Heim ankamen, schienen seine Lebensgeister neu zu erwachen. Auf dem Weg hinauf zum Haus berichtete er Sven über die Geschehnisse der letzten Tage. Durch die Anwesenheit seines Bruders von neuer Hoffnung beschwingt betrat er das Haus und fand Frode und die Alben in bester Laune vor.

»Was stimmt euch so fröhlich?«, erkundigte er sich überrascht.

»Ragnar! Sei gegrüßt. Wie ich sehe, hast du deinen Bruder gefunden. Sei auch du gegrüßt, Sven. Wie geht es dir, mein Junge?« Nun war es Ragnar, der lachte. Er wusste, wie sehr es seinem Bruder missfiel, wenn Frode ihn Junge nannte.

»Du hattest recht. Wir müssen uns entschuldigen. Die Strapazen und Ereignisse der letzten Tage haben uns trübe gestimmt und in Rage versetzt. Aber der Seher hat unsere Herzen und unseren Kampfgeist mit aufregenden Neuigkeiten beflügelt.«

Ragnars Augenbraue wanderte nach oben. »Ist das so? Welche Neuigkeiten wären das?«

»Ich hatte keine Gelegenheit, dir vor deinem Fortgang ausführlich zu berichten, was Ida und Sunna während eurer Abwesenheit zustande gebracht haben.«

»Sunna?« Ragnars Augenbrauen zogen sich zu einem Balken zusammen. »Was hat sie angestellt?«

»Nichts Böses. Ganz im Gegenteil. Sie hat uns in der Tat sogar in Staunen versetzt. Mit Sunnas Hilfe gelang Ida die Übermittlung einer Botschaft an die anderen Welten.«

Ragnar schüttelte ungläubig den Kopf. »Ach ja?«

»Ja, du hättest es sehen müssen. Es war erstaunlich.«

»Und habt ihr eine Antwort der Götter erhalten?«

»Ja. Das haben wir. Aber ich fürchte, sie wird dir nicht gefallen.«

»Nun, ich habe keinen Gott erblickt, als wir gegen das Monster kämpften. Demnach lautete die Antwort wohl nein.«

Frode schloss die Augen und nickte betreten. »Nun nicht so ganz, aber das soll dir lieber Ida berichten. Zudem haben wir eine rätselhafte Nachricht oder Warnung erhalten. Nenne es, wie du willst.«

»Von wem?«

»Das wissen wir nicht.« Ragnar rieb sich die Stirn.

»Was besagt die Warnung?«, Ragnar knurrte wie ein Hund.

»Wie bei einem Runenorakel, kann ich nur auslegen, was gemeint sein könnte.«

»Eine Weissagung? Was soll das heißen, ich dachte, ihr hättet eine Botschaft erhalten?«

»Das haben wir auch. Sunna schickte einen Raben aus und er kam mit drei Runen zurück. Jemand teilte uns durch diese Runen mit, dass wir Vertrauen haben sollen. Dass uns deren Schutz zuteilwird. Und die Nachricht besagte auch, dass wir keiner Selbsttäuschung oder List erliegen sollen.«

Ragnars Stirn lag in tiefen Falten. Gedankenversunken schritt er hin und her. »Kann ich sie sehen?«

»Gewiss. Ich denke sie müssten dort drüben neben dem Feuer liegen. Es ist ein kleines Stoffbündel.«

Ragnar ging zur Feuerstelle. Das Bündel wog nicht mehr als eine Feder. Sorgsam wickelte er die Runen aus. Im Schein des Feuers glänzten die blankpolierten Steine wie Spiegel. Aufmerksam drehte er sie in seinen Händen und betrachtete sie von allen Seiten. Ragnar konnte sein Antlitz darin erkennen. »Ich kenne diesen Stein. Ich habe solche Stücke schon einmal gesehen. Aber wo?« Gedankenversunken legte er sie zurück und verließ das Zimmer.

»Herein!« Sunna blickte neugierig zur Tür.

»Papa!« Freudig sprang sie Ragnar in die Arme.

»Ah, du bist also nicht mehr böse auf mich?«

Sunna schüttelte den Kopf. »Nein.«

»Ich muss mich bei dir entschuldigen.«

Sunna blickte Ragnar dermaßen überrascht an, dass er lauthals lachen musste. »Ja, du hast richtig gehört. Bitte entschuldige.«

»Ich darf also mit, wenn du Mama suchst?«

»Nein, mein Schatz. Ich denke immer noch, dass du dafür zu klein bist.«

Sunna zog eine Schmolllippe.

»Aber ich habe offenbar wieder einmal deine Fähigkeiten unterschätzt. Ich habe mich aufgrund deines Alters täuschen lassen, dabei sollte ich es eigentlich besser wissen.«

Sunna blickte Ragnar aus neugierigen Augen an. »Das verstehe ich nicht. Was meinst du?«

»Nun ja, immerhin gibt es da ein, zwei Begebenheiten, die deine Mutter besser nicht erfahren sollte, nicht wahr? Aber das meine ich gar nicht. Frode hat mir von dem Raben erzählt. Oder vielmehr den Kopf gewaschen. Zudem habe ich mehrmals mit eigenen Augen gesehen, was du bereits jetzt zu tun im Stande bist. Das ist sehr beeindruckend. Trotzdem kann ich dich nicht auf so eine gefährliche Unternehmung mitnehmen.«

»Aber vielleicht kann ich helfen.«

Ragnar nickte. »Ja, womöglich kannst du Ida helfen, ein Portal zu öffnen. Wie wäre das?«

Sunna nickte. In ihren Augen blitzte es auf. Ragnar hatte das unbestimmte Gefühl, dass das letzte Wort in dieser Angelegenheit noch nicht gesprochen war. In diesen Augenblicken erinnerte Sunna ihn an Sarah. Ein Stich durchfuhr ihn bei dem Gedanken, dass Sarah nun womöglich mit dem Schöpfer dieser grauenhaften Kreatur allein war.

Es dauerte nicht lange, da trat Ida durch die Tür. Gefolgt von Björn und den besten Kriegern der Sippe betrat sie lächelnd Ragnars Haus. Freudig begrüßten sich die Freunde und Kampfgefährten. Sogar die beiden albischen Krieger wurden begrüßt. Offenbar wurde ihre Hilfe bei den Verwundeten ihm Dorf doch anerkannt.

»Schön, dass du wieder zuhause bist. Wie war die Jagd? Warst du erfolgreich?«

Ragnar nickte knapp. »Ich konnte das kranke Tier erlösen. Nun kann es niemandem mehr schaden. Weder Mensch noch Tier.« Er verschwendete keine Zeit mit Details über Lügengeschichten. Es gab nun Dringlicheres. In kurzen, knappen Worten schilderte er seinen Plan, Sarah zu befreien. Doch plötzlich verlor er das Gleichgewicht und schwankte wie betrunken. Verwirrt schüttelte er den Kopf und suchte nach Halt. Doch seine Hand griff ins Leere. Den Anwesenden erging es gleich. Manche taumelten, andere stürzten zu Boden und wieder andere zückten ihre Waffen. Alle hatten die Augen weit aufgerissen. Das Beben wurde immer stärker und es dauerte nicht lange, bis das gesamte Zimmer vibrierte. Schüsseln und Becher fielen klappernd zu Boden, aufgeregte Rufe der anderen Krieger warnten vor einem unsichtbaren Feind.

Mit einem Mal begann es vor Ragnars Augen zu flirren, als wäre die Luft von einer heißen Strömung erfasst worden. Der Raum schien sich zu verdrehen und verzerren. Der Boden bebte derart heftig, dass es schien, als würde die Welt unter ihren Füßen auseinanderbrechen. Der starke Geruch von Staub und Erde lag in der Luft, als ein ohrenbetäubendes Grollen den Raum erfüllte. Jegliche Bewegung schien nahezu unmöglich. Der Raum tobte und bebte, als ob er jede Sekunde in sich zusammenfallen würde.

»Seid ihr das?« Fragend blickte er zu Ida und Sunna. Doch die beiden hatten ebenfalls alle Mühe, sich auf den Beinen zu halten, und schüttelten desorientiert den Kopf.

Kapitel 19
-
Den Göttern sei Dank?

Sarah spürte eine sanfte Berührung an ihrer Wange. Blinzend öffnete sie ihre Augen. Alles war verschwommen. Der nächste Wimpernschlag war nicht nur scharf gestellt, sondern zeigte Ragnars Gesicht. »Wow, dieses Mal gar keine Ohrfeige?«

Lachend schlang Ragnar seine Arme um seine Frau und küsste sie. Erleichtert erwiderte sie seine innige Begrüßung. Sarah war sich sicher, dass das Poltern des Felsbrockens, der von ihrem Herzen fiel, für jedermann und kilometerweit hörbar war. Ragnars Kuss weckte ihre Lebensgeister und Erinnerungen an ein Leben, das Jahrhunderte weit zurückzuliegen schien, obwohl es erst ein paar Tage her war. Ein paar Tage, seit ihr Alltag durch Ragnars Verschwinden auf den Kopf gestellt wurde. Ein paar Tage, seit sie sich das letzte Mal geliebt hatten. Lächelnd setzte sie sich auf und warf einen Blick auf ihr Wohnzimmer und die darin versammelten Wikinger. Ihr Herz schlug vor Aufregung schneller. Sie konnte nicht glauben, dass sie tatsächlich nach Hause zurückgekehrt war - zu ihrer Familie. Dutzende der mächtigsten und mutigsten Krieger, die sie kannte, standen um ihren Esstisch herum und starrten sie verwirrt an. *Sollten die Dorfbewohner es bisher nur vermutet haben, so ist es jetzt wohl offiziell, dass ich mit Hexen im Bunde oder selbst eine bin.* Einige vertraute, aber auch fremde Gesichter waren darunter. Offenbar liefen bereits Vorbereitungen für eine Art Suchaktion oder Ähnliches. *Typisch Ragnar. Er fackelt nie lange. Besonders, wenn es um mich geht. Dafür liebe ich ihn umso mehr.* Sie küsste Ragnar ein weiteres Mal. Sunna reagierte als Erste der anderen und stürmte los. Noch im Lauf sprang sie auf Sarah zu. Sarah hatte alle Mühe, die gar nicht mehr so kleine Sunna, aufzufangen. Seufzend schloss sie Sunna in die Arme und spürte im selben Augenblick auch schon, wie ihre Tränen über die Wange liefen. »Mama, Mama, Mama.« Der kleine Arv kam freudestrahlend auf Sarah zugelaufen und klammerte sich wie ein Äffchen an ihr fest. *Die schönsten Worte, die ich jemals gehört habe. Ein Titel, den ich eigentlich nie tragen wollte und der mir doch so unglaublich viel bedeutet.* Sie spürte das Pochen ihrer kleinen Herzen. Die Freude dieser beiden Wesen, die ihr eigenes Herz im Sturm erobert hatten. Nichts um alles in der Welt wollte sie das missen. Als Sunna von ihr abließ, half Ragnar ihr dabei aufzustehen. Denn ihre andere Hand brauchte sie, um Arv festzuhalten, der sich immer noch an ihr festklammerte. Freudestrahlend ließ er sich auf Sarahs Hüfte tragen. Jeder Versuch, ihn kurz abzusetzen, scheiterte.

»Geht es dir gut?« Ragnar musterte Sarah von oben bis unten.

Sarah nickte. Langsam ging sie reihum und begrüßte alle und bedankte sich bei ihnen für ihr Hiersein. Als sie unter den Anwesenden Idas Gesicht entdeckte, steuerte sie geradewegs auf sie zu und schloss sie in den Arm. »Danke.«

»Wofür?«

»Für alles.«

»Da gibt es nichts zu danken. Auch du zögerst keine Sekunde, wenn es darum geht deine Familie oder Freunde zu beschützen. Schön, dass du wieder zuhause bist.«

Erneut umarmte sie Ida, so als ob sie gar nicht glauben könne, dass sie es wirklich war. Ähnlich erging es ihr mit Frode. Auch das Wiedersehen mit dem Seher fiel herzlich aus. »Du siehst schon viel besser aus. Schön, dass es dir gut geht.«

»Das kann ich nur zurückgeben.«

Sarah konnte ihr Glück kaum fassen. Abermals ging sie auf Ragnar zu und schlang ihren freien Arm um ihn. Ihr erging es wie ihrem Sohn. Sie wollte ihre Liebsten nie wieder loslassen.

»Kannst du mich bitte einmal kneifen, damit ich sicher sein kann, dass das kein Traum oder Sinnestäuschung ist.«

»Wenn du das wünscht.« Grinsend kniff Ragnar seiner Frau in den Oberarm.

Sarah stupste Ragnar mit dem Ellbogen an. »Autsch! Hey, das sagt man nur so!«

»Was?« Ragnars Grinsen wurde nur noch breiter.

»Ich freue mich auch, wieder hier zu sein. Auch, wenn ich keine Ahnung habe, was passiert ist.«

»Und an was erinnerst du dich?«

»Bitte verschieb deine Fragen auf später. Ich erzähle euch dann alles in Ruhe. Lass mich den Moment noch einen kleinen Augenblick auskosten. Ich dachte schon, ich würde euch nie mehr wiedersehen.« Ragnar erwiderte nichts. Stattdessen schloss er seine Arme noch fester um sie.

Valpu ließ sich indessen neben Naefir und Naenan auf die Bank sinken und legte die Füße hoch. »Mir geht es übrigens auch gut, danke der Nachfrage. Wie wäre es mit einer kleinen Stärkung? Immerhin hatten wir seit Tagen nichts Richtiges zu essen oder trinken.«

Sarah blickte Valpu ebenso verdutzt an, wie alle anderen. Alarmiert fuhren die Krieger auseinander. Es war ihnen deutlich anzusehen, dass es ihnen missfiel, dass sie Valpus Ankunft nicht bemerkt hatten. »Wo zum Teufel kommst du denn her?«

»Ich war die ganze Zeit hier. Ihr wart nur so beschäftigt, euch gegenseitig um den Hals zu fallen, dass ihr mich nicht bemerkt habt. Eigentlich sollte ich mich ein wenig gekränkt fühlen. Immerhin habe ich uns da herausgeholt.«

Sarah schüttelte lachend den Kopf. Hätte ihr die Völva nicht das Leben gerettet, wäre sie vermutlich nicht so cool geblieben. Stattdessen schälte sie sich aus Ragnars Armen und schritt auf Valpu zu.

»Los, aufstehen!« Valpu blickte Sarah erstaunt an. Wider Erwarten tat sie wie ihr geheißen und erhob sich. Ehe sie reagieren konnte, umarmte Sarah sie ebenfalls. »Danke.«

Die Hexe stand zunächst stocksteif da, aber irgendwann schloss auch sie ihre Arme um Sarah und klopfte ihr auf den Rücken.

»Schon gut. Gern geschehen.«

Seufzend löste Sarah sich aus Valpus Umarmung und wandte sich an Ida und die anderen.

»Und wie genau hast du das angestellt?«

Valpus altbekanntes selbstgefälliges Lachen ertönte. »Das würdest du wohl gerne wissen?«

»Ja, schon. Immerhin funktionierten unsere Kräfte plötzlich wieder.«

»Also das war nicht unbedingt mein Verdienst.«

Sarah kniff die Augen zusammen. »Sondern?«

»Ich denke, der Bann erlosch im selben Augenblick, als Noraes Lebensgeister es taten. Das hat mir in die Karten gespielt. Ich sagte ja, dass dieses Schloss, oder was auch immer das war, ein wahrer Fundus an magischen Schätzen sein würde. Ich musste auch gar nicht lange suchen.«

»Wonach? Was hast du gefunden?«

»Einen Zauberstab. Er gehörte offenbar derselben Hexe, die auch das Buch geschrieben hatte. Ich hoffte darauf, aus seiner Quelle zu schöpfen.«

Sarah blickte Valpu skeptisch an, dann fiel ihr ein, dass das halbe Dorf ihnen zuhörte. »Das musst du mir später in Ruhe erzählen.«

Valpu nickte.

»Ich danke euch und besonders dir, liebe Ida. Für alles. Aber um Valpus Frage aufzugreifen: Du hattest bei all dem, was du für die Kinder, uns und die Dorfbewohner getan hast, nicht rein zufällig noch Zeit etwas zu essen zu machen, oder? Mein Magen knurrt mittlerweile schon so laut, dass man meinen könnte, es ist noch ein Monster hinter mir her.« Lachend zwinkerte Sarah ihrer Freundin zu.

Augenzwinkernd lächelte Ida zurück. »Stell dir vor, dazu war ich leider zu beschäftigt. Aber Frode und die anderen waren so nett und haben sich um das leibliche Wohl der Kinder gekümmert.«

»Dafür danke ich euch und stehe in eurer Schuld«, entgegnete Sarah mit einem Kopfnicken in Richtung Frodes und der Dienstboten.

»Du stehst in niemandes Schuld. Das würden wir jederzeit wieder für dich und Ragnar tun, nicht wahr Ida?«

»Ach, ihr mit eurer Gefühlsduselei. Seid ihr jetzt bald mal fertig? Dann lasst uns endlich feiern! Immerhin haben wir einen Sieg davongetragen. Bringt Wein und Met oder was auch immer und feiert, dass wir am Leben sind!«

»Und wir haben auch Verluste erlitten«, zügelte Ragnar Valpus Euphorie und holte Sarah damit schlagartig aus dem siebten Himmel zurück auf den Boden der Tatsachen.

»Wo ist sie?«

»Wir haben ihren Leichnam hinten im alten Stall aufgebahrt. Wir wollten ihr später eine angemessene Bestattung zuteilwerden lassen.«

Sarah nickte traurig. Sie war hin- und hergerissen zwischen dem Wunsch zu Sigrid zu gehen und sie zu bestatten und dem, dass das alles nur ein Albtraum gewesen war.

»Ja, aber lasst uns jetzt nicht trauern, dazu ist später immer noch genug Zeit.« Valpus Stimme klang immer noch gebietend, wenn auch etwas gedämpfter als vorher.

»Nichts, aber. Alles nach der Reihe. Jetzt erzählt uns lieber mal, was passiert ist, nachdem ihr allein zurückgeblieben wart. Wer war diese Frau? Wer hat uns zurückgeschickt? Warst du das?«

Valpu schüttelte den Kopf. »Reden können wir aber auch beim Essen. Es hilft uns nichts, wenn wir inzwischen an Hunger und Schwäche sterben.«

»Wo sie recht hat, hat sie recht. Ich könnte tatsächlich etwas zwischen den Zähnen vertragen.«

✧

Als Sarah und Valpu mit ihren Schilderungen fertig waren, ergriff Naefir das Wort.

»Die Älteste ist also tot. Ebenso die Hüterin der Artefakte. Was wird jetzt passieren? Bedeutet das das Ende eurer Schwesternschaft?«

Sarah zuckte mit den Schultern. Darüber hatte sie sich keine Gedanken gemacht. Auch Valpu schien Naefirs Frage zu überraschen. »Ich glaube, dass das im Gegenteil, eine günstige Gelegenheit für die Schwesternschaft ist, neue Wege zu beschreiten. Ich denke, viele der jüngeren Hexen fühlten sich durch die starren Strukturen und Regeln eingeschränkt. Nun haben sie die Möglichkeit, die Schwesternschaft nach ihren Vorstellungen neu zu erschaffen.«

»Ich dachte, die Schwesternschaft wäre dir egal?«

»Das ist sie nicht und war sie auch nie. Ich wollte mich nur nie deren veralteten Regeln unterwerfen. Ich lasse mir nicht gerne sagen, was ich zu tun oder lassen habe.«

»Nicht alle davon sind schlecht.«

»Was weiß ein Alb schon von unseren Regeln? Und wieso interessiert dich das überhaupt so?«

»Warum nicht? Immerhin gibt es magische Wesen und Hexen in allen Welten Yggdrasils. Euer Tun beeinflusst auch die anderen Welten. Und offenbar war es von besonderer Wichtigkeit, dass es eine Hexe gab, die sich darum kümmerte, dass magische Artefakte und Waffen nicht achtlos herumliegen und für jedermann zugänglich sind. Wer soll diese Aufgabe nun übernehmen?«

»Ich denke, es sind noch genug Hexen übrig, die sich darum kümmern werden.«

»Hättest du nicht Lust, das zu machen? Oder die Schwesternschaft gar in eine neue Ära zu führen?«

Valpu blickte Sarah an, als ob sie den Verstand verloren hätte. »Bist du irgendwo mit dem Kopf aufgeschlagen?«

Sarah lachte. »Nein, aber du sagst doch selbst, dass du eine Schwäche für solche Gegenstände hast und dir ständig jemand versucht deinen Ring zu stehlen. So würdest du zwei Fliegen mit einer Klappe schlagen oder könntest sogar deine eigenen Regeln aufstellen. Würde dir das nicht gefallen?«

Sarah war sich sicher, dass Valpus Stolz und Selbstverliebtheit auf ihre Worte anspringen würden.

»Halte mich nicht für dumm. Ich weiß, was du versuchst.«

»Was denn?«, entgegnete Sarah augenzwinkernd. »Das meine ich ganz im Ernst. Du sagst gerne, wo es lang geht, dich störten die Regeln der Schwesternschaft, du hast ein Faible für magische Spielsachen. Du suchst nach einem Weg, dass dir nicht andauernd dein Ring gestohlen wird. Das wäre die Gelegenheit. Was müsstest du tun? Dich zu einer Wahl aufstellen lassen? Könntest du den Laden einfach so übernehmen?«

»Findest du wirklich, dass sie die geeignete Person dafür wäre?«, erkundigte sich Naefir sichtlich irritiert.

»Gerade jemand wie sie wäre dafür geeignet. Valpu hält, ebenso wie viele der anderen, jüngeren Hexen, die Regeln für veraltet und ungeeignet. Sie ist eine mächtige Hexe und hat jede Menge Erfahrung. Sie hat bereits Kontakte zu anderen Spezies, ist alles andere als konfliktscheu, besitzt Durchsetzungsvermögen. Die anderen könnten nur davon profitieren. Nur mit der Ehrlichkeit hapert es manchmal ein bisschen, aber auch das scheint sich gebessert zu haben.« Sarah zwinkerte Valpu zu.

»Du hast ja vielleicht Nerven, so mit mir zu sprechen.«

»Ja, das solltest du inzwischen bereits wissen.«

»Aber womöglich hast du recht.«

»Hältst du das für eine gute Idee? Ich meine jemandem wie Valpu noch mehr Macht zu geben?«, hakte nun sogar Ragnar nach.

»Sprecht nicht immer so über mich, als ob ich gar nicht anwesend wäre.«

»Ich gebe ihr gar nichts. Und außerdem, ist sie gar nicht so schlimm, wie man meinen könnte. Immerhin hat sie mir das Leben gerettet. Sie hätte mich da auch allein sitzen und sterben lassen können. Hat sie aber nicht. Außerdem dachte ich, du wärst neuerdings auch ein Fan von ihr?« Sarah stupste Ragnar scherzhaft mit dem Ellbogen an.

»Ja, wenn du schon damit anfängst. Ich war es nicht, der allein mit zwei Alben unterwegs war.«

»Du bist doch nicht etwa eifersüchtig? Du hast Angst, ich würde dich mit zwei Männern betrügen, die ich erst seit kurzem kenne, und die einige hundert Jahre alt sind?«

Ragnar zuckte verlegen mit den Schultern. Es schien ihm nicht zu behagen, dass Sarah ihn vor allen darauf ansprach. »Lassen wir das besser.«

»Ja, das denke ich auch. Du weißt, dass du mir vertrauen kannst. Zudem würde ich Naefir eher als einen Berater betrachten, ähnlich wie Frode für dich war. Und Naenan? Na ja, Naenan ist eben Naenan. Er spielt seine Rolle perfekt, aber er kann mich nicht täuschen.«

»Was meinst du damit?«, empörte sich Naenan.

»Genau das, was ich eben sagte. Du spielst deine Rolle wirklich gut. Ich wäre selbst beinahe darauf hereingefallen. Aber manchmal, wenn du dich unbeobachtet fühlst, zeigst du es und lässt deine Maskerade fallen. Im Grunde bist du ein netter Kerl.«

Naenan verzog missmutig das Gesicht.

Ragnar lächelte amüsiert.

»Du brauchst gar nicht so zu grinsen. Vor ein paar Sekunden hast du mir noch unterstellt, dass ich dich betrügen würde.«

»Bitte entschuldige, mein Schatz. Ich werde niemals wieder an dir zweifeln.«

Sarah gab Ragnar einen Knuff und wandte sich an Naefir.

»Ich weiß, ich sollte das vermutlich nicht tun, aber mir brennt diese Frage schon lange auf der Zunge. Wie lange warst du eigentlich ein Gefangener dieses wahnsinnigen Hexers oder was auch immer, bevor du entkamst? Und wie ist dir damals überhaupt die Flucht gelungen?«

Naefir presste seine Lippen zusammen. »Ich habe noch nie darüber gesprochen. Nicht einmal mit meiner Familie. Und ich werde es ganz sicher nicht hier vor all diesen fremden Menschen tun.«

»Nun, ich finde, es wird höchste Zeit, dass du es doch tust. Das alles in dich hineinzufressen, wird dich nicht heilen. Dann wirst du das alles nie hinter dir lassen können.«

Ohne ein weiteres Wort zu sagen, stand Naefir auf und verließ das Haus.

»Sarah, du solltest ihn nicht dazu zwingen.« Ragnar legte seine Hand auf Sarahs Schulter.

»Ich zwinge ihn zu gar nichts. Ich denke nur, dass es gut für ihn wäre.« Sarah drehte sich zu Ragnar und blickte ihn eindringlich an. Ragnar hob, in ‚ich ergebe mich' - Manier, die Hände und ließ Sarah gewähren.

Sarah folgte Naefir nach draußen. Er hatte sich auf der Bank vor dem Haus niedergelassen.

»Ich wollte dich nicht in Verlegenheit bringen.«

»Nun, du wirst sicher verstehen, dass ich hier nicht allzu ausführlich darauf eingehen möchte.«

Sarah nickte und wartete geduldig, dass Naefir weiterredete. Die Tür öffnete sich ein weiteres Mal und Naenan gesellte sich ebenfalls zu ihnen.

»Wie lange ich dort war, kann ich nicht mit Bestimmtheit sagen. Ich war viele Wochen lang unterwegs, um diesen Vorfällen auf den Grund zu gehen. Meine Familie sprach von etwa drei Monden, in denen ich abwesend war. Ich gehe davon aus, dass ich zumindest ein Drittel dieser Zeit in Gefangenschaft verbracht haben muss.«

Naenan nickte bestätigend. »Ja, das stimmt. Ich machte mich auf die Suche nach ihm, aber ich verlor seine Spur und kehrte ohne ihn nach Hause zurück.«

»Vieles hüllt sich nach wie vor in Dunkelheit. Ich vermute, das ist auch besser so. Die Qualen, die ich erlitt, möchte ich nicht einmal im Geiste ein weiteres Mal durchleben müssen. Jeder Tag war von morgens bis abends mit Schmerzen verbunden. Es gab nur schmutziges, stinkendes Wasser und altes Brot. Gerade genug, um mich am Leben zu erhalten. Morgens wurde ich aus meiner Zelle gezerrt und verbrachte den Tag festgeschnallt auf einem Tisch. Er schnitt an mir herum, wie an einem Stück Fleisch. Entfernte ganze Stücke meiner Haut, meiner Knochen.« Naefir stockte und holte Luft. »Und beging noch andere unbeschreibliche Gräueltaten. Abends kam jemand anderes, der meine Wunden notdürftig versorgte und mich zurück in meine Zelle schleppte. Kurz darauf öffnete sich die Luke und mir wurde mein Essen hineingestellt. So ging es tagein tagaus. Irgendwann hörte ich auf zu zählen, ich konnte kaum mehr auseinanderhalten, wann ein Tag endete, und der nächste anfing.«

»Und du hast nie das Gesicht deines Peinigers gesehen?«

Naefir schüttelte den Kopf. »Nein. Meine Augen wurden mir verbunden. Ich war gefesselt und geknebelt.«

»Und wie gelang dir dann die Flucht?«

»Eines Tages wurde ich nicht geholt. Ich wartete und wartete, aber niemand kam. Mir wurde nur etwas zu essen gebracht. Auch am darauffolgenden Tag kam niemand, um mich zu holen. Als mir abends von einem Diener Wasser gebracht wurde, ergriff ich die Chance. Ich sprang hoch und stieß mit meinem gesamten Körpergewicht den Wärter zur Seite. Die Tür stand offen und ich lief los. Außer dem Wärter schien mich niemand zu verfolgen und ich war schneller. Ich irrte durch dunkle Gänge und Flure. Irgendwann stieß ich auf einen Ausgang. Das war es. Ich achtete nicht darauf, wo ich war. Ich wollte nur weg. Ich lief so lange, wie meine Beine mich trugen. Bis ich besinnungslos zusammenbrach. Als ich erwachte, hatten mich Händler gefunden und ins nächstgelegene Dorf mitgenommen.«

Nachdem Naefir seine Erzählung beendet hatte, herrschte lange Zeit Stille. Sarah konnte sich nur ansatzweise vorstellen, was Naefir durchgemacht haben musste. Die Ereignisse der letzten Tage hatten ihr jedoch einen kleinen Vorgeschmack darauf bereitet. Nach wie vor war es Sarah ein Rätsel, wer hinter diesen Grausamkeiten steckte und was derjenige damit bezweckte. Ihr Bauchgefühl warnte sie eindringlich, dass es jemand mit sehr viel Macht sein musste, aber sie schob diese Warnung beiseite. Die Ruhe nach Naefirs Bericht währte nicht lange und Sarahs Gedankengänge wurden von Naenans Stimme gestört.

»Wir sollten langsam zurück ins Haus.«

»Du hast recht. Es gibt noch viele offenen Fragen zu klären.« Behutsam legte sie ihre Hand auf Naefirs Arm. »Danke, für deine Offenheit. Ich werde niemandem davon erzählen, wenn du es nicht willst.«

Sarah blickte zum Horizont. Die Sonne hatte bereits den Zenit überschritten und begann langsam hinter den Hügeln und Wäldern zu verschwinden. Ein Bündel strahlender Farben in verschiedenen Nuancen von Orange und Rosa zog sich über den Himmel und färbte die Wolken wie flammende Pinselstriche. Die Luft war erfüllt von einem sanften Abendhauch, der Sarahs Haut angenehm kitzelte. Die letzten Sonnenstrahlen des Tages tauchten die Landschaft in ein warmes, goldenes Licht. Die Schatten der Bäume wurden länger und verliehen den umliegenden Feldern und Wiesen eine geheimnisvolle Atmosphäre. Sarah konnte förmlich spüren, wie sich die Energie des Tages in ein ruhigeres und friedlicheres Ambiente verwandelte. Die Geräusche der Natur verstummten allmählich. Das Zwitschern der Vögel wurde leiser und nur noch das sanfte Rascheln der Blätter begleitete die Szenerie. Die Welt schien einen Moment lang den Atem anzuhalten, als die Sonne langsam hinter dem Horizont verschwand und die Dunkelheit allmählich Einzug hielt und erinnerte Sarah daran, dass es Zeit war Abschied zu nehmen.

✧

Zurück im Haus lenkte Naenan das Thema ohne Umschweife sofort zurück auf Valpu. »Was ist nun Valpu? Willst du die Aufgabe von Sarahs Mutter übernehmen?«

»Ich hätte nie gedacht, dass ich das einmal sagen würde, aber ich denke schon. Nicht unbedingt als Hüterin, aber vielleicht als neue Oberste. Ich bin eher eine Anführerin.«

Sarah lachte. »Ja, das denke ich auch.«

»Was ist mit dir? Würdest du die Aufgabe deiner Mutter übernehmen wollen, wenn du dafür nicht Heim und Familie aufgeben müsstest?«

Sarah fiel die sprichwörtliche Kinnlade herunter. »Ist das dein Ernst?«

Valpu nickte. »Natürlich. Warum nicht, was spricht dagegen. Wenn wir unsere eigenen Regeln aufstellen könnten? Was würde dich daran hindern, wenn niemand dich zwingen würde, dafür deine Familie aufzugeben. Immerhin weiß jedermann über dich und uns Hexen Bescheid.«

»Ja, klar. Da bleibt Ragnar extra von den Raubzügen zuhause, um unsere Familie nicht zu gefährden, und dann lasse ich mich freiwillig auf so etwas ein? Und werde womöglich von so wahnsinnigen Typen wie Visra oder dem Erschaffer des Monsters gejagt? Und setze meine Familie wissentlich einer solchen Gefahr aus?« Sarah schüttelte den Kopf. »Nein danke. Ich denke, ich bleibe lieber eine kleine unbedeutende Hexe.«

Valpu winkte beiläufig ab. »Das kann dir als Hexe jederzeit passieren. Besonders jetzt, da wir diesen Hexer ausgetrickst und seinen Schützling getötet haben, müssen wir damit rechnen. In einem Punkt hatte die Älteste recht: In der Gemeinschaft sind wir stärker. Im Übrigen: Eine kleine, unbedeutende Hexe bist du schon lange nicht mehr.«

Sarah blickte fragend zu Ragnar, der mit einem Schulterzucken antwortete.

»Würdest du das denn wollen?«

»Ganz ehrlich, ich weiß es nicht. Sicher wäre es schön, eine Aufgabe zu haben. Eine Art Job, außer Hausfrau und Mutter.«

»Dann tu es. Wenn es das ist, was du willst. Ich werde dich nicht daran hindern.«

»Aber dann würden wir uns womöglich noch weniger sehen als ohnehin schon. Und was ist, wenn uns dieser verrückte Formwandler oder sein Herr, wieder so ein Ungeheuer auf den Hals hetzt?«

»Ich denke, wir haben uns bisher ganz gut in allem geschlagen, was uns widerfahren ist. Und so wie es aussieht, gibt es in allen Welten Freunde und Verbündete, die uns helfen würden, wenn dem so wäre. Oder nicht?«

»Ich glaube, darüber muss ich erst mal schlafen. Aber zuerst würde ich gerne meiner Mutter einen würdigen Abschied bereiten.«

Ragnar nickte. »Beim ersten Sonnenlicht werden wir sie auf ihre letzte Reise begleiten.«

Kapitel 20
–
Das Reich der Unsterblichen

Sarah hatte es sich draußen auf der Bank vor ihrem Haus gemütlich gemacht. Eingewickelt in eine Felldecke ließ sie sich die Wintersonne ins Gesicht scheinen. Der Tag hatte ruhig begonnen. Der Abschied von ihrer Mutter war schmerzvoll gewesen und dennoch leichter gefallen, als erwartet. Ragnar hatte seiner Dienerschaft genaueste Anweisungen gegeben. Mit den ersten Sonnenstrahlen war das Boot mit Sigrids Leichnam in den Flusslauf entlassen worden. Die dünne Nebelschicht, die über dem Wasser lag, verlieh der Szene eine mystische Atmosphäre. Sarah, Ragnar, Sunna, Arv und ihre engsten Gefährten standen an der Uferböschung und beobachteten bewegt, wie das Boot langsam davontrieb. Die friedlichen Gewässer glitzerten in goldenem Licht, während sich der Fluss sanft nach vorne schlängelte. Die Gefährten versanken für einen Moment in stiller Andacht. Kein Wort wurde gesprochen, nur das leise Plätschern des Wassers war zu hören. Die Erinnerungen an Sigrid wogen schwer in ihren Herzen. Sarah spürte einen Kloß in ihrem Hals, als sie sich an die wenigen kostbaren Momente mit ihrer Mutter erinnerte. Ihre starken Hände, die sie als Kind gehalten und getröstet hatten. Ihre Stimme und liebevollen Umarmungen.

Eine Brise war aufgekommen und die Flammen des am Bug entzündeten Feuers tanzten wild. Die Asche ihrer

Mutter würde mit den Rauchschwaden in den Himmel aufsteigen und sich mit dem Wind vereinen. Sarah konnte sich einen Moment lang vorstellen, wie ihre Seele frei und unbeschwert davonflog. Als das Boot schließlich außer Sichtweite trieb, war Sarah bewusst geworden, dass sie ihre Mutter loslassen musste. Nur so konnte sie endlich frei sein. Sie würde ihre letzte Reise antreten und, wenn es nach Ragnar ging, in den ewigen Hallen von Walhalla Frieden finden. Sarah fühlte sowohl Trauer als auch Trost, denn sie wusste, dass Sigrid in den Herzen derer weiterleben würde, die sie geliebt hatten.

Das Knarzen der Holztür riss Sarah aus ihren Gedanken und verriet ihr, dass es gleich vorbei sein würde mit ihrer Ruhe. Wider Erwarten stürmten aber keine Kinder auf sie zu, sondern Ragnar gesellte sich zu ihr. Er hob den Arm und Sarah kuschelte sich in seine Armbeuge und blickte wieder auf die winterliche Landschaft, die dank der Sonnenstrahlen silbern glänzte.

»Ich habe gar nicht bemerkt, dass es wieder geschneit hat.«

»Du hattest andere Sorgen.« Ragnar musterte Sarah von oben bis unten. »Wie geht es dir jetzt? Hast du deinen Frieden damit gemacht, jetzt da du weißt, dass deine Mutter am Leben war? Hast du ihr verziehen?«

Sarah nickte schluchzend. »Da gibt es nichts zu verzeihen. Ich verstehe, dass sie dazu gezwungen wurde. Sie hat nichts weiter getan, als ihre Kinder, in erster Linie mich, zu beschützen. Klar, es tut weh, getrauert zu haben und nun zu wissen, dass es gar nicht notwendig gewesen wäre. Dass sie uns belogen und ihren eigenen Tod vorgetäuscht hat. Aber sie hatte keine andere Wahl. Ich hätte meiner Familie auch gerne mitgeteilt, dass ich noch lebe, konnte es aber nicht. Und nun musste ich sie schon wieder gehen lassen, wo ich sie doch gerade erst wiedergefunden hatte.« Seufzend schmiegte sie sich an Ragnars Brust. »Jetzt trauere ich schon zum zweiten Mal um sie. Und dieses Mal ist es wirklich passiert. Ich habe sie mit eignen Augen sterben sehen und konnte nichts dagegen tun.«

»Ich wollte nicht, dass sie sich für mich opfert.«

»Das weiß ich. Aber so war sie eben. Das war die Sigrid, die ich kannte. Sie hat sich immer für die anderen eingesetzt. Alle bemuttert, beschützt und sich um sie gekümmert. Auch, wenn vieles davon vermutlich nur Täuschung war, ihre Nächstenliebe war es nicht.«

»Du bist ihr sehr ähnlich.«

Sarah zuckte unschlüssig mit den Schultern. »Mag sein. Im Grunde kannten wir beide uns nie richtig.«

Sarah tat einen tiefen Atemzug. »Ich habe mir gerade vorgestellt, wie es wohl in Walhalla aussieht und ob meine Mutter jetzt dort ist oder ob es für Hexen auch eine Art Ruhmeshalle gibt, wo sie in allen Ehren empfangen und für ihre Taten gefeiert wird. Und für die Opfer, die sie gebracht hat.«

Ragnar strich sanft über Sarahs Wange und schaute ihr liebevoll in die Augen. »Ich bin mir sicher, dass deine Mutter auf ihre eigene Weise geehrt wird. Wo auch immer sie nun ist. Die Götter erkennen den Mut und die Stärke eines jeden Einzelnen an, der sein Leben im Dienste des Guten und der Gerechtigkeit gelebt hat.«

Sarah lächelte dankbar für Ragnars aufmunternde Worte. Seine Worte und seine Berührung spendeten Trost und

Wärme für Körper und Seele. »Ich möchte glauben, dass meine Mutter nun an einem Ort ist, an dem sie von Gleichgesinnten umgeben ist und ihre Taten gewürdigt werden.«

»Hexen mag für manche ein abschätziger Begriff sein oder ihnen Furcht einflößen, aber für mich sind es mutige Frauen mit großem Wissen, einem guten Herzen und starken Fähigkeiten.«

»Es wäre schön, wenn ihre Seele nun endlich die Ruhe findet, die sie in ihrem Leben nicht hatte und die Bedeutung ihrer Taten verstanden und gewürdigt würde.«

Ragnar nickte. »Hast du dich schon entschieden?«

Sarah seufzte. »Nein, du?«

»Ich denke, fürs Erste habe ich genug von Reisen. Ganz egal, ob mit dem Schiff oder durch irgendwelche magischen Portale.«

Seine Antwort brachte Sarah zum Schmunzeln. »Das kann ich gut verstehen. Mir ergeht es ähnlich. Aber da Valpu und die anderen Hexen das Amulett vorläufig in Verwahrung genommen haben, brauchst du dir darüber ohnehin keine Sorgen zu machen.« Ehe Ragnar etwas erwidern konnte, hob sie die Hand. »Stopp! Ich weiß schon, was du jetzt sagen wirst, aber Valpu hat einen Schutzzauber über unser Heim gelegt. Das sollte reichen, damit niemand mehr, so mir nichts dir nichts verschwinden kann. Oder uns zumindest vorwarnen, wenn sich Eindringlinge nähern.«

Ragnar nickte. »Was geschieht nun mit dem Amulett? Wird es zerstört?«

Sarah schüttelte den Kopf. »Soweit ich weiß, nicht. Meine Mutter erwähnte einen geheimen, durch Magie geschützten Ort, an dem solche Artefakte aufbewahrt werden. Ich denke, dass es jetzt dort ist. Willst du es zurückhaben? Es gehörte Hedda.«

Ragnar schüttelte den Kopf. »Nein. Es mag einst Hedda gehört haben, aber nun nicht mehr.« Nach einer kurzen Pause fuhr er fort. »Ist das nicht gefährlich? Ich meine, könnte es nicht andere Hexen oder Magier wie Visra dazu verleiten, dort einzudringen und sie zu stehlen und damit üble Machenschaften anzustreben?«

Sarah zuckte mit den Schultern. »Das ist natürlich möglich. Ich denke, das wird ähnlich sein, wie in den Museen, Banken oder Schatzkammern in meiner Zeit. Dort muss man immer damit rechnen, dass jemand versucht, die dort gelagerten Kunstwerke, Schätze oder Geldeinlagen zu stehlen. Es gibt eigene Sicherheitssysteme und Wachen. Bestimmt wird es auch dort eine Art magisches Sicherheitssystem geben. Valpu wird schon wissen, was sie tut. Außerdem wäre das dann vermutlich Teil meines Jobs mich darum zu kümmern, dass genau so etwas nicht passiert.« Sarah hielt für einen Moment inne. »Meine Mutter hätte mich ruhig vorwarnen können, dass ich eine Hexe bin, aber im Grunde hat sie nur das getan, was sie für das Richtige hielt. Sie hatte eine große Bürde zu tragen. Die hat sie sich aber auch nicht ausgesucht. Ich weiß nicht, ob ich damit klarkommen würde.«

»Du hast Zeit. Valpu drängt dich zu nichts. Ich werde die Männer nicht auf die nächste Fahrt begleiten. Ich bleibe bei dir und den Kindern. Du kannst deine Entscheidung in Ruhe treffen.«

Wieder zuckte Sarah mit den Schultern. »Ich weiß es nicht. Ich will euch nicht in Gefahr bringen. Mich wissentlich einer solchen Situation auszusetzen und zu wissen, dass zwei kleine Kinder zuhause auf ihre Mutter warten, ist auch nicht gerade verantwortungsbewusst. Ich denke, ich kann Sigrids Zwickmühle nachvollziehen. Ich weiß auch nicht, ob es die richtige Entscheidung war Sunna bei mir zu behalten, wo sie doch eine lebende Blutsverwandte hat. Noch dazu eine mit eindrucksvollen Zauberkräften.«

Ragnar legte Sarah seinen Zeigefinger auf die Lippen. »Also jetzt redest du aber Unsinn. Sunna bei Valpu lassen. Sie gehört zu uns. Eltern treffen nun einmal Entscheidungen für ihre Kinder. Du kannst im Vorhinein nie wissen, ob es die richtigen waren oder nicht. Wenn sie alt genug ist, kannst du ihr alles erzählen und sie wird für sich selbst entscheiden.«

Sarah vergrub ihr Gesicht in Ragnars Umhang und sog seinen Duft ein. Das hatte immer eine beruhigende Wirkung auf sie. »Meine Mutter muss von Anfang an etwas in Valpu gesehen haben. Sonst hätte sie ihr nicht geholfen. Sie hatte ein unschlagbares Gespür für das Wesen von Menschen. Wenn meine Mutter einen Bogen um jemanden machte, dann aus gutem Grund.«

»Valpu ist sehr vielschichtig und ich glaube, sie hadert manchmal mit sich selbst.«

Sarah lachte. »Das ist ziemlich treffend formuliert. Manchmal ist es, als ob Engelchen und Teufelchen auf ihren Schultern sitzen, die ständig miteinander im Clinch liegen.« Ragnar blickte Sarah fragend an. Sarah winkte ab. »Ach, noch so eine Redensart.«

«Deine Mutter und Valpu verband etwas. Vermutlich lag es daran, dass die beiden sich im Kampf unterstützt haben, das schweißt zusammen.«

»Da magst du Recht haben.«

»Gewiss, man muss seinem Kampfpartner blindlings vertrauen können, aber für gewöhnlich kennt man ihn schon viele Jahre. Ihre Freundschaft, oder wie auch immer man das nennen mag, wurde aus der Not heraus geboren und wurde stärker. Letztlich wurde Sigrid enttäuscht und Valpu versucht, es bei dir wiedergutzumachen. Sigrid hätte klar sein müssen, dass man einer Fremden nicht vertrauen kann.«

»Apropos Fremden vertrauen. Was hältst du von Naefir und Naenan? Hast du dich mittlerweile mit ihnen angefreundet oder misstraust du ihnen immer noch?«

»Nun, das würde ich nicht gerade behaupten, aber zumindest habe ich nicht mehr das ständige Bedürfnis den Jungen zu schlagen.«

Sarah lachte auf. »Das ist ja schon einmal ein Anfang. Aber im Ernst. Du traust ihnen nicht. Ich sehe es. Würdest du auch an ihnen zweifeln, wenn es keine Lichtalben wären?«

»Es spielt keine Rolle, ob Mensch, Alb oder was auch immer. Irgendetwas kommt mir seltsam vor.«

»Was meinst du?«

»Ich kann es nicht in Worte fassen. Es ist etwas in Naefirs Augen.«

»Ich denke, ich weiß, was du meinst. Es erinnert mich an den Blick, den auch die Sklaven haben. Naefir ist manchmal so euphorisch und voller Tatendrang und dann auf einmal wieder so schweigsam und seltsam unbeteiligt, als ob ihn das alles gar nichts anginge. Dabei war er es, der mich gefunden und auf das Monster angesprochen und unser Bündnis initiiert hat.«

»Ich denke, es würde niemanden unberührt lassen, wenn man über Tage und Wochen hinweg gefangen gehalten und gefoltert wird.«

»Damit hast du vermutlich recht.«

»Und genau das macht mir Sorgen.«

Sarah sah Ragnar fragend an.

»Ich bin mir nicht sicher, ob Naefirs Geschichte stimmt.«

»Du meinst, er lügt? Hat er sich die Wunden selbst beigebracht?«

»Nein, das denke ich nicht. Aber ich bin mir nicht sicher, ob nicht ein Teil der Geschichte noch tief in ihm vergraben ist. Was auch immer das ist. Ich kenne Krieger, die in Gefangenschaft geraten sind und entkommen konnten. Sie waren bei ihrer Rückkehr nicht mehr dieselben Männer.«

»Das, was er erzählt hat, ist furchtbar. Er will sich vermutlich gar nicht daran erinnern.«

»Vielleicht ist es besser so.«

Sarah zuckte mit den Schultern. »Ich weiß auch nicht. In meiner Zeit würde man ihm da vermutlich ärztliche Hilfe anbieten. Gesprächstherapie und vermutlich sogar mit Medikamenten behandeln. Und was die Freundschaft zwischen meiner Mutter und Valpu anbelangt. Mutter war nicht blöd. Sie wird sich schon etwas dabei gedacht haben, diesen Deal mit Valpu einzugehen. Auch wenn ihr Plan nicht aufgegangen ist. Schade, dass ich das alles nicht meiner Familie erzählen kann. Ich würde sie gerne wiedersehen. Vater, Sophie, Lilly. Ich würde ihnen gerne ein bisschen von ihrem Schmerz nehmen. Vor allem meinem Vater, jetzt wo ich weiß, dass Mutter noch lebte. Er war immer so stolz auf ihre aufopferungsvolle Arbeit für die Schwachen,

Alten und Bedürftigen. Aber damit würde ich uns alle vermutlich nur in Schwierigkeiten bringen. Und so noch mehr Menschen, die ich liebe, in Gefahr bringen. Als ob es nicht reicht, dass ich ständig um eure Sicherheit fürchten muss.«

Ragnar zuckte salopp mit den Schultern. »Du musst um gar nichts fürchten. Ich habe keine Angst zu sterben, höchstens davor dich und die Kinder zu verlieren. Für den Fall, dass du dich dazu entscheidest, der Schwesternschaft beizutreten und die Aufgabe deiner Mutter zu übernehmen, verzichte ich darauf weiterhin auf Fahrt zugehen. Ich wäre also nie weit weg.«

»Ich fürchte mich schon ein bisschen. Ich war nur ein paar Schritte hinter dir und konnte dich nicht davor schützen entführt zu werden. Auch von meiner Mutter war ich nur einen Katzensprung entfernt und dennoch ist sie jetzt tot.«

»Du kannst dir nicht für alles die Schuld geben. Du hast mich gesucht und gefunden. Gemeinsam haben wir das Untier zur Strecke gebracht. Der Tod deiner Mutter war nicht gewollt und dennoch ehrenvoll. Du und Valpu, ihr habt dafür gesorgt, dass sie einen angemessenen Abschied erhält und ihr für ihre Taten ein Denkmal gesetzt wird.«

»Ach, du mit deiner Ehre.« Sarah schüttelte den Kopf. »Streng genommen habe ich das nicht. Aber mich tröstet der Gedanke, dass es vielleicht tatsächlich eine Welt gibt, in der meine Familie am Leben und glücklich ist. In der niemand um meine Mutter oder mich trauert.«

»Das ist ein schöner Gedanke. Vielleicht gibt es auch eine Welt in der Hedda und Juna nicht gestorben sind.«

Sarah kuschelte sich noch etwas fester an Ragnar. »Ich bin tatsächlich ein wenig neugierig, was Valpu in der Zwischenzeit alles zu Stande gebracht hat. Ob sie nun die Schwesternschaft anführt?«

Ragnar drückte Sarah einen Kuss auf ihre Stirn. »Ich glaube, deine Entscheidung steht längst fest. Du wagst es nur nicht, sie laut auszusprechen.«

»Steht es mir auf der Stirn geschrieben?«

»Für mich schon.« Sarah gab Ragnar einen Knuff in die Rippen. Lachend küssten sich die beiden.

Mit einem gewaltigen Knall flog die Haustür auf. Sarah und Ragnar fuhren hoch. Mit aufgerissenen Augen beobachteten sie, wie Naefir herausstürmte, gefolgt von Naenan und Sunna.

»Was ist los?«, verlangte Sarah zu wissen.

»Mein Rabe! Stell dir vor, der Rabe war wieder da, Mama!«

»Hat er eine Nachricht gebracht?«

»Ja, aber niemand weiß, was sie bedeuten soll.«

»Was?« Stirnrunzelnd folgten Sarah und Ragnar den anderen zurück ins Haus.

Frode reichte Sarah einen weiteren Stein. Dieses Mal war er etwas größer als die drei Runen zuvor. Aber offenbar aus demselben Material. Sarah vermutete, dass es sich um Hämatit* handelte. »Na hoffentlich ist der Name nicht Programm. Das wäre dann kein gutes Vorzeichen.«

Ragnar und Frode schauten Sarah verdattert an.

»Der Stein wird auch Blutstein genannt. Ich habe ehrlich gesagt genug von Blut und Tod.«

»Aber er ist doch schwarz und sieht beinahe wie Eisen aus.«

»Ja, er wird auch Eisenglanz genannt. Aus esoterischer Sicht hat er, glaube ich, eine Schutzfunktion und wurde seit dem Mittelalter als Heilstein verwendet. Was wiederum gut für uns wäre. Sofern man daran glaubt. Mehr weiß ich darüber allerdings nicht.« Sarah räusperte sich verlegen, als ihr wieder bewusst wurde, dass sie sich im Mittelalter befand und vermutlich wieder einmal keiner verstand, worüber sie sprach. »Das war eher Sigrids Spezialgebiet.« Nachdenklich betrachtete sie den Stein von allen Seiten. Das darin eingravierte Symbol war wunderschön, ähnelte aber keiner der ihr bisher bekannten Runen. Zudem war das Symbol nicht golden, sondern blutrot. Die Farbe war passend zum Namen gewählt. »Was ist das für eine Rune Frode? Was bedeutet sie?«

Frode schüttelte den Kopf. »Ich weiß nicht, was es bedeutet. Ich habe ein solches Zeichen noch nie zuvor gesehen. Wenn man es dreht, könnte man meinen, dass es Thurisaz* enthält. Aber da ist noch mehr.«

»Du hast recht. Es sieht aus, wie aus mehreren Symbolen zusammengesetzt. Ich habe noch nie eine Rune mit geschwungenen Linien gesehen.«

»Niemand hat das, weil es keine gibt.«

Sarah starrte die Wikinger verblüfft an. »Soll das heißen, dass das ein neues Schriftzeichen ist. Dass es jemand erst neu erfunden hat?«

Ragnar zuckte mit den Schultern. »Möglich. Wenn Frode es nicht weiß, dann ich erst recht nicht.«

Frode rieb sich nachdenklich die Stirn. »Vielleicht wird es Zeit, dass wir Frigg um Hilfe bitten. Sie schien uns wohlgesonnen zu sein.«

»Frigg?« Ragnar starrte Frode mit großen Augen an. »Sprichst du von der Göttin Frigg? Welches Angebot?«

»Kann es sein, dass ihr vergessen habt, uns etwas zu erzählen?«

Frode und Ida klärten die anderen über die Stimme aus dem Herdfeuer auf. »Das ist ein Scherz, oder? Eine Göttin will mir einen alten nordischen Zauber beibringen?«

»Ich denke, nicht in der Art wie du und Ida immer übt. Ich vermute, euch wurde das Wissen darüber bereits geschenkt.«

»Na toll. Noch etwas, worüber ich jetzt nachgrübeln darf. Ich verfüge also bereits über uraltes Wissen und habe keine Ahnung wie ich darauf zugreifen soll?«

Dieses Mal wartete Sarah gar nicht erst auf das ratlose Schulterzucken und die fragenden Blicke. »Was soll das Ganze?«

»Die Götter sprechen wieder einmal in Rätseln.«

»Sie scheinen uns etwas zu verheimlichen.«

»Ich weiß nicht. Friggs Worte schienen mir nicht gelogen. Im Gegenteil, sie wirkte sogar selbst etwas erstaunt und erbost darüber zu sein, dass die Götter uns ihre Hilfe verweigerten.«

»Ist das so?«

Frode und Ida nickten.

»Gut. Dann lasst sie uns fragen. Wie habt ihr sie damals gerufen?«

»Nun, ich habe meine Botschaft damals einfach in die Welt hinausgerufen. Sunna schickte dann noch den Raben aus. Ich weiß also nicht, worauf Frigg damals antwortete.«

»Sollten wir versuchen sie direkt zu rufen?«

Wiederum blickte Sarah in ratlose Gesichter.

»Warum nicht? Lass es uns versuchen.« Ida ergriff Sarahs Hände. »Sammle deine Gedanken. Richte deine Aufmerksamkeit auf Frigg und unsere Frage an sie.« Sarah nickte und versuchte, sich so gut wie möglich darauf zu konzentrieren. Ihre Gedanken spielten ihr Streiche. Es fiel ihr noch schwerer, ihre Gedankengänge zu ordnen, als gewöhnlich. Ruckartig befreite sie sich aus Idas Griff und streckte ihren Arm nach Sunna aus. »Ich denke, du solltest dabei sein.«

Die anderen blickten Sarah überrascht an. »Bist du sicher?«

»Ja.« Sarah lächelte Sunna ermutigend an. »Du hast den Raben gesendet. Wenn jemand es schafft die Aufmerksamkeit einer Göttin zu wecken, dann du.«

Lächelnd schritt Sunna auf Sarah und Ida zu und ergriff ihre Hände. Fragend sah Sunna zu Sarah. »Wie soll ich beginnen?«

»Wie hast du das letzte Mal begonnen?«

»Ich habe einfach daran gedacht, dass ich euch helfen will und um Hilfe gebeten.«

Sarah nickte auffordernd. »Dann mache das jetzt auch.«

Sarah spürte, wie Magie sie durchfloss. Ihr Körper schien zu vibrieren. Der magische Kreis innerhalb ihrer Arme begann zu leuchten und eine Flamme loderte zur Decke hoch. Das Feuer strahlte keine Hitze ab, sondern war ganz kühl.

»Ihr bringt uns alle in Gefahr, da ihr mich direkt gerufen habt.«

Die Stimme aus dem Nichts brachte den Kreis kurz zum Wanken, als die drei zurückschreckten. »Was ist so wichtig, dass ihr mich trotz meiner Warnung kontaktiert?«

Sarah ließ Sunnas und Idas Hände los und griff nach

dem Stein. »Zeig ihn ihr.« Behutsam legte sie den Stein in Sunnas Hand.

»Das ist der Grund.« Sunnas Hand zitterte, als sie den Stein hochhielt und das Symbol in die Flammen zeigte.

»Bei Odins verlorenem Auge. Wo habt ihr das her?«

Explosionsartig schoss die Flamme zur Decke. Die Farbe der Flamme änderte sich von leuchtend blau zu blutrot.

Erneut blickte Sunna unsicher zu Sarah, die umgehend das Wort ergriff.

»Das wissen wir nicht. Der Stein wurde uns ebenso kommentarlos zugeschickt, wie zuvor diese drei Runen.« Auffordernd streckte sie Frode die Hand entgegen, der ihr das Bündel mit den drei Steinen reichte. »Wir wissen nicht, wer der Überbringer dieser Geschenke ist. Und auch nicht, was sie bedeuten sollen.«

Die Flammen im Kamin loderten auf. Frigg schnappte hörbar nach Luft. »Das Zeichen ist in Vergessenheit geraten. Ebenso wie seine Geschichte. So solltet auch ihr das halten. Vernichtet den Stein und vergesst ihn, wenn euch euer Leben lieb ist.«

Ragnar riss ungläubig die Augen auf. Frigg tat abermals einen tiefen Atemzug. Doch dieses Mal klang ihre Stimme leiser und weniger aufgeregt.

»Das wären die Worte meines Mannes. Aber ich bin nicht mein Mann. Ich sage euch: Kämpft! Kämpft um euer und unser aller Leben. Vernichtet ihn! Vernichtet ihn, bevor er uns vernichtet!«

Mit diesen Worten verschwand das magische Feuer und mit ihm die Stimme der Gattin Odins spurlos.

Erschrocken blickten die drei sich an.

»Na das nenne ich eine heftige Reaktion.«

»Weshalb war sie so aufgebracht?«

»Das ist eine gute Frage. Der Anblick dieser Rune hat sie offenbar in Panik versetzt. Keine Ahnung, was ich davon halten soll.«

»Was das alles zu bedeuten hat?«

»Keine Ahnung. Aber ich denke, wir stecken bis zum Hals in der Scheiße.«

»Aber wir haben diese Kreatur doch vernichtet. Was soll also das Ganze?«

»Das sind alles nur Mutmaßungen. Zu viele Fragen sind noch offen. Wer sendet diese Botschaften? Frigg? Wieso spricht sie nicht offen mit uns? Wieso diese Heimlichtuerei? Weshalb handeln die Götter nicht?«

»Vermutlich ist die Sache noch nicht ausgestanden.«

»Die Götter sind träge geworden. Sie ruhen sich auf ihrem Ruhm aus.«

»Vielleicht weil der Glaube der Menschen an sie ebenfalls nicht mehr so stark ist?«

»Offenbar ist alles möglich. Aber wir brauchen Antworten. Und zwar jetzt. Ich denke, es wird Zeit Valpu einen Besuch abzustatten und herauszufinden, was sie darüber weiß. Und wenn nicht sie, irgendjemand kennt die Antwort auf unsere Fragen.«

»Verstehe ich das richtig? Du willst dich nicht in die Belange deines Mannes mischen, um ihn nicht zu verärgern, und schickst dafür deinen Sohn vor?«

Frigg nickte. »Schlaues Kind. Was würde man wohl sagen, wenn ich mich offen gegen seine Entscheidungen stellen würde? Trotzdem müssen wir handeln. Wir dürfen unsere Augen nicht vor dem verschließen, was vor sich geht.«

»Weiß er, was vor sich geht oder ignoriert er es schlichtweg und hofft, dass sich das Problem von allein löst?«

Frigg zuckte mit den Schultern. »Ich weiß es nicht. Ich kann ihn wohl kaum darauf ansprechen, was er denn nun wegen der Auferstehung eines verbannten und totgeglaubten Gottes und seines ehrgeizigen Schoßhundes vorhat.«

Seufzend ergriff sie Lokis Hand. »Ich weiß, ich verlange viel von dir. Ich dränge dich dazu, etwas zu tun, das deine Stellung innerhalb der Gemeinschaft der Asen womöglich noch verschlechtert. Aber, ich weiß auch um deine Stärken. Du bist äußerst klug und mutig. Du scherst dich nicht um irgendwelche Konsequenzen. Du bist ein Mann der Tat.«

Frigg deutete auf ihre Gemächer. »Wir hier, wir sind Relikte aus einer längst vergessenen Zeit. Der Glaube der Menschen an uns schwindet.«

»Sie erzählen immer noch eure Geschichten, bringen Opfer und singen eure Lieder. Über mich spricht niemand, außer wenn er einen Fluch ausstößt. Mir bringt niemand Opfer dar.«

Zärtlich streichelte Frigg über die Stirn ihres Sohnes. »Du bist nicht schlecht. Ich weiß es besser. Zeig den Menschen, wie du wirklich bist. Hilf ihnen. Ändere das Schicksal für sie und uns alle. Ragnarök ist näher als gedacht.«

KAPITEL 21
-
DER GESANDTE AUS ASGARD

A ls Sarah ihren Blick durch die Runde schweifen ließ, blickte sie in lauter ratlose Gesichter. »Dieses Zeichen gibt mir wahrlich Rätsel auf.«

»Niemand von uns hat dieses Zeichen schon einmal gesehen. Könnt ihr Alben uns sagen, was es bedeutet?«

Naefir schüttelte den Kopf, dennoch nahm er das Bündel und wickelte den Stein aus. Sein Blick glitt über die Linien und versteinerte. Seine Hände begannen dermaßen zu zittern, dass ihm der Stein aus der Hand glitt. Naenan reagierte schnell genug und fing den Stein auf.

»Nein!« Naefirs Schrei klang panisch und verzweifelt. Seine Stimme hallte im Wohnraum nach, als er bereits umdrehte und auf dem Weg zur Tür hinaus war.

»Was ist? Weißt du, was das Symbol bedeutet?«

Naefir schüttelte verwirrt den Kopf. »Das Zeichen. Aus vielen zusammengesetzt. So wie … Ich kann hier nicht länger bleiben. Ich muss sofort gehen.«

»Warum? Was ist denn los?«

Naefir stand die Verzweiflung ins Gesicht geschrieben. Haareraufend ließ er sich auf die Knie sinken. Tränen rannen über sein Gesicht.

Sein Blick war leer.

»Es geht ihm nicht gut, Mama«, mischte sich Sunna ins Gespräch ein.

»Ja, ich weiß, mein Schatz. Geh doch bitte und kümmere dich um Arv, ja?«

»Nein.« Sunna drängte sich an Sarah und den anderen vorbei und kniete sich neben den weinenden Naefir. Sanft streichelte sie seinen Kopf.

»Mama, bitte, hör mir doch zu.«

Naefir wand sich weinend am Boden. Naenan und die anderen standen hilflos daneben. Er versuchte, auf seinen Vater einzureden, ihn zu beruhigen, aber der reagierte nicht. Immer wieder klopfte und schlug er sich mit der flachen Hand gegen seine Schläfen und Ohren.

»Diese Stimme. Sie hört nicht auf. Unablässig ruft er meinen Namen.«

»Welche Stimme?«

»Der böse Mann ruft ihn.«

»Was?« Sarah und Ragnar starrten Sunna fassungslos an. »Welcher böse Mann?«

»Der, der das Monster geschickt hat. Er hört seine Stimme in seinem Kopf.«

Sarah ließ sich neben Sunna auf die Knie fallen. Eine Träne rann über ihre Wange. »Woher weißt du das? Kannst du die Stimme etwa auch hören?«

Sunna nickte. »Ja, Mama.« Schluchzend schlang Sarah ihre Arme um sie. »Oh meine Süße. Warum hast du das nicht schon eher gesagt? Keine Sorge, mein Schatz. Er wird euch nicht bekommen.«

Sunna schüttelte den Kopf. »Ich höre sie zum ersten Mal. Er will nichts von mir. Aber Naefir hat furchtbare Angst. Wir müssen Naefir helfen, Mama. Wir müssen dafür sorgen, dass die Stimme in seinem Kopf aufhört.«

Naefir war nur mehr ein Schatten seiner selbst. Zitternd und schwitzend lag er am Boden. »Bitte tötet mich. Ich glaube nicht, dass ich stark genug bin, es selbst zu tun.«

»Niemand wird hier irgendjemanden töten.«

»Ich möchte diese kalte, stechende Stimme nicht mehr hören. Dieses herzlose Lachen. Ich will das alles nicht noch einmal durchleben müssen.«

Sarah blickte verzweifelt zwischen Naefir und Sunna hin und her. »Ida! Kannst du mir helfen? Wir müssen einen Weg finden, ihn zu beruhigen.«

»Ich kann ihm einen Trank machen. Aber der allein wird nicht helfen. Wir müssen die Stimmen in seinem Kopf zum Schweigen bringen.«

»Kannst du hören, was die Stimme zu ihm sagt, mein Schatz?«

Sunna nickte. »Ja. Er ruft ihn. Er will, dass er zu ihm kommt. Ihn herauslässt.«

»Wohin kommen? Wo herauslassen? Ist es tatsächlich jemandem gelungen, dieses Scheusal einzufangen?«

»Das weiß ich nicht.« Sunna schüttelte verwirrt den Kopf. Sarah schloss ihre Arme fester um Sunna. »Ach, mein Kind. Diese Fragen musst du nicht beantworten. Darum müssen wir Erwachsenen uns kümmern.«

Sarah blickte Ragnar mit einer Mischung aus Besorgnis und Neugierde an. »Was ist hier los? Warum sein plötzlicher Anfall? Wer steckt hinter all dem? Wem gehört die Stimme und was will er von Naefir? Hat das irgendetwas mit dem Stein zu tun? Und wieso kann Sunna die Stimme hören?«

»Das ist gut möglich. Er ist beinahe erstarrt, als er das Symbol gesehen hat. Womöglich hat er es wiedererkannt.«

»Womöglich soll Naefir der neue Helfer werden, nachdem wir Visra und das Monster getötet haben.«

»Möglich. Aber wer war der Kerl in der Bibliothek? Ist das doch nicht wie vermutet der Wandler und sein Helfer? Falls doch, wozu braucht sein Herr dann Naefir überhaupt? Und falls er es selbst war, worauf wartet er? Wieso hat er Naefir nicht schon längst geholt? Warum jetzt?«

»Das Monster ist tot. Er braucht jemanden, der diese Aufgabe übernimmt und neue Opfer herbeischafft.«

Sarah verzog angewidert das Gesicht. »Neues Material. Ja, du könntest recht haben.«

Naefir stöhnte und ächzte. Er wurde von heftigen Krämpfen geschüttelt. Ida und Sven versuchten, ihn festzuhalten. Unvermittelt begann er in verschiedenen Stimmlagen und Sprachen zu sprechen. Sarah blickte dem Schauspiel mit Besorgnis zu und schüttelte den Kopf. »Ich weiß nicht. Irgendetwas ist hier gewaltig faul. Woher kommen diese mysteriösen Runen? Will man uns nun helfen oder in die Irre führen?«

»Vielleicht kann ich etwas Licht in die Angelegenheit bringen.« Die Gefährten fuhren erschrocken herum. Alle Augen richteten sich auf den Überraschungsgast. Grinsend deutete dieser eine Verbeugung an. Der Neuankömmling war in einen grünen, samtenen Kapuzenmantel gehüllt.

»Wer zum Teufel sind Sie?« Sarah spürte eine unerklärliche Kälte, die von der Gestalt ausging, und eine Gänsehaut überzog ihre Arme. Ihre Instinkte schlugen Alarm, während ihr Verstand versuchte, eine Erklärung für ihre wachsende Unbehaglichkeit zu finden. Immerhin war der Ankömmling einfach so aus dem Nichts aufgetaucht, aber Valpus Schutzzauber hatte sie nicht gewarnt.

»Na, das ist nicht gerade die übliche Weise wie man bei uns Gäste begrüßt.«

»Gäste sind meistens auch Bekannte oder zumindest solche, die eingeladen wurden. Nicht irgendwelche Fremden, die aus heiterem Himmel auftauchen, die Gastgeber belauschen und sich ungefragt einmischen.«

Der Neuankömmling lächelte süffisant. »Nun, da habt Ihr vermutlich recht. Aber ich komme und gehe für gewöhnlich, wie es mir passt. Diese kleine Schwäche müsst Ihr mir nachsehen.« Die Gänsehaut auf Sarahs Armen verstärkte sich. Ihr Bauchgefühl warnte sie eindeutig. Ihre Wachsamkeit wuchs und ihre Sinne schärften sich, bereit für das, was noch kommen mochte.

»Und wem sollen wir diese Schwäche nachsehen? Mit wem haben wir das Vergnügen?«

»Oh verzeiht, auch in diesem Fall bin ich es gewohnt, dass ich mich nicht erst vorstellen muss.« Der Mann ließ seine Kapuze in den Nacken fallen.

»Loki«, knurrte Ragnar.

»Wie bitte, wer?« Sarah blickte Ragnar mit großen Augen an.

»Du hast mich schon verstanden.« Abermals klang Ragnars Stimme wie die eines Hundes oder Bären, aber nicht wie die seine.

»Du meinst den Gott, Loki?«

Ragnar nickte. »Halbgott. Oder wohl eher Jötunn*.«

»Oh Mann, nicht schon wieder. Wer oder vielmehr was? Aber ist auch egal. Müsstest du da nicht eigentlich vor Freude ausflippen, dass ein wahrhaftiger Gott vor deiner Haustür steht? Wo du doch so an die Götter, das Schicksal und Vorherbestimmung glaubst?«

»Nicht bei ihm.« Ragnar fletschte die Zähne, wie ein tollwütiges Tier, das den Gott jeden Moment in Stücke reißen würde. »Er ist hier nicht willkommen. Wo auch immer er auftaucht, folgen Chaos und Leid. Er ist ein Formwandler und Meister der Täuschung. Ihm kann man nicht trauen.«

Sarah erschauderte. »Formwandler?«

»Na, na, na. Redet man so mit Odins Ziehsohn?« Loki winke beifällig ab. »Aber auch das ist nichts Neues für mich. Kein Lob und keine Verehrung werden mir zuteil und das trotz meiner vielen glorreichen Taten.«

Ragnar spuckte verächtlich auf den Boden.

»Ich verstehe nur Bahnhof. Was ist hier los? Ein bisschen spät, falls die Götter uns doch helfen wollten. Wir haben das Monster bereits zur Strecke gebracht. Bist du sein Herr und Meister?«

Sunna zupfte an Sarahs Kleid. »Mama.«

»Nicht jetzt Sunna.«

»Aber Mama!«

»Sunna, nicht jetzt!«

Sunna stampfte mit dem Fuß auf. Der Boden unter ihren Füßen schlug eine Welle, als ob es die Matratze eines Wasserbetts wäre und nicht feste Erde und Gestein. Sarah geriet ins Wanken und suchte bei Ragnar Halt. Aber auch die anderen versuchten, im Gleichgewicht zu bleiben und nicht zu stürzen. Erschrocken blickten sie Sunna an.

»Oha, da hat aber jemand das Talent oder vielmehr Temperament seiner Mutter geerbt.« Lokis Grinsen reichte von einem Ohr zum anderen.

»Was ist denn heute nur mit dir los, Sunna?«

»Nie hört mir jemand zu. Der Stein, seht doch!«

Die Rune auf dem Blutstein hatte zu glühen begonnen. Das Schriftzeichen wirkte wie glühende Lava. Vorsichtig nahm Sarah den Stein in die Hand. Trotz des bedrohlich wirkenden Glühens war er ganz kühl.

»Wie ich sehe, komme ich gerade recht.«

Dieses Mal konnte sich Sarah ein Lachen nicht verkneifen. *Der hat vielleicht Nerven. Wenn der wüsste.*

Erneut stöhnte Naefir auf und rief etwas in einer Sarah nicht bekannten Sprache.

»Sollten wir ihn nicht besser in ein Bett legen?«

»Wozu? Damit er alles kurz und klein schlagen kann, wenn er nochmal so einen Anfall bekommt?«

Sarah warf Ragnar einen ärgerlichen Blick zu.

»Mama, jetzt hör mir doch einmal zu. Das ist die Stimme, die ich gehört habe.«

»Was?« Sarah blickte Sunna und die Anwesenden betroffen an. »Naefir, ist das wahr? Ist das die Stimme, die du gehört hast.«

»Moment! Was soll das heißen? Was für eine Stimme? Meine Stimme? Gerade jetzt? Oder was soll das bedeuten?«

Sunna beäugte den Gott misstrauisch.

»Ich frage dich ein letztes Mal: Bist du der Wandler aus der Bibliothek oder sein Herr und Meister?«

Loki schüttelte verwirrt den Kopf. »Was für eine Bibliothek? Ich war schon in vielen Bibliotheken und das nicht nur, um zu lesen.« Abermals grinste er belustigt in die Runde.

»Lasst diese Kindereien.« Dieses Mal war es Ragnar, der wie ein wütender Bär schnaubte und aufstampfte. Aber unter seinen Füßen begann die Erde nicht zu beben.

»Ich bin ein Meister meiner Kunst, aber niemandes Meister und schon gar kein Diener«, erwiderte Loki schnaubend. »Frigg schickt mich, um euch zu helfen. Also, wie kann ich euch helfen? Geht es um den Stein oder den kränklichen Ljósálfar?«

»Ja, natürlich Odins Frau wird ausgerechnet dich damit beauftragen, uns zu helfen.«

Loki grinste. »Wen denn sonst? Niemand versteht sich so gekonnt darauf, sich anzuschleichen und zu tarnen, wie ich. Und niemand würde je auf den Gedanken kommen mich mit Frigg in Verbindung zu bringen, nicht wahr?«

Alle sahen sich ratlos an.

»Damit hat er vermutlich sogar Recht.« Ragnars Worte klangen wie ein Knurren. »Aber wieso soll niemand wissen, dass Frigg dich schickt?«

»Das ist kompliziert. Familiensache, du verstehst?« Loki zwinkerte Ragnar zu und streckte Sarah seine Hand entgegen. »Na, dann. Zeigt mir den Stein.« Sein Grinsen zog sich beinahe von einem Ohr zum nächsten.

Wieder blickten Sarah und die anderen sich wortlos an. Nach einem Moment des Zögerns übergab Sarah den Stein achselzuckend an Loki. Seine Augenbrauen schnellten in die Höhe. Eine gefühlte Ewigkeit lang betrachtete er den Stein. Ragnars Blick fixierte den Gott, als wollte er ihn damit durchbohren. Sarah beobachtete jede Regung in seinem Gesicht aufmerksam, während Sunna neben ihr nervös von einem Bein auf das andere trippelte. Als Sarah gerade ungehalten fragen wollte, ob er denn nun schon einmal so eine Rune gesehen habe oder nicht, kam ihr Loki zuvor. »Äußerst interessant.«

»Heißt das, du weißt, was das Zeichen bedeutet?«

»In der Tat.«

Sarah verdrehte genervt die Augen. Sie hasste es, wenn sie jemandem die Antworten aus der Nase ziehen musste.

»Und? Was bedeutet es?«

»Das ist ‚Þornhjálmr‘. Der Name dieser Rune setzt sich aus den Wörtern Dorn und Helm zusammen und könnte als »Dornhelm« übersetzt werden. Eine äußerst mächtige Rune. Erstaunlich! Ich dachte, die Existenz dieser Rune wäre nur eine Legende.«

Sarah und die anderen blickten Loki erstaunt an. »Warum?«

»Weil alles, was mit dieser Rune in Verbindung steht, in Vergessenheit geraten ist. Und die, die es nicht vergessen haben, sprechen nicht darüber. Nie.«

Alle hingen an Lokis Lippen und er genoss es sichtlich im Mittelpunkt zu stehen. »Die Rune wurde einst von den Göttern geschaffen. Ihr Name geriet aber ebenso in Vergessenheit wie sein Zweck. Es gab viele Geschichten, aber keine Beweise. Die Götter geben ihre Absichten nur ungern preis, meine Gute. Dennoch lieben sie es für gewöhnlich sich mit ihren Heldentaten zu rühmen. Aber von dieser hörte man nichts mehr.«

»Du weißt also nicht warum.« Sarah blickte den Gott herausfordernd an.

»Also bitte. Ich bin nicht hergekommen, um mich beleidigen zu lassen. Natürlich weiß ich warum.«

»Kannst du dann bitte aufhören, Spielchen zu spielen, und einfach mit der Sprache rausrücken.«

Loki grinste Sarah belustigt an. »Kann ich. Will ich aber nicht. So macht es viel mehr Spaß.«

»Ja, ja. Ich versteh schon. Du machst deinem Ruf alle Ehre, Gott der List und des Schabernacks.«

Abermals deutete Loki grinsend eine Verbeugung an. »Stets zu Diensten.«

»Aber wir haben keine Zeit dafür. Unserem Freund hier geht es schlecht. Der Anblick dieser Rune hat ihn in einen Schock versetzt. Er muss sie also schon einmal irgendwo gesehen haben oder womöglich sogar wissen, was sie bedeutet. Aber er kann es uns offensichtlich nicht sagen. Welchem Zweck dient Dornhelm also? Und weshalb geriet die Rune in Vergessenheit?«

»Die Antwort steckt in der Frage. Diese Rune versiegelt den Stein. Sie schützt die Welt vor großem Unheil.«

»Den Stein?«

»Ein Grab.«

»Der Erschaffer des Monsters.« Sarahs Antwort kam wie aus der Pistole geschossen.

Loki nickte. »Schlaues Mädchen.«

»Wer ist er?«

»Ein Gott.«

»Also doch!«, rief Sarah triumphierend. »Welcher von ihnen?«

»Niemand, den ihr kennt. Die Götter töteten ihn und bannten seinen Geist. Sein Name wurde, ebenso wie er, vor Jahrtausenden ausgelöscht.«

»Trotzdem muss er einen Namen gehabt haben. Was hat er denn Furchtbares angestellt, dass er mitsamt seinem Namen aus der Geschichte ausradiert wurde?«

»Das kann ich euch nicht sagen.«

»Kannst oder willst du nicht?«

»Sowohl als auch.«

»Also weißt du es nicht.«

»Wofür hältst du mich? Natürlich weiß ich es. Ich weiß um jede Schwäche und über jede schmutzige Wäsche der Gottheiten Bescheid.«

»Dann raus mit der Sprache.«

Loki zögerte einen Moment, doch schließlich fuhr er fort. »Hrungir. Das war sein Name.« Loki sah sich um, als fürchtete er, Hrungir könnte jeden Moment vor ihm auftauchen. »Er war einst ein mächtiger Gott. Ein Krieger und Beschützer der Götter, der sich durch seine Stärke und seinen Mut auszeichnete. Er kämpfte in vielen Schlachten und wurde von allen hoch geschätzt. Doch im Laufe der Zeit entwickelte er einen unstillbaren Durst nach Blut. Er tötete ohne Grund, zu seinem reinen Vergnügen. Quälte und ermordete alle Wesen, die ihm begegneten. Fügte ihnen unaussprechliches Leid zu. Er säte Zwietracht und zettelte verheerende Kriege an. Die Götter sahen dies mit Unbehagen, ließen ihn anfangs jedoch gewähren, da sie fürchteten, ohne seine Hilfe wären sie gegenüber den anderen Welten schutzlos. Doch eines Tages trieb er es zu weit. Er wandte sich gegen die anderen Götter und versuchte, die Kontrolle über die Welten Yggdrasils zu erlangen. Odin und die anderen Gottheiten vereinten sich gegen ihn und besiegten ihn schließlich. Sein Name und seine Taten wurden aus den Geschichtsbüchern gestrichen und seine Existenz aus dem Gedächtnis der Wikinger gelöscht.«

Erneut wurde Naefir von Krämpfen geschüttelt. Ächzend und stöhnend verzog er das Gesicht zu einer Grimasse. Sarah blickte gedankenversunken auf den Stein und ihre Augenbrauen zogen sich zusammen. »Aber wenn er doch tot ist und dies eine so mächtige Bannrune ist, wie konnte er dann entkommen?«

»Ist er nicht.«

»Ach, nicht? Und wie kann es dann sein, dass sein Monster hier sein Unwesen trieb. Und das schon zum zweiten Mal, wie man hört.«

Loki runzelte die Stirn.

»Ah, du wusstest also nichts davon? Haben die Götter dir nichts davon erzählt, dass Naefir und Wesen aus allen Reichen Yggdrasils sich bereits einmal zusammenschlossen, um seine grauenhaften Schöpfungen zu verbannen? Um die Kreatur zu vernichten, waren sie offenbar zu schwach. Wenn er also wirklich getötet wurde, wie kann es dann sein, dass seine Wesen immer wieder auftauchen?«

Lokis Blick huschte unsicher zwischen den Beteiligten hin und her. Seine Selbstherrlichkeit schien das erste Mal ins Wanken zu geraten, seit er hier war. Sarah ergriff die Gelegenheit und setzte noch eins drauf.

»Das ist kein Trick. Du wusstest tatsächlich nichts davon. Können die anderen Götter sich an die Existenz des Gottes erinnern oder wurde ihre Erinnerung auch gelöscht? Könnte es sein, dass er nicht tot ist? Dass er, trotz Bannzauber, seine Kräfte nutzen und sich andere Wesen gefügig machen kann? Dass er in ihren Geist eindringen und sie zu steuern vermag? Könnte er unter den Göttern einen Verbündeten haben?«

Alle Augen waren gebannt auf Sarah und Loki gerichtet.

»Ja, natürlich. Das Kind der Jötnar muss natürlich der Verbündete sein.«

Sarah verdrehte die Augen. »Das habe ich nicht gesagt. Und für deinen zweifelhaften Ruf bist du selbst verantwortlich.« Sarah rieb sich die Stirn. Das alles ergab einfach keinen Sinn. »Und was die vermutlich wichtigste Frage ist: Wer hat diese Bannrune geschaffen und wie zum Kuckuck haben sie es damals geschafft, Hrungir zu besiegen?«

Loki zuckte mit den Schultern. Seine Lippen verengten sich zu einer dünnen Linie. »Wie du so treffend festgestellt hast, weiß ich offenbar doch nicht über alles Bescheid, was in Asgard und zwischen den Welten Yggdrasils vor sich geht.«

Naefir lag regungslos am Boden. Sogar dem Riesen schien sein besorgniserregender Zustand mittlerweile aufzufallen. Er nickte in Richtung Naefirs. »Ist alles in Ordnung mit ihm?«

Ida zuckte hilflos mit den Schultern. »Ich verstehe das alles nicht. Ich werde nicht schlau aus ihm. Seine Aura gleicht einem Regenbogen, der von dunklen Schatten bedroht wird. Ständig wechselt sie die Farben. Ich sehe die unterschiedlichsten Emotionen. Jetzt gerade ist es so, als ob er sich fürchtete auch nur zu atmen.«

Sarah kniete sich neben Naefir und Ida. »Naefir? Kannst du mich hören.« Der Alb reagierte nicht. »Erkennst du diesen Mann?« Sarah deutete auf Loki. Naefir blinzelte mit den Augen und schüttelte zaghaft den Kopf.

»Also, nein? Nein, wie du erkennst ihn nicht oder nein, du erinnerst dich nicht?«

Aber Sarah erhielt keine Antwort. Seufzend richtete sie sich wieder auf, als sie plötzlich ein Flüstern Naefirs vernahm. Sie beugte sich über den Alb und fragte ihn abermals. »Ist das die Stimme, die dich rief?«

Erneut wurde Naefir von heftigen Krämpfen geschüttelt. Sarah erhielt keine Antwort auf ihre Frage.

»Dem listreichen Gott Loki wäre so ein verderbtes Spiel durchaus zuzutrauen«, schaltete Ragnar sich ein. »Das würde auch erklären, warum die Götter sich so still verhalten. Odin wird mit Bestimmtheit nicht gegen seinen Ziehsohn in den Kampf ziehen, wenn er nicht muss.«

»Na na. Immer langsam mit den jungen Pferden. Ziehsohn, dass ich nicht lache. Geisel trifft es wohl eher. Immerhin verdanken die Götter mir einige ihrer besten Spielzeuge. Die Einzigen, die mich jemals wie einen der ihren behandelten, waren Thor und Frigg. Sogar für Odin bin ich nur mehr Mittel zum Zweck.«

»Und nun? Was willst du? Mitleid? Wieso bist du hier?«

»Glaubt mir, oder auch nicht, aber im Grunde mag ich mein Leben. Mir ist genauso am Fortbestehen meiner Familie und unserer Welt gelegen, wie euch. Auch ich habe Kinder.«

»Ja, Fenrir*, Hel und ihresgleichen. Eine abscheuliche Brut.«

»Ragnar!« Frode blickte Ragnar gleichsam strafend wie mitleidig an. »Sie alle sind Lebewesen. Sie alle haben ein Recht darauf zu existieren und sind nicht mehr oder weniger wert, als andere. Sie sorgen für Gleichgewicht.«

»Es tut mir leid. Ich wollte dich nicht beleidigen.«

»Ach, schon gut. Ich habe schon Schlimmeres gehört.«

»Und was ist mit diesem Hrungir? Wieso handeln die Götter nicht?«

»Ich weiß es nicht.« Loki hob beschwichtigend die Arme. »Und das ist die volle Wahrheit. Frigg schickt mich, Odin weiß nichts davon. Womöglich hält er es für völlig ausgeschlossen, dass Hrungirs Macht erneut erwacht ist. Er

gilt als tot. Ist er das nicht, dann sind Odin und die Bannrune womöglich doch nicht so mächtig, wie alle denken.«

»Und das wäre für den Göttervater kein allzu gutes
Image.«

»Was?«

»Halb so wichtig. Aber es würde seinem Ruf wohl ziemlich schaden. Was also tun?«

Loki nickte zustimmend. »Wir sollten herausfinden, ob
Hrungir tatsächlich lebt.«

»Und wie?«

»Wir müssen den Ort seines Exils aufsuchen und über-
prüfen, ob der Stein der Verbannung noch intakt ist.«

»Oh ja. Und lass mich raten, der Ort ist bestimmt um
die Ecke und völlig gefahrlos zu erreichen.«

Ragnar blickte Sarah prüfend an. »Vermutlich nicht.«

»Das nennt man Sarkasmus, mein Schatz. Was ist mit
Hrungirs Verbündeten?« Wandte sich Sarah erneut an Loki.

»Es soll ein sehr mächtiger Wandler sein. Ich hörte, er
sei ein Dunkelalbe namens Antharian Junqa.«

»Dunkelalbe? Also das Gegenteil von Lichtalbe?«

»Nicht ganz. Ein Hybrid.«

»Wie Naefir?«

Loki sah Sarah entgeistert an und deutete in Richtung
Naefirs. »Du sprichst von ihm?«

»Ja. Er erzählte mir, dass grausame Experimente an
ihm durchgeführt wurden und er mehrere Spezies in sich
vereint.«

Loki schüttelte den Kopf. »Dann hat dein Freund vermutlich mehr Glück gehabt, als er ahnte. Auch dieser Wandler
ist ein Experiment. Eine Mischung aus Lichtalb und Schwarz-

alb. Vermutlich Hrungirs erste Schöpfung und dem Gott hörig. Er würde in den Tod für ihn gehen, könnte er sterben.«

»Das heißt, dieser Wandler ist unverwundbar und Naefir ist einem solchen Schicksal vermutlich nur um Haaresbreite entgangen? Ansonsten wäre er jetzt auch einer von Hrungirs Dienern oder Schlimmeres?«

»Vermutlich.«

Sarah wandte sich an Ragnar. »Glaubst du ihm?«

Ragnar zuckte unsicher mit den Schultern. »Haben wir eine Wahl?«

»Also sind wir im Endeffekt gleich schlau wie vorher. Wie können wir sicher sein, dass du Loki bist? Womöglich bist du der Wandler?«

»Nun, ich bin ein Wandler. Ich würde also lügen, wenn ich sagen würde, ich wäre keiner. Aber ich bin nicht der, für den ihr mich haltet.«

»Und schon wieder antwortest du in Rätseln.« Sarah schüttelte verzweifelt den Kopf. »Wie sollen wir sichergehen? Ich habe den Wandler in der Bibliothek für Valpu gehalten und ich wäre nie von selbst darauf gekommen, dass es nur eine Täuschung war.«

»Du hast ihn also gesehen?«

»Ja. Und ich bin froh, dass ich noch lebe. Wäre die echte Valpu nicht aufgetaucht, wer weiß...«

Sarah beäugte Loki von oben bis unten.

»Also, wenn es stimmt, dass Frigg dich geschickt hat, wie lautet dann dein Auftrag? Wie sollst oder kannst du uns helfen?«

»Indem ich das tue, was ich immer tue. Ich kann mich in nahezu jede Gestalt verwandeln und ungesehen und ungehört in andere Welten gelangen. Ich kann mich umhören und herausfinden, was vor sich geht. Ich verstehe es ausgezeichnet, andere in ein Gespräch zu verwickeln und ihnen Informationen zu entlocken, an die sie sich selbst nicht einmal erinnerten. Ich bringe andere dazu, die erlesensten Geschenke anzufertigen, und ich bin ein exzellenter Liebhaber.«

»Und wie genau soll uns das helfen?«, knurrte Ragnar ihn an.

»Gar nicht. Ich dachte nur, das solltet ihr wissen.« Fügte Loki augenzwinkernd hinzu und erntete dadurch erneut ein bedrohliches Brummen Ragnars.

»Und wir sollen dir vertrauen?«

Loki nickte grinsend. »Ich bin hier und es sieht mir ganz danach aus, als ob ihr keine andere Wahl hättet.«

Sarah gab es nur ungern zu, aber Loki hatte recht. Sie hatten keine andere Wahl.

»Angenommen er ist noch dort und ist aber mächtig genug, den Geist anderer Wesen zu steuern? Was können wir tun? Und wie finden wir Hrungirs Verbündete?«

»Wir töten Hrungir.«

»Ja, das ist ja ein Klacks.« Erneut verdrehte Sarah die Augen. »Wie du uns vorhin erzählt hast, gelang das offenbar nicht einmal der Götterriege aus Asgard.«

Loki sah Sarah an, als ob er an ihrem Verstand zweifeln würde. »Du bist doch eine Hexe, nicht wahr?«

»Ja. Warum?«

»Wo liegt dann das Problem?«

»Ach so, ja. Das, wofür ein ganzes Pantheon an Göttern nötig war, inklusive Vertretern von Alben, Hexen und was weiß ich noch für Spezies, das schafft eine kleine Hexe aus dem 21. Jahrhundert mit dem kleinen Finger.«

Lachend wandte Loki sich an Ragnar. »Ich mag deine Frau. Sie hat Humor. Was man von euch Wikingern nicht behaupten kann.«

Ragnars Kiefer mahlte. Bevor er etwas erwidern konnte, kam Sarah im zuvor. »Wären Blicke in der Lage jemanden zu töten, wärst du jetzt bereits einen qualvollen Tod gestorben, Loki. Aber Spaß beiseite. Das schaffe ich unmöglich allein. Es brauchte drei Hexen, zwei Alben und einen Wikingerkrieger, um einen Zauberer, der womöglich unter Hrungirs Einfluss stand, und dieses Monster zu töten. Da müssen wir für diesen Gott höchstwahrscheinlich mit einer ganzen Armee aufwarten. Außerdem: Wenn er tatsächlich in der Lage ist, in den Geist anderer einzudringen, kann er vermutlich die Kontrolle über jeden von uns erlangen. Wie sollen wir das verhindern und so einen mächtigen Gegner besiegen?«

»Wenn er es zustande bringt, andere zu kontrollieren, wieso hat er das nicht schon längst getan?«

»Vielleicht muss man sich dazu in seiner Nähe befinden.«

»Das würde bedeuten, dass wir ihm in die Hände spielen.«

»Welche Wahlmöglichkeiten haben wir?«

»Ich fürchte, nicht allzu viele.«

»Wir haben keine Wahl. Lasst uns bei unserem ursprünglichen Plan bleiben und nochmal eine Bitte um Hilfe bzw. Verstärkung an alle Welten aussenden.«

Alle nickten zustimmend.

»Lass es Sunna versuchen. Sie hat den Raben geschickt und er kam mit einer Nachricht zurück. Vielleicht kann sie noch mehr bewirken.«

»Nein, ich möchte das nicht. Was ist, wenn wieder ein Portal geöffnet wird und sie verschwindet? Das ist mir zu gefährlich.«

Ragnar schüttelte lachend den Kopf.

»Was ist?«

»Du bist deiner Mutter sehr ähnlich. Und du brauchst mir gar nicht vorzuwerfen, dass ich immer alle beschützen wollen würde. Du bist nicht anders.«

Sarah schob schmollend ihr Kinn nach vorne. »Da hast du vermutlich recht.«

»Du machst ein Gesicht, als ob dir dieses Zugeständnis Schmerzen bereiten würde.«

»Ha ha, sehr witzig. Wer gibt schon gerne zu, dass er wie seine Mutter ist? Aber ich verstehe, worauf du hinauswillst. Also gut, Sunna kann es von mir aus versuchen, aber ich lasse sie keine Sekunde aus den Augen. Sie ist noch zu jung, um Situationen und Menschen richtig einschätzen zu können. Sie hielt Loki für den bösen Mann.«

»Sunna ist noch klein. Ich weiß, du sorgst dich um sie. Aber du weißt, welche Gabe in ihr steckt.«

»Ja, das weiß ich nur allzu gut.« Seufzend legte sie ihren Kopf an Ragnars Schulter. »Es hätte ein so schöner Nachmittag werden können.«

Ragnars Lachen vibrierte in seinem Brustkorb und kitzelte Sarahs Ohr. »Immerhin: Wir können noch lachen. Noch sind wir am Leben.«

»Die Betonung liegt auf noch. Ich werde Valpu und die Schwesternschaft aufsuchen. Ich fürchte, wir benötigen jede Hilfe und jeden Funken Magie, den wir bekommen können.«

Loki hatte es sich auf der Bank vor dem Haus bequem gemacht. Er saß an eben der Stelle, auf der Sarah und Ragnar es sich vor kurzem noch gemütlich gemacht hatten. In aller Gelassenheit grinste er die beiden an. »Habt ihr entschieden, ob ihr mir vertrauen wollt oder nicht? Wie geht es weiter?«

»Darin sind wir uns noch nicht einig, aber darin, dass wir jede Hilfe brauchen, die wir bekommen können. Was den Rest anbelangt: Ich weiß nicht. Kannst du Frigg kontaktieren und auf den neuesten Stand bringen?«

»Theoretisch.«

»Und praktisch?« In Sarahs Stimme schwang Ungeduld mit.

Ganz die Coolness in Person polierte Loki sich in Ruhe seine Nägel an seinem Umhang, ehe er antwortete. »Natürlich kann ich ihr das sagen, aber was würde es bringen? Sie kann euch nicht helfen. Oder glaubt ihr, die Götter ändern ihre Meinung und werden euch helfen?«

»Ja und nein. Friggs Erinnerung wurde nicht gelöscht. Womöglich kann sie uns noch ein paar Tipps, ich meine Ratschläge, in Bezug auf Hrungir geben. Und warum sollen wir nicht hoffen? Immerhin ist das Problem hausgemacht. Es ist einer der Götter, der das alles angerichtet hat. Sie sollen gefälligst den Dreck wegkehren, den ihr Haustier angerichtet hat. Und die Hoffnung stirbt zuletzt.«

Loki brach in schallendes Gelächter aus. »Du hast wirklich Sinn für Humor. Das muss man dir lassen. Für Odin ist es viel einfacher, die Angelegenheit zu ignorieren und zu hoffen, dass sich das Problem von selbst löst. Für ihn war die Sache mit der Verbannung und der Löschung aus den Annalen erledigt.«

»Nun, im Prinzip ist das ganz genau das, was ich auch denke. Aber wenn es wirklich allen Göttern egal ist, wieso bist du dann hier? Wieso hat Frigg dich geschickt? Und wer schickt uns die geheimnisvollen Nachrichten? Es wissen also noch andere Götter über die Sache Bescheid und ihnen ist offenbar daran gelegen, dass das Problem gelöst wird. Sie müssen es wissen.«

»Eins zu null für dich, Hexe. Du bist schlau. Du kannst es versuchen, aber es wird dir nichts nutzen. Auch wenn einige Götter dir zustimmen und dir helfen wollten, Odin würde es nicht. Was wäre die Konsequenz? Ein Krieg unter den Göttern? Die Zerstörung der Götterwelt?«

Sarah fiel es wie Schuppen von den Augen. »Das hat Hrungir doch schon einmal gemacht, oder? Was, wenn das sein Plan ist? Unter den Göttern Zwietracht zu säen, einen Krieg zu schüren und die Welten Yggdrasils ins Chaos zu stürzen.«

Loki grinste. »Für einen Menschen bist du gar nicht so dumm.«

»Danke«, erwiderte Sarah trocken.

»Also? Sollen wir einfach nichts tun und abwarten, was weiter passiert? Sollen wir die Götter außen vorlassen und die anderen Welten um Hilfe bitten?«

»Ich bin davon überzeugt, dass im Falle einer Konfrontation niemand Odin die Schuld daran geben wird. Und niemand wird leichtfertig seine Unsterblichkeit aufs Spiel setzen.«

»Wieso Unsterblichkeit aufs Spiel setzen? Was meinst du damit?«

»Nun, zum einen sind die Asen nicht unsterblich. Sie werden nur sehr alt. Obwohl sie übernatürliche Kräfte und eine längere Lebensspanne haben als normale Menschen, können auch die Asen sterben. Und zum anderen wird Odin im Falle einer Rebellion mit Sicherheit keine Aufwiegler in Asgard dulden.«

Sarah seufzte. »Ganz schön kompliziert, ihr Götter. Ich gehe jetzt zu Valpu. Wenn es bei den Hexen keine Antwort auf meine Fragen gibt, dann weiß ich auch nicht weiter.«

Kapitel 22

Schattenrunen und das Siegel der Finsternis

Sarah!« Hätte sie es nicht besser gewusst, hätte sie gesagt, dass Valpu beinahe erschrocken geklungen hatte. »Was verschafft mir die Ehre deines Besuchs?«

»Das sind ja ganz neue Töne. Ehre? Das klang früher aber ganz anders. Von wegen nichtswürdiges Menschlein und so.«

»Na, wer wird denn da so nachtragend sein?«

»Du hast recht. Lassen wir das. Ich bin wie immer in Eile und habe keine Zeit für Förmlichkeiten. Ich brauche deine Hilfe.« Aufmerksam blickte Sarah sich in der großen Halle um. Außer Valpu war im Augenblick niemand hier. »Ich brauche die Hilfe von so vielen Hexen, wie ich nur kriegen kann.«

Valpus Interesse war geweckt. »Hilfe wobei?«

»Nennen wir es den ultimativen Kampf.«

»Den Wandler?«

Sarah zuckte mit den Schultern. »Vermutlich er und sein Schöpfer. Keine Ahnung, was da genau auf uns zukommen wird.«

»Du weißt also mittlerweile wer hinter all dem steckt?«

Wieder zuckte Sarah mit den Schultern. »Wissen. Glauben. Wie auch immer. Ich weiß nicht, wie vertrauenswürdig meine Quelle ist, aber wenn es stimmt, was sie sagt, dann haben wir es mit jemand weitaus Mächtigerem als mit einem Wandler zu tun.«

»Wer ist es?«

»Loki.«

»Loki?« Valpu riss ungläubig die Augen auf. »Er steckt hinter all dem.«

»Oh, nein. Du hast mich falsch verstanden. Loki ist meine Quelle. Ich glaube nicht, dass er dahintersteckt. Loki hat mir verraten, wer die Quelle dieses Unheils ist.«

»Und weshalb zweifelst du an seiner Glaubhaftigkeit?« Sarahs Augenbraue schnellte nach oben.

Valpu lachte. »Ich verstehe. Sein Ruf eilt ihm stets voraus.«

»Ja, aber da ist noch mehr.«

»Also steckt doch einer der Götter dahinter.«

Sarah nickte. »Offenbar ja. Aber keiner, den wir kennen. Oder zumindest die Menschen nicht.«

»Ach ja?« Valpu war bereits Feuer und Flamme. Das konnte Sarah deutlich erkennen. »Nun mach es nicht so dramatisch!«

»Ja, das sagt die Richtige.« Sarah zwinkerte Valpu zu. »Sein Name ist Hrungir.«

»Wer um alles in der Welt ist Hrungir?«

»Also hast du den Namen auch noch nie gehört?«

Valpu wirkte ehrlich verblüfft. »Nein. Was für ein Gott soll das sein?«

Sarah schilderte Valpu Lokis Bericht. Der Gesichtsausdruck der Völva schwankte zwischen Neugier und Unglaube. »Interessant.«

»Die Untertreibung des Jahrhunderts. Die Götter haben es doch tatsächlich geschafft, seine Existenz geheim zu halten oder vielmehr die Erinnerung an ihn gelöscht. Nicht einmal alle Asen wissen etwas darüber. Glaubst du, dass in einem der schlauen Bücher hier in der Bibliothek etwas über ihn zu finden sein könnte?«

Dieses Mal war es Valpu, die den Kopf schüttelte. »Wohl kaum. Wenn das so wäre, dann hätte schon einmal jemand von diesem Hrungir gehört. Aber offenbar haben die Götter sehr gründlich gearbeitet.«

»Was ist mit dem Buch, das du gegen Visra eingesetzt hast?«

Valpu stockte.

»Komm schon, ich weiß, dass du es mitgenommen hast. Ich will es nicht haben.«

Valpu blickte Sarah prüfend an.

»Ich will nur wissen, ob etwas darin steht, das uns weiterhelfen könnte. Es lag bestimmt nicht ohne Grund in diesem Verlies. Zumindest Norae muss etwas darüber gewusst haben, immerhin hat Naefir erzählt, dass er auch sie einst um Hilfe im Kampf gegen das Ungeheuer bat. Oder denkst du, dass auch ihre Erinnerung daran gelöscht wurde?

»Sie wird uns die Antwort darauf nicht mehr geben können. Also gut. Lass uns nachsehen.«

Der Gang zur geheimen Bibliothek fühlte sich für Sarah wie eine Weltreise an. Offenbar wurde Wert darauf gelegt, dass sie nicht so einfach gefunden werden konnte. Nicht nur, dass sie gut versteckt lag, sie wurde zudem von einigen magischen Barrieren geschützt. *Ich habe mich also nicht getäuscht. Die Hexen schützen ihr Allerheiligstes. Wenn die Bibliothek schon so gut versteckt ist, möchte ich gar nicht wissen, wie schwierig es ist, zu den Artefakten zu gelangen.*

Auch wenn Sarah damit gerechnet hatte, dass es sich um eine beeindruckende Sammlung handeln musste, so brachte sie der Anblick der Bibliothek dennoch aus der Fassung. Sie vergaß zu atmen. Die Zeit schien für einen Augenblick stillzustehen. Ehrfürchtig stand Sarah in der riesigen Halle, die über und über mit Büchern, Weltkarten und Schriftrollen vollgestopft war. Am Ende des Saals konnte sie einen weiteren Torbogen entdecken, der in einen weiteren Raum führte. »Wie viele Bücher habt ihr hier, Valpu?«

Valpu lachte. »Du bist aber leicht zu beeindrucken.«

Sie machte eine dramatische Pause. »Insgesamt befinden sich hier zehn Millionen Schriftstücke. Bücher, Schriftrollen, Manuskripte und Karten. Etwas weniger als die Hälfte sind Werke von Zauberkundigen aus aller Welt.«

Sarah hatte Mühe, ihre Augen von den wundervollen Büchern loszueisen. Fast den gesamten Tag verbrachten die beiden Hexen in der Bibliothek der Schwesternschaft. Abwechselnd blätterten sie durch das verbotene Buch, untersuchten aufmerksam jede Seite und jede Zeile nach sichtbaren und unsichtbaren Hinweisen. Aber Sarah nutzte die Gelegenheit auch, um sich unter den anderen Büchern umzusehen. In keinem der Bücher oder Stammbäumen wurde etwas von einem Hrungir erwähnt. Auch über die Erschaffung dieser sonderbaren Rune war nirgends etwas verzeichnet.

Die Stunden vergingen und Sarah und Valpu vergaßen über das Schmökern in den Büchern völlig darauf zu essen, zu trinken oder gar zu sprechen. Irgendwann wurde Sarah bewusst, dass bisher niemand von ihnen etwas zur anderen gesagt hatte. Und so scheiterte der erste Versuch zu sprechen kläglich und endete in einem Hustenanfall. Lachend räusperte sie sich. »Hast du irgendetwas gefunden?«

»Noch nicht. Du?«

Sarah schüttelte den Kopf. »Nein. Aber ich könnte Tage hier verbringen. Hat dieses Zauberbuch bisher nichts Brauchbares geliefert?«

Valpu schmunzelte. »Im Grunde sehr vieles. Vieles, das verboten ist und besser nicht in die falschen Hände gelangen sollte. Leider jedoch keinen Zauber, der ein nahezu allmächtiges Wesen außer Gefecht setzt. Aber ich habe noch ein paar Seiten vor mir.«

Sarah setzte sich neben Valpu und rieb sich die Augen. »Vielleicht sollten wir eine Pause machen.«

»Vielleicht. Aber, wenn wir in diesem Buch nichts finden, dann war das wahrscheinlich ohnehin unsere letzte Option. Du hast inzwischen fast jedes Buch durchstöbert, das wir zum Thema Götter, Bannzauber, Runen oder Dämonen und mysteriöse Seuchen finden konnten.«

Plötzlich fuhr Sarah hoch, als ob sie von einem Insekt gestochen worden wäre.

»Was ist?« Valpu blickte sie mit großen Augen an.

»Spürst du das auch?«

Seufzend schloss Valpu für einen Moment die Augen. Dann sahen die beiden Hexen sich an. Valpu zuckte gleichgültig mit den Schultern.

»Magie!«

»Na so etwas. Magie in einem Zauberbuch, wer hätte das gedacht. Welche Ironie.«

»Hör auf damit.«

»Womit?«

»Sarkastisch zu sein.« Sarah tat einen tiefen Atemzug und schloss die Augen. «Ich meine es ernst. Spürst du das? Alles vibriert. Das erinnert mich an den Zauber, den du angewandt hast, damit man deinem Haus fernbleibt.«

Valpu drehte das Buch zu sich und blickte konzentriert auf die Seiten. »Du hast recht. Hier soll etwas im Verborgenen bleiben. Das gefällt mir. Los, lass uns herausfinden, was es ist.«

»Dir macht das Spaß, nicht wahr?«

Lachend versuchte Valpu diverse Sprüche. Es dauerte eine Weile, aber nach und nach wurden Buchstaben sichtbar. »Was ist das? So eine Schrift habe ich noch nie zuvor gesehen.«

»Das wundert mich nicht. Es sind Dunkelzeichen.«

Sarah sah Valpu fragend an.

»Man nennt sie auch Schattenrunen. Es sind sehr alte, geheime Schriftzeichen, die nur unter Hexen und Magiern gelehrt wurden.«

»Und was besagt der Text?«

»Lies selbst.«

Seufzend begann Sarah zu lesen. Sie tat sich schon mit den Runen der Wikinger schwer, aber diese hier waren noch raffinierter. »Diese Zeichen erinnern mich an den Stein, den uns der Rabe gebracht hat. Aber ich kann sie nicht entziffern.«

»Das sind keine normalen Buchstaben und du bist zur Hälfte eine Hexe. Los, versuch es!«, herrschte Valpu sie an.

Sarah tat einen tiefen Atemzug. Es hatte keinen Sinn, mit Valpu zu diskutieren, sie würde ihren Willen ohnehin durchsetzen.

»Sieh genauer hin und sag folgenden Spruch.« Valpu flüsterte Sarah einige Worte ins Ohr.

»Wieso flüsterst du?«

»Man kann nie vorsichtig genug sein. Nicht einmal an einem Ort wie diesem.«

Sarah tat wie ihr geheißen. Sie wiederholte wispernd die Worte und sah sich die Buchstaben an. Die Zeichen begannen vor Sarahs Augen zu verschwimmen und sich zu verformen. Mit einem Mal sahen die Zeichen wie normale Buchstaben aus. »Das gibt es doch nicht!«

»Also bitte. Wenn ich dir etwas sage, dann kannst du davon ausgehen, dass es kein Schwachsinn ist.«

»Du hörst dich an wie Loki. Sicher, dass ihr beide nicht verwandt seid?«

Valpu zog eine Grimasse. »Lass das und sag mir lieber, was da steht.«

Sarah las Valpu den Text vor. »Es scheint eine Art Bannzauber zu sein.«

»Nicht ganz. Es ist ein Aufhebungszauber. Offenbar soll er einen mächtigen Siegelzauber aufheben. Und hier dürfte der Originalzauber gestanden haben.« Valpu deutete auf eine verschwommene Textzeile. »Aber jemand hat sie mit einem Zauber belegt. Ich kann den Bann nicht aufheben, ohne zu wissen, wer beteiligt war und welche Hilfsmittel dazu verwendet wurden.«

»Hilfsmittel?«

»Offenbar wurde der Zauber mit bestimmten Materialien und Blut besiegelt.«

Sarah sah Valpu bestürzt an. »Ich glaube, wir haben gefunden, wonach wir gesucht haben.«

»Das denke ich auch.«

Hastig holte Sarah den Hämatit aus ihrer Tasche. »Hier. Versuch es damit.«

Es war das erste Mal, dass Sarah die Völva aus der Fassung brachte. Valpu wich zurück, wie der Teufel vor dem Weihwasser. »Was?«

»Was, was? Was ist mit dir?«

»Woher hast du das?«

»Keine Ahnung. Vermutlich von derselben geheimnisvollen Person, die uns auch die anderen Runen geschickt hat und uns warnen wollte.«

»Dass du diesen Stein überhaupt anfassen kannst. Ich habe das Gefühl zu verbrennen, wenn ich ihn nur ansehe. Die Macht, die von diesem Stein ausgeht, ist unvorstellbar. Selbst für eine Hexe wie mich.« Valpu schien ehrlich beeindruckt zu sein.

Sarah legte den Stein neben das Buch. Kaum hatte das Mineral den Tisch berührt, entstand ein Strudel aus glühenden Runen, die durch die Luft tanzten. Die Rune auf dem Stein wechselte die Farbe von leuchtend Orange zu glühend Rot. Sarah erschrak, ebenso wie Valpu. »Zum Glück hast du den Stein nicht auf das Buch gelegt. Los, nimm ihn da weg, und zwar rasch!«

Sarah zögerte. Sie reagierte wie ferngesteuert. »Mist, das war wirklich dumm von mir. Wer weiß was hätte passieren können!« Sarah hielt mitten im Satz inne. Auf der Buchseite begann sich der verschwommene Schleier über den Schriftzeichen aufzulösen und der Text kam zum Vorschein. Dennoch konnte Sarah den Sinn der Worte nicht sofort erfassen. »Was ist das jetzt? Der gute oder der böse Spruch?«

Valpu besah sich den Text auf beiden Seiten. »Ich denke, wir hatten tatsächlich einmal das Schicksal auf unserer Seite. Ich glaube, wir haben nun beide Sprüche, den der den Gott einst bannte und den, mit dem er entweder befreit werden sollte oder bereits wurde.«

»Ich bekomme eine Gänsehaut bei dem Gedanken daran, dass er womöglich schon befreit wurde. Meinst du, derjenige, der die Älteste tötete, das war sein Handlanger oder dieser Hrungir höchstpersönlich?«

»Ich weiß es nicht. Aber in beiden Fällen hatten wir mehr als nur Glück, dass wir entkommen konnten.«

»Loki meint, dass es einer seiner Diener war. Irgendein Dunkelalb und Wandler. Ich habe mir den Namen nicht gemerkt.«

Sarah besah sich die Seiten des Buches erneut. »Was ist das?«

»Das ist vermutlich der Name des Spruchs, der ihn in Verbindung mit dieser Rune einst bannte.«

Sarah kniff die Augen zusammen und versuchte, den Text zu entziffern. »Das Siegel der Finsternis.«

Konzentriert las sie weiter. »Durch dieses mächtige Siegel können die Götter Asgards einen Feind in eine andere Dimension verbannen, wo er für immer gefangen bleibt. Um das Siegel zu wirken, müssen die Götter und Zauberkundigen gemeinsam ihre Kräfte bündeln und den folgenden Zauberspruch sprechen:

»Vor uns liegt ein Feind, der uns bedroht,
sein Name sei nicht mehr genannt und seine Taten unerkannt.

Zusammen sind wir mächtiger als der Tod.
Denn wir sind die Götter Asgards, die Herrscher
Yggdrasils.
Wir rufen die Mächte aller Welten herbei,
um diesen Feind zu bannen und zu besiegen.
Wir schließen das Tor zur anderen Welt,
und senden ihn dorthin, wo er für immer verbleibt.
Das Siegel ist gesetzt, der Feind ist gebannt,
der Tod sein Begleiter und wir die Sieger in die-
sem Kampf.
Möge das Schicksal uns beistehen,
und er seiner Macht für immer beraubt sein.«

Sarah blickte Valpu aus großen Augen an. »Wow! Wenn
die Götter dich nicht mögen, bist du ziemlich am Arsch.«

Valpu lachte lauthals los. »Ja, da hast du vermutlich
recht. Aber umso erstaunlicher finde ich es, dass sie jetzt
entweder so tun, als ob sie nicht wüssten, was vor sich geht
oder furchtsam die Augen vor der Realität verschließen.«

»Meinst du, sie sind so davon überzeugt, dass Hrungir
keinerlei Macht mehr besitzt, dass sie nicht im Mindesten
davon ausgehen, dass er hinter den Vorfällen stecken könnte?
Dass sie nicht damit rechnen, dass er in den Geist anderer
eindringen könnte und sie dazu bringen, ihn zu befreien?«

Valpu zuckte mit den Schultern. »Das solltest du wohl
besser Loki fragen. Vermutlich kann er das besser beur-
teilen. Aber ja, die Möglichkeit besteht natürlich. Sie sind
im Laufe der Jahrhunderte faul und arrogant geworden.
Von sich selbst eingenommen und der festen Überzeugung, dass ihnen niemand etwas anhaben kann.«

»Hast du jemals von etwas Vergleichbarem gehört? Einem wahnsinnig gewordenen Gott, der verbannt wurde und jede Spur zu ihm ausgelöscht?«

Valpu verzog den Mund. »Ich gebe es nur ungern zu, aber nein. Bisher ist mir weder eine Geschichte über die Verbannung eines toll gewordenen Gottes noch über einen so mächtigen Bannzauber zu Ohren gekommen. Aber die Götter Asgards sind nicht gerade zimperlich, wenn es darum geht, ihre Interessen durchzusetzen.«

»Was meinst du, wie kam der Spruch in dieses Buch?«

»Womöglich gab es einen Verräter unter den Göttern, der den Spruch gestohlen und niedergeschrieben hat, bevor die Asen ihn in Vergessenheit geraten lassen konnten. Vielleicht wollte jemand diesen Spruch auch gegen einen anderen Gott einsetzen.«

Sarah riss die Augen auf. »Vielleicht sogar gegen Odin selbst? Oh Mann. Womöglich ein treuer Anhänger Hrungirs?«

»Auch das ist möglich. Vielleicht war es aber auch eine Hexe. Ganz gleich, wie der Zauberspruch in das Grimoire gelangt sein mag, würde seine Verwendung ohne die Zustimmung der Götter als schweres Vergehen betrachtet werden.«

»Gerade deshalb und aufgrund der Ereignisse in der Vergangenheit, müssten sie doch eigentlich hellhörig werden und zumindest mal nachsehen, was in den anderen Welten passiert ist und ob Hrungir dahintersteckt, oder nicht?«

»Nicht nur die Menschen sind gut darin, geschichtliche Ereignisse, die sie nicht allzu gut dastehen lassen, totzuschweigen und sie zu verdrängen. Trotzdem hindert es sie nicht daran immer wieder die Fehler der Vergangenheit zu wiederholen.«

»Ich weiß nicht, ob mich der Gedanke nun trösten oder verzagen lassen soll. Aber offenbar sind eben auch Götter nicht unfehlbar.«

»Nein. Sind sie nicht. Spätestens seit Hrungirs Verfehlungen wissen sie das. Wenn wirklich ein Verräter unter ihnen wäre, dann drohte demjenigen ebenfalls die Verbannung oder sogar der Tod. Wenn der Zauberspruch in falsche Hände gerät und von Feinden der Götter verwendet wird, könnte dies zu einer Bedrohung für die gesamte nordische Welt führen.«

»Oder die Zerstörung durch Hrungir.«

»So oder so, keine sehr erbauliche Vorstellung.«

»Nein. Noch ein Grund, das Zauberbuch besser zu vernichten, um seine Verwendung zu verhindern. Von den anderen verbotenen und zerstörerischen Zaubersprüchen mal abgesehen. Mir wird erst jetzt so richtig bewusst, wie gefährlich der Job einer Hüterin der Artefakte ist.«

Valpu grinste Sarah hämisch an. »Du hast es dir also anders überlegt?«

KAPITEL 23
–
HEL STRECKT IHRE HAND AUS

Sarah hatte nicht viel Zeit, um über das Erfahrene nach-zudenken. Nach der Entdeckung des Spruchs hatte sie sich direkt wieder auf den Weg zurück nach Hause gemacht. Der nächste Morgen brachte keine weiteren Er-kenntnisse. Naefirs Zustand hatte sich nicht gebessert und es gab keine neuen Nachrichten. Was Sarah allerdings in Staunen versetzte, war die Tatsache, dass Loki immer noch da war. Sarah berichtete über ihre Aufschlüsse und dass Valpu in die-sem Augenblick die Schwesternschaft ebenso darüber unter-richtete. Es würde sich zeigen, wer von ihnen dazu bereit sein würde, sie im Kampf gegen diesen mächtigen Feind zu unterstützen. Loki hatte Sarah aufmerksam zugehört.

»Das klingt zumindest nach einem Plan. Und was wird aus seinem Helferlein?«

»Dem Wandler? Ich wüsste nicht, wie wir ihn finden sollen.« Sarah blickte Loki verwirrt an.

Loki blickte ebenso verwirrt zurück. »Ich spreche von eurem verrückten Alben da drinnen, der offenbar jeden Bezug zur Wirklichkeit verloren hat.«

Nun entglitten Sarah vollends die Gesichtszüge. »Was sagst du da? Du sprichst von Naefir?«

»Ach, und wieder einmal habe ich mich durch ein halb-wegs ansehnliches Antlitz täuschen lassen. Ich hatte dich tatsächlich für klüger gehalten. Von wem denn sonst?«

»Du magst tatsächlich viele Eigenschaften und Talente haben, listenreicher Loki. Aber Hilfsbereitschaft und Höflichkeit gehören mit Sicherheit nicht dazu.« Sarah warf Ragnar einen ungläubigen Blick zu.

»Du magst den Kerl wirklich nicht, oder?«

»Ja, das hat mich dein Mann bereits bei meiner Ankunft spüren lassen. Du machst mich neugierig, Krieger, wie kommts?«, fügte Loki grinsend hinzu.

»Lass uns das ein anderes Mal bereden. Kommen wir nochmal auf Naefir zurück. Wieso bezeichnest du ihn als Helferlein?«

Loki blickte Sarah verwundert an. »Vielleicht war ich bei dir zu voreilig. Vielleicht bist du doch interessanter, als ich zunächst dachte.«

»Loki.« Ragnar knurrte mehr, als dass er sprach. »Es reicht jetzt. Du strapazierst meine Geduld, unsere Gastfreundschaft und Höflichkeit über die Maßen.«

Sarah ließ Loki links liegen und ging an ihm vorbei. Aus Sarahs und Ragnars Schlafräumen drangen gedämpfte Schreie. Sarah beschleunigte ihre Schritte. Ihre Augen weiteten sich und ihr Brustkorb schien plötzlich zwei Nummern zu klein. »Was zur Hölle?«

Naefir wand sich und schrie. Zumindest war davon auszugehen, dass das Naefir war, denn sein Anblick war schauderhaft. Er war nur noch ein Schatten seiner selbst. Naenan kniete am Boden neben ihm. Tränen rannen über seine Wange und er versuchte, beruhigend auf Naefir einzureden. Dieser Anblick hatte nichts mehr mit den stolzen Alben gemein, die sie damals im Wald getroffen hatte. Damals im Wald. Mit einem Mal fiel es Sarah wie Schuppen von den Augen. *Natürlich!* Sie packte Naenan bei der Schulter und riss ihn herum. »Im Wald. Das war kein zufälliges Treffen. Ihr habt damals nach Magie gesucht. Naefir sagte, er könne die Magie spüren, ebenso wie das Monster und sein Schöpfer.«

Naenan nickte.

Sarah holte tief Luft, ehe sie weitersprach. »Naenan, zu der Zeit, als dein Vater verschwunden war, gab es da Angriffe von dem Monster?«

Abermals nickte Naenan.

»Und als ihr das vermeintliche Monster und seinen Herren damals verbannt habt. Wo war da dein Vater?«

Naenans Augen weiteten sich.

»Er war dort. Zusammen mit den anderen Alben, Göttern und Hexen. Sarah, ich verstehe nicht. Worauf willst du hinaus?«

»Das wirst du gleich erfahren.«

Applaus unterbrach Sarahs Gedanken. Loki stand klatschend in der Tür. »Bravo. Nur zu. Mach weiter! Es macht Spaß, deinem Verstand bei der Arbeit zuzusehen, auch wenn er im Vergleich zu meinem etwas langsam ist.« Sarah warf Loki einen vernichtenden Blick zu. »Du wusstest es die ganze Zeit über, nicht wahr? Du hast nur mit uns gespielt?«

Loki zuckte beiläufig mit den Schultern.

»Sarah, ich verstehe nicht. Was ist denn hier los?«

»Ich war blind.« Sarah klatschte sich mit der Hand an die Stirn. »Ich war so unfassbar blind. Mein Bauchgefühl hatte mich zu anfangs gewarnt und auch Ida war sich unschlüssig, was wir von ihm halten sollen. Das ist alles. Naefir hat uns alle erfolgreich getäuscht. Ob bewusst oder unbewusst, werden wir vielleicht nie erfahren, so wie es um ihn steht. Ich hätte es merken müssen. Aber er hat uns immer wieder ein paar Informationen gegeben, die genau ins Bild passten, die unsere Vorbehalte beruhigten und unsere Fragen verstummen ließen. Ah, ich kann es einfach nicht glauben.«

»Ich verstehe dich immer noch nicht. Sag endlich, was hier los ist?«

»Naefir ist ein Alb. Er sagte, er ist ein Wandler, zumindest könne er Bilder vortäuschen. Aber das war geschwindelt. Ein anderes Mal sagte er, er sei ein Experiment, als ob eine andere Seele in ihm wohne. Damit hatte er recht. Er ist vieles. Er vereint viele verschiedene Wesen in sich. Loki gab den entscheidenden Hinweis. Ich glaube, dass die vielen Wesen, Seelen, Persönlichkeiten, wie auch immer man das nennen mag, Naefir auf Dauer verrückt gemacht haben. Aber im Grunde war es nur ein Wesen. Dieser Hrungir hat seinen Geist so lange in Beschlag genommen, dass Naefir nicht mehr wusste, welche Gedanken die seinen sind und welche, die des Gottes. Und dann haben die Götter Hrungir aus der Erinnerung aller Wesen gelöscht. Naefir konnte sich nicht mehr erinnern. Es ging ihm besser. Es war seine Rettung. Doch dann tauchte das Ungeheuer erneut auf. Ich denke, das hat etwas in ihm ausgelöst. Er verhielt sich zunehmend seltsam.« Sarah sah erwartungsvoll in die Runde. »Ist euch das etwa nicht aufgefallen?«

»Nun ja, er schien manchmal etwas verwirrt und unbeteiligt. Aber sonst ...«

Sarah seufzte. »Vielleicht hat aber auch Hrungir einen Weg gefunden, sich wieder in seinen Verstand einzuklinken. Wer weiß das schon so genau.«

»Du meinst, er hat uns die ganze Zeit über etwas vor-gespielt?«

Sarah nickte. »Nun nicht direkt. Ich glaube nicht, dass er sich dessen bewusst war. Aber ich denke, Naenan hat bemerkt, dass etwas nicht stimmt, oder nicht?« Sarahs Blick durchbohrte Naenans Rücken.

Naenan nickte ohne Sarah und die anderen anzusehen. Er hielt nach wie vor die Hand seines Vaters. »Ja. Ich habe irgendwann vermutet, dass er seinen Verstand verliert, aber ich wollte ihn nicht aufregen oder verärgern.«

»Du unterstellst unserem Freund Naefir, dass er im Auftrag Hrungirs gehandelt hat«, empörte sich Frode.

»Ja, das tut sie. Ebenso wie ich. Ich denke, dass Sarahs Tochter hier etwas verwechselt hat. Naefir hat nicht meine Stimme, sondern Hrungirs gehört. Vermutlich hat er den Verstand nun vollends verloren, da er die Stimme abermals in seinem Kopf gehört hat. Und ich denke, wenn ihr ihn ret-ten wollt, müssen wir einen Weg finden, ihn abzuschirmen.«

Sarah war sprachlos, aber ihre Gedanken schlugen Saltos. Loki mochte nicht gerade diplomatisch sein, das war Ragnar auch nicht. Aber das, was er sagte, machte durchaus Sinn.

»Wie bei Dr. Jekyll und Mr. Hyde«, murmelte Sarah vor sich hin.

»Was?«

»Nicht so wichtig. Ich denke, er weiß es selbst nicht oder falls doch, hat er es lange versucht zu verdrängen. Hat er eine Art Medizin zu sich genommen?«

»Ich glaube nicht. Nur damals nach seinen schweren Wunden. Warum?« Naenan schien die Worte der anderen gar nicht gehört zu haben.

»Weil auch die Möglichkeit besteht, dass er entweder versucht hat, mit irgendeiner Art von magischem Trank, Drogen, was auch immer, seine Symptome zu lindern, wenn man es so nennen will. Oder vielleicht hat jemand versucht ihn dadurch wieder unter Kontrolle zu bringen und die Informationen in seinem Hirn unter Verschluss zu halten.«

»Aber bedeutet das, dass er sich die Wunden selbst zugefügt hat?«

»Ich habe keine Ahnung. Ich hoffe nicht. Ich fürchte, das war dieser Dunkelalb oder sogar Hrungir selbst.«

Naefir wand sich vor Schmerzen. Immer wieder bäumte er sich auf und schrie unverständliche Worte. Mit einem Mal stemmte er sich hoch. Naenan und Sven versuchten, ihn festzuhalten, aber Naefir schien plötzlich über ungeahnte Kräfte zu verfügen und riss sich los.

»Ich fürchte, unsere Einsicht kommt zu spät.« Loki tat einen Satz und hechtete hinter Naefir her. Aber ehe dieser oder die anderen reagieren konnten, rannte er zu den Haken neben der Eingangstür, an der die Mäntel und Waffen der Gäste hingen. Er griff einen Dolch und rannte zur Tür hinaus. Atemlos ließ er sich auf die Knie sinken und stach sich den Dolch in die Brust. Über Naefirs Gesicht huschte ein Ausdruck der Erleichterung. Blut quoll aus der Wunde und aus seinem Mund. Mit allerletzter Kraft zog er den Dolch heraus und ließ ihn auf die Erde gleiten. Dann sank er leblos zu Boden. »Nein!« Naenans Schrei hallte durch Sarahs und Ragnars Haus. Fassungslos stürmte er zu seinem Vater und nahm seinen schlaffen Körper in die Arme.

»Er war nicht böse. Das müsst ihr mir glauben. Er hätte so etwas nicht getan.«

Die Bestürzung über das Geschehene lag schwer in der Luft. Die Gefährten erstarrten angesichts des tragischen Anblicks. Schweigen legte sich über den Ort, während sich die Realität in die Herzen der Anwesenden bohrte - ein geliebter Vater, Freund und Verbündeter war dem Wahnsinn erlegen.

Langsam kniete sich Sarah neben Naenan und legte ihre Hand auf seine Schulter. »Das glaube ich auch nicht. Es tut mir sehr leid, dass du deinen Vater verloren hast. Er war ein tapferer Mann.«

»Dir nehme ich diese Worte sogar ab. Immerhin hast du gerade erst deine Mutter verloren.«

Sarah blickte Naenan bestürzt an.

»Aber was ist mit diesem verrückten Gott? Glaubt ihr Lokis Beteuerungen? Soll mein Vater an all dem beteiligt gewesen sein? War er das Monster oder dessen Schöpfer?«

»Das hat niemand behauptet.«

»Aber gedacht.«

Als Sarah sich umsah, konnte sie Loki nirgends entdecken. Er war ebenso lautlos verschwunden, wie er vor zwei Tagen gekommen war. *Na, das war ja klar.*

Sarah stand auf und sah sich fragend unter den anderen um. Niemand hatte etwas von Lokis Verschwinden bemerkt. Alle waren zu sehr von Naefirs Anfall abgelenkt gewesen.

»Nein, mein Junge. Er war krank und unsere Erkenntnis kam zu spät. Ich fürchte, einige Umstände werden wir wohl nie erfahren«, versuchte Frode Trost zu spenden.

»Ja, Naenan. Es ist so, wie Frode sagte. Zwischen Himmel und Erde, zwischen Krone und Wurzel Yggdrasils, gibt es so viele Welten und Kreaturen. Wir können gar nicht alle kennen oder gar verstehen.« Sarah suchte in Ragnars Blick nach einer Bestätigung für ihre Worte. Aber er schien ebenso unsicher zu sein, wie sie selbst.

»Ob wir jemals erfahren werden, was wirklich passiert ist?«

»Ich habe keine Ahnung. Vielleicht nie. Vielleicht auch schon früher, als uns lieb ist.«

»Und wer uns diese rätselhaften Runensteine geschickt hat?«

Erneut konnte Sarah nichts weiter tun, als mit den Schultern zu zucken. Im Gegensatz zu Ragnar hatte sie nicht das Gefühl, dass Sigrids Tod ruhmreich war. Und Naefirs schon gar nicht. Diese Art von Tod wurde dem belesenen Albenkrieger mit Sicherheit nicht gerecht. Es gab da zu viele offene Fragen, die ihr das Gefühl gaben, dass der Tod der beiden mehr als sinnlos gewesen war. Sigrids Ende hatte nur eine einzige gute Sache vollbracht: Ragnar wurde gerettet und alle konnten gesund und nahezu unverletzt nach Hause zurück. Die Geschehnisse hatten bereits zu viele Opfer gefordert. Das alles musste ein Ende finden.

Als Sarah ins Haus ging, um die Steine ein weiteres Mal in Augenschein zu nehmen, musste sie feststellen, dass sie verschwunden waren. Sie machte auf dem Absatz kehrt und stürmte ins Esszimmer. Sarahs Herz pochte wie ein Doublebass-Solo. »Was zum Kuckuck hat der Mistkerl vor? Also ich habe endgültig die Nase voll von Göttern, Formwandlern, Monstern, machthungrigen Magiern und weiß der Teufel, was es sonst noch alles gibt, die meinen sie dürften sich alles erlauben.«

Entschlossen stapfte sie zurück zu Ragnar und den anderen und ergriff Ragnars Hand. »Die Steine sind weg.«

»Was?«

»Du hast mich schon richtig verstanden. Weg.«

»Was? Wer?«. Ragnar stockte für einen Moment. »Loki?« Knurrte er zwischen geschlossenen Zähnen.

Sarah zuckte mit den Schultern. »Vermutlich. Wer weiß. Wer hat die Steine zuletzt gesehen?«

»Ich glaube, das warst du.«

»Na toll.« Sarah hielt sich die Hände vor das Gesicht und schüttelte den Kopf. Sie stieß einen tiefen Seufzer aus und wandte sich an Ragnar. »Es tut mir leid. Du hattest recht. Ich kann gar nicht anders. Egal, ob es mir Angst macht, ich muss das tun. Ich muss versuchen, diesen Gott aufzuhalten, und dafür sorgen, dass niemals jemand mehr so unfassbares Leid anrichten kann.«

Ragnar nickte Sarah bestätigend zu. Sanft schloss er sie in seine Arme und küsste sie auf die Stirn. »Ich weiß.«

Sarah blickte nach oben in die untergehende Sonne und schrie in den Himmel. »Valpu! Wenn du mich hören kannst: Ich nehme dein Jobangebot an. Ich hoffe, du und die anderen Hexen haben entschieden, uns zu helfen, denn die Götter spielen ein falsches Spiel.«

»Sarah!« Ragnar bedachte Sarah mit einem tadelnden Blick.

»Was, ist doch die Wahrheit, oder? Man weiß einfach nicht, wem man trauen kann und wem nicht. Hast du Angst ein göttlicher Blitz könnte mich treffen? Nichts von dem, was ich gesagt habe, ist gelogen.«

»Trotzdem solltest du sie nicht herausfordern. Und nicht alle sind so wie dieser Jötunn. Er ist nicht einmal ein richtiger Gott.«

»Warum denn nicht? Dann würden die Asen vielleicht in Bewegung kommen, anstatt uns dauernd kryptische Nachrichten zu schicken und andererseits Steine in den Weg zu legen.«

Sarah blickte Ragnar eindringlich an. »Sie meinen, das alles ginge sie nichts an. Ich weiß schon, dass die meisten von ihnen nicht unbedingt auf das uneingeschränkte Wohl ihrer Schöpfungen aus sind. Trotzdem ist es einer der ihren, der dieses ganze Leid verursacht hat und das nicht nur unter den Menschen. Auch die anderen Welten und Geschöpfe, die zum Teil gleich lange oder sogar schon länger existieren als sie, sind betroffen.«

»Das weiß ich doch auch. Aber was sollen wir tun? Wir haben keine Macht über sie.«

»Das, was wir immer tun. Kämpfen. Wir kämpfen um unser Überleben und das unserer Kinder. Jetzt wissen wir wenigstens, wer unser Gegner ist. Er mag uns vielleicht überlegen sein, aber wir sind auch keine wehrlosen Kinder.«

Ragnar nickte. »Dann lass uns das tun. Aber zuerst ruhen wir uns aus.«

Sarah nickte. Es war, als ob Ragnar einen Bann über sie gesprochen hatte, denn plötzlich legten sich die Müdigkeit und die Last der vergangenen Tage wie ein bleierner Mantel über sie. »Du hast recht. Wir brauchen unsere Kräfte.«

Der nächste Morgen begann mit einem wolkenverhangenen Himmel. Das Wetter schien sich der trüben Stimmung anzupassen. Es dauerte nicht lange, da traf Valpu mit einigen anderen Hexen ein. Es waren nicht so viele, wie Sarah gehofft hatte. Dennoch war sie für jede Hilfe dankbar. Immerhin riskierte jede von ihnen ihr Leben. Es dauerte eine Weile, bis sich alle Verbündeten versammelt hatten. Jeder hatte seine Aufgabe. Sven, Björn und Ragnar kümmerten sich um das Herbeischaffen von Waffen aller Art und Schärfen der Schwerter. Frode, Sarah und die anderen Hexen berieten über den Umgang mit dem Spruch ohne den Stein der Verbannung und die benötigten Zaubersprüche um sich gegen Hrungir abzuschirmen. Alle waren so in ihre Arbeit und ihre Gespräche vertieft, dass zunächst niemand das Klopfen an der Tür bemerkte. Erst als es zu einem ungeduldigen Poltern anschwoll, ging Ragnar zur Tür, um nachzusehen, wer draußen stand.

»Loki!«, keuchte Ragnar überrascht.

»Na, erfreut mich zu sehen?«, grinste dieser ihn an.

»Wohl eher überrascht, dass du dich nochmal hierher traust. Und anklopfst.«

»Warum?«

Sarah schnaufte erschöpft. »Komm, lass die Spielchen Loki. Wir haben Besseres zu tun.«

Loki hob beschwichtigend die Hände. »Schon gut, schon gut.« Zwischen seinen Fingern baumelte ein Stoffbündel. Grinsend reichte er es Sarah. »Vermutlich, weil ich mir das hier ausgeliehen habe.«

»Ausgeliehen? Ihr Götter meint wirklich, ihr könnt tun und lassen, was ihr wollt, nicht wahr?«

»Im Grunde: Ja. Aber sei nicht gleich wieder eingeschnappt. Ich habe nur ein paar Informationen eingeholt und ihn ausprobiert. Ich muss schon sagen: die Magie darin ist stark genug, um uns und Hrungir überall hinzubringen, wo wir wollen.«

»Ach ja«, entgegnete Sarah trocken.

»Außerdem habe ich das hier mitgebracht.«

Loki streckte Sarah einen weiteren, kleinen Lederbeutel entgegen. »Ein kleines Mitbringsel von Eir*.«

Vorsichtig öffnete Sarah ihn. Augenblicklich breitete sich ein würziger Duft im Raum aus. Sarah reichte den Beutel an Ida weiter. »Was ist das?«

Ida griff in den Beutel und holte eine kleine Prise des Inhalts heraus. »Ich denke, das sind Heilkräuter. Ich rieche Beifuß, Kamille und Brennnessel. Aber da sind noch einige Kräuter dabei, die ich nicht kenne.«

Sarah und Ida blickten zu Loki. »Was? Denkt ihr, wenn ich euch töten wollte, würde ich auf das Vergiften mit irgendwelchen Kräutern zurückgreifen? Ja, ich bin mit euren Sachen abgehauen. Aber ich habe lediglich Frigg berichtet und ihr eure Erkenntnisse mitgeteilt. Und mich wie gesagt etwas schlaugemacht. Allerdings war darunter nichts, was ihr nicht schon selbst herausgefunden habt.«

»Und was sagt Frigg dazu?«

»Sie ist ebenso überrascht wie ihr auch. Sie ist eine Göttin, sie kann sich an Hrungir und seine Taten erinnern, denn ihre Erinnerung wurde nicht gelöscht. Dennoch war er nach all der Zeit auch für sie schon fast in Vergessenheit geraten. Absolut niemand verschwendete auch nur noch einen Gedanken an ihn.« Loki grinste triumphierend. »Und, ich bin nicht der Einzige, der nichts davon wusste, dass offenbar schon einmal eine seiner Kreaturen entfliehen konnte.«

Sarah und die anderen sahen sich nachdenklich an. »Aber berichten Odins Raben ihm nicht alles, was in unserer Welt vor sich geht? Was meinst du? Ein Komplott?«

Loki zuckte mit den Schultern. »Ja, die beiden schlagen jedes Klatschweib um Längen.« Nachdenklich rieb er sich das Kinn. »Ein Komplott? Vielleicht.«

»Entweder das oder sie verschließen ihre Augen einfach vor der Wahrheit. Aber egal. Wo und wie finden wir den Ort an den Hrungir verbannt wurde?«

Erneut schmunzelte Loki. »Mit Hilfe der Steine.« Geschickt jonglierte er dabei die Halbedelsteine in der Luft.

»Lass den Quatsch!«

»Kein Quatsch. Das ist ein mächtiger Schutzstein und die Götter hielten es für angebracht ihn an einem Ort einzusperren, der umgeben ist von ...«

»Der umgeben ist von Hämatit. Natürlich. Die Steine waren ein Hinweis«, unterbrach ihn Sarah.

»Der Form halber möchte ich erwähnen, dass das mein Text war. Ich schätze es gar nicht, unterbrochen zu werden.«

»Entschuldigung«, erwiderte Sarah ebenso grinsend.

»Und wie zeigen sie uns den Weg dorthin?«

Loki zeigte auf das Amulett. Es lag zusammen mit Valpus Ring und einigen anderen Artefakten, die Valpu mitgebracht hatte, auf dem Tisch. »Sag ihm einfach, dass er uns an den Ursprungsort der Steine führen soll.«

»Einfach. Klar.« Sarah sah fragend zu Valpu. »Ich nehme an, du hast einen passenden Spruch dafür?«

Valpu nickte. »Ja, ich denke, ich habe da ein, zwei passende Beschwörungen. Außerdem haben wir den Ring und einige der besten Hexen dabei.«

»Na, wenn das so ist. Lasst uns aufbrechen!« Sarah spürte ein Ziehen an ihrem Kleid. Als sie sich umdrehte, blickte sie in die verweinten Augen Sunnas. »Kann ich dieses Mal mitkommen, Mama?«

»Auf keinen Fall!«, antworteten Sarah und Ragnar unisono.

»Das ist gemein! Ich will nicht immer hier mit Frode zuhause bleiben müssen.«

Sarah ließ sich auf die Knie sinken und schloss Sunna in die Arme. »Das ist nicht verhandelbar. Du bist uns bereits eine große Hilfe gewesen, aber dafür bist du noch zu klein.«

Sunna schmollte und weinte einige Krokodilstränen.

»Auch Frode ist für so eine Unternehmung noch zu schwach und wird sich zusammen mit Ida um alles kümmern. Sofern er das möchte.« Sarah blickte fragend zu Frode.

»Es wäre mir ein Vergnügen«, entgegnete der Seher mit einem Augenzwinkern.

»Ich denke, ich bin auch besser hier aufgehoben. Ich werde noch etwas Zeit benötigen, um die Heilelixiere fertigzustellen, die ich mit Hilfe von Lokis Kräutern anfertige. Ich kann mich also auch um Sunna und Arv kümmern«, schaltete Ida sich in das Gespräch ein.

Sarah umarmte und küsste ihre Kinder und drückte auch Ida zum Abschied an sich. »Danke, dass du das alles für uns tust.«

»Ich tue das nicht nur für euch, sondern für uns alle. Auch ich habe keine Lust, als Versuchskaninchen, wie du es nanntest, für einen vermessenen, der Hybris verfallenen Gott zu enden.«

»Ich weiß.« Sarah tat einen tiefen Atemzug. Flüsternd, so dass es nur für Ida hörbar war, fügte sie hinzu: »Falls ich nicht zurückkommen sollte, kümmerst du dich bitte um die Kinder?«

Ida schnappte nach Luft und blickte Sarah entsetzt an. »Es wäre mir eine Ehre. Als wären es meine eigenen. Allerdings wäre es mir lieber, wenn ich das nicht müsste. Du verstehst?« Ergriffen drückte sie Sarah an sich. »Aber darüber müssen wir nicht sprechen. Du kommst zurück. Hörst du?«

Sarah nickte und umarmte Ida ein letztes Mal zum Abschied.

KAPITEL 24
—
EINE WELT AUS EIS UND KÄLTE

Mit einem Tosen schloss sich das Portal hinter den Gefährten. Sarah erwartete, dass sich die Sicht bessern würde, sobald sich der aufgewirbelte Staub gelegt hätte. Aber dies war nicht der Fall. Es herrschten Dunkelheit, Stille und eisige Kälte. Sarahs Zähne klapperten. Ragnar drückte sie an sich und rubbelte ihre Arme. Eine unheimliche Stille lag in der Luft. Die Landschaft erstreckte sich vor den Gefährten als gefrorene Weite der Verlassenheit. Schemen zackiger Berge durchstießen den grauen Himmel, ihre Gipfel gekrönt von eisigen Türmen, die bedrohlich im schwachen Lichtschein glänzten. Vereinzelt standen hie und da spärliche, urtümliche Bäume wie skelettartige Wächter da. Ihre knorrigen Äste streckten sich gen Himmel, frei von jeglichen Anzeichen von Leben. Das einzige Geräusch, das die Stille durchbrach, war das entfernte Brechen von kalbenden Eisschollen und gelegentliches Heulen eines eisigen Windes. Sarah keuchte.

»Na, wenn das nicht der passende Ort für eine Verbannung ist, dann weiß ich auch nicht. Wo sind wir?«

Alle blickten Loki erwartungsvoll an, aber der zuckte nur mit den Schultern. »Woher soll ich das wissen, ich war auch noch nie hier. Aber wenn ich mich so umsehe, würde ich vermuten, wir sind in Niflheimr*.«

413

»Ach, komm schon. Welche Welt ist das nun wieder?«
Sarah hörte sich an wie ein trotziges Kind. Sie konnte
nichts dagegen tun. Sie hasste Kälte, Winter und Schnee.

»Das ist die Welt des Nebels, der Dunkelheit und der
Kälte.«

Sarah rollte mit den Augen. »Da hätte ich auch selbst
draufkommen können. Jedenfalls nicht gerade sehr ein-
ladend.« Fröstelnd trat sie von einem Bein aufs andere
und blies ihren Atem in ihre Fäuste. Die Kälte zog wie unsichtbare Finger unaufhaltbar an ihrer Haut und machte
es unmöglich, sie zu ignorieren. Ein unangenehmes Kribbeln durchzog ihren Körper wie tausend Nadelstiche und
ihre Wangen begannen zu glühen.

»Ich denke, das war mit ein Grund, warum die Götter diesen Ort gewählt haben. Niemand kommt freiwillig hierher.«

»Wie sollen wir in dieser Dunkelheit herausfinden, wo
wir hinmüssen?«

Nun war es Loki, der die Augen verdrehte. »Ihr seid
doch Hexen, oder etwa nicht? Ich bin mir sicher, euch
wird etwas einfallen.«

»Klugscheißer.«

»Ich will mal nicht so sein und werde so tun, als ob ich
das nicht gehört hätte.«

»Von mir aus kannst du auch nicht so tun.«

Auf einen Wink Valpus hin holten die Hexen einige Kris-
talle hervor. Mit einem Fingerschnipsen brachte Valpu diese
zum Leuchten. Sarah griff in den Beutel, den sie sich wie
einen Rucksack umgeschnallt hatte, und holte die Runensteine hervor. Vorsichtig legte sie die Steine vor sich auf die
kahle, von Reif bedeckte Erde und konzentrierte sich auf

ihr Ziel. »Könnt ihr uns die Richtung zeigen? Wo müssen wir hin?« Der Boden unter den Füßen der Gefährten begann zu vibrieren und mit ihm die Steine. Zitternd tanzten sie umher und bildeten eine Linie, die in Richtung einer Hügelkette wies. Sarah blickte Ragnar und die anderen an. Kälte und Finsternis drückten erbarmungslos auf jedes Gemüt und umgab die Gefährten wie eine undurchdringliche Mauer. In den Gesichtern ihrer Begleiter spiegelten sich die unterschiedlichsten Emotionen wider: Angst, Unsicherheit, aber auch unbezwingbare Entschlossenheit. Hexen, ein Albe, ein Gott und einige Krieger aus Midgard, vereint durch ein gemeinsames Ziel. Sie alle konnten die klirrende Kälte bis in die Tiefen ihrer Knochen spüren.

»Na dann, lasst uns weitergehen.«

Rasch sammelte sie die Steine wieder ein und packte sie zurück in den Beutel. Ragnar wartete, bis die anderen vorangegangen waren, und bildete mit Sarah die Nachhut. Wortlos ergriff er ihre Hand. Sarah blickte Ragnar überrascht an. »Was ist denn in dich gefahren?«

»Wir ziehen in die Schlacht. Niemand außer den Nornen weiß, wie dieser Tag enden wird.«

»Du gehst also davon aus, dass wir den Kampf verlieren werden?«

Ragnar schüttelte den Kopf. »Nein. Ich gehe davon aus, dass wir siegreich sein und in Walhall einziehen werden.«

Sarah drückte Ragnars Hand. »Ich hoffe, du irrst dich. Und damit meine ich nicht den Teil mit dem siegreich sein. Ich habe nämlich vor mit dir alt und grau zu werden.«

Lachend hob Ragnar Sarahs Hand und küsste ihre Fingerknöchel. Den restlichen Weg legte die Gruppe schweigend zurück. Ihre Anspannung war greifbar. Jeder Atemzug war eine Herausforderung. Aber ihre Entschlossenheit, ihr inneres Feuer, trieb sie voran, diente als wärmende Flamme inmitten der erbarmungslosen Kälte. Trotz der miserablen Sichtverhältnisse kamen die Gefährten schneller voran als gedacht. Sie erreichten den Hügelkamm innerhalb einer Stunde. Sarah überkam ein flaues Gefühl. Unentschlossen blickte sie zu Valpu. »Der Bannzauber scheint nach wie vor aufrecht zu sein. Ich habe denselben unbändigen Wunsch wegzurennen wie damals, als ich auf die Barriere stieß, die dein Haus schützte.«

Valpus Blick verfinsterte sich. »Du hast recht. Auch ich fühle es. Wir müssen ganz in der Nähe sein.« Abermals legte Sarah die Steine auf den Boden, aber sie konnte nicht leugnen, dass sie sich dabei unwohl fühlte. Auch dieses Mal begann der Boden zu beben. Ächzend lösten sich Teile des Felsgesteins vor ihnen und krachten zu Boden. Inmitten des Felsmassivs entstand ein riesiger Spalt. Erschrocken wichen die Gefährten zurück. »Schnell pack die Steine wieder ein. Nicht, dass sie beschädigt werden. Zumindest den Stein mit der Bannrune werden wir noch brauchen.« Mit zitternden Händen packte Sarah die Steine wieder ein. »Was jetzt?«

»Lasst uns nachsehen, ob unser Freund noch hier ist.« Ragnar und die anderen Krieger zogen ihre Äxte und Schwerter. Ebenso wie Naenan.

»Er ist hier. Ich kann ihn spüren.«

Erstaunt blickten die Gefährten zu Loki. »Ich kann seine Macht spüren. Die Götter haben es nicht geschafft, ihn zu töten. Was auch immer ihn am Leben gehalten haben mag, es hat funktioniert. Seine Macht mag gebannt sein, aber sie ist nicht erloschen.«

Valpu nickte bestätigend. Ihren Blick starr auf ihren Ring gerichtet fügte sie hinzu: »Loki hat recht. Auch ich kann die Macht spüren. Wir müssen vorsichtig sein.«

»Wie kann das sein? Gut, er hat offenbar überlebt, aber kann es sein, dass seine Kräfte wieder gewachsen sind?«

»Da!« Loki zeigte auf einen weiteren Spalt mitten im Fels, aus dem ein fahler Lichtschein drang. »Ich denke, wir haben ihn gefunden.« Erneut begann die Erde zu beben und die Gefährten hatten alle Mühe, dem herabfallenden Geröll auszuweichen. »Er weiß, dass wir hier sind.«

»Wir dürfen keine Zeit verlieren. Lasst uns den Spalt verschließen.«

»Ich glaube nicht, dass das ausreichen wird.« Valpu warf Sarah einen vielsagenden Blick zu. »Wer auch immer ihm geholfen hat. Jemand hat ihn genährt und sogar versucht zu befreien. Seine Kräfte sind neu erwacht und auch, wenn er sie nicht voll entfalten kann, so dürfen wir ihn keinesfalls unterschätzen.«

»Vermutlich der Wandler. Meint ihr, er ist auch hier?« Sarah hoffte nicht auf eine Antwort, es war mehr eine rhetorische Frage. »Ihr meint, Hrungir weiß, dass wir hier sind?«

»Vermutlich.«

»Los, wir schließen den Spalt. Wir haben es ja noch nicht einmal versucht.«

»Nur zu. Versuch es.« Valpu deutete auffordernd zu Sarah. Sarah richtete den Stein in ihrer Hand auf den Spalt. Sie hatte alle Mühe sich zu konzentrieren. Mit aller Beherrschung, die sie aufbringen konnte, versuchte sie ruhig zu atmen und sich darauf zu fokussieren den Spalt zu blockieren. Sie stellte sich vor, wie der Fels sich verflüssigte und ineinander verschmolz. Sie fühlte, wie die Magie kribbelnd in ihr hochstieg und aus ihrem Körper strömte. Überrascht hielt sie inne, als sie plötzlich eine Stimme vernahm: »Du bist nur eine schwache Sterbliche, was denkst du, was du gegen einen Gott wie mich ausrichten kannst?« Verwirrt blickte Sarah ihre Gefährten an. »Hört ihr das auch?«

Die fragenden Blicke waren Antwort genug.

»Er versucht offenbar in meinen Geist einzudringen. Ich kann seine Stimme hören.«

Valpu schritt auf Sarah zu und ergriff ihre Hand. »Das werden wir nicht zulassen.« Die anderen Hexen folgten ihrem Beispiel, ergriffen ihre Hände und bildeten einen Kreis. Erschrocken fuhren sie zurück, als Sarah plötzlich zu Boden sackte.

»Nicht loslassen!«, herrschte Valpu die anderen an. »Das ist genau, was er will. Er will uns spalten. Er weiß, einzeln kommt er leichter gegen uns an.«

Kapitel 25
–
Das Schicksal Yggdrasils

Verwirrt blinzelte Sarah in den gleißenden Lichtstrahl. Nach und nach gewöhnten sich ihre Augen an das Licht. Sie stand in einem riesigen, leeren Saal. Einzig ein schwarzer, steinerner Thron befand sich darin. Auf dem Thron saß eine nebelhafte Gestalt. Bilder tauchten vor Sarahs Augen auf. Der neu erstarkte, abtrünnige Gott Hrungir hatte sich in der Mitte eines riesigen, dunklen Tempels niedergelassen, um seine Macht zu sammeln und seine Rachepläne gegen die Götter zu schmieden. Allerlei abscheuliche und entstellte Kreaturen scharten sich zu seinen Füßen. Einige davon kamen Sarah seltsam bekannt vor.

Hrungir lachte höhnisch, als er Sarah sah. »Was willst du, Sterbliche«, spottete er. »Dreh dich um und geh zurück nach Hause, dann lasse ich dich und deine Gefährten vielleicht am Leben.«

Erneut tauchten schemenhafte Bilder auf. Sarah befand sich wieder in dem Verlies. Entsetzte, fassungslose und flehende Blicke und Schreie. Menschen, Alben, Zwerge und Unmengen von Blut. Ein ganzer See aus Blut überflutete das Gebäude. Verschlang alles darin. Ein fauliger Geruch stieg Sarah in die Nase. Sie unterdrückte einen Würgereiz. Energisch schüttelte sie den Kopf. »Nein, das ist nicht real! Ich kenne solche Spielchen, du versuchst, mich nur aus der Fassung zu bringen.«

Erneut wechselte die Szenerie. Sie starrte wieder in die leeren Augenhöhlen des Monsters. Neugierig beschnupperte es Sarah und schlang seine Klauen um ihren Kopf. Sarah spürte einen stechenden Schmerz, als sich seine Finger in ihren Kopf bohrten. Etwas in ihrem Kopf bewegte sich. Eine Welle aus Schmerz überrollte sie. Ihre Sinne drohten zu schwinden. Mit letzter Kraft versuchte sie sich aus der Umklammerung zu lösen, aber eine unsichtbare Hand legte sich um ihren Nacken. Immer tiefer bohrten sich seine langen, knochigen Finger in ihren Schädel. Die Dunkelheit drohte sie zu übermannen. Dann ein neues Gefühl. Dasselbe, das sie damals in dem Verlies auch spürte. Ein Geist versuchte, in ihren einzudringen. Der Schmerz war überwältigend. Sie fühlte, wie ihr die Knie weich wurden. Immer wieder erschienen neue und grausamere Bilder in ihrem Kopf. Und immer wieder versuchte etwas, die Kontrolle über Sarahs Körper zu erlangen. Trotz seiner Nähe und Stärke zeigte Hrungir sich nicht in seiner körperlichen Form. Rote Augen glühten in einem schwarzen Nebel. Wie damals bei dem Monster. Sarah wehrte sich nach Leibeskräften. Immer wieder erinnerte sie sich selbst daran, dass das nicht real war. Hrungir stieß einen schauderhaften Schrei aus. Die roten Augen flammten vor Wut auf, als er feststellte, dass er ihre Gedanken nicht kontrollieren konnte. Plötzlich verstand Sarah. Er benötigte einen Körper. Das musste es sein, was ihm zu seiner vollständigen Wiederherstellung fehlte. *Aber wo war sein Helfer? War es ihm nicht gelungen, zu seinem Meister vorzudringen?* Hrungirs Wut und Verwirrung gaben Sarah eine kurze Verschnaufpause. Die Zeit, die sie benötigte, um sich zu sammeln.

»Das würde dir so passen!« Sarah lächelte ihn selbstbewusst an. »Ich mag zwar eine Sterbliche sein, aber ich habe etwas, das du nicht hast«, sagte sie und hob ihre Hände. »Ich bin nicht ganz so hilflos, wie du denkst. Und, ich habe Freunde!«

Triumphierend holte Sarah den Runenstein hervor und hielt ihn Hrungir vor die Nase. »JETZT!« Sarah legte all ihre Emotionen in diesen Schrei. Sarah hatte keine Ahnung, wie sie es bewerkstelligt hatten, aber sie war nicht mehr allein. Ihre Gefährten waren hier bei ihr. Und sie verloren keine Zeit. Der Angriff der Krieger erfolgte umgehend, blieb jedoch erfolglos. Es war, als ob sie gegen Nebelschwaden kämpfen würden. Außer, dass ihre Kräfte schwanden, brachte ihre Strategie keinen Erfolg. Hrungir verhöhnte sie mit einem schrillen, spöttischen Lachen.

Valpu und die anderen Hexen zitierten den Bannspruch.

Plötzlich spürte Sarah, wie Hrungir einen neuerlichen Angriff startete. Auch dieses Mal waren die Schmerzen körperlich spürbar. Er versuchte sie mit seinen Kräften zu zerquetschen. Sie schrie vor Schmerz auf und fiel auf die Knie. Erschrocken lief Ragnar zu ihr. Aber nur wenige Zentimeter, bevor er sie erreichen konnte, wurde sein Lauf abrupt gestoppt. Hilflos zappelte er herum und versuchte sich aus der unsichtbaren Umklammerung zu lösen. Auch Sarah gab nicht auf. Sie konzentrierte sich auf ihren Atem, rief all die Erinnerungen der letzten Tage wach. Sie rief ihre Magie auf und legte all ihre Gefühle, den Schmerz, die Liebe, Hoffnung und Enttäuschung hinein. Sie spürte das Größerwerden ihrer Kräfte. Auch wenn ihre Wut keine allzu erstrebenswerte Kraftquelle war, so war sie wenigstens zuverlässig und offenbar die mächtigste.

Hrungir lachte höhnisch und erhöhte den Druck auf Sarah. Aber sie ließ sich nicht beirren. Sie klammerte sich an die Hoffnung, dass sie Hrungir besiegen würden. Sie tastete nach dem Stein und richtete ihn abermals auf Hrungir. Die Rune darauf glühte rot. Sarah spürte die Hitze, die von dem Stein ausging, dennoch blieben ihre Handflächen bei seiner Berührung unversehrt.

Immer lauter riefen die Hexen den Spruch und die Rune pulsierte im Takt ihrer Worte. Die anderen Gefährten stellten sich zu den Hexen, ergriffen ihre Hände und sprachen ihnen nach. Für einen Augenblick ließ der Schatten von Sarah ab und hielt inne. Hrungirs Stimme erklang. Doch dieses Mal war sie für alle hörbar. »Bist du es wirklich, mein treuer Diener? Hast du nach all der Zeit endlich deinen Weg zurück zu mir geschafft?«

Aus der Dunkelheit schälte sich eine abscheulich aussehende Kreatur. Ihre Augen waren wie zwei glühende Kohlen in der Dunkelheit, die einen kalten, feindseligen Blick auf die anderen um sie herum warfen. Die gebleckten Zähne, scharf und gefährlich wie Eisenschwerter, glänzten im trüben Licht. Wilde, struppige Haare, die unter einer zerschlissenen Kapuze hervorlugten, unterstrichen den gruseligen Anblick des Gesichts. Als sie sich bewegte, wirkte ihr Gang unbeholfen und unnatürlich, als ob sie gerade erst laufen lernte. Ihre Hände waren mit scharfen, knochigen Klauen bewehrt. Bereit Chaos und Verderben zu verbreiten. Die dunkle Gestalt übte in ihrem verstörenden Äußeren eine Faszination auf ihre Betrachter aus. Sie hatte Ähnlichkeit mit Naefir und Naenan, und auch dem Monster und war dennoch anders. Ein Wesen, das vom Schatten geboren schien und sich von den Brüdern des Lichtes und der Dunkelheit gleichermaßen abgewandt hatte. Sarah hatte keine Ahnung, ob das real oder ein Trugbild war, aber sie durfte sich nicht ablenken lassen. Vermutlich sollte genau das geschehen. Sie und ihre Gefährten sollten eingeschüchtert und verunsichert werden.

Unbeirrt streckte Sarah weiterhin ihre Hand mit dem Runenstein darin aus. Die nebelhaften Schemen Hrungirs wichen zurück. Hrungir schien zu ahnen, was passieren würde. Mit einem letzten Aufschrei konzentrierte Sarah ihre ganze Magie auf einen Punkt und schleuderte einen mächtigen Feuerstrahl auf ihn. Der Strahl traf die nebelhafte Figur mitten in der Brust. Aus dem Schatten erklang ein markerschütternder Schrei und er stob wie eine Staubwolke auseinander, ehe er wieder zu einer Einheit verschmolz. Erneut hielt der Nebel auf Sarah zu. Das Untier hinter Sarah löste sich ebenso wie Hrungir in Nebel auf und materialisierte sich zu einer bekannten Gestalt. Gemächlich grinsend schritt Loki auf Hrungir und Sarah zu, so als wollte er diesen Moment in vollen Zügen auskosten.

»Deshalb hat Frigg mich zu euch gesandt.« Mit einem Satz war er bei Sarah. Er ergriff ihre Hand und zog sie mit sich zu Valpu und den anderen. Ihr rhythmischer Singsang schwor zu einem Chor heran, der alles ringsum erbeben ließ.

»Hier fang!« Sarah holte aus und warf den Stein auf Hrungir. Ein letztes Mal beschwor sie all ihren Schmerz, ihre Wut und ihre Trauer über den Verlust ihrer Mutter herauf. Ihre Erinnerungen an früher und die Geschehnisse der letzten Tage. An den Verlust ihrer Freunde und Familie, die sie in der Zukunft zurücklassen musste. »Macht weiter, hört nicht auf«, rief sie den anderen zu. Dann zückte sie ein Stück Papier und begann den Spruch darauf abzulesen.

Valpu hielt entsetzt inne und versuchte Sarah das Papier aus der Hand zu reißen, als sie bemerkte, welcher Spruch das war. Sarah hatte ihn während ihrer Recherche in der Bibliothek der Schwesternschaft heimlich aus dem Buch gerissen.

»Tu das nicht! Solche Sprüche fordern ihren Tribut! Hast du nichts gelernt?«

Aber es war zu spät. Sarah hatte den Spruch bereits beendet. Die nebelhafte Gestalt explodierte in einem gleißenden Funkenregen, der den Raum mit blendend hellem Licht erfüllte. Erschöpft sank Sarah auf die Knie. »Beendet den Bannspruch. Sollte noch irgendetwas von diesem Hrungir übrig sein, müssen wir verhindern, dass er jemals wieder zurückkehren kann.«

Die Hexen taten wie geheißen. Als die anderen den Spruch beendet hatten, begann Dornhelm zu glühen und der Runenstein zerbarst in tausende blutrote Splitter. Erstaunt blickten sich alle um, denn sie befanden sich wieder außerhalb des Felsens. Die Spalte im Felsen schloss sich ächzend. Ragnar sprang zu Sarah und ließ sich neben ihr nieder. »Geht es dir gut?« Sanft legte er ihren Kopf auf seinen Schoß. Sie atmete, reagierte aber nicht.

»Sie hatte Glück. Sie lebt. Ich weiß nicht, was es sie gekostet hat, aber das werden wir wohl noch erfahren.«

»Was meinst du damit? Ist das der Spruch, mit dem du den Zauberer getötet hast?«

Valpu nickte.

»Welchen Tribut hat es von dir gefordert? Du lebst, hast deine Kräfte noch«, erwiderte Sarah jetzt schwach.

Valpu blickte mit einem bitteren Lächeln auf ihren Ring. »Ich habe mein Erbstück zurück, aber die Kräfte vieler Generationen, die in ihm waren, sind nun Vergangenheit. Ich habe ihn aufbewahrt, aber in Wirklichkeit ist er nichts weiter als ein Schmuckstück, das mich an die Taten meiner Ahnen erinnert.«

»Was? Wieso hast du uns das nicht gesagt?«

»Ich wusste es nicht. Nicht gleich jedenfalls. Irgendwann traf mich die Erkenntnis wie ein Schlag, ich hatte meine Kräfte noch. Es gab kein Blutopfer. Dennoch wurde ein Opfer gefordert und genommen.«

»Heißt das, Sarah hat nun keine Kräfte mehr?«

Valpu zuckte mit den Schultern. »Ich weiß es nicht. Sie lebt. Noch. Ob sie ihre Kräfte noch hat, kann sie ausprobieren. Lasst uns nach Hause zurückkehren. Wir werden früh genug erfahren, was es ist.«

Ragnars Augenbrauen zogen sich zu einem schwarzen Balken zusammen. Er blickte zu Loki. »Wusstest du davon?«

»Ich?« Loki blickte fragend in die Runde. »Was? Nein, wie kommst du darauf? Ich wusste nicht einmal, dass es Zaubersprüche gibt, die jemanden zerplatzen lassen können, wie eine überreife Frucht.«

»Ja, klar.« Sarah rappelte sich hoch, schaffte es aber nicht aufzustehen.

Ragnar half ihr auf die Beine und hob sie hoch. »Lasst uns nach Hause gehen. Wir haben es geschafft. Wir haben die Welt gerettet.« Der Kampf hatte Sarah bis an ihre Grenzen gebracht. Ihre Erschöpfung zeichnete sich in ihrem ganzen Körper ab. Doch auch bei ihren Mitstreitern waren die Auswirkungen der Strapazen des Kampfes unübersehbar. Sven und Björn klopften sich gegenseitig auf die Schultern, sichtlich erschüttert von dem Erlebten. Naenans Trauer schien ihm ungeahnte Kräfte verliehen zu haben, doch nun war auch seine Entschlossenheit der Erschöpfung gewichen.

Valpu und die anderen Hexen öffneten das Tor. Nacheinander schritten die Gefährten schweren Schrittes hindurch. Einzig Loki schien so unbeschwert wie eh und je.

Ragnar hielt Sarah immer noch im Arm. »Willst du mich nicht runterlassen?«

Ragnar schüttelte den Kopf. »Nein. Ich trage dich durch das Portal. So, wie ich dich schon einmal in mein Heim getragen habe am Tage unserer Hochzeit.«

Sarah verzog den Mund. So schön dieser Abend auch gewesen war, die Tatsache, dass Ragnar sie damals heimlich zur Frau genommen hatte, nagte immer noch leise an ihr. Sie versuchte sich aus seiner Umarmung zu lösen.

»Ich schaffe das schon, Liebster.«

»Du bist noch zu schwach.« Als Ragnar das Portal durchschreiten wollte, wurde er plötzlich nach hinten geschleudert. Unsanft landeten er und Sarah auf dem Boden. Verblüfft blickten sie auf das Portal.

»Ist alles in Ordnung?«

»Ja, es geht mir gut.«

»Was war denn das?«

»Keine Ahnung. Lass es uns noch einmal versuchen.«

Ragnar schritt voran und konnte das Portal unbeschadet passieren. Sarah trat nach vorn und prallte gegen eine unsichtbare Mauer. Sie stieß einen Seufzer der Verzweiflung aus. »Scheiße!«

»Was ist los?« Die Stimmen der anderen klangen wie ein weit entferntes Echo.

»Ich glaube, ich weiß, welches Opfer von mir verlangt wird.«

Ragnar und Valpu kamen zurück durch das Tor gelaufen.

Valpus Blick sagte mehr als tausend Worte. Sie wusste es bereits. Ebenso wie Loki. Ragnar blickte verzweifelt zwischen den beiden Frauen hin und her. »Was ist denn? Wieso kommst du nicht?«

»Ich kann nicht.«

»Was soll das heißen, du kannst nicht?«

»Das ist das Opfer, das ich bringen soll. Es wird mir verwehrt, nach Hause zurückzukehren.«

»Das darf doch nicht sein. Wir nehmen all diese Gefahren auf uns, befreien die Welt von diesem Übel und nun sollst du hierbleiben müssen?«

»Das Leben ist nicht fair. War es noch nie.« Eine Träne rollte über Sarahs Wange. Sarah spürte, wie die Kälte in sie kroch und sich an ihren Knochen festklammerte.

Ragnar ballte entschlossen die Fäuste. »Dann bleibe ich bei dir.«

Sarah schüttelte energisch den Kopf. »Du weißt nicht, was du da sagst. Denk an Sunna und Arv. Wer soll sich um sie kümmern? Du kannst unsere Familie nicht im Stich lassen.«

»Ich kann dich nicht im Stich lassen.«

Sarah ergriff Ragnars Gesicht und streichelte über seine Wange. »Doch, du kannst. Du musst. Unsere Kinder brauchen dich.«

»Sie brauchen auch dich. Wir brauchen dich.«

Verzweifelt schloss Ragnar seine Arme um Sarah und wandte sich hilfesuchend an Valpu. »Es muss doch irgendetwas geben, das wir tun können?«

Valpu hob hilflos die Schultern. »Ich weiß es nicht. Mag sein.« Ihr Blick fiel auf Sarah. »Du hättest das nicht tun dürfen, wir hätten ihn auch so besiegt.«

Sarah schüttelte den Kopf. »Nein. Ich glaube nicht. Ihm fehlte nur noch ein Körper und er wäre wieder zu voller Stärke gelangt. Ich konnte es spüren. All diese Macht. Diese Bosheit. Er war in meinem Kopf. Er drängte sich in meinen Verstand, in meine Erinnerungen. Er ließ mich so viele Grausamkeiten sehen. Er versuchte Besitz von meinem Körper zu ergreifen. Das alles durfte keinesfalls wieder passieren. Er hätte uns alle vernichtet und alle, die wir lieben und die Welt wie wir sie kennen.«

»Und nun? Wirst du etwa für seine Taten bestraft?«

Valpu schüttelte den Kopf. »Nicht dafür. Sondern für den Zauber.«

»Wer entscheidet das? Wer legt das fest? Die Götter?«

Valpu zuckte mit den Schultern. »Diese Frage kann auch ich dir nicht beantworten. Vielleicht waren nicht alle Regeln und Gesetze Noraes grundlos.«

»Was ist mit den Göttern? Wo sind diese wankelmütigen Asen, wenn man sie braucht? Vielleicht können sie uns helfen.«

Valpu nickte. »Ich kann das Portal nicht mehr lange offen halten.«

»Ich werde mit ihnen sprechen. Wir finden eine Lösung.« Aber Lokis Worte verhallten ungehört.

Ragnar blickte Valpu entgeistert an. »Sollen wir sie einfach hier zurücklassen?«

»Ich fürchte, wir haben keine andere Wahl. Zumindest vorerst.« An Sarah gewandt fuhr sie fort. »Hast du die Seite noch?« Sarah nickte. Sie griff in ihre Tasche und reichte Valpu das Stück Papier. »Ich kann nicht glauben, dass du die Seite aus dem Buch gerissen hast, ohne dass ich es bemerkt habe.«

Sarah lächelte bitter. »Ich kann nicht fassen, eine Seite aus einem Buch gerissen zu haben.«

Valpu versuchte sich an einem aufmunternden Lächeln. »Ich komme wieder.«

Mit einem Nicken verschwand sie durch das Portal.

»Ich bleibe bei dir.«

»Glaub mir, ich hätte liebend gerne, dass du bei mir bleibst. Ich habe nämlich keine Ahnung, wie ich hier allein überleben soll. Aber das geht nicht. Du musst nach Hause. Unsere Kinder brauchen dich. Die Menschen von Silfrhaf brauchen dich.«

Ragnar drückte Sarah noch fester an sich und küsste sie. »Ich will aber nicht gehen.«

»Ich will auch nicht, dass du gehst.«

Sarah erwiderte Ragnars Kuss. Hinter den beiden ertönte ein Räuspern. »Störe ich?«

»Eigentlich schon, aber wenn du schon so fragst, hast du eine Idee, was wir tun können?«

»Nein, aber ich werde bei ihr bleiben, bis wir wissen, was zu tun ist. Wenn du es zulässt.« Loki blickte Ragnar mit einer Mischung aus Belustigung und Mitleid an.

Ragnar beäugte Loki skeptisch und wandte sich fragend an Sarah. »Geh«, beantwortete sie Ragnars stumme Frage.

Ohne ein weiteres Wort küsste Ragnar Sarah ein letztes Mal. Dann wandte er sich um und ging durch das Portal. Kaum hatte er es durchschritten, schloss es sich hinter ihm. Sarah sank schluchzend auf die Knie.

»Na, wer wird denn gleich in Schwermut verfallen? Du hast gute Freunde, die einiges zustande bringen können.«

»Du hast gut reden. Du kannst jederzeit gehen, wenn du willst.«

EPILOG

Wie sich Vater wohl gefühlt hat, als er zum ersten Mal diese Halle betrat?* Mit großen Augen blickte Loki sich um. Er war schon viele Male hier gewesen, aber dieses Mal war etwas anders. Der Raum war von einer aufgeregten Freude erfüllt. Ringsum huschten Männer und Frauen geschäftig herum, plauderten, scherzten und lachten, während sie ihren Aufgaben nachgingen. Inmitten einer kleinen Gruppe erspähte er Odin. Sobald Odin ihn ebenfalls entdeckte, kam er ihm auch schon mit ausgebreiteten Armen entgegen.

»Schön, dass du gekommen bist.«

»Danke, für die Einladung.«

»Du sollst sehen, was das beherzte Eingreifen deiner Mutter und dir bewirkt hat. Asgard erblüht zu neuer Stärke.«

Aufmerksam blickte Loki sich um. »Es sieht wunderschön aus.«

»Nicht wahr?« Odins Augen strahlten. »Wir haben viel zu bereden.«

»Ich habe nicht mit so einem herzlichen Empfang gerechnet.«

»Ich weiß. Das ist meine Schuld. Ich habe dich schlecht behandelt. Das musst du mir verzeihen. Als ich dich damals mit nach Asgard nahm, hatte ich geschworen dich als meinen Sohn anzunehmen und mich um dich zu kümmern. Zu meinem Bedauern verlief unser Verhältnis aber nicht immer zum Besten.«

»Ich weiß. Bitte verzeih, wenn ich so unverblümt danach frage, aber woher der Sinneswandel?«

»Deine Mutter. Sie hat mir erzählt, was du geleistet hast
und mir den Kopf gewaschen. Sie erinnerte mich an meine
Pflichten als oberster Gott und auch an die als Vater.«

»Ich will dir deine gute Laune nur ungern verderben,
aber ich habe eine Bitte an dich, Vater.«

»Und die wäre?« Stirnrunzelnd betrachtete Odin seinen
Ziehsohn.

Die schwarze Sonne tauchte den Himmel in ein eisiges,
silbernes Licht, als Sarah vor einem der kahlen Bäume inmitten der frostigen Landschaft stand. Die letzten Tage,
Wochen, Monate – sie vermochte es nicht zu sagen – hatte
sie in dieser unwirtlichen Welt verbracht, auf der Suche
nach einem Weg zurück zu ihrer Familie. Einzig Loki war
bei ihr geblieben und dafür war sie dankbar. Ohne ihn
hätte sie keinen einzigen Tag überlebt. Aber nun war auch
er gegangen, mit dem Versprechen zurückzukehren.

Sarah näherte sich einem imposanten Baum, der in un-
mittelbarer Nähe stand. Trotz der kahlen Äste strahlte er
eine gewisse majestätische Präsenz aus, die Sarah in ihren
Bann zog. Mit klopfendem Herzen und Hoffnung in den
Augen legte Sarah ihre Hand auf den Baumstamm. Seine
raue Rinde fühlte sich warm und lebendig an, als ob er
pulsieren würde. Plötzlich begann der Baum zu erzittern
und ein sanfter, schimmernder Nebel umhüllte sie. Ein
Portal öffnete sich vor ihr und gab den Blick auf eine ver-

traute Landschaft frei. Überströmende Freude machte sich in Sarah breit, während es sie sanft umschloss.

Langsam trat sie aus dem Portal heraus und blickte wie betäubt auf ihr Haus. Es stand da, als ob die Zeit stillgestanden hätte. Der warme Rauch aus dem Kamin stieg in die Luft und eine wohlbekannte Gemütlichkeit schwebte in der Umgebung. Die Hügel waren in den goldenen Glanz der untergehenden Sonne getüncht.

Mit klopfendem Herzen und einem Lächeln auf den Lippen trat Sarah auf die Haustür zu. Jeder Schritt fühlte sich wie das Erwachen aus einem Traum an. Ein Schritt näher zu ihrer wahren Bestimmung als Teil dieser liebevollen Familie. Als sie die Tür aufstieß, strömte der vertraute Duft nach gebackenem Brot und verbranntem Holz auf sie zu, und die bekannten Stimmen ihrer Kinder klangen durch das Haus.

Sarah blieb einen Moment stehen, um den Anblick und die Geräusche in sich aufzunehmen. Ihr Herz schlug stärker in ihrer Brust, als sie die ungläubigen Blicke ihrer Kinder und ihres Ehemanns erwiderte. Ihre Augen füllten sich mit Tränen der Freude, als sie ihn dort stehen sah. Das warme Licht des Feuers umrahmte sein Gesicht.

Der Moment, in dem ihre Blicke sich trafen, war magisch. Die Zeit schien stillzustehen, während sie langsam aufeinander zutraten. Das Rauschen der Welt um sie herum verschwand und es gab nur noch sie beide in diesem Augenblick. Als sie sich endlich erreichten, umarmten sie sich innig und fest. Ihre Umarmung war wie ein Versprechen, ein Wiedersehen für immer. Dann lösten sie sich langsam voneinander und Sarah sah Ragnar tief in die Augen. In seinem Blick lagen so viel Liebe und Sehnsucht. Mit zitternden Lippen flüsterte Sarah seinen Namen, während ihre Herzen im Einklang schlugen. Ragnar legte sanft seine Hand an ihre Wange und neigte seinen Kopf, um ihre Lippen zu treffen. In einem Moment voller Leidenschaft und Zärtlichkeit verschmolzen sie. Sunna und Arv stürmten freudestrahlend auf die beiden zu. Durch die Wucht der Umarmung fielen sie alle vier lachend zu Boden. Tränen der Erleichterung und der Sehnsucht strömten über Sarahs Wangen.

»Wie?«, blickte Ragnar sie fragend an.

»Spielt das eine Rolle?«

»Im Grunde nicht.«

»Loki. Denke ich zumindest. Er ging, um sich bei den Göttern für meine Rehabilitierung einzusetzen. Ich denke, er war erfolgreich. Bisher hat er sich noch nicht blicken lassen.«

»Von mir aus kann er bleiben, wo er ist. Alles, was zählt ist, dass du hier bist.«

Abermals verschmolzen sich ihre Lippen zu einem innigen Kuss.

ENDE.

EINE BITTE AN DICH

Wir Autor*innen leben von Empfehlungen. Das gilt ganz besonders für Selfpublisher*innen wie mich, die ohne Verlag im Rücken arbeiten. Wenn dir also »Das Vermächtnis der Hüterin« gefallen hat, du Fragen, Lob oder Kritik für mich hast, dann freue ich mich über deine Rezension. Jedes Feedback ist willkommen. Und wenn du magst, dann sprich gerne mit Freunden über dieses Buch. Denn nichts ist eine bessere Werbung für mich und mein Buch als eine ehrliche Empfehlung. Ich danke dir von Herzen für deine Unterstützung und freue mich jetzt schon auf ein Wiederlesen in meinem nächsten Roman! Danke!

DANKSAGUNG

An dieser Stelle möchte ich einen ganz besonderen Dank an alle Personen aussprechen, die mein Startnext Crowdfunding-Projekt begleitet und gefördert haben. Durch eure großzügigen Spenden und eure wertvolle Unterstützung habe ich einen bedeutenden Fortschritt bei der Umsetzung meines Fortsetzungsromans erzielt. Ich möchte mich besonders bei Alexandra Stolz, Andreas Kaluza, Carina Albanese, Gisela Schneider, Jean Claude Marshall, Michaela Diesch, Nadeshda Hegemann, Regina Mars, Rene Dins und allen anderen Förderinnen und Förderern, die lieber anonym bleiben möchten, bedanken.

Ich danke allen, die mir den Rücken freigehalten und mir die nötige Zeit verschafft haben, um in Ruhe zu schreiben. Allen voran meinem Ehemann und meiner Mutter. Danke für euren unerschütterlichen Glauben an mich und eure Unterstützung bei der Erfüllung meines Traums. Ich liebe euch.

Ich möchte mich ganz herzlich bei allen bedanken, die mir bei der Umsetzung meines zweiten Romans geholfen haben: vom Lektorat über das wunderschöne Buchcover bis hin zum Buchsatz. Es freut mich umso mehr, dass ich ein weiteres Mal mit beinahe exakt denselben lieben Menschen zusammenarbeiten durfte, wie bereits bei meinem Debütroman. Eure Unterstützung verschönert mir diesen weiteren Meilenstein. Ich danke euch: Natalina Rennet, Fritzi van Ribbeck, Monika Schulze, Loredana Bursch.

Danke meine lieben Testleser*innen, Blogger*innen, Newsletter-Abonnent*innen, Follower*innen, Patrons und Sponsor*innen. Ich bedanke mich bei allen, die mich mit dem Kauf meiner Bücher und Geschichten, ihren Bewertungen und Rezensionen unterstützen. Danke an mein Bloggerteam: Sabrina, Sarah, Anni, Lena, Montana, Nadeshda, Gila, Jasmin, Michelle, Sina, Rebecca, Ronja, Dana, Birgit, Yvonne und last but not least Diana.

Danke auch dir, liebe Claudia Heimann, für deine Tipps und das Bemalen des Buchrückens einer Ausgabe von 'Das Amulett des Nordens'. Dadurch ist es zu einem wunderschönen Unikat geworden. Lieben Dank auch an Anja Lehmann und Stefanie Baier für das Ausstellen meiner Bücher auf euren Messeständen. Und ein besonderes Dankeschön an dich, liebe Stefanie Baier, für deine wertvollen Ratschläge, das Bewerben meiner Bücher und dein unermüdliches Teilen meiner Social Media Beiträge.

Ausführliche Triggerwarnung

—

Liebe(r) Leser*in!

Ich weise nochmals ausdrücklich darauf hin, dass mein Roman einige potentiell triggernde Themen zum Inhalt hat, die bei manchen Leser*innen womöglich schmerzhafte Gefühle, Erinnerungen oder Flashbacks auslösen könnten. Bitte sei achtsam, wenn das bei dir der Fall ist. Entscheide auf eigene Verantwortung, ob du das Buch lesen möchtest.

Diese Geschichte enthält: Schimpfwörter, explizite Darstellungen körperlicher, seelischer oder sexualisierter Gewalt, Kriegs- bzw. Kampfszenen, Rassismus, Sexismus, Blut, Sex, Tod, Folter, Diskriminierungserfahrungen, Sklavenhandel, veraltete Geschlechterrollen und Klischees, Alkohol-, Fleisch- und Tabakkonsum, das Jagen und Töten von Tieren und anderen Lebewesen.

Keinesfalls soll mein Buch diese schwierigen Themen gutheißen. Diese Szenen sind ein dramaturgisches Stilmittel und dienen der bildhaften Beschreibung und Veranschaulichung meiner Interpretation des damaligen Weltgeschehens und der mittelalterlichen Lebensweise.

ÜBER DIE AUTORIN UND DAS BUCH

Diana Schneider wurde in der Obersteiermark geboren. Sie lebt mit ihrem Mann und ihren zwei Kindern in Graz. »Das Vermächtnis der Hüterin« ist ihr zweiter Roman. 2022 absolvierte die Autorin das Schreibstudium »Vom Schreiben leben« bei Annika Bühnemann. Ihr Debütroman »Das Amulett des Nordens« erschien im Oktober desselben Jahres im Selfpublishing. »Das Vermächtnis der Hüterin« schließt an die Geschehnisse in »Das Amulett des Nordens« an. Es ist aber nicht zwingend notwendig, den ersten Band vorher gelesen zu haben, um den Ereignissen in diesem Buch folgen zu können. Aber zweifellos würde es die Autorin ungemein freuen, wenn auch ihr erstes Buch den Weg in die Bücherregale zahlreicher weiterer Leser*innen finden würde.

WEITERES

—

Social Media:
Mehr über die Autorin erfährst du unter
https://dsbschneider.com/ oder auf Instagram:
dsb_schneider_booksandstories.

Website/Newsletter:
Wenn dir das noch zu wenig Information ist, dann trage
dich hier für ihren monatlichen ,Romantasy Rundbrief'
ein und erhalte zusätzlich eine kleine Arbeitsprobe der
Autorin: https://dsbschneider.com/newsletter/.

Patreon:
Du möchtest die Autorin gerne unterstützen? Dann
schau gerne auf
https://www.patreon.com/user?u=63035747 vorbei.

GLOSSAR

—

Alabaster
Alabaster ist ein Stein, der optisch ähnlich wie weißer Marmor aussieht, jedoch eine andere chemische Zusammensetzung hat. Er ist eine Variante des Minerals Gips und zeichnet sich durch seine zarte Textur und die feinen, fast durchscheinenden Eigenschaften aus. Alabaster wurde traditionell für die Herstellung von Skulpturen, Vasen und anderen Kunstgegenständen verwendet.

Álfheimr
Álfheimr ist ein Ort aus der nordischen Mythologie und wird als die Heimat der Lichtalben, auch bekannt als Ljósálfar, beschrieben. Die Lichtalben sind mythologische Wesen, die für ihre Schönheit und ihr strahlendes Licht bekannt sind. Álfheimr wird als ein himmlisches Reich angesehen, angesiedelt im Himmel oder in einer anderen höheren Ebene. In den Überlieferungen wird Álfheimr oft als ein Ort des Friedens und der Harmonie beschrieben, der von den Lichtalben bewohnt wird.

Asgard
Asgard ist in der nordischen Mythologie der Wohnort des Göttergeschlechts der Asen. Es wird als eine prächtige

und majestätische Stadt oder Festung hoch im Himmel beschrieben und wird oft als ein Ort des Friedens, der Weisheit und der göttlichen Macht dargestellt.

Asen

Die Asen sind ein göttliches Geschlecht in der nordischen Mythologie. Der oberste und mächtigste Gott der Asen ist Odin. Die Asen werden oft als kämpferische und weise Gottheiten beschrieben, die über verschiedene Bereiche wie Krieg, Weisheit, Kunst und Magie herrschen. Sie sind auch mit den Menschen verbunden und nehmen aktiv am menschlichen Schicksal teil.

Balder

Balder ist ein Asengott, der für seine Schönheit, Güte und Unverwundbarkeit bekannt ist. Er gilt als einer der reinsten und hellsten Götter. Balder wurde jedoch durch eine List des Gottes Loki getötet. Loki manipulierte Balders blinden Bruder Hödur, Balder mit einem Pfeil zu erschießen. Dieser Vorfall führte zu großer Trauer unter den Göttern. Sein Tod markiert den Beginn des Untergangs und der Dunkelheit, der in Ragnarök gipfelt.

Bifröst

Bifröst ist in der nordischen Mythologie eine dreistrahlige Regenbogenbrücke, die Midgard, die Welt der Menschen, und Asgard, das Reich der Götter, miteinander verbindet.

Sie wird von den Göttern benutzt, um zwischen den Welten zu reisen. Die Brücke gilt als sehr zerbrechlich und fügt sich nur denjenigen, die würdig sind, sie zu überqueren. Es heißt, dass Bifröst während des Ragnarök, dem Ende der Welt, zerstört wird. Daher wird die Brücke auch als Symbol für den Übergang zwischen den verschiedenen Welten und die Vergänglichkeit der Dinge angesehen.

Draugr/Draugar

Ein Draugr ist eine mythologische Kreatur aus dem skandinavischen Volksglauben. Diese Wesen sollen Verstorbene darstellen, die mit voller Lebenskraft in ihrem Körper weiterexistieren und für die Menschen eine Bedrohung darstellen. Die Draugar werden oft als untote Lebewesen beschrieben, die aus ihren Gräbern auferstehen und übernatürliche Fähigkeiten besitzen. Sie werden mit verschiedenen negativen Eigenschaften, wie gewalttätigem Verhalten, in Verbindung gebracht.

Dunant, Henry

Henry Dunant war ein Schweizer Geschäftsmann und Humanist. Er war ein Gründungsmitglied des Internationalen Komitees des Roten Kreuzes. Dunant setzte sich für die Verbesserung der medizinischen Versorgung von Kriegsopfern ein und trug entscheidend zur Entwicklung des humanitären Völkerrechts bei.

Eir

Eir ist eine Göttin der Heilkunde und Heilung in der nordischen Mythologie. Sie wird als geschickte Heilerin und Vertraute der Heiler verehrt. Eir besitzt umfangreiches Wissen über Pflanzen, Kräuter und Heilmittel und wird oft um Rat und Unterstützung bei Krankheiten und Verletzungen gebeten. Sie verkörpert die liebevolle Pflege und Fürsorge und ist bekannt für ihre sanfte und heilende Berührung.

‚Escape Room' – Spiel

Spiel, bei dem eine Gruppe Menschen in einer vorgegebenen Zeit in einem realen Raum Aufgaben oder Rätsel lösen müssen, um den Raum wieder verlassen zu können. Es gibt auch Bücher und Brettspiel-Varianten.

Fenrir/Fenriswolf

In der nordischen Mythologie ist der Fenriswolf vor Hel und der Midgardschlange das erste Kind des Gottes Loki und der Riesin Angrboda.

Fólkvangr

Fólkvangr, oder auch Folkwang, ist ein Götterpalast in Asgard. Es ist der Wohnsitz der Göttin Freya, der Göttin der Liebe, Schönheit und Fruchtbarkeit. In Fólkvangr befindet sich der Saal Sessrumnir, ein Ort, an dem diejenigen Einzug halten, die auf heroische Weise gestorben sind und von Freya auserwählt wurden. Es ist einer der beiden großen Säle, zusammen mit Walhall, in denen gefallene Helden nach ihrem Tod ihre letzte Heimat finden.

Garm

Garm ist ein mächtiger Hund, der den Zugang zur Unterwelt, auch bekannt als Hel, bewacht. Er wird als großer und starker Hund beschrieben, der furchterregend und gefährlich ist. Garm gilt als feindselig gegenüber den Lebenden und hat die Aufgabe, die Seelen der Verstorbenen und diejenigen, die in die Unterwelt eintreten wollen, zu bewachen.

Grimoire

Auch Zauberbuch genannt, ist ein Buch oder eine Anleitung über okkultes oder magisches Wissen. Es ist oft handgeschrieben und enthält Anweisungen, Rituale, Beschwörungen, Zauberformeln und Mythen, die für magische Praktiken verwendet werden können. Besonders im Mittelalter und der Renaissance waren sie weit verbreitet.

Hämatit

Hämatit oder Blutstein ist ein häufig vorkommendes Mineral aus der Mineralklasse der Oxide. Seinen Beinamen trägt der silber-metallisch glänzende Stein aufgrund seines hohen Eisengehalts und der blutroten Strichfarbe.

Heimdall

Heimdall ist eine bedeutende Figur unter den Göttern im Reich Asgard. Er ist der Wächter der Götter und Beschützer von Bifröst, der Regenbogenbrücke, die Asgard mit Midgard verbindet. Heimdall wird oft als mächtiger und sehender Gott beschrieben, der die Absichten und Gefahren der Feinde der Götter voraussehen kann. Er hat ein scharfes Gehör und gilt als loyal, tapfer und wachsam.

Hel (Göttin)

Hel ist eine Gottheit der nordischen Mythologie. Sie ist die Herrscherin über das Reich der Toten, das ebenfalls Hel genannt wird. Sie wird oft als halb lebendig und halb tot beschrieben, mit einem Gesicht, das sowohl schön als auch grässlich erscheint. Sie empfängt diejenigen, die an Krankheit oder Altersschwäche sterben, sowie diejenigen, die nicht im Kampf gefallen sind.

Hel (Reich der Toten)

In der nordischen Mythologie ist «Hel" der Name des Ortes, an den diejenigen gehen, die nicht im Kampf sterben und somit nicht nach Walhall gelangen. Hel wird als Unterwelt oder Totenreich betrachtet, wo die Toten in Frieden ruhen und ihr nachtodliches Leben führen und wird von der Göttin Hel verwaltet.

Jötunn/Jötnar

Jötunn ist ein Begriff aus der altnordischen Mythologie und bedeutet 'Riese'. Im Plural werden sie als Jötnar bezeichnet. Jötnar sind das älteste Göttergeschlecht in dieser Mythologie und werden als Nachkommen des Urriesen Ymir angesehen.

Midgard

Midgard ist das Reich der Menschen. Es ist die Welt, in der wir leben - die Erde. In der nordischen Mythologie wird Midgard von einer riesigen Schlange namens Jormungandr umschlungen, die von Loki gezeugt wurde.

Modgudr

Modgudr ist die Bewacherin der Jenseitsbrücke, die in das Totenreich Hel führt. Sie ist dafür zuständig, denjenigen, die durch die Brücke in die Unterwelt reisen, den Zugang zu gewähren oder zu verwehren. Sie ist dafür verantwortlich, sicherzustellen, dass nur diejenigen, die für die Unterwelt bestimmt sind, weitergehen dürfen, während andere abgewiesen werden.

Niflheimr

Niflheim ist in der nordischen Mythologie ein eisiges Gebiet im Norden. Es wird oft als der Ort des ewigen Eises und der Kälte beschrieben. In Niflheim herrscht eine düstere und frostige Atmosphäre, und es wird als einer der neun Welten in der nordischen Kosmologie betrachtet. In Niflheim liegt der Ursprung der Urquelle Hvergelmir. Hvergelmir ist eine gewaltige Quelle, die sich im Herzen von Niflheim befindet und als die Mutter aller Gewässer gilt, die sich durch die neun Welten schlängeln.

Niflheimr ist das Gegenstück zu Muspelheim, dem Reich des Feuers, und beide sind die ersten Welten, die im Schöpfungsmythos der nordischen Mythologie entstanden sind.

Nobel, Alfred

Alfred Nobel war ein schwedischer Chemiker und Erfinder. Er ist vor allem bekannt für die Erfindung des Dynamits. Nobel gründete auch den Nobelpreis, eine renommierte Auszeichnung, die jährlich in den Bereichen Physik, Chemie, Medizin, Literatur und Frieden verliehen wird. Sein Ziel war es, herausragende Leistungen in verschiedenen Bereichen anzuerkennen und zu fördern.

Nornen

Die Nornen sind mystische Wesen aus der nordischen Mythologie, die das Schicksal der Menschen spinnen, weben und bestimmen. Es gibt drei Nornen: Urd, Verdandi und Skuld. Urd steht für die Vergangenheit, Verdandi für die Gegenwart und Skuld für die Zukunft. Die Nornen treffen ihre Entscheidungen an der Lebensbaum-Wurzel und beeinflussen das Schicksal jedes Individuums. Sie symbolisieren das unausweichliche Schicksal und haben eine bedeutende Rolle in der nordischen Vorstellung vom Lebensweg und der Zeit.

Ragnarök

Ragnarök bezieht sich auf das Endzeitszenario, den Niedergang der Götter. Es repräsentiert den Untergang der alten Welt und den Beginn einer neuen Ära. Während Ragnarök brechen Chaos, Kriege und Naturkatastrophen über die Welt herein. Die Götter kämpfen in einer finalen Schlacht, bei der viele von ihnen fallen. Am Ende wird die Welt zerstört und in einer Neuschöpfung wiedergeboren. Ragnarök symbolisiert den ewigen Zyklus der Welt und den unausweichlichen Wandel.

Svartálfaheimr

Svartálfaheimr auch Schwarzalbenheim bezeichnet das Reich der Schwarzalben oder Dunklen Elfen. Diese Kreaturen sind meist dunkel und zwergenhaft und werden oft mit Handwerk und der Schmiedekunst in Verbindung gebracht. Svartálfaheimr wird als düsterer Ort dargestellt, der sich in einer anderen Dimension oder in den Tiefen der Erde befindet.

Thrudgelmir

Thrudgelmir ist ein Riese aus der nordischen Mythologie. Er wird oft als einer der mächtigsten Riesen beschrieben. Thrudgelmir ist für seine enorme Stärke und Größe bekannt und spielt eine wichtige Rolle in den mythischen

Erzählungen. Als Riese symbolisiert er die Kräfte der Natur und verkörpert manchmal auch die Bedrohung für die Götter. Sein Name kann übersetzt werden als «Mächtiger Lärm" oder «Kraftvoller Donner".

Thurisaz

Thurisaz oder Thornuz (Þ) ist die dritte Rune des älteren Futharks, einem altnordischen Runenalphabet. Sie steht für den Laut th. Der Name Thurisaz bedeutet in etwa 'Riese' oder 'Dorn'.

Völva

Völva ist ein Begriff aus dem Altnordischen und bezeichnet eine Seherin, Wahrsagerin, Hexe, Zauberin, Prophetin oder Schamanin. Es handelt sich um eine weibliche Person, die über besondere spirituelle und magische Fähigkeiten verfügt. Eine Völva hat die Gabe, die Zukunft vorherzusagen, mit den Göttern in Kontakt zu treten und Botschaften aus anderen Welten zu überbringen.

Walhall

Walhall, auch bekannt als Valhall oder Walhalla, ist in der nordischen Mythologie der Ruheort für die gefallenen Kämpfer, die sich in der Schlacht als tapfer erwiesen haben. In Walhall werden diese Krieger, die als Einherjer bezeichnet werden, von Odin empfangen. Walhall wird als prächtiger Palast mit unendlich andauernden Festgelagen beschrieben.

Wanen

Die Wanen sind eine Gruppe von Göttinnen und Göttern in der nordischen Mythologie. Sie gelten als die ältere Gruppe von Göttern neben den Aesir. Die Wanen sind vor allem mit Naturkräften und Fruchtbarkeit verbunden. Sie werden oft als friedliebend und weise dargestellt. Zu den bekanntesten Wanengöttern gehören Njörd, der Gott des Meeres und der Seefahrt, und Freya, die Göttin der Liebe und Schönheit.

Yggdrasil

Yggdrasil ist ein mythologischer Baum aus der nordischen Mythologie. Er symbolisiert nicht nur die Verbindung zwischen den verschiedenen Welten, sondern auch die gesamte kosmische Ordnung. In der nordischen Mythologie erstreckt sich Yggdrasil zwischen Asgard, der Heimat der Götter, Midgard, der Welt der Menschen, und den verschiedenen anderen Welten wie Jotunheim und Niflheim. Yggdrasil wird als großer Baum dargestellt. Er wird oft als Symbol für das kosmische Gleichgewicht und die Verbindung zwischen den Welten angesehen.